KIBOUSOU
MIYABE MIYUKI

希望荘

宮部みゆき

小学館

希望荘

装画　杉田比呂美
装幀　高柳雅人

目次

聖域

1

近所の指定ゴミ置き場を掃除して帰ってくると、私が事務所兼自宅として借りている古家の前で、女性が二人、立ち話をしていた。一人は斜向《はすむ》かいの〈ヤナギ薬局〉の奥さん、もう一人はときどきそこで見かける同年配の婦人だ。

「おはよう、杉村《すぎむら》さん」

「掃除当番ご苦労さまです」

三十八歳の私も立派な〈おじさん〉だが、その私から見ても〈おばさん〉の二人が、元気な声で挨拶を投げてくる。

「おはようございます」

「こちら、盛田《もりた》さん」柳《やなぎ》夫人が相方を紹介してくれる。「杉村さんと同じ、竹中《たけなか》さんの店子《たなこ》よ」

「〈パステル竹中〉に住んでるんですよ」

柳夫人はエプロン姿、盛田さんはこれから出勤なのか、薄いコートの下に細身のスラックス。肩にバッグをかけている。〈パステル竹中〉は、私が最初に不動産屋に勧められた単身者用のアパートだから、盛田さんは独り者なのだろう。

「朝早くから悪いわね」

十一月十六日火曜日、午前六時半過ぎである。

「でも、昼間だと仕事の邪魔になるだろうから。今ちょっといいかしら」

「はい、どうぞ」

「実は頼みたいことがあって」

この借家は（大家の寛大なお許しをいただいて）一階部分を事務所に改装してある。土足であがってかまわないのだが、築四十年の木造二階建てだから、外観は完全にしもたやだ。盛田さんは、玄関の引き戸からなかを覗《のぞ》き込み、え？　というような顔をした。

一方、柳夫人は勝手知ったるふうだ。改装を終えて引っ越しも済ませてから、この家の二階の和室にダニが涌《わ》くという災難があり、その際、ヤナギ薬局にも夫人にもさんざんお世話になったからである。

柳夫人はさっさと事務所の来客スペースに入り込み、壁際に据えてある小さなガスファンヒーターを点《つ》けると、言った。

「杉村さん、おかまいなくね。〈侘助《わびすけ》〉でコーヒーとモーニングを頼んできたからさ」

万事に手早い。おかげで私は朝食代が一回浮きそうだが、さて何を頼まれるのか。


東京都北区の北東部、隅田川上流の流れを間近に望む尾上《おがみ》町。ここに落ち着き、今の仕事を始めてから、私は二種類の名刺を持つようになった。

ひとつには「調査員　杉村三郎《さぶろう》」、もうひとつには「杉村探偵事務所　杉村三郎」と刷ってある。携帯電話の番号とメールアドレスはどちらも同一だが、後者にはこの事務所の住所と電話番号も添えてあるので、事務所名刺と呼んでいる。

「調査員」の名刺は、私が独立開業するきっかけを与えてくれた調査会社〈オフィス蛎殻《かきがら》〉から下請けする業務に携わる際のものだ。事務所名刺は、私が自分で受けた仕事で使うものだ。開業は今年の一月十五日だったから、何とか十ヵ月を過ぎた。今までのところ、調査員の名刺の方が断然はけがいい。〈オフィス蛎殻〉という命綱がなかったら、古家の家賃さえ払い続けることができなかったろう。

私は山梨県の山間《やまあい》の小さな町で生まれ育ち、大学から東京へ出てきた。卒業後は児童書の出版社に就職し、編集者として働いているときに知り合った女性と結婚し、それと同時に彼女の父親が率いる〈今多《いまだ》コンツェルン〉という巨大グループ企業に転職した。妻とのあいだに女の子を一人授かったが、結婚十一年で離婚してバツイチの単身者に戻り、〈今多コンツェルン〉も辞めた。

子供のころ、自分がどんな未来を夢みていたかよく覚えていないのだが、結婚・離婚はともかく、三十八歳のとき私立探偵になっているなんて事態は、想像外のそのまた外だったはずだ。山の果樹園育ちの子供にとって、私立探偵なんてものは、宇宙飛行士と同じくらい非現実的な存在だった。

この先どれぐらい私立探偵を続けていけるのか、それもまったく不明だ。とりあえず今、ひとつだけ確実なのは、ダニ退治の大恩ある柳夫人が杉村探偵事務所の依頼人第一号になってくれそうなこと――不遇をかこってきた私の事務所名刺に、ようやく出番が回ってきそうだということだった。

「幽霊、ですか」

「そうなのよ」

その類《たぐ》いよねと、柳夫人は盛田さんにうなずきかける。

「ええ。でも、朝っぱらからおかしな話ですみません」

「おかしいったって、ほかに考えようがないんだからしょうがないじゃない」

ねえ杉村さんと、柳夫人は私に振ってくる。

「死んだ人が生きていてそのへんをうろうろしてたなら、そりゃ幽霊よね？」

「いや、それはどうですかね」

死んだ（はずの）人が（実は）生きていたのであるならば、幽霊ではない。死んだ人が生き返ったというのであるならば、それは超常現象か、もしくは大ボラである。

「わたしも、いっぺん見かけただけですからねえ」

盛田さんはもじもじし始めた。

「だから、そこらをうろうろしてたっていうほどじゃあなくって」

「でも、顔はしっかり見たんでしょ？」

「そうなんですけど……」

そこへ、コーヒーとモーニングが到着した。

「おはようさんです。お待たせしました」

「マスター、遅いわよ」

「悪いねえ。バイトの子が急に休むって電話してきたもんで、慌てちゃって」

〈侘助〉もこの尾上町内にある。真新しいマンションの一階に赤い日除《ひよ》けが目立つ喫茶店だ。マスターの水田大造《みずただいぞう》氏は、私が〈今多コンツェルン〉に勤めていたころ、同じビルのなかで〈睡《すい》蓮《れん》〉という店を営んでいた。私は常連客の一人だった。

会社を辞めることになった時、マスターに挨拶すると、〈睡蓮〉はちょうど店舗の賃貸契約更新が近づいているとかで、

――ずっとここにいるのも飽きちゃったし、どっか他所《よそ》へ移ろうかなあ。杉村さんの近所へ行ってあげようか。あたしのホットサンド、食いたいでしょう。

半分以上は冗談だと思っていたのだが、私がここに落ち着いて事務所を開いた旨を知らせると、本当に近くで店を出すと言って、物件を探して契約して内装して、五月の初めには〈侘助〉を開店した。

マスターの淹《い》れるコーヒーも紅茶も香り高く、軽食は旨《うま》く、なかでもホットサンドは絶品だが、会社員相手のランチで充分に店が回った〈睡蓮〉とは違い、このあたりは住宅地だ。最寄りの駅からも、幹線道路の環状七号線からもそこそこの距離がある。果たして商売が成り立つものかと（自分のことを棚に上げて）心配する私をよそに、マスターは着々と得意客をつかみ、〈睡蓮〉時代にはいなかったアルバイト店員も雇い入れている。

「あら嫌だ、モーニング二つなの？」

「違ったっけ」

「三つ頼んだじゃない。マスター、今朝はそんなに取っ散らかってんの？」

「なにしろ急に休まれちゃったからさ、バイト君に」

常連客になっている柳夫人とのやりとりには、既にして年季さえ漂う。

「しょうがないわねえ。じゃあ、手伝いに行ってあげるわよ」

「柳さん、店はいいのかい」

「うちは九時からだもん」

とっとと話をまとめ、柳夫人はマスターを追い立てて事務所を出て行く。

「杉村さん、詳しい話は盛田さんから聞いてよ。あたしもまた戻ってくるからさ。よろしくね」

マスターはちらりと私を見て、目配せした。〈睡蓮〉時代から、良くも悪くも地獄耳で、情報通で、物見高いところもあった人だから、どんな話なのか興味があるのだろう。

玄関の引き戸が軽やかに閉まり、私は盛田さんに言った。「モーニング、いただきましょうか」

今朝はチーズトーストとポテトサラダの組み合わせだ。

「すみませんねえ」

首をすくめて、盛田さんは保温ポットからコーヒーを注いでくれた。

「わたしの話なんか、詳しいも何も、ホント、さっき言っただけのことなんですよ」

〈パステル竹中〉は小ぎれいな二階建てのアパートで、上下に三部屋ずつある。盛田さんは二階の二〇二号室。彼女の真下の一〇二号室には、

「三雲勝枝《みくもかつえ》さんていうおばあさんが住んでいたんですけど、今年の春、三月の中頃だったかしら、亡くなったんです」

一〇二号室はいったん空になり、今は別の入居者が住み着いている。ところが、つい先週の木曜日、盛田さんは外出先で、三雲勝枝にそっくりな女性を見かけた。本人は車椅子に乗り、それを押している若い女性と楽しそうに話していたという。

「近寄っていって、その場で声をかけてみればよかったんですけどね」

気後れしてしまったのだそうだ。

「すごくよく似てるけど、人違いに決まってる。だって、とっくに亡くなってる人なんだから」

しかし、忘れてしまうこともできなかった。三雲勝枝にそっくりな女性の笑顔が、心に引っか

かっていた。

「それで、昨日の仕事帰りにヤナギ薬局へ寄ったとき、奥さんにちょこっと話したんですよ。そしたら、あんたそりゃ変だわよ、杉村さんに相談してみよう、って」

——あの人、シリツタンテイだから。

私はこの町の新参者だ。尾上町は広い町だし、人口密度も高く、まだ知り合いになっていない住民の方が多い。家の外には普通に「杉村」と表札を出しているだけで、〈杉村探偵事務所〉という看板を掲げているわけではない。

「私立探偵なんて、にわかに信用できましたか」

盛田さんはちょっと笑った。

「柳さんから、杉村さんはちゃんとした人で、前は大企業に勤めてたんだって聞きましたし……。それに杉村さん、町内会の防犯担当役員でしょう。回覧板で見ましたよ」

そっちの方で信用があったのか。

「大家さんに連れられて町内会長に挨拶に行ったとき、成り行きで引き受けてしまっただけなんですけどね」

尾上町の町内会長は引退した教員で、今は自宅で学習塾を開いている。押し出しも恰幅《かっぷく》もいい紳士だが、

——あなたぐらいの年代の人、なかなか役員になってくれないんだよ。独身で自営業なら時間の融通がきくでしょ。

というふうに決められてしまった。

「でも、やっぱり、この程度のことじゃ探偵さんの仕事にはなりませんか」

「そんなことはありませんよ」

　モーニングの器を片付けて、私は用箋とボールペンを取り出した。

「ちょっとメモを取ります。すみません、盛田さんのお名前は」

「ああ、盛田頼子《よりこ》と申します」

「恐縮ですが、お歳《とし》は。いえ、この件の起点が、現状では盛田さんの感覚になりますので。つまり、その――」

「わたし、昭和二十八年の五月生まれです」

　一九五三年生まれ。二〇一〇年十一月現在、五十七歳である。

「で、三雲勝枝さんという女性は、盛田さんから見て〈おばあさん〉だった、と」

　盛田さんの目が明るくなった。「わたしの感覚が起点になるって、そういう意味なのね」

「はい」

「そうよね、人の見かけの年齢って、そんなもんだもの。えっと」と考える。「三雲さんにお歳を聞いたことはないんですけど、わたしから見ると、ちょうど母ぐらいでしたよ。うちの母は昭和五年生まれですから、生きてたら今ごろ八十歳よ。それぐらいの感じ」

　正しく高齢者、おばあさんである。

「でもね、痩せてはいたけど、いわゆるヨボヨボじゃありませんでしたよ。杖《つえ》もなしに歩いてたし。ああ、だから、それもあってね、他人の空似だよなって」

「先週の木曜日に見かけた女性は、車椅子に乗っていたからですね」

「そうそう……だけど……わからないわよね、あれくらいのお歳になると、ちょっとしたことで骨折しちゃったりするから」

盛田さんは、ここでしゃべりながらもまだ気迷いしている。

「わかりました。じゃ、身も蓋《ふた》もないようですが、まず考えてみましょう。今年の三月に三雲勝枝さんが亡くなったというのが、盛田さんの勘違いだったという可能性はありませんか」

「ありません」と、盛田さんは即答した。「亡くなったって、管理人さんがはっきり言ってましたから。それでね、何か三雲さんに貸してあるものがないかって訊《き》かれたんです。大家さんの方で荷物を処分しちゃうから」

実際、それから数日で一〇二号室は空き部屋になったという。

「〈パステル竹中〉は巡回管理でしたよね」

「そうですけど、ご存じ?」

「この家を借りる前に、あそこを紹介されたんです」

「あら。じゃあ、管理人さんに訊いてみてください。事情を知ってるはずです」

私はメモを書き留めた。

「盛田さんは三雲さんとお親しかったんですか」

「親しい、ねえ」

盛田さんは首をひねる。

「う〜ん、親しいっていうのかしら。〈パステル〉は独り者ばっかりで、お隣さん付き合いなんか皆無ですからね。そのなかでは、まあ——親しかったのかしら」

アパートの前や、スーパーで顔を合わせて立ち話をする。たまに、出勤する盛田さんと、「今日はこれから歯医者に行くんだとか、三雲さんがお出かけのタイミングが合って、駅まで一緒に行ったこともありました」

部屋にあがったことはないし、盛田さんが招いたこともないという。

「お知り合いになったきっかけは」

「引っ越してきたとき、三雲さんが挨拶に来てくださったんです」

――下のお部屋に入居いたします。年寄りですので、うるさくしてご迷惑をおかけする心配はないと思いますが、よろしくお願いいたします。

「丁重ですね」

「ええ、ホント感じがよくてね」

盛田さんは微笑《ほほえ》んだ。「わたしにはもう親がいないし、自分の部屋の真下に、あんなか弱そうなおばあちゃんが一人で住んでるんだなあと思うと、何となく胸にくるものがありましてね。余計なお世話だけど、何か変わったことがないか気にしていてあげよう、ぐらいの気持ちになったんです」

優しげな丸顔の盛田さんにはよく似合う台詞《せりふ》だった。

「そんなこと言ったって、わたし平日は仕事でずっといないし、休みの日も何だかんだ出かけちゃうし、気にするもへったくれもなかったんだけどねえ」

「盛田さん、お仕事は」

「印刷会社に勤めてます。事務所には人が少ないんで、残業が多いの」

「大変ですね」

「失業するよりはいいですよ」

そこだけ急に深刻な口調になった。

「定年まで、もうカウントダウンだもの。その先のことは、考えると目先が真っ暗になっちゃうから考えないようにしてます」

私が黙っていると、

「ごめんなさいね。わたしのことはどうでもいいんだ」と照れ笑いをした。

「今、か弱そうなおばあちゃんって言っちゃったけど、三雲さん、特に深刻な持病があるとか、そんな感じではなかったですよ。だからあの時も、管理人さんに、お元気そうだったのに何で亡くなったんですかって訊いたら、僕も事情はよく知らないんです、って」

こうなってみると、やや引っかかる。

「僕の方でよく聞いてみます。三雲さんにはご家族がいたようでしたか？」

「わたしが知ってる限りでは、家族の話が出たことはないし、それらしい人が訪ねてくることもなかったわね」

「盛田さんは、〈パステル〉に長くお住まいですか」

「十一年よ。ほかに行くあてがなくって」

軽く笑ってから、

「三雲さんはもっと短い期間でしたよ。一年半ぐらいかしら。ここなら長く住んでいられたでしょうに。うちの大家さん、年金暮らしのお年寄りの店子からは、礼金も更新料もとらないらしいわね」

それは私も初耳だが、〈パステル〉や私のこの古家の所有者である竹中家は大地主で、尾上町の四割がかの家の地所だそうだ。それくらいの寛大なことをしても、毛ほども応《こた》えないのだろう。

「三雲さん、有り難いって、しみじみ言ってましたよ」

盛田さんは、顔の前で手を合わせる仕草をした。実際、当時の三雲勝枝がそうしたのかもしれない。

「わたしも女の独り者で、親が死んで実家を売っちゃって、いざ賃貸物件を探そうと思ったら大変だったからねえ。竹中さんがいい大家さんで、助かりました」

「ご実家はどちらだったんですか」

「赤羽の市内です。父はわたしが四十のときに、母は四十五のときに亡くなったの。わたしはずっと実家に住みたかったんだけど……弟夫婦がいい顔をしてくれなくて」

遺産分けの問題だろう。

「残念なことですが、そういうケースは珍しくありません」

「そうなのよね」と、盛田さんは言った。「残ったお金を公平に分けてくれただけ、うちの弟なんかまだ優しい方だったのよね。弟の嫁は、長男の方が遺産の取り分が多いはずだって、ずいぶんゴネてましたけど」

初めて、彼女の口調に棘《とげ》が混じった。

「じゃ、話を先週の木曜日に戻しましょう。三雲勝枝さんにそっくりなご婦人を見かけた場所は、どこですか」

盛田さんは目をぱちくりした。「そうだ、それが肝心よね」

上野駅だ、と言う。

「公園口っていうのかしら。動物園とか美術館に近い方」

「はい、わかります」

「あの改札の外。ですから道端ですよ。わたしはあの近くに用事があって、駅に向かって歩いてたの。そしたら、目と鼻の先の交差点で、その車椅子の人が信号待ちをしていたんです。で、信号が変わったら向こう側へ渡って行ったのよ」

好天の午後三時ごろのことだから、はっきりと顔が見えた。

「先方の服装を覚えていますか」

「さあ……」

何度かまばたきをして、

「あ、膝掛けをかけてたわ。それと、お化粧してました」

だから驚いて、よく観察したのだという。

「〈パステル〉にいるころは、三雲さんがお化粧しているところなんか見たことなかったですからね。でもあの日は、少なくとも眉を描いてたし、口紅をつけてました」

「髪は？　変わっていましたか」

盛田さんはまじまじと私を見た。「白髪染めをしてたわ。〈パステル〉にいた三雲さんは、髪が半分ぐらい白くなってた。だけどあの車椅子の人は、染めてた。真っ黒じゃないけど、グレイがかった感じに」

「なるほど」

「びっくりだわ。こうやって訊かれると思い出すもんなのねえ」

本当に思い出す場合もあるし、記憶を作ってしまう場合もあるし、他の記憶と混同してしまうこともある。

「だからね、わたしが知ってる三雲さんより、ぜんたいにお洒落《しゃれ》になってたんですよ。お金も手間もかけてるっていうか」

「ええ、おっしゃる意味はわかります」

この事務所に来てから初めて、盛田さんは自信なさそうな目つきになった。

「――やっぱり人違いかしらね」

「まだわかりません。付き添いの女性はどんな感じの人でしたか」

「どんなって、今時の娘さんよね」

「二十代？　三十代？」

「三十を過ぎてるようには見えませんでしたねえ。明るい茶髪で、こう、ふわふわっとさせたセミロング」

「彼女のファッションは」

盛田さんは自分の前の空間に目を凝らすようにして、

「ジーンズにジャンパー、じゃなくて、ホラ何ていうのかしら。普通は女の子が着るような服じゃないの。呼び方があるでしょう。ジャンパーなんだけど、安っぽくないのよ。テレビで役者さんが着てるのを見たことがある。派手なワッペンとかついていて」

「スタジアムジャンパー。スタジャン」

「じゃなくて、もっと別の呼び方」

「ボマージャケット。フライトジャケット」

「あ、そっちよ！　フライトジャケット」

うなずいて、私はメモを取った。となると、介護施設の職員という線は薄そうだ。そういう立場の介添人なら、被介護者の外出に付き添う際には、すぐそれとわかるユニフォームを着るだろう。

「フライトジャケットって、いい値段がするのよね。古着も高かったりするくらいで」

「ヴィンテージものの場合ですね」

「だからね、その娘さんもやっぱり、えっと、そうね」

盛田さんが彼女の納得のいく言葉を探しているあいだ、私はペンを止めて待った。

「裕福、といえばいいのかしら」

ちゃらちゃらしてないけど、お金持ち。

「でも、車椅子のおばあさんは、確かに三雲さんに見えたんですよ」

自分に言い聞かせるように、そう言った。

「その若い娘さんとしゃべってる感じもね、やりとりの内容までは聞き取れなかったけど、しゃべるときの表情とか身振りとか、そういうのが三雲さんだったんです」

それは、ただ顔が似ているという以上に重要な要素だ。

「ひととおりのことは伺いました。まず我らが管理人に会ってみます」

「ごめんなさいね。よく考えてみたら、わたしが訊いてみれば済むことだったかも」

「あら、プロに任せた方がいいわよ」

驚いた。柳夫人が戻ってきている。

「いつお戻りでしたか」

「遺産分けの話のところから」

内装するとき、玄関の引き戸はフレームから全取っ替えした。おかげで滑らかに音もなく開閉する。気をつけた方がよさそうだ。

「〈侘助〉は一段落しましたか?」

「まだ混んでるから、うちの甥《おい》を呼んで手伝わせてるの。最近、何か雑誌に取り上げられたんだってよ。マスターも、そういうことは早く言っといてくれないと困るよねえ」

柳夫人は保温ポットを持ち上げ、

「空《から》ね。ところで杉村さん、あんた商売っ気がないわね。手数料の話をしてないわよ」

これからしようとしていたのだが。

「今のところ、お金をいただくほどの仕事ではなさそうです」

「ンなこと言ってると、あっという間に立ちゆかなくなっちゃうわよ。とりあえず、何だっけ、手付金じゃなくて、着手金？」

エプロンのポケットから財布を出し、五千円札を抜き出して、テーブルの上に置いた。

「キリがいいから、これ一枚ね。でさ、報酬の方は――」

「や、それはまたいずれ」

「一年でどうよ」

「は？」

盛田さんが小さくなり、また「すみませんねえ」と言う。

柳夫人は押してくる。「ゴミ置き場の掃除当番を、一年間代わってあげる。どう？」

「どう――と言われても」

「面倒な調査だったら、二年に延長する。うんと面倒だったら三年。いいわよね？　よし、決まり」

私の故郷でもそうだけれど、地元のおばさんは無敵である。

「このモーニングはあたしのおごり」

「駄目ダメ、これはわたしが払いますよ」

「ンなの、やめてよ。言い出しっぺはあたしなんだからさ」

「でも、それじゃ悪いから」

「それより盛田さん、そろそろ会社行かないと」

二人の言い合いを聞きながら、私は着手金五千円也の領収書を書いた。

2

地主の竹中家は、北区内だけでもアパートを五棟と貸家を二軒持っている。その管理を一手に任されているのが、田上新作《たのうえしんさく》という人物だ。我らが巡回管理人である。

アパートの方は定期的な外回りの清掃やゴミ出しが必要だが、貸家ではそれらが店子の自己責任になるので、私が管理人としばしば顔を合わせることはない。ただし、連絡用に携帯電話の番号は教えてもらってある。

かけてみると、すぐ本人が出た。そしていきなりこう言った。「お、やっぱりおしゃかになっちゃいましたか」

「何が？」

「給湯器」

私が借りている古家の集中給湯器は、寿命が近いらしい。

「いえ、幸いそっちは無事なんです。実はこれ、仕事で」

「仕事？　杉村さんの？」

そりゃめでたい、と喜ばれた。

「じゃあ、僕が伺いますよ。ついでに排水溝の様子も見たいから」

アパートや貸家の管理人というと、いかにもおっさんらしいおっさんの風貌を思い浮かべてしまうが、我らが巡回管理人は違う。私より若い三十一歳。体脂肪率が（推定）一桁のスリムに鍛えたスポーツマンで、勤務中はスキンヘッドにバンダナを巻き、胸に〈管理人〉と刺繍《ししゅう》が入った作業服を着ている。

田上君は、彼の業務用車――後部に道具箱を取り付けた五段変速ギアの自転車を漕《こ》いでやって来た。

「どうも。まず排水溝を見てきますね」

調査に取りかかるとき、依頼人が誰かという情報は、普通は秘匿するべきである。だが今回は、当の盛田さんが「自分で訊けば済んだかも」と発言していたことでもあるし、率直に説明することにした。

すると、田上君はちょっと目を丸くした。「わあ、三雲さんは生きてたのかあ」

「というと？」

「あのとき、一〇二号室を空けた段階じゃ、ホントに亡くなったのかどうか、実ははっきりしなかったんですよ。ちょっと待ってくださいね。日にちを確かめますから」

ベルトポーチからスマートフォンを取り出すと、操作を始める。

「これで業務日誌をつけてるんですよ」

「几帳面《きちょうめん》だね」

「何かと便利なもんで」

あった、と指を止めた。

「三雲さんの部屋の荷物を片付けたのは、三月二十日です。その前にほかの店子さんに報《しら》せましたから、盛田さんの記憶に間違いはないですよ」

——何か三雲さんに貸してるものとかありませんか？

「どういう事情だったのかな」

スマホの画面をスクロールさせて、また日付を確認すると、田上君は顔を上げた。「その前の月、二月の四日に、俺のこの番号に三雲さんから電話があったんです」

——すみません、お家賃が払えなくなりました。

「それで……もう生きていくのがしんどいから死にますって。弱々しい声でした」

驚いた田上君は、

「そんなこと言っちゃいけませんよ、今どこですか、アパートですかって訊いたんだけど、すみませんって謝るばっかりでした」

——荷物はみんな捨ててください。大家さんにも管理人さんにもご親切にしてもらったのに、本当にすみません。

「その電話、番号は表示された？」

「公衆電話でした」

田上君は〈パステル竹中〉に飛んでいった。

「自転車ぶん回して駆けつけたんですけど、ドアは鍵が開いててね。俺の手間を省こうとしてくれたんでしょう。なかはきれいに片付いてて、三雲さんはいませんでした」

もともと家財道具の少ない部屋だった。

「片付けのときにもびっくりしたんですけど、家具なんてなかったし、テレビもない。敷き布団もマットレスもない。電話も引いてない」

「携帯電話は？」

「ないない。えっとね、三雲さんの入居は」

またスマホで日誌を確認して、

「一昨年、二〇〇八年の十二月四日ですけど、そのときに俺、大家さんに頼まれたんです。電話を持ってないお年寄りだから、たまに様子を見てあげてくれって」

うちの大家にはそういうところがあるのだ。

「だから俺も気をつけてました。まあ、あんまりうるさくするのも悪いから、掃除のついでとかにね。夏場は、今日は暑いけどエアコン使ってますか、とか」

「エアコン、使ってた？」

田上君は首を横に振った。「年寄りは、そんなに暑く感じないんですよってね。それでも暑いときはスーパーに涼みに行くんだって。台所にカップ麺ばっかり山積みになってた。ほかの食材なんか見当たらない。それはもう一年中そうだったなあ」

一個九十八円だもんね、と言う。

「生活は質素でしたよ。もう限界ぎりぎりまで慎ましいって感じでしたね」

「身寄りはあったのかな」

「俺は聞いたことないですね。詳しいことは、大家さんの方がよくご存じですよ。あと、部屋を空にしたときに、これはぱっぱか捨てちゃ悪いよなあっていうようなものは、大家さんが今も保管してるはずです」

「それは有り難い」

「三雲さんが生きてるなら、返してあげられますよね」

ここで田上君は、控えめながら、初めて嬉《うれ》しそうに笑った。

「よかったなあ。あのとき死なずに、思いとどまってくれたんだなあ」

「まだ、そうとはっきりしたわけじゃないけどね」

「部屋を片付けるとき、ほかの店子さんたちにはぐだぐだ事情を話すわけにいかないし、いい話じゃありませんからね。亡くなりましたで通せって、竹中の奥さんが。でも俺、何か後ろめたかったんですよ」

その気持ちは私にも察しがつく。

「田上君は、三雲さんが化粧しているのを見たことがある?」

彼はきょとんとした。「ケショウ?」

「口紅とか」

「いやあ、ないですよ。配管掃除のときにお邪魔したら、洗面所には歯磨きと、あとは石鹸《せっけん》皿しかなかったくらいだし」

〈パステル竹中〉ではカップ麺ばかりを食べ、シャンプーの類いも買わないほど生活に窮していた。あるいは生活を切り詰めていた。そんな老女が、二月に生活苦を訴えて「死ぬ」と姿を消し、十一月には裕福で幸せそうに見えた。

本当に同一人物なのか。ただの他人の空似ではないのか。

「杉村さん」

メモから目を上げると、田上君はそわそわしていた。

「俺なんかがこんな余計なことを言っちゃいけないと思うけど……」

「ここで言う分には、かまわないよ」

「三雲さんって、逃げてんじゃないかなって感じがしたんですよね」

逃げている。

「誰かに追われてるとか」

「あてずっぽだけど、俺なんかがパッと思うのは、やっぱり借金取りですよ。だからその、つまり、〈パステル〉にはどっかから夜逃げしてきて住み着いたんじゃないかなって。だからあんなに荷物もなくってさ。ないまんまで暮らしてた」

「場合によっては、またすぐ逃げなくちゃならないから？」

田上君はうなずいた。「そういう例、俺もいくつか知ってるんで」

「わかった。ありがとう。それも大家さんに訊いてみるよ」

「アパートの話をするなら、彩子《あやこ》さんです」

竹中家は隣町にあり、ひとつ家に三世代が同居している。当主の竹中夫妻と、長女夫婦一家、長男夫婦一家、次男夫婦一家、まだ独身の三男と次女だ。

私は興味を持たれたのか、賃貸契約時に全員に引き合わされたが、一家の顔と名前と順列組み合わせを覚えきれなかった。不動産屋や田上君のような外部の関係者も、混乱を避けるため、密《ひそ》かな符丁で呼んでいる。

「彩子さんは、どっちだったっけ」

「嫁二号ですよ」

次男の夫人ということだ。失礼ではあるが、確かに便利な呼び方だった。ついでに言うと、考案者は柳夫人である。彼女の場合は覚えきれないのではなく、面白がってそう呼んでいるだけだが。

竹中彩子（嫁二号）は、すらりとした美人である。初めて顔を合わせたとき、

——私立探偵って、マット・スカダーみたいですね。

と言って、興味津々の顔をした。

——わたし、ミステリー小説が大好き。

私の方は、「すみません、スカダーって誰ですか」と訊いた。彼女は笑って、文庫本を何冊か貸してくれた。アメリカの私立探偵小説だった。

以来、竹中嫁二号は、私には（あくまでも大家の嫁と店子の距離感で）親しげにしてくれる。

今も事情を聞くと、すぐ小さな紙箱を持ってきた。

「不動産の契約のことは諸井《もろい》さんに任せっきりだけど——」

私も仲介してもらった不動産屋の社長・諸井和男《かずお》氏。社名は、冗談のようだが〈もろもろホーム〉という。

「店子さんが残していったものまで預かってもらうのも悪いでしょう。だからうちで保管しといたんです」

三雲さん生きてたのねえ、と呟《つぶや》く。

「まだわかりませんよ。これ、開けてもいいですか」

「どうぞ」

竹中家は大きな家だが、邸宅ではない。もともと地所は広く、その端に二階建ての家があったのを、子供たちの成長に合わせて増築していったのだそうで、何とも味のあるつぎはぎ屋敷になっている。私のような賓客ではない来客は、そのつぎはぎの端っこにある一間に通される。簡素な応接セットとキャビネットがあり、壁に摩訶《まか》不思議な抽象画が飾ってあって、ときどき掛け替えられる。美大に通う、この家の三男の作品だそうだ。

「衣類はなかったの。三雲さんが持って出たのか、他人に見られるのが嫌で、先に捨てたんでしょうね。だからそのなかに入ってるのは、言い方は悪いけど、がらくたよ」

確かにそうだ。使いかけの手紙セット。インクの切れた古い万年筆。空っぽの小銭入れ。交通安全の御守り。携帯用の裁縫セット。鈴のついた根付け。つるが曲がっている老眼鏡。単行本サイズの布のブックカバー。新品なのか、薄いビニール袋に入ったままだ。

「洗剤とかブラシとか洗濯ばさみなんかは、捨てちゃった」

サンダルや履き物も何足かあったが、やはりゴミ置き場行き。意外と処分に困ったのが、掛け布団一枚と毛布と座布団二枚で、

「まだきれいだったから、干してカバーを掛け替えて、集会所に寄付したの」

「三雲さんがどんな人だったか、覚えていますか」

「ええ。賃貸契約のとき、姑《はは》とわたしが立ち会ったから」

ちっちゃいおばあちゃんだったわ。

「生きてるのならよかったけど」

言って、竹中嫁二号は少し渋い顔をした。

「元気なら、うちに挨拶に来てもバチはあたらないのにね」

「何か特別な計らいをしてあげた店子なんですね」

竹中嫁二号はうなずいた。「敷金なし、礼金なし、保証人なし。最初の家賃は年金が入ってからの後払いでよし。おまけに姑は、当座の生活費にって、二万円貸してあげたんですよ」

三雲さん、ホームレスになる寸前だったのよ——と、声をひそめた。

「〈もろもろホーム〉に来たときは、ホントに鞄《かばん》ひとつだった」

明らかに経済的に困り、事情がありそうな三雲勝枝を、〈もろもろホーム〉は門前払いにせず、

——親切な大家さんがいるから。

と、竹中家に話を持ってきた。で、夫人と嫁二号が〈もろもろホーム〉へ出向いたのだ。

「三雲さんの姿を見てすぐに、お姑《かあ》さんは断らないと思ったわ。そのとおりだった」

その代わり、かなり突っ込んだ事情まで聞き出した。

「あのおばあちゃんの顔を覚えてるかって訊かれたら、自信ない。でも、あの人の身の上話なら覚えてる。世の中には、自分の母親にこんな酷なことをする娘がいるのかって、びっくりしたから」

竹中嫁二号の表情が険しくなった。

「三雲さんはご主人を早くに亡くして、娘さんと二人暮らしだったんですって。女手ひとつで娘さんが高校を出るまで育て上げて」

その娘は学校を出て就職し、結婚したが、四十近くなってから離婚してしまった。

「子供はいなくて、一人で三雲さんのところに戻ってきたんだけど、その後は再婚することもなくて」

——淋しかったのかもしれません。

と、三雲勝枝は言ったそうだ。

「変なものにかぶれちゃって、どんどんのめり込んじゃったんだって」

「変なもの？」

竹中嫁二号は顔をしかめる。「話を聞いたときもよくわからなかったんだけど、今でも何て言ったらいいのかしら。占いかなあ」

とにかく〈御言葉《みことば》〉とやらをくださる〈先生〉にかぶれて、貢ぐようになった。

「ははあ。珍しい話じゃありませんよ」

本日二度目の感想だ。

「お姑さんは、『きっと宗教カルトよ』って言ってたわ」

娘は自分の稼ぎを貢ぎ、母親にも執拗《しつよう》に〈先生〉へのお布施を求め、それを嫌った三雲勝枝と喧嘩《けんか》になると、

「その〈先生〉とやらのところに転がり込んじゃったんだって。愛人だか弟子だかわかんない感じで」

それが、二〇〇八年十二月の時点から、一年ほど前の話だそうだ。

「そこで終わりにはならなかったんですね」

「そうなのよ」

〈先生〉に入れあげる娘は、母親を訪れては金をたかり続けた。三雲勝枝が出し渋ると、財布や引き出しから現金を抜き、金目のものを持ち出して勝手に売り飛ばす。

「また、その娘がね——」

さんを取ってしまって、竹中嫁二号は酸っぱそうな顔をした。

「口が巧《うま》いんですって。三雲さんの年金が入る日を待ち構えてて、たかりに来るの。泣いたり拝んだりすがったり、〈先生〉に浄財を差し上げることはお母さんのためにもなるんだとか。三雲さん、わたしたちの前で涙ぐんでたわ」

——親バカじゃなくてバカな親ですけど、娘にああだこうだと説かれると、きっぱり突っぱねることができませんでねえ。

「お母さんがお金を貸してくれないならサラ金から借りるって言われて」

——そんなのとんでもないことだって、もう頭が真っ白になってしまいまして。

「虎の子の定期預金三百万円まで下ろしちゃって、全額持っていかれちゃったんだって」

いくらなんでもアホ過ぎよと、竹中嫁二号は自分のことのように嘆いた。

「いいじゃない、今のサラ金はそんなに怖かないわ。娘が借りるっていうなら、自分の裁量で借りさせりゃいいのよ」

私は宥《なだ》めた。「年配者には、サラ金というイメージだけで怖かったんでしょう」

それでも、そんな調子で蓄えを奪われ、たびたび年金を吸い上げられては、生活に困るのは時間の問題だ。娘に弱い三雲勝枝も、さすがに堪《こら》えきれず、「親子の縁を切る」と怒って大喧嘩になったのが、

——十月の初めごろでしたかねえ。

「そしたら娘さん、じゃあ遺産の前渡しをもらうって、年金受給口座のキャッシュカードを持ってっちゃったんだって」

慌てて受取口座を変更したが、そのときには既に前の口座は空っぽ。水道光熱費の滞納もある

し、だいぶ前から家賃の支払いが遅れ遅れになっており、管理会社から厳しいことを言われていたので、

——追い出されるなんて、死ぬより恥ずかしいですから。

三雲勝枝は、住んでいたアパートから逃げ出してしまった。しばらくは知人に頼っていたものの、居候生活が長く続くわけはない。

——三畳間でいいから、どこかに部屋を借りられないかと思いまして。

〈もろもろホーム〉へふらりと足を踏み入れたのが、師走の四日だったというわけだ。

「新婚のころ、ご主人の会社の社宅がこっちの方にあって、いくらか馴染《なじ》みがあったんだって言ってた」

——昔が懐かしくて。

この町へ流れて来たというわけか。

夜逃げだという、田上君の勘は当たっていた。ただこの場合、金を取り立てにくるのが債権者や貸し金業者ではなく、娘だというのがかえって性質《たち》が悪い。

「竹中さん、三雲さんの娘の名前を覚えていますか」

竹中嫁二号は、切れ長の目を二、三度まばたいた。「——ないわ。そういえば、聞いたことなかった」

うっかりしてたわ、と悔しがる。

「意外とそんなものですよ。〈娘が〉〈娘さんが〉で済んじゃいますからね」

「手がかりになったのに、ごめんなさい」

「気にしないでください。三雲さんの娘が今、本名を名乗っているとは限らないし」

竹中嫁二号は「ゲッ」という声を発した。

「今初めて、杉村さんがホントに探偵っぽく見えたわ」

「この箱、お預かりしてもいいですか」

「どうぞ。舅《ちち》と姑《はは》には話しておきます」

竹中当主夫妻は海外旅行中だという。

「セーヌ川古城めぐり八日間の旅」

「古城めぐりならロワール川でしょう」

「そうかしら」

「あとひとつ、三雲勝枝さんが〈パステル〉に入居したとき、前の住所がわかるものをこちらに提出しませんでしたか」

「入居申請書を書いてもらいました。そっちはまだ諸井さんのところにあるはずよ」

紙箱を抱えて、私は竹中家を辞去した。

ロワール川古城巡りの旅。いつか行きたいと、別れた妻と話し合ったことがある。

——歳をとってからにしましょう。共白髪になってから。

余計なことを思い出してしまった。

3

株式会社もろもろホームは、京浜東北線の王子駅前にある。大きな雑居ビルの一階だ。訪ねると、幸い諸井社長はオフィスの方にいて、話はすぐ通じた。

三雲勝枝が〈パステル竹中〉の入居申請書に記した前住所は、江東区森下町の〈エンゼル森下〉二〇三号室だった。森下町は、隅田川下流に近い下町である。

「当時、こちらに連絡したことはありますか」

「ないない、ノータッチ。うちから何かして、三雲さんが娘に見つけられるきっかけになったらまずいと思ったからね」

諸井和男社長は、日本の正しい中年サラリーマンのサンプルのような風貌だが、サングラスをかけると途端に〈その筋〉の人に見える。不動産屋にとっては、それで便利な場合もあるそうだ。

「杉村さん、ここに行くんなら、先に昼飯を食おうよ」

二人で近くのカレー屋に行った。

「三雲さん、生きてたかあ」

「いや、まだわからないんです」

この件に関わる人たちは、他人の空似説に与《くみ》しない。いい人たちだと思っていたら、

「私ゃそんなに人が好《よ》くないよ」と笑われた。「当時から怪しんでたんだ。私も三雲さんから電話をもらったからね」

田上君だけではなかったのだ。

「もう金がなくなって家賃が払えないし、生きていてもしょうがないから死にます、みたいなことを、蚊の鳴くような声で言ってましたよ。で、すぐ切れちゃった」

その電話は店舗の代表番号にかかってきて、番号表示はやはり〈公衆電話〉だったそうだ。

「何が怪しいと思ったんですか」

諸井社長はすぐ答えた。「滞納がなかったからね」

三雲勝枝は、〈パステル竹中〉の家賃を滞納していなかった。

「家賃が払えないから逃げますっていうような人は、その前から滞納があるもんですよ。だけどあの人は、毎月きちんと家賃を納めてた。アヤコさんもそう言ってなかった?」

店子に家賃滞納があれば、すぐに竹中家のアパート担当・竹中彩子に報告することになっているのだという。

「竹中家の長男の嫁さん」

「彩子さんは次男の奥さんです」

「あれ、そうだっけ。嫁一号はアサミさんだったっけな」

というふうに混乱しがちな我々だ。

「だから、電話から一ヵ月以上待って一〇二号室を空にしたのは、契約書に明記してあるとおりのフェアな手続きでしたよ」

次の月の家賃が入らないから、賃貸契約を解除し、残置物を処分したわけだ。

「三雲さんの捜索願を出すことは検討しましたか」

諸井社長はきっぱり答えた。「そうした方がいいかって嫁二号に訊かれたけど、およしなさいって止《と》めた」

「じゃあ——前の住所だと、江東区役所か。そちらに照会して、もしかして三雲勝枝の死亡届が出ているかどうかの確認なんて」

「してませんよ、そんな余計なこと」

「社長は、三雲勝枝さんの娘の名前を覚えてますか」

カレースプーンを手に、社長は三秒、考えた。「確かね、サナエさん。普通に、早い苗と書く早苗じゃないかな」

「三雲早苗ですかね」

「そうじゃないの？　離婚してお母さんと住んでたんだから。ああでも、旧姓に戻してない場合もあるか」

そのへんは離婚の事情にもよるだろう。

「杉村さん、申請書の添付書類を見てよ。三雲さんの健康保険証のコピーがあるでしょ」

もらったぺらぺらのファイルをめくると、確かにそうだった。

「昭和十五年五月生まれ——」

「そう。一九四〇年生まれだから、〈パステル〉入居の時点で六十八歳。今、生きてれば七十になってる計算だな」

諸井社長は苦笑した。「盛田さんの感覚がズレてるわけじゃないよ。私も、最初に店で会ったときは、八十近いばあさんだと思ったもの。あの人は老けてた。それぐらい大変な人生だったんだなあと思いましたよ」

竹中嫁二号が、三雲勝枝の姿を見て、

――お姑《かあ》さんは断らないと思ったわ。

と言った意味が実感されてきた。

「あの年代で、ダンナに先立たれて一人で働いて子供を高校まで出すのはえらいことだったろうからね。今みたいに福祉が手厚くない時代だから」

「三雲さん、仕事は」

「縫製会社に勤めてたそうだよ。結婚していったん辞めて、旦那が亡くなったんでまた再就職して、そこで勤めあげた」

だんだん思い出してきたと、社長はうんうんとうなずき、私を見た。

「竹中家がああいう人に優しいのは、けっこうなことだよ。でもこっちは商売だからね。年金だって、あの人がどのくらいもらえてるのか、きっちり押さえとかないとまずかったからさ」

「それはもちろん、わかります」

「再就職してからは、パートタイムだったたって言ってたよ。まるまる厚生年金じゃなくて、国民年金の期間の方が長いから、だいぶ安かったんだ」

でもさ、と首を傾《かし》げる。

「どんなに安くても、年金は、ふた月に一度は必ず支給されるんだからね。〈パステル〉に落ち着いてからは、娘にむしられることもなくなったんだし、金の問題だけで、いきなり死にたくなるほど追い詰められるはずはないんだよ」

カレーの香りのなかで、私はうなずいた。

「だから私は、いろいろ勘ぐってた。ひょっとするとこりゃ難しい病気が見つかったのかな、とか」

癌《がん》とか心臓病とかね。

「見かけだけじゃわからない大病」

「治療に高い医療費がかかる」

「大変な闘病になるから、先行きが不安だろうしね。だもんで、いっそ早く死んじゃおうかと思い詰めた」

思い詰めて、社長と田上君に電話をかけ、〈パステル〉から消えた。それで本当に死んだかどうかはわからないが、

「あり得ますね」

「あともうひとつは――」

ここで社長は痛そうに顔を歪《ゆが》めた。

「娘さんに見つかっちゃったか、三雲さんの方から娘に連絡して、もとの鞘《さや》におさまることになっちゃったかな、と。夫婦じゃないから、おかしな表現だけど」

言いたいことはわかる。

「でも、三雲さんの方から娘さんのもとに戻るなんて、ありますかね」

「そこは親子の関係だからねえ。ほかに頼れる身寄りはなかったみたいだし、母一人子一人なんだから」

〈パステル〉で生活が落ち着くと、三雲勝枝は淋しくなったのかもしれない。娘のことが心配になってきたのかもしれない。

「私はね、その可能性がいちばん高いと思ってたんだ。でさ、そんな成り行きだったとしたら、正直に言いにくいでしょう。私はともかく、竹中の奥さんには言えないよ」

あれだけ世話になったんだ。

「かといって、黙って消えて捜されても困るだろ。だから、死にますとかぼそぼそごまかして逃げちゃったんじゃないかなあと」

私の想像だけどね、と笑う。

「あとの方の場合だったら、三雲さんが生きてたって不思議はない。以前よりお洒落で裕福そうになってたってのは解せないけど」

そう、そこがけっこう難問なのだ。付き添いの若い女性の存在もある。

「早苗という娘さんがかぶれていた〈先生〉について聞いたことがありますか」

諸井社長はかぶりを振った。「どうせいんちき宗教か、カルトだろうから」

竹中夫人と同じ見解だ。

カレー屋の前で社長と別れると、私は江東区の森下町へ向かった。初めて訪ねる地域だが、整然と碁盤の目の町並みなので、住居表示をたどって行くだけで、〈エンゼル森下〉はすぐ見つかった。

二階建て、モルタル外壁の陸屋根《ろくやね》、外通路と外階段、洗濯機も外置きで、上下に五部屋ずつ。〈パステル竹中〉を二十年分ぐらい古くして、部屋数を増やしたような建物だ。

外階段の手前側に、上下二段で五個ずつ、金属製の郵便箱が設置されている。これもあちこち錆《さ》びた年季物だ。べこりとへこんでいる箱もある。

二〇三号室の箱の差し込み式プレートには、こうあった。

〈三雲〉

私はしばらく、その場で考えた。それから外階段を上がり、二〇三号室のチャイムを押した。一度、二度、三度。ピンポンの三度目で、がちゃりと音がして、チェーンをかけたまま扉が一〇センチほど開いた。

「ごめんください」

ドアの隙間から覗いているのは、長い茶髪の若い女性だ。よれよれのジャージの上下。起き抜けのように、眩《まぶ》しげに目を細めている。

「突然すみません。三雲さんはいらっしゃいますか」

茶髪の女性は、目を細めたまましばしばとまばたきした。「――三雲さん？」

ハスキーな声だ。私がはいと応じると、

「どなたですか」

「杉村と申します。三雲勝枝さんをお訪ねしてきたんですが」

茶髪の女性は訝《いぶか》しそうに私を見る。

「カツエさん、ですか」

「はい」

「サナエさんじゃなくて？」

私は表情を変えないように努めた。

「早苗さんは勝枝さんのお嬢さんですよね。こちらにお住まいですか」

いきなりドアが閉まった。私はその場で待った。

しばらくすると、またドアが開いた。今度はチェーンも外れていて、現れたのは、さっきの茶髪の女性よりはっきり目が覚めている女性だった。長袖のシャツに、ジーンズをはいている。やはり長い茶髪を、首の後ろでひとつに束ねていた。歳は三十前後だろう。

「すみません、どちら様でしょう」

口調もハキハキしている。見れば彼女の後ろで、さっきの茶髪の女性と、黒髪のショートカットでショートパンツ姿の若い女性（こちらは十代かもしれない）が、身を寄せ合うようにしてこちらを窺《うかが》っていた。

三人三様に、不安そうに見えた。

「私は杉村と申します。探偵事務所の者です」

私は事務所名刺を出した。

「三雲勝枝さんと連絡を取りたくて、探しているんです。二〇〇八年の十月までは、ここにお住まいだったとわかっているんですが」

長袖シャツの女性は、額に垂れかかってきた一房の髪をかき上げると、私の名刺と私の顔を見比べた。

「探偵事務所？」

「はい」

「管理会社の人ではないんですか」

「ええ、違いますが」

そして彼女は、今の段階では私が予想していなかったことを口にした。

「警察の人でもないんですね？」

私は適度に驚いた顔をした。「何か警察が介入するようなことがあって、お困りなんですか」

適度に親身な態度もとった。それがよかったのか、背後の二人にちらりと視線を投げてから、長袖シャツの女性はこう言った。

「カツエさんという方のことは、わたしたちは知りません。早苗さんのお母さんには会ったことがないから」

「そうでしたか。皆さんは、早苗さんのルームメイトなのかな」

「ええ、はい」

すると、後ろのショートカットの女の子が言った。「あたしたちはスターメイトです」

余計なことを言うなというふうに、長袖シャツの女性がさっと彼女を振り返り、すぐと向き直って、取り繕うような顔をした。

「ルームメイトです。早苗さんもここに住んでますけど――」

迷うように目を泳がせ、言い淀《よど》む。できるだけ親身な顔つきのまま、私は待った。

その甲斐《かい》はあった。彼女は言った。「今はいないんです」

「お出かけですか」

「それが――よくわからなくて」

この場の三人のなかでは姉さん格であるらしい彼女は、だからこそもっとも不安そうに見えた。その不安が、私のような第三者の問いかけで溢《あふ》れてしまうほど、コップの縁まで溜《た》まっていたことも見てとれた。

「三ヵ月ぐらい前から、ここに帰ってきてないんです。〈サンクチュアリ〉にもぜんぜん来ないし、ケータイも繋《つな》がらなくて。早苗さん、どこにいるのかわからないんですよ」

彼女たちの話を聞き、長袖シャツの女性が部屋じゅう探し回って発見してくれた〈エンゼル森下〉の管理会社担当者の名刺を手に、私はその会社を訪ねた。地下鉄でひとつ先の駅前だ。現れた担当者は若い洒落者で、細身のスーツを着こなし髪型も決めていた。私が、三雲勝枝さんとも、娘の早苗さんとも連絡がとれなくなって捜している――と切り出すと、最初は不得要領で、事情を聞くうちに不審そうな顔になり、それから慌て始めた。

「家賃はどうなるんでしょうね？　口座、ちゃんと残してあるのかな」

驚いたことに、彼は、三雲早苗だけでなく、勝枝も〈エンゼル森下〉の二〇三号室にいると思い込んでいた。それにはそれなりの経緯《いきさつ》があった。

三雲母娘は彼が入社する以前から〈エンゼル森下〉に住んでいた。優良な店子だったという。が、二〇〇八年の春ごろから、口座振替の家賃が落ちないことが続いた。電話すると、三雲勝枝が慌てて支払いにやってきたそうだが、九月末にはとうとう、

――少し待っていただけませんか。

「時代劇の長屋じゃないんだから、そんなことはできませんからね。このままだと一ヵ月後には立ち退《の》きですよと言うと、その時は何とか工面したらしくて、払ってくれました」

だが、翌十月はまた振替ができず、電話も繋がらなくなっていた。担当者が出向いてみると、二〇三号室は応答がなく、ガス栓は閉められ、電気のメーターは止まっていた。料金滞納のせいだ。このあたりは、さっき竹中嫁二号から聞いた話と符合している。

その局面になって初めて、この担当者は、契約当事者の三雲勝枝ではなく、同居人の娘の早苗に連絡をとることにした。緊急連絡先として彼女の携帯電話の番号が登録されていたので、かけてみると、ひどく驚いた様子ですっ飛んできたという。

――ごめんなさい。母と喧嘩して、わたしはしばらく家を出ていたんです。母一人じゃ、お金のやりくりができなかったんでしょう。

実際には、このころ当の三雲勝枝は知人を頼って泊まり歩き、ホームレス寸前になって、十二月頭にようやく〈パステル竹中〉に入居できるのだ。

三雲早苗はすぐ滞納分の家賃を納め、

――これからは、わたしの口座から家賃を振り替えるように手続きしたいんですけど。

その場はそれで収拾がつき、翌二〇〇九年の三月は二〇三号室の契約更新月で、

――母はもう高齢ですから、わたしが契約してもいいでしょうか。新規の契約になってもかまいませんから。

大家の了解がとれた（新規契約でまた礼金が入るのだから文句はあるまい）ので、そうすることになった。で、現在に至る。

母親から虎の子の預金まで巻き上げながら（だからこそ、か）、三雲早苗は妙に金払いがいい――ということはさておき。

私は竹中夫人ほど懐の深い人間ではない。だが、現状、三雲早苗が大家に無断で三人もルームメイトを引き入れて住んでいることを（賃貸契約の条項に違反している可能性がある）チクりはしなかった。この洒落者の若い担当者に腹が立ったからだ。それは別に、

「そちらで、三雲早苗さんの勤め先はわかりますか」

「そんな個人情報を出せるわけないでしょ」

というやりとりがあったからではない。

彼の言うように、現代の不動産管理会社は昔の長屋の差配人とは違う。万事に契約優先、違反

したらアウトだというのも仕方がない。

だが、彼の入社以前からの店子で、過去に大きな問題を起こしたこともなく、しかも高齢の入居者の三雲勝枝が、あるときから急に家賃を滞らせるようになったのに、

——何かあったんですか。

そのひと言さえ発した様子がない。相手は年金生活者だとわかっているのに、家賃が遅れたらただ厳しく督促するだけで、まったく事情を聞こうとしていない。さらに、早苗と話がまとまってからは、三雲勝枝とは連絡がついていないし顔さえ見ていないのに、

——お母さんは一緒にお住まいなんですね。お元気なんですか。

と、確認していない。これは業務云々《うんぬん》のレベルではなく、人としての思いやりの問題だ。

近ごろの若い者はなっとらん。私がそんなこと言えば、確実に爆笑しそうな顔をいくつか思い浮かべながら、〈エンゼル森下〉へ取って返した。今度は部屋にあげてもらえたし、台所の椅子を勧めてもらえた。

室内は散らかっていて、ラフな衣類と派手な衣類が混在し、そこらじゅうに積み上げたり引っかけたり、ハンガーで吊《つる》してあったりする。そのなかに、フライトジャケットは見当たらなかった。

私が部屋の契約について教えると、三人の女性たちは一様にほっとしたらしい。

「あたしたち、すぐ追い出されたりしませんよね?」

私は首をひねってみせた。「あなた方は、ある程度の家賃を負担しているんですか」

長袖シャツの女性が答えた。「はい。ここはひと月五万五千円なんですけど、水道光熱費も込みということで、この二人が一万円ずつ、わたしは二万円払ってました」

五十平米ぐらいの２ＤＫだ。女性同士でも四人はきつかろう。

「貸し主に無断でこういうことをやるのは契約違反なんだよ」

「——知ってますけど」

「いつから同居してたんですか」

「去年の四月です。ちょうどここの契約を更新したばっかりだって、早苗さんは言ってました」

管理会社の担当者の話と合っている。三雲早苗は、契約当初から、誰か同居人を入れて家賃を分担することを頭に入れていたのかもしれない。

「現状、家賃やほかの経費の支払いはどうなっているのかな」

三人はお互いの顔を見る。また長袖シャツの女性が答えた。「全部、早苗さんに任せて口座振替にしてもらってたから、どうなってるのか……」

最初に私とやりとりしたとき、彼女が「管理会社の人か」と訊いたのも、無理はない。

「じゃ、その口座の金が尽きたら、あなた方はどうするつもりだったんですか」

若い二人はうなだれてしまい、姉さん格の長袖シャツの女性は、

「その時はその時で何とかすればいいから」と、ぶっきらぼうに言い捨てた。

「早苗さん、今年に入ってから、外泊して帰ってこないことも多かったんですよ。旅行だって言って、一週間もいないこともありました。今度だって——」

そのうち帰ってくるだろうと思っていたら、ずるずると三ヵ月も経《た》ってしまったという様子のようだった。

「あなた方は早苗さんと、そこで」

私は、リビングの後ろの壁に貼ってあるポスターを指さした。

「知り合ったのかな」

畳一畳分ほどのサイズのポスターだ。映画に出てくる魔法使いのような格好をした女性が、片手に銀の錫《しゃく》を持ち、片手を宣誓するように揚げて立っている。その頭上には合成写真の銀河がきらめき、足元には花が咲き乱れている。

〈貴女《あなた》を導く銀河の精霊〉

〈アトランティスの聖女エイラの御言葉《みことば》に耳を傾けよう〉

団体の名称は「スターチャイルド」であるらしく、中央の魔法使いもどきが代表者というか教祖というか、中心人物のようだ。コスプレ的な扮装《ふんそう》と化粧のせいで、年齢の見当がつかない。四十歳以上六十歳以下。

「そうです。わたしたちみんな、メンバーです」

長袖シャツの女性は薄笑いをした。

「今、バカにしたでしょう」

これには不意を突かれた。

「いいんですよ。わたしたち、バカにされるのには慣れてるから。でも、そういう人たちにはわたしたちの気持ちなんかわからないし、助けてくれるわけでもない」

あとの二人もうなずいている。

「ここのメンバーが〈スターメイト〉なんだね?」

「ええ。チャネリングするとき、共鳴して力を増幅できるくらい相性のいい相手のことは、〈シスター〉って呼びますけど。早苗さんとわたしはシスターでした」

「会員は女性が多いんですか」

「全員、女性です」

「このポスターの人が――」

「リーダーです。わたしたちは〈先生〉ってお呼びしています」

三雲早苗が入れあげていたのは、男性の教祖ではなかったのだ。

私の驚きを、長袖シャツの女性は別の方向に解釈したらしい。薄笑いを広げて、

「〈スターチャイルド〉は宗教団体じゃありません。教義なんかない。より高次元のチャネリングをするために身を清めるし、外の社会で辛《つら》い想《おも》いをしている人の集まりだから、ここと同じように家を出て共同生活しているメンバーも多いけど、みんなちゃんと働いてるし、子供のいる人は子育てもしています」

私はポスターを仰ぎ、じっくり検分し、あらためて、私に向けられている三人の真剣な眼差《まなざ》しを受け止めた。

「皆さんのお名前を教えてもらえますか」

ずっと黙っていた一番年下の女の子が、挑みかかるような強い声で応じた。「スターメイトとしての名前なら」

「うん、それでいいよ」

投げやりな感じにため息をつき、彼女より先に、

「わたしがベル」と、長袖シャツの女性が言った。「こちらがブック、この子はリング」

そしてリングに、「外の世界の人には意味のない名前なのよ」と言った。

「いや、今はそれでいいですよ。三雲早苗さんのスターメイトとしての名前は?」

「キャンドルでした」

私はメモを取り出した。「書き留めていいですか」

「どうぞ」

「さっき、あなた――ベルさんは、〈サンクチュアリ〉って言ってましたね?」

「〈スターチャイルド〉の本部です」

一般には「聖域」の意味、教会のことだろう。三雲早苗はそこにも顔を見せなくなって、三ヵ月ほど経つのだ。

「先生のご自宅です。住所も電話番号もアドレスも、全部そこにありますよ」

ポスターの下部に印刷されている。

「サンクチュアリに住み込んでいるメンバーはいますか」

「ほかに行き場がない人は、サンクチュアリで保護します。特に、赤ちゃんや小さい子供を抱えている人は優先的に」

三雲勝枝が語った身の上話には、だいぶ誤解が混じっていたらしい。娘の早苗は変なものにかぶれて教祖の愛人になったのではなく、この団体に加わり、他のメンバーと共同生活を始めただけだったのかもしれない。金をたかられる母親からしてみればどっちだって大した差はなく、詳しいことを聞き出すだけの気持ちの余裕もなく、娘がこんなふうになるのは男に騙《だま》されているのだと思い込んでしまっていたのか。

「サンクチュアリを運営していくにはお金がかかります。お金は、あればあるだけ役に立ちます」

ベルの口調は必要以上に事務的だった。

「だからメンバーは働いてお布施をします。それはメンバー全員のためであって、先生に貢いでるわけじゃありません」

私がうなずくと、ベルは探るような目をした。「ホントに信じてる?」

「どうぞ、続けてください」

また、投げやりなため息。

「わたしはサンクチュアリがなかったら生きていかれなかったし、この二人も似たようなものです」

「あたしは継父《ままちち》から逃げてきたの」

まだ起き抜けのように眩しげに目を細め、ブックが言った。「最初は家からサンクチュアリに通ってたんだけど、やめさせられそうになったから家出したんです」

「……そう」

「リングは学校でいじめられて」

「やめてよ。勝手に言わないで」

当のリングがきつい声を出した。そして私に怒りの目を向けた。「帰ってください。キャンドルはここにはいないんだから、もう用はないでしょ。他人のこと探るなんて嫌らしいと思わない――」

「あなたたち」ベルが遮った。「買い物に行ってきて」

「嫌よ」

「リング、わたしにそんな態度をとるのは間違いだと思わない?」

驚いたことに、ブックはむっつりと、リングは怒り顔のままながら、椅子から立ち上がった。

そのまま玄関から出て行った。

「あなたの方が指導的な立場なんですね」

ベルはうなずいた。「あの子たちよりちょっと古いってだけですよ。ここではキャンドルがいちばん先輩でした」

もっとも、サンクチュアリ自体が、発足からまだ六年なのだという。

「発足というほど大げさな集まりじゃないって、何度も言いますけど」

「ええ、わかってきました。皆さんは先生を心の支えにして集まっている女性たちのグループであって、カルトの類いではない。そうですね？」

ベルはうなずく。「みんな先生が大好きだし、尊敬しています」

「でも、知ってましたか？　キャンドルはお布施をするために、お母さんから貯金や年金を巻き上げていたんです」

ベルの表情が歪んだ。額に垂れかかる髪を、うるさそうにかき上げる。

「キャンドルが、お布施のためにだいぶ無理をしているのは知ってました。そのことで彼女、何度も先生に叱《しか》られてたから」

これもまた、ここまでの情報から生まれる印象とは異なっている。

「キャンドルは、お布施をたくさんすれば早くステージが上がって、サンクチュアリのなかで偉くなれると思い込んでいたんです。そんなの間違ってるだけじゃなくて、先生に対する冒瀆《ぼうとく》なのに」

その口調の切実さと真摯《しんし》さ、抑制されているが強い怒りに、私は口を挟めなかった。

「あの人は――もちろん傷ついていたけど、本当にほかに逃げ場がなくてサンクチュアリに来ていたわけじゃないから、わたしたちとは違ってた」

一気に言ってから、ベルは厳しく言い足した。「世俗的でした。現世でいい思いをすることに執着していたんです」

「キャンドルは離婚経験があるんです。それは知ってましたか」

「ええ。何度も聞いたから」

ベルの表情は怒ったままだ。

「わたしたちは、みんなで先生を囲んで告解をします。それぞれが自分の過去を自分の言葉で語るんです。最初のうちは感情的になっちゃうけど、繰り返しているうちにだんだんと落ち着いてくる。そのためにこそ告解はあります。でも、キャンドルは離婚の話をすると、いつも被害者意識丸出しで、大騒ぎしてました」

——あたしは捨てられたのよ。

「自分が職場の同僚と浮気して、それが旦那にバレて離婚になったんです。言ってみりゃ自業自得なのに、あの人、そう認められないんですよ」

——つい魔が差しちゃっただけなのに。

「旦那の方はすぐ再婚して、子供が生まれたそうです。そのことも、地団駄を踏むみたいにして悔しがってた」

陽《ひ》が落ちて、いつのまにか室内は薄暗くなっていた。ベルが立ち上がり、頭上の照明を点《つ》けた。

「早苗さんの勤め先をご存じですか」

部屋が明るくなると、ジャージやTシャツに混じって吊されている派手な服の色合いがくっきりと目立つ。私がついそれに目をとられたのを、ベルはちゃんと見ていた。

「わたしとブックは水商売だし、リングもいずれそうなりそうだけど、キャンドルは違います。

夜の仕事をすると真人間じゃいられなくなるって言ってたから」

勤め先は知りません、と言った。「わたしたちは訊いたことないし、キャンドルも言わなかった」

そもそも〈サンクチュアリ〉では、メンバーの社会的属性にこだわらないという。

「そんなもの、その人の本質とは関係ないですから。キャンドルはスーツ着て出勤してたから、普通の会社員じゃないですか」

あの洒落者の管理担当者に食い下がるしかないか。

「ここに彼女の写真はありますか」

ベルは、写真だけでなく、ノートパソコンで動画も見せてくれた。〈サンクチュアリ〉で行われる定例の懇親会や、クリスマス会の様子を撮ったものだ。

「この人です」

一見して中年の、それにしては若々しい服装の、顔立ちのはっきりした女性だった。髪は肩にかかるくらいの長さだが、写真や動画によって、よく髪型を変えていた。シニヨンにしたり、おさげにしたり、ボブカット風にしたり、巻き髪にしたり。魔導士風の装束を身につけている写真もあり、

「これはチャネリングするときのです。あんまり写真に撮っちゃいけないんだけど」

一枚だけ、シンプルなスーツ姿で、ほぼ全身が写っているものを借りることにした。

パソコンをしまうと、ベルは言った。「わたし、キャンドルが〈スターチャイルド〉から抜けてしまうだけなら、不思議には思いません」

去年の秋ごろから、何となくそんな気配があったという。

「先生に口答えしたり、チャネリング中に勝手に集中を切っちゃったりして……」

「皆さんのあいだでは、そういう行為はタブーなんでしょう？」

ベルはその問いには答えず、

「どんなに大切な真実を語る御言葉だって、聞く人がそれを心の底から信じていなければ、熱が冷めるってことはあるでしょうからね」と言った。

「キャンドルが、頑張ってお布施してもちっともいいことがない、いい出会いもないなんてグチるから、わたし、不謹慎だと怒ったことがあって」

いい出会いなんて——と、さも汚らわしそうに言う。

「でも、ここからいなくなるのは解せないの。ここはあの人の家だから」

ベルの顔から怒りの潮が引いてゆき、濡《ぬ》れて冷えた砂地が顔を出すように、冷たい不安が戻ってきた。

「キャンドルのお母さんのことは、わたしたちはホントに何も知りません」

彼女が嘘をついているとか、何かを隠しているとは思えなかった。

「携帯電話が繫がらないというのは？」

「電源が入ってないみたい」

メールの返信もまったくない、と言う。

「一応、番号を教えてください。それと、最後に早苗さんに会ったのはいつですか？　できるだけ正確に知りたいんですが」

ちょうどそこへ、ブックとリングがスーパーの袋を提げて帰ってきたので、三人で話し合ってもらったが、

「八月の七日か八日か、それぐらい」
というこことだった。

ベルが言ったとおり、彼女たちも三雲早苗の勤め先を知らなかった。ただ、早苗が水商売を嫌っていた理由については、ブックが面白い情報をくれた。

「キャンドルは、いい再婚相手が見つかったとき、夜の商売なんかやってると損だからって言ってた」

それは相手の素性や出会い方によるだろうが、ひとつの見解ではある。

「突然お訪ねしたのに、いろいろありがとう。もし何か思い出したことがあったり、早苗さんと連絡がついたりしたら、報せてもらえると助かります」

席を立ち、思いついて、私は余計なことを付け加えた。

「現状、早苗さんに何が起こったのかわからない。ここは女性三人だけだし、用心してください」

ブックとリングは、私が期待した以上にブルってしまった。するとベルが素早く、例の投げやりな調子で言った。

「大丈夫よ。わたしがいるんだから」

その意味を、私が問い返す間もくれず、

「わたし、人殺しなんですよ。だから何も怖くない。平気よ」

挑戦的な言い様に、場が強張《こわば》った。ベルは私から顔を背け、台所に入って、ブックとリングが買い込んできたものをがさがさと片付け始めた。

私は玄関で靴を履き、外廊下を歩いた。街路へ出たところで、後ろからブックとリングが追いかけてきた。

「あの、すみません」

外はもう夜だ。外気は澄んで冷えていた。

「ベルが言ったこと、ホントじゃありませんから」

人殺しなんですよ。それは彼女の、「サンクチュアリがなかったら生きていかれなかった」という発言とも関連がありそうだった。

「ベルは悪い人じゃないんです」

「うん、僕もそんな気がするよ」

「人殺しなんて――」

ブックの細い目がさらに細くなる。

「車で人を撥《は》ねちゃったんです。事故だったんですよ。わざとじゃない」

「もうずっと前のことみたいだけど、でも、告解するたびにベルは泣いてます。ずっと辛いんだと思います」

私は無言で、彼女たちにうなずいた。

「これ、よかったら」

カードを二枚、差し出された。一枚はキャバクラ嬢の名刺、一枚はカフェのカードだ。

「あたしたちのバイト先です」

「そう。いただいておきます」

「さっきはごめんなさい」

リングが言った。つぶらな瞳が黒水晶のようだ。こんな町中の裏通りで、ひっそりと輝いている。

「人を誹《そし》ってはいけないって、いつも先生に教えてもらってるのに、あたし、まだ駄目なんです」

「いえ、こちらこそ失礼しました」

スターメイトたちは部屋に戻っていった。初めて訪れる町の初めて浴びる街灯の光の下で一人になり、私は急に疲れ、寒さを感じた。

4

三雲早苗の携帯電話は繋がらなかった。

〈おかけになった電話は電源が切れているか、電波の届かない場所にあります〉

お馴染みのメッセージが聞こえてくる。解約してはいないのだ。

「へえ〜、チャネリングってのは霊と交信することなんだね。チャネラーは霊媒なんだ」

一夜明けて、〈侘助〉のマスターがまたモーニングを出前に来てくれた。私は頼んでいない。マスターが話を聞きたいから来たのだ。とはいえ、この人は情報通である上に口が固い。しゃべっているうちに私の頭が整理できるという効用もある。

私はモーニングを食べ、マスターは今、私のノートパソコンで〈スターチャイルド〉のサイトを眺め、独り言だか質問だかわからないことをぶつぶつ呟いている。

「杉村さん、ここに書かれている用語が全部わかるのかい？」

「全部理解しなくても、僕の用は足ります」

「高次元の宇宙の精霊と交信すると、自分に与えられた現世での使命を教えてもらえるんだってさ」

凄《すご》いねえと感心する。

「しかし、精霊と霊は同じなのかな。霊ってのはお化けだろ。どろどろ〜ていう」

「マスター、店を空けてていいんですか」

「バイト君と、柳さんの甥っ子もいるから。へえ〜」

マスターは盛んにマウスを動かし、

「〈サンクチュアリ〉ってのは、聖域って意味なんだね。無一文で身ひとつでも、罪人でも、そこに駆け込んだ人間は助けてもらえるんだってさ」

「具体的にはキリスト教の教会のことですよ」

「そうなのか。お、こりゃ可愛《かわい》いなあ」

モニターには、精霊の扮装をした幼い子供たちが映っている。

「ここの子供たちは、復活祭《イースター》にこの格好で卵探しをするんだってさ」

「僕も昨夜《ゆうべ》、見ました」

「でもさ、キリスト教っぽい言葉を使ってて、行事なんかもそうだけど、ここは宗教団体じゃなさそうだね。だって、信者を集めようとしてないもの」

確かに〈スターチャイルド〉は、チャネリングで宇宙の聖なる精霊と対話し、すべての女性が精霊の巫女《みこ》となることによって「大宇宙の辺境・太陽系の第三惑星に置かれた星の子供たちとしての最大幸福」を実現することができる云々と謳《うた》ってはいるが、それは教義ではない。そして、巫女として覚醒する（自分の指導霊を見つける）ことを望む女性ならば、いつでも誰でも歓迎しますと呼びかけている。ちなみに、ポスターにあったアトランティスの聖女エイラは、ここの〈先生〉、リーダーの指導霊なのだそうだ。

マスターは椅子を回してこちらを向いた。

「こういうところに惹《ひ》きつけられる人ってのは、やっぱり、何かしら現実の暮らしに問題を抱えてるんじゃないの」

「そうかもしれませんね」

「で、〈巫女〉だから、自然と弱い立場の女性たちが集まっちゃうわけだね」

つまりは一種のシェルターだ。

「でも、こんな善意の助け合い方式だけで大丈夫なのかねえ」

マスターは心配顔だ。

「こうやって人とお金が集まってりゃ、悪い人間に目ぇつけられちゃうかもしれないよ」

「最初から悪い人間が運営していることもあり得ますよ」

「ここは違うよ」

「僕はそう断言できません」

「杉村さんは悲観論者だねえ。まあ、あなたの人生を思えば無理もないけど」

ひと言多い。

「今朝のモーニングはツケにしとく」

マスターはよっこらしょと腰を上げ、ふと思い出したように言った。「昨日あなたが聞いたスターメイトの女性たちの名前、ね」

ベル、ブック、リングにキャンドル。

「ベルは鐘、ブックはただの本じゃなしに〈ザ・ブック〉つまり聖書のことで、キャンドルは蝋《ろう》燭《そく》。その三つは確か、魔女を象徴するアイテムだよ」

私は驚いた。「よく知ってますね」

「本で読んだ。むかぁし、法王が罪人を破門するとき、鐘を鳴らして、灯《とも》した蝋燭をひとつひとつ消しながら宣告したんだってさ」

そこから転じて、この三つの言葉の組み合わせが魔女を意味するようになったのだという。

「じゃ、リングは?」

「法王の権威を示す指輪かな」

「興味深いマメ知識ですが、それが今何かの役に立つと思いますか」

「思わない。じゃあね」

それから間もなく、私も出かけた。〈エンゼル森下〉の他の入居者や、近隣の人たちの話を聞くために。三雲母娘は管理会社のあの若い担当者が入社する前からあそこに住んでいたというのだから、近所付き合いがあったかもしれない。

だが、足を棒にして一日じゅう歩き回っても、大した収穫はなかった。

もちろん、他の入居者や近所の人たちが、まったく母娘を覚えていなかったわけではない。隣室二〇二号の老夫婦は、いっとき二〇三号室がガスや電気を止められていたことを知っていた。だから何かしたわけではないが、知ってはいた。

ぜんたいにそういう風だった。知ってはいる。が、関わりはない。付き合いもない。だからみんな、勝枝がいなくなっていることにも気づいていなかった。

周囲の人たちの記憶を聞き集めてゆくと、三雲母娘が〈エンゼル森下〉に十年も十五年も住んでいたわけではなさそうだということもわかった。せいぜい四、五年。ひょっとすると、早苗が離婚して母親のもとに戻ったとき、二人で転居してきたのかもしれない。

一人だけ、近くのクリーニング店の店主が、早苗のことを覚えていた。よくクリーニングを引き受けていたという。

「そういえばここんとこ見てないけど」

一度だけ、敷き布団の丸洗いを受けて、引き取りに行きまた届けたことがある。それがもう三年ぐらい前。そのとき、彼は勝枝にも会っていた。

——うちは母と二人なんですよ。

と、三雲早苗は言っていたそうだ。

「その後、三雲早苗さんからお母さんの話を聞いたことはありますか」

「いやぁ、ないですねえ」

このあたりの人びとが特に冷たいわけではない。息苦しい地縁の束縛を嫌った我々やその上の世代が積極的に望んでつくりあげてきた、これが現代日本の普通の地域社会の姿なのだ。大都市では、その有り様がほぼ完成しているというだけのことだ。

夕方、私が今日はもう引き揚げようと、都営新宿線の森下駅に向かって歩いているとき、管理会社のあの冷酷な——それが言い過ぎなら気の利かない若い担当者から着信があった。

「昼間、〈エンゼル森下〉へ行ってみたんですけど、三雲さんの部屋、いるじゃないですか」

私とはすれ違いになったらしい。

「誰かに会いましたか?」

「いいえ。でも郵便受けに名前が出てるし、新聞が溜まってるわけでもなし、電気のメーターも動いていましたよ」

それでよしとするわけか。

「あと、三雲早苗さんの勤め先ですけど」

個人情報を出してくれる気になったか。

「契約時の書類を見てみたら――」

彼も不安になって確認したのだろう。

「派遣でした、ハケン。だからひとつの職場にいるかどうかわかりませんよねえ」

「そうですか。ありがとうございます」

「家賃はちゃんと落ちてるし、別に問題ないですよねえ?」

君の上司に訊き給え。

「しばらく様子をみてたらどうですか」

彼はほっとしたような声を出した。「そうします」

地下鉄に揺られながら、私は考えた。

三雲早苗は、一昨年の十一月に管理会社から連絡を受けると、すっ飛んできたという。驚いたのだろう。少しやり過ぎたと思ったかもしれない。母親がどこでどうしているか、心配した――少なくとも不安だったはずだ。だが、現実問題として捜しようがあったろうか。三雲勝枝の身の上話によれば、母娘には互いのほかに頼る身寄りはなかった。

早苗が滞納家賃を払い、さらに契約を更新してあの部屋に留《とど》まったのは（抜け目なくルームメイトを引き入れてはいるが）、彼女なりに、

――お母さんに悪いことをした。

という想いがあり、ともかくここにいれば、いつかは母親が帰ってくるかもしれないという願いがあったからではないのか。

一方の三雲勝枝はどうだろう。今年の二月四日に、諸井社長と田上君に「もう死にます」と電話をかけている。そのとき、娘の早苗にも連絡してはいないか。勝枝は携帯電話を持っていなかったが、早苗は持っていた。その番号にかけることはできたはずだ。

――蚊の鳴くような声で言ってましたよ。

母の「死ぬ」という言葉を聞いたら、早苗はどうするか。

ぐるぐる考えながら、地下鉄からＪＲに乗り継いで王子駅で降りた。師走も近い駅前の喧騒《けんそう》を通り抜け、あるものに目を留めてハッとした。

年金暮らしの慎ましい老人が、突然裕福になることがあるか。

ある。大きな幸運に恵まれれば、ある。

私は駅前のチャンスセンターに翻る幟《のぼり》を仰いでいた。

年末ジャンボ宝くじ。

タイミング的には、去年の年末ジャンボだ。一等の賞金は二億円。前後賞を合わせれば三億円。

可能性だけなら、ある。

帰宅して、竹中嫁二号から預かった紙箱の中身をもう一度検《あらた》めてみた。宝くじはない。当たりくじだったらここにあるわけがないが、外れくじがとってあるということもなかった。

三雲勝枝さんは宝くじを買っていましたか？　周囲の人びとが、そんな質問に答えられるはずもなかろう。思いつきはよかったが、確認のしようがない。

箱の中身のひとつ、単行本サイズのブックカバーが未開封だった。ビニール袋の口をとめてある金色の小さなシールを剝《は》がして、中身を取り出してみた。

触れてみると、安物ではないとわかった。重みがある。

色合いは地味な草木染めだ。開くと、内側の部分に優美な萩《はぎ》の花の絵があった。羽織の表を無地にして、裏に絵柄をつけるような趣向だ。これは印刷だろうが、凝っている。書店でサービスにくれる品ではない。

本の表紙を差し込むポケットになっている部分の端に、小さなタグが縫い付けてあった。

〈謹製クラフト吉本〉

すぐ検索してみた。鎌倉市内にある、染め物と織物・布製小物の専門業者だった。立派なサイトを持っている。ただ、そこにアップされている品物のなかには、裏地に凝ったブックカバーは含まれていなかった。

三日目の午前九時。クラフト吉本に電話してみると、魅惑的な低音の声の女性が出た。

私は、新橋にある喫茶店〈睡蓮〉の者だと名乗った。つい昨日、うちの店にお客様がブックカバーを忘れて行かれましてね。手にとってみたら安物じゃなさそうだし、これはお返しできるものならそうしたいと。よく見たら、おたくさまのタグがついていました。もしかしたら、何かしらお客様の手がかりが見つかるんじゃないかと思って、ご連絡してみたんです――

魅惑的な低音の声の持ち主は、言葉使いも丁寧だった。はい、裏地に日本画が入っている草木染めのブックカバーは、当方のオリジナルでございます。印刷ではございません。一品ずつ手描きでございます。

「そちらで販売しているんですか。あるいは特注品ですか」

「わたくしどものショップでも販売しておりますが、ほかにもいくつかのお店に卸させていただいております」

「恐縮ですが、どこのお店か教えていただけませんか」

「忘れ物なら、そのお客様が〈睡蓮〉さんにまたおいでになるのをお待ちになってみたらいかがですか」

「初めていらした方でしたし、旅行鞄をお持ちでしたから、待っていてもいらっしゃるかどうか——」

魅惑的な声は、「ご親切ですね」と言って、店舗の名称と場所を三つ教えてくれた。私は礼を言って電話を切った。

三店舗とも都内だった。順番に訪ねるのは造作ない。だが、真っ先に〈鹿《か》ノ倉《くら》風雅堂〉という店へ行くことにした。

所在地が上野広小路《ひろこうじ》だったから。

かなり年季の入っていそうな店だった。

古いとかボロという意味ではない。こぢんまりとして風格漂う店構えである。出入口の片開きの自動ドアの上に掲げてあるのはただの看板ではなく、扁額《へんがく》だ。

午前十時過ぎ。開店したばかりなのだろう、六十年配の、チェックのベストを粋に着こなした男性が、艶やかな一枚板のカウンターを、白い布で丁寧に拭いていた。

「おはようございます。いらっしゃいませ」

声をかけられて会釈を返し、ノートパソコンを入れたビジネスバッグを提げて、私はゆっくりと店内を見て歩いた。

この店もサイトを持っていたので、事前にチェックしてきた。小物家具や和陶器、和風雑貨の店だが、ぜんたいに高級だ。それは店内でも再確認することができた。陳列棚にぽんと置いてある夫婦茶碗《めおとぢゃわん》が金二十三万円也。その隣の鉢は百五十万円。どちらも伊万里《いまり》焼だ。

草木染めのブックカバーは、ティッシュケースや手ぬぐいと一緒に、布製品の陳列棚にまとめて置いてあった。一枚二千五百円。ブックカバーとしては高級品だが、この店では安価なアイテムだろう。

カウンターのなかではあの年配の男性が、細い銀縁眼鏡をかけてパソコンを使っている。小さくクラシック音楽が流れている。鎌倉彫りの縁がついた細い姿見や姫鏡台が展示してある一角に、〈当店では室内装飾のご相談を承ります〉という表示が出ていた。

出入口の自動ドアが開いて、甘やかな声が聞こえた。

「おはようございま〜す」

失礼がない程度にゆるりとそちらを見返った私は、ちょっと息を止めた。

二十代半ば、愛らしい顔立ち、ふわふわとさせた栗色の髪。そして、英字のロゴとワッペンを組み合わせた重そうなフライトジャケット。

彼女は私に気づき、「いらっしゃいませ」と頭を下げた。カウンターに歩み寄っていく。

カウンターの男性が「おはよう」と応じる。

「遅くなっちゃってごめんね」

「今日はモトハシさんとこから例の寄せ木細工が来るよ。サエキさんの階段箪笥《かいだんだんす》、どうなった？」

「大丈夫、キベ工房で修理してくれるって。向こうでは、前にもお父さんに頼まれたことがあるって言ってたわよ」

「そうかい？」

「忘れちゃったのね」と、フライトジャケットの女性は笑う。

「一週間ぐらいで見積もりをくれるって」

「じゃあ、悪いけどトモコ、頼むよ」

「うん」

家族経営の店なのだろう。微笑ましい。私はぶらぶらと陳列棚をまわり、カウンターに近づいた。トモコという女性はフライトジャケットを脱いで手近の椅子の背中にかけ、チェックのベストを着た。これがこの店の制服なのだ。

「おはようございます」

二人に笑いかけながら、私はカウンターに片手を置いた。

「素晴らしい品物ばかりですね」

鹿ノ倉父と娘も笑顔になり、揃《そろ》って丁重に頭を下げる。

トモコ嬢が言った。「ありがとうございます。何かお探しでしょうか」

「はい。私は新橋で喫茶店をやってるんですが――あ、ホントにごくごく小さい店で」

父親はパソコンの作業に戻り、トモコ嬢がカウンターを挟んで私の向かいに来た。

「近々、改装する予定なんです」

「それはおめでとうございます」

「せっかくだから、この際、陶器も少し入れ替えようと思って。そしたら常連のお客さんに、和陶器だったら上野広小路の鹿ノ倉さんがいいよって勧められたんです。インテリアの相談にも乗ってくれるし、と」

「そうですか、ありがとうございます」

田上君じゃないが、仕事でこういう舌先三寸の作り話をすることが、私はまだ少し後ろめたい。

「その常連さん、三雲さんという女性なんですが――」

トモコ嬢の目がくるりと丸くなり、笑顔がいっそう華やいだ。「まあ、三雲さんですか。はい、うちもご贔屓《ひいき》にしていただいてます」

当たりだった。

「三雲さん、お名前は早苗さんだったかな。お母様とお二人で、よく来てくださって」

「わたしも、お母様も存知上げています」

後ろめたいが、気は咎《とが》めない。私はさらに嘘八百を続けた。「僕は杉村と申します。こちらを勧めていただいたのは八月ごろだったのに、なかなか来られなくて。三雲さんからうちの店のことを何かお聞きでしたか？」

トモコ嬢は申し訳なさそうな顔をした。「いえ、特に伺ってはおりません。でも、新しいおうちのインテリアのことで、三雲さんとはちょくちょくお目にかかっています」

新しい家のインテリア。

「そうそう、三雲さん、だから忙しくって、最近うちはお見限りなんだなあ。こちらにはよくいらっしゃるんですね。杉村がよろしく申していたとお伝えください。〈睡蓮〉のホットサンドのことも、たまには思い出してくださいい、と」

「はい、お伝えいたします」

ここはいったん切り上げないと不自然だな——と思っていたら、銀縁眼鏡を鼻先にまで下げて、鹿ノ倉父が私に顔を向けた。

「三雲さんは今、池之端《いけのはた》の〈ホテル和泉《いずみ》〉に泊まっておられるから、貴方《あなた》がそのホットサンドをお土産に、ご挨拶に行ったらいいじゃないですか。ホテルの飯には飽きてる頃合いだから、きっと喜ばれますよ」

この上品な父親の大らかさを、私は神に感謝した。

「そうか、そうですね。ずっとご贔屓にしてもらってきましたから」

「そういう常連様のおかげで、お若いのに、店を改装できるくらい立派にやっておられるんでしょ」

「はい。お客様あってこそです」

お父さんたら——と、トモコ嬢が苦笑した。「こちら様はうちのお客様なのに、失礼じゃない」

私は頭をかいた。「いえいえ、とんでもない。店内を見せてもらったら、冷汗が出てきました。うちの予算じゃ手が出ません」

鹿ノ倉父はニコニコした。「そう簡単に諦めないで。ご相談に乗りますよ」

これに「はい」と応じて、トモコ嬢が私に名刺をくれた。

「インテリアデザイナーはうちの母ですが、わたしもお手伝いできると思います」

名刺には〈インテリアコーディネーター　鹿ノ倉友子《ともこ》〉とあった。

「そう、どうもありがとう」

心のなかでは謝っていた。

「ところで、さっき着てらしたジャケット、素敵ですね」

鹿ノ倉友子は椅子の背にかけたフライトジャケットをちらりと振り返り、鹿ノ倉父が笑って言った。「ボーイフレンドの趣味に合わせてるんですよ」

「もう、お父さんたら」

私は鹿ノ倉風雅堂を後にした。


池之端の〈ホテル和泉〉なら、調べるまでもなく知っていた。戦前からある洋館風の老舗ホテルだ。終戦後の占領下では進駐軍に接収され、将官用のクラブとして使われたほど趣きのある建物だし、立地もいい。

春、上野の森の桜が満開を迎えるころ、その三階のティールームからの眺めは絶品だ。私も、別れた妻と何度か訪れたことがある。三雲母娘は今、そんな隠れ家的高級ホテルに逗留《とうりゅう》しているのか。

一方通行の道を隔てたホテルの向かい側に、私が妻とここに来たころにはなかった、チェーン店のコーヒーショップができていた。私はそこで張ることにした。ホテルの出入口は二ヵ所あるが、車椅子用のスロープがあるのはこちら側の正面玄関だけだ。それに賭けることにした。今日が空振りなら、明日も明後日《あさって》もまた出直してくればいい。

窓際の席を占め、ノートパソコンを広げて仕事をした。ふりではない。ここまでの経緯を報告書にまとめた。

そこで昼食をとると、いったん外へ出て店の前を歩き回り、また戻った。午後二時過ぎには焼き菓子とコーヒーを買って、窓際の別の席に移った。

とりあえずやることがなくなると、鹿ノ倉風雅堂の仲よしの父娘の様子が、あらためてほの温かく思い出された。店のサイトをじっくりと見直してみる。あの店も老舗なのだろう。竹中家同様、地元の資産家の可能性もある。

鹿ノ倉という名字は珍しい。それがよかったのか悪かったのかわからないが、気ままな検索に、ある新聞記事がヒットした。

私はモニターを凝視し、固まった。

それでも探偵らしく、注意力の何割かはホテル和泉の正面玄関に割いていたのだろう。ドアマンがドアを開け、車椅子を押した女性が出て来たことに気がついた。

パソコンを閉じて鞄に放り込み、コーヒーショップを出た。

車椅子を押す女性は、えんじ色のコートを着ている。革のブーツのヒールがコツコツと音をたてる。車椅子に座った老婦人は、胸のあたりまでゴブラン織りの膝掛けを引き上げていた。チャコールグレイに染めた髪を短くカットしている。

えんじ色のコートを着た女性は、私が来た道を上野広小路方向へ向かっていた。あるいは、鹿ノ倉風雅堂に行くつもりなのかもしれない。

すれ違う通行人が切れたタイミングを見計らい、私は声をかけた。

「三雲さん」

えんじ色のコートの女性が振り返った。ベルが見せてくれた写真と動画のなかにいた女性だった。

「三雲早苗さんと、お母様の勝枝さんですね」

私はノーネクタイだが背広にコート、ビジネスバッグを提げている。返事はなく、二人のどちらもちょっと驚いているようだが、警戒する様子はなかった。

「なんでしょうか」と、三雲早苗が問い返してきた。意外と甲高い声だった。

私は言った。「勝枝さん、〈パステル竹中〉の皆さんが心配しておられますよ」

そこで初めて、母娘の顔に驚愕《きょうがく》が浮かんだ。


三雲早苗と私は、結局あの向かいのコーヒーショップに戻った。

母親の勝枝は、〈ホテル和泉〉のロビーにいる。私が少し事情を説明しただけで寒天のような顔色になり、怯《おび》えきってしまった。だから早苗が車椅子を押して三人でロビーに戻り、そこに残してきたのだ。

「新聞でも読んでてよ。すぐ済むから」

母親にそう言った早苗の口調はきびきびしていたが、乱暴ではなかった。

「お母さんは何にも心配しなくていいんだからね」とも言った。

攻撃は最大の防御だというばかりに、彼女は私には攻撃的で、居丈高だった。わたしが何か悪いことをしたかしら、と何度も言った。私も何度も言った。「あなたとお母さんのまわりの人たちに少し迷惑をかけ、心配をかけています」

最初のうちは、二人で道を行ったり来たりしていた。私の話がベルとブックとリングにさしかかったあたりで、早苗は立て続けにくしゃみをした。そしてコーヒーショップに落ち着いたのだ。

「わたしがエンゼル森下を出てから、三ヵ月も経ってるのね。せいぜい二ヵ月だと思ってた」

「三ヵ月以上ですよ」

いろいろ忙しかったから——と、三雲早苗は初めて少し言い訳がましくなった。

「新しい生活が落ち着いたら、あっちの様子も見に行こうと思ってたんです」

それ以前に口座の金が尽きたら、彼女の〈スターメイト〉たちが困るだろうということまでは考えていなかったようだった。

「縁を切りたかったんですよ」

いっそサバサバした口調で言う。

「本当にただそれだけ。だから母にも、誰にも何も言わずに出ていって言ったの」

本日五杯目のブレンドコーヒーのカップに向かって、私は声をひそめて言った。「今はあなたも勝枝さんも、贅沢《ぜいたく》に暮らしておられるようだ」

早苗は高級品を身につけている。結婚していたころの生活のおかげで、私も女性の服飾品のレベルが見分けられるようになった。

「どんないいことがあったんですか」

早苗は黙ってコーヒーをかき混ぜている。

「話してくれないと、もっと調べますよ」

早苗は不愉快そうに鼻息を吐いた。

「宝くじ。去年の年末ジャンボ」

やはりそうだった。

「母が当てたんです。連番で五枚買って、一等と前後賞を当てたのよ」

元日の新聞でそれを知り、三雲勝枝は仰天して彼女に電話をかけてきたのだという。

あんな経緯《いきさつ》があったのに、この金もまた巻き上げられてしまうかもしれないのに、老母はやはり娘に頼るのだ。

「わたし、すぐ母と会ったの」

——お母さん、絶対に誰にも言っちゃ駄目よ！

「これで人生が変わるんだから。今まで引きずってきたものは全部断ち切って、二人で新しい生活しようって言ったのよ」

だから〈パステル竹中〉には近づかなかったという。

「いろいろお世話になったって、母はありがたがってたけど、そういうのも気にしてちゃ断ち切れないからね」

「お母さんは納得されましたか」

「したわよ！」

鋭く応じて、早苗は不愉快そうに口を結んだ。そしてコーヒースプーンをカップに突っ込み、ぐいと顔を上げて私を睨《にら》んだ。

「三億円当たったなんてバレたら、誰が食いついてくるかわかったもんじゃない」

私も人生の一時期、結婚によって、生まれ育った環境からかけ離れた裕福な暮らしをしたことがある。だから、〈富〉の力の何たるかはわかる。金は人を豊かにする。だが、大金は人を疑い深くする。

「何もかまうことないから、身一つでアパートを出てこいって言ったら、母はちゃんとそうしたわ」

「でも、勝枝さんは不動産屋と管理人に電話をかけてるんですよ」

早苗は目を丸くして、面白そうに鼻先で笑った。「あら、あの電話はわたしよ」

彼女が母親になりすましていたのか。

「ああいうふうに言っときゃ、行方を捜されないと思って。でも、母には無理だから」

だから〈蚊の鳴くような〉声で、ぼそぼそとしゃべっていたのか。

考えてみたら、それまで誰も、三雲勝枝の電話の声を聞いたことがないのだ。難しい芝居ではなかったろう。

「電話は二月四日でした。じゃあ、勝枝さんはそれよりもっと前に、〈パステル竹中〉を出ていたんですね」

「細かいわねえ」

早苗は嫌そうな顔をした。「一月の末には、母はわたしとホテル暮らしを始めてましたよ」

「ずっと〈ホテル和泉〉に？」

「そんなのどうでもいいでしょ」

「当たりくじは、あなたが換金したんですね」

「お金はわたしが管理してます」

いったんわざとらしく私から身を引き、また身を寄せてきてひそひそ言った。「このまま黙っててくれるなら、口止め料を払うわよ。いくらほしいの？」

「僕にですか。そりゃ考え違いだ」

「だって――」

「会社は辞めたんですか」

「当たり前でしょ」

「あなたとお母さんが大金持ちになったことを伏せておいても、あなたのスターメイトたちにはきちんと挨拶して、森下町のアパートを引き払ってもよかったんじゃないですか」

シャドウを塗り、アイラインを濃く引いた早苗の目元が歪んだ。「スターメイトね」

あんなもん、と吐き捨てた。

ベルは、去年の秋ごろから彼女の熱が冷めていたと話していた。

「〈スターチャイルド〉は、あなたが期待していたようなグループじゃなかったってことですか」

「そうね。もっと現実的で建設的な団体だと思ってましたよ」

そこで偉くなれば、三雲早苗の人生が開けるような。あるいは、いい出会いを引き寄せてくれるような。だがそれは彼女の見込み違いだった。だから、大金持ちになったらもう未練はなかった。あんなところとはさっさとおさらばしたかった。

「一時は大枚を貢いでいたのに」

「ちょっとは期待してたから」

「残念でしたね」私はせいぜい皮肉を利かせて言った。「しかしそれなら、あなたも勝枝さんと同じように、一月の段階で〈エンゼル森下〉から行方をくらましちゃってもよかったでしょうに」

現にホテル暮らしを始めていたのだ。

「なぜ、八月の初めまでは、一応は二〇三号室に住んでいるような体裁をつくっていたんですか」

三雲早苗は私の知性を疑うような目つきになった。「こっそり持ち出したいものだってあったんですよ。アルバムとか記念品とか、父の形見とか」

金で買い換えることができない品だ。

「あの子たちに変に思われないように、少しずつ。だから手間がかかったのよ」

「あなたが実は億万長者になっていることを悟られてもいけませんしね」

身形《みなり》や持ち物に注意しないと、女性はその手のことには敏感である。

「携帯電話をそのままにしておいたのは？」

「新しく契約したから」

「古いのは解約すればいいのに」

「忙しかったの！」

金ならあるんだ。その程度、もったいないとも思わない。

「ねえ、そんなことより」

早苗は焦《じ》れったそうに尖《とが》った声を出した。「このこと、いくら払えば黙っててくれるの？」

「ご心配なく」

私はコーヒーカップを二つ載せたトレイに手をかけた。

「あなた方のことはもう追いかけません。僕や僕を雇った人たちが厄介だと思ったら、滞在するホテルを替えればいい」

三雲早苗はまた私を睨みつける。

私は訊いた。「家を建ててるんですか」

「さあね」

「あなたと勝枝さんの新しい住まいでしょう。いい家になることを祈っています」

早苗は「へえ」と言った。「それでいいの？」

「あなた方の人生だ。ところで先週の木曜日、上野駅前で、〈鹿ノ倉風雅堂〉の友子さんが、勝枝さんの車椅子を押していましたよね。あれはどういうことだったんですか」

早苗の目が泳いだ。「なんでそんなことまで知ってるの?」

私は黙っていた。早苗はしげしげと私を検分し直し、ため息をもらした。

「散歩がてらに、母を連れて風雅堂へ打ち合わせに行ったんだけど、母が飽きちゃって。そしたら友子さんが、ちょうど出かけるついでだからって、母をホテルまで送っていってくれたのよ」

これも、たったそれだけのことだったのだ。

「今日はどこへ行くつもりだったんですか」

「近くの鍼灸《しんきゅう》クリニック。母が腰を痛めてるから」

「そうですか。お大事になさってください」

私はトレイを手に立ち上がった。

「ねえ、本当にもういいの?」

三雲早苗の呼びかけには、猜疑《さいぎ》心《しん》と安堵《あんど》が入り交じっていた。一瞬、それが私のなかの何かにカチンと当たった。

「あなたはベルさんと反りが合わなくなっていたようですね」

彼女はまさに目をぱちくりした。「へ?」

「だいぶ前から、彼女とはうまくいってなかったんでしょう?」

「ああ、ベルね。ええ」

目元に険悪な皺《しわ》が寄った。

「あの子、いちいちうるさいんだもの。他人に説教できるような身分でもないくせに、生意気で」

「だから鹿ノ倉風雅堂の得意客になったってわけですか。彼女への面当てに」

まるで私に叩《たた》かれたかのように、三雲早苗は固まった。が、一瞬のことだった。すぐにケロッとして言い放った。

「素敵な品物がたくさんある店だから、贔屓にしてるだけよ」

「確かに、あなたがお母さんにあげたブックカバーも素敵なものでした」

三雲早苗はきょとんとした。

「覚えていませんか。タイミングからすると、年明けに宝くじのことで会ったときにあげたものだと思いますが」

「ああ、あれね」

やっと思い当たったらしい。

「あのころから、わたし、鹿ノ倉風雅堂でちょこちょこ買い物してましたから。ホントに素敵なお店だし、鹿ノ倉さんも素敵なご家族よ」

その口調にこもる悪意は、目の前にいる私ではなく、ベルに向けられたものだ。

「じゃ、もういいのね？　いつまでも母を一人で放っておけないわ」

三雲早苗は颯爽《さっそう》と去った。

私はコーヒーショップを出た。当分、コーヒーの香りを嗅ぐのも嫌だ。


翌日の朝、柳夫人と盛田さんに事務所に来てもらって、調査内容を説明した。柳夫人は宝くじの大当たりに驚き、盛田さんは、先週木曜日の出来事が自分の見間違いではなかったことを喜んだ。

「三雲さんがお元気でよかったわ」

「報告書をお出しします」

二人とも、そんな堅苦しいものは要らないと言った。

「杉村さん、手早かったわね」

さすがプロねと、柳夫人に褒められた。

「運がよかったんですよ」

「すんなりいったから、ゴミ置き場の掃除を代わったげるの、半年ね」

私がいささか憮然《ぶぜん》とすると、

「あとの半年はわたしが代わります」と、盛田さんが笑った。

「杉村さん、わたしねえ」

他人事《ひとごと》のように思えなかったのよ、と言う。

「三雲さんのこと。わたしも、いずれはああいう独りぼっちのおばあちゃんになるんだなあって」

だから何だか嬉しいわ。

「わたしにも、この先、宝くじが当たるような良いことがあるかもしれないもんね?」

そうですよと私が言うと、柳夫人が割り込んだ。

「それよりあなた、結婚しなさいよ。今からだって遅くはないわよ」

「やだやだ、わたしはもう手遅れですよ。そういう話なら杉村さんよ」

「あ、ケータイが鳴ってるみたいだ」と、私はその場を逃れた。

もう一度家庭を持つ。待っていてくれる人のいる家を。この先、私にそういう機会があるかどうかはともかく、今はまだ、いつか自分がそう望むようになるとは思えない。私の家はこの事務所だ。ここが私の身を寄せる場所、私の聖域だ。

おばさんたちで賑《にぎ》やかで、それもまたよし。


ベルとブックは夜の仕事だから、起きるのが遅いだろう。午後一時過ぎにチャイムを押すと、ベルがドアを開けた。リングは仕事で、ブックは美容院に行っているという。

「わたしも、今日はこれからサンクチュアリに行くんです」

確かに外出の支度をしていた。

「じゃ、ここで立ち話でかまいません」

私はドアをきっちり閉めた。

ベルには、三雲早苗は母親と一緒に暮らしている——とだけ伝えた。

「ここに戻ることはないでしょう。近々、彼女から連絡があるかもしれないし、ないかもしれない。どっちにしろ、あなた方は早く別の住まいを見つけた方がいい」

そうしますと、ベルは素直に応じた。

「ベルさん」

私はあらたまって呼びかけた。

「あなたは今でも——たとえば彼岸や命日に、鹿ノ倉さんを訪ねることがありますか」

ベルは、その問いかけだけで、私が何をつかんだのか察したようだった。表情が消えた。肩が落ちた。

私も彼女の顔を正視することができない。

「こんなことを言うのは、三雲早苗が鹿ノ倉風雅堂の上客になっているからです。友子さんという、あの家の娘さんとも親しくしているようです」

ベルは声もないようで、その場に突っ立っている。表情ばかりか顔色も消えた。

「あなたにいろいろ厳しいことを言われたので、三雲さんは癪《しゃく》に障ったみたいだ。だからこれも、あなたに対する意地悪でしょう。告解で、あなたの過去を聞いて知っているからね」

きっとそうでしょうね——と、ベルが呟いた。か細い、震えるような声だった。

「万に一つ、あなたが今の三雲さんと、外の世界の立場で顔を合わせることがあっちゃいけないと思うので、余計なことを言っています。申し訳ない」

ベルはかぶりを振った。「わたしは、お店の方に伺ったことはありません。鹿ノ倉さんのおうちは本郷にあるんです」

「そうですか」

私が〈鹿ノ倉〉で検索してヒットした新聞記事にも、事故が発生したのは本郷二丁目の路上だと書いてあった。

「交通刑務所を出たあと、一度、謝罪に伺ったけど、二度と来るなって追い返されて。お墓の場所も教えてもらえませんでした」

私は「そうですか」と繰り返した。

二〇〇〇年四月十日の午後九時ごろ、鹿ノ倉義行《よしゆき》・優子《ゆうこ》という若い夫婦が、横断歩道で、赤信号を無視して突っ込んできた乗用車に撥ねられるという事故が起こった。運転者の氏名は記事にはなく、十九歳の会社員の女性、とあった。

この事故で、鹿ノ倉義行はほぼ即死、優子は心肺停止状態で救急病院に運ばれたが、間もなく死亡したという。

鹿ノ倉優子は当時、妊娠五ヵ月だった。

「わたし、免許を取ったばっかりでした」

まだ声音を震わせながらも、ベルは続けた。「うちの犬が――年寄りの犬で、みんなで可愛がってたんですけど、いちばん、わたしに懐いていたの」

あの夜、急に具合が悪くなったんです。

「それで、かかりつけの動物病院に連れて行くところでした。わたし慌ててて」

愛犬のことで頭がいっぱいで。

「前を、よく見てなかった」

目を閉じて、身を固くする。

ベルさん――と、私はもう一度呼びかけた。

「忘れなさいとは言わない。忘れていいことじゃないですからね。でも、あなたは罪を償った。心の整理をつけてもいい」

彼女は返事をしなかった。きつく閉じた瞼《まぶた》の端に涙が滲《にじ》んできた。

「あなたが〈スターチャイルド〉に救われて、サンクチュアリだけが自分の居場所だと思うのは、無理もありません。でも、ずっとこの状態であることが、本当にあなたにとっていいことなのかな」

ベルは目を開き、額にかかった髪をかき上げた。涙が溢《あふ》れて頬を伝った。

「それに、人が集まって作る組織は、どうしたって変化するものです」

それはマスターの言うとおりだ。

「スターチャイルドもサンクチュアリも、変わってゆくかもしれません」

ベルは涙を流しながら、玄関の脇の壁に目を据えている。

「ほかの生き方も模索してみたらどうでしょう。手始めに、ご家族に連絡してみるとか」

抑揚のない口調で、ベルは言った。「わたしの実刑が決まると、母が首をくくって死にました」

そこでやっと手を上げて、涙を拭った。

「父も姉も、許してくれない」

堰《せき》が切れたのか、短く叫ぶように慟哭《どうこく》して、すぐにそれを呑《の》み込んだ。

ほかにどうすることもできず、私はしばらく彼女と向き合っていた。

「〈先生〉を敬う心で、あなた自身のことも大事にしてあげてください」

ようやく、そう言った。

「ブックとリングにとっては、あなたは姉さんみたいなものだ。チャネリングの相性のことは僕にはわからないけれど、三雲さんより、彼女たちの方こそがあなたのシスターでしょう。二人はあなたが好きで、あなたのことを心配してますよ」

ベルは洟《はな》をすすり、身を守るように、自分の腕で自分の身体《からだ》を抱いた。

「何か困ったことがあったら、連絡してください。力になります」

真っ赤に充血した目で、ベルは私を見た。

「ありがとう」

私は外へ出た。二〇三号室のドアが閉じた。何かもう少し、かけるべき言葉があってもいい。だが思いつかなかった。探偵など、所詮その程度の存在なのだった。

希望荘

1

信号待ちをしているあいだに、降る雨が大粒の雪に変わった。

青信号で横断歩道を渡り、正面にあるビル〈指定介護保険特定施設　はなかご老人ホーム〉入口の自動ドアを踏むと、エントランスロビーの大きな窓に寄って外を見ていた中年男性がこちらを振り向き、歩み寄ってきた。

「杉村さんですか」

ワイシャツにネクタイ、青いジャンパーの胸元に顔写真付きのＩＤ。

我々は手早く名刺を交換した。男性の名刺はカラフルなカラー印刷で、ＩＤと同じ丸顔の顔写真がついている。〈社会福祉士　はなかご老人ホーム主事　柿沼芳典《かきぬまよしのり》〉

「場所はすぐわかりましたか？」

「はい。私の事務所も近くですから」

「そうですか。しかし、あいにくの天気になってしまいましたねえ」

雨は朝方から降っていたが、今、窓の外は牡丹雪《ぼたんゆき》が降りしきり、まるで雪国の景色である。ここがさいたま市南部の町中《まちなか》であることを忘れそうだ。

「コートと傘をお預かりしましょう。こちらへどうぞ」

ロビーには受付があるが、今は無人だ。来訪者用らしい何組かの応接セットにも、誰も座っていない。BGMもなく、静かだった。

「朝食後の食休みタイムなんですよ」と、柿沼主事は言った。「午後はにぎやかになります。外来者もこられますしね」

「そうですか。時間外にすみません」

「相沢《あいざわ》さんは、もういらしてます。部屋は二階なんですが、階段でいいですか？」

「もちろんです」

開けっ放しの防火扉の先にある階段室は、薄暗くて冷え切っていた。壁の塗装には雨漏りの痕の筋がついており、階段のステップの滑り止めは、あちこち剝げたり欠けたりしている。暖色系の内装とインテリアで統一された居心地よさそうなロビーとは、がくんと差がある。舞台裏を見るような気がした。

表舞台の二階フロアに上がると、モスグリーンの壁紙とクリーム色のリノリウムの廊下、それに沿って木目模様の引き戸がずらりと並び、清潔で明るく、温かい。

「この階はすべて個室になっています。武藤寛二《むとうかんじ》さんのお部屋は二〇三号室でした」

指し示された個室は引き戸が開けてあり、そのなかで大柄な男性が立ち働いていた。セーターにジーンズ姿の軽装だ。

「相沢さん、お見えになりましたよ」

柿沼主事が声をかけると、男性はさっとこちらを見返った。

「初めまして、杉村探偵事務所の杉村三郎です」

個室の入口で、私は軽く頭を下げた。

「ええっと、ああ」

男性は曖昧な声をあげた。

「どうも。僕が相沢幸司《こうじ》です」

せかせかとジーンズのポケットを探りながら、室内の方に顎をしゃくる。

「散らかっててすみません。あれ？　俺、名刺入れを忘れてきちゃったかな」

あまり角張ったところがない人柄のようだ。

「相沢さんの身元は私が保証しますよ」

柿沼主事も親しげな様子である。

「それじゃ、何かあったらお呼びください」

柿沼主事は個室の引き戸を閉めて去った。

六畳ほどの広さのワンルームだ。ボタンひとつで操作できる介護用ベッドと、要所に取り付けられた手すりが、ここが老人ホームの個室であることを示している。が、それ以外の要素はシティホテルと大差ない。

なるほど散らかっている。片開きのクロゼットも、ベッド脇のチェストの引き出しも開いていて、中身がベッドの上に積み上げられている。ほとんどが衣類だが、雑誌や書籍もある。そのなかで、介護用の紙おむつのパックが目立った。

相沢氏は、そばにあった布張りのスツールの上から大判のボストンバッグを取り除《の》けた。

「どうぞおかけください」

そしてにこやかな表情を消し、私の顔を正面から見た。

「本気で調べるなら、親父《おやじ》の持ち物も探偵さんに見てもらった方がいいと思って、こっちへ来てもらいました。ご足労かけて、すみません」

彼の父親・武藤寛二氏は、先々週の月曜日、二〇一一年一月三日の午前五時三十二分、心筋梗塞で没した。享年七十八。死の二ヵ月ほど前から、ホームのスタッフや柿沼主事、そして一度は子息の相沢氏を聞き手に、複数回にわたり、断片的ではあるが具体的な事実をまじえて、ある告白をしていた。

昔、人を殺したことがあると。

その告白の真偽を調べるために、私は呼ばれたのである。


「親父がこのホームに入ったのは、去年の三月なんですけどね」

ベッドに腰掛け、ちょっと背中を丸めて、相沢氏は言った。

「その前から短期宿泊サービスは利用していて、ここなら安心だって、本人も気に入っていたんです。そういう判断が自分でちゃんとできていました」

大きな手の太い指をもじもじさせている。

「だから、家で世話したかったんですけどね。いかんせん足腰が弱ってて、歩けなくてね。転んで骨折したこともあるし、じゃあ車椅子なら安心かっていうと、あれも乗り降りが一人じゃ難しくって」

トイレも大変だし——と、小声になる。

「僕も家内もフルに働いてますから、もう手に負えなくなってしまった」

高齢になり、日常生活に手厚い介護が必要になった親を老人ホームに預ける。何も恥ずかしいことではないし、誰に責められる理由もないはずなのに、子供はそれを後ろめたく感じ、言い訳がましいことを言わずにはいられない。私の父は病没し、母は健在だが、その心情は想像することができた。

「お察しします」と言った。「ここはいいお部屋ですね」

「まあ、その、せめて個室をと思って」

「お父上は将棋がお好きだったんですか」

残されている雑誌は、よく見ると将棋雑誌ばかりだった。書籍も棋士の評伝や、将棋の専門書だ。

相沢氏に笑顔が戻った。「大好きだったんですよ。唯一の趣味でした」

「強かったんですか」

「僕はからっきしダメなんで、わからないですけど、上級者向けのパソコンソフトで遊んでいたようです」

「じゃあ、かなりの腕前だ」

「詰め将棋もよく作っていました。親父は、あれはパズルの一種だから、また別物なんだって言ってたけど」

懐かしそうに目を細める。

「でも、そういうのもさすがに——最初に転んで腰骨を折って入院したのが三年前だったかな、あのへんから、だんだん無理になりました。体力が落ちたら、集中力もなくなっちゃったんでしょう。テレビで対局を観《み》たり、雑誌を読むぐらいになっちゃった」

入居のために荷造りしているとき、相沢氏が、父親が自宅で愛用していた盤と駒を荷物のなかに入れようとしたら、

――それは置いてく。ほしがる人がいたらあげてくれ。

と言われたという。

「でも、ボケてはいませんでした。だから」

途中で口をつぐんでも、言わんとすることはわかった。本題を切り出すタイミングだ。

「最初にお伺いしますが、この調査について、相沢さんのご家族はご承知ですか」

相沢氏は大柄なだけでなく、顔のパーツも大きい。その目がぐりぐりした。

「いや、家内と息子たちは何も知りません。親父のあんな言葉を聞いたのは、うちでは僕だけです」

「息子さんがいらっしゃるんですね」

「ええ、二人います。うちは五人家族で、父は独身でした。って言い方はおかしいか。僕の母とは若い頃に別れて、それっきり独り身だったんです」

「なるほど。相沢さんからも、ご家族にお話しされてはいないんですね」

「めったに言えることじゃないですから」

その表情はただ真剣であるだけでなく、かすかな怯《おび》えを含んでいた。

「柿沼さんやここのスタッフから、ご家族に話が伝わっている可能性は？」

「ないです。僕が口止めを頼んだので」

嫌な話ですから――と、声をひそめた。

「これがね、たとえば、親父が昔ひき逃げしちゃったことがあるとかね、酔っ払って喧嘩《けんか》して誰かを殴ったら相手が死んじゃったとか、そんなことだったら、まだいいですよ。いいってのも語弊があるけど」

口調が急《せ》いて、顔が歪《ゆが》む。

「だけどこれは――有り体に言ったら、親父が、その――へ、変質者みたいなことをしたっていう話なんだから――」

私は穏やかに遮った。「まだ事実かどうかわからないですよ」

「え？　ああ、はい」

「では僕も、連絡や報告は必ず相沢さんお一人だけにするようにします」

お願いしますと、相沢氏は大きな身体《からだ》を折って頭を下げた。

「事務的なことを先に申し上げますが、こうした調査の場合、着手金を五千円いただきます。一週間後に初期調査の報告をして、さらに調査を続けるかどうか、その場合は費用がどれぐらいになりそうかご相談を――」

相沢氏がまさに口を「あんぐり」開けているので、私は言葉を切った。

「五千円？」と彼は言った。「たった五千円でいいんですか？」

「最初の一週間にかかるのは、ほとんど交通費ですからね。よっぽど遠方に行かない限り、五千円でいいと思います」

実は昨年十一月に初めて杉村探偵事務所として受けた仕事の着手金が五千円で、それがスムーズにいったから何となく験《げん》を担いでます、とは言わずにおいた。

相沢氏はまた「ははあ」と気の抜けたような声を出し、それから笑った。

「いやあ、竹中の奥様が、杉村さんってのは律儀な人だっておっしゃってたけど、ホントにそうですねえ。いっそバカ正直っていうか――あ、えっと、バカはいけないよね」

「いえいえ」

竹中の奥様とは、私が事務所兼自宅として借りている古家の持ち主である資産家の夫人だ。相沢夫妻は池袋でイタリアンレストランを経営しており、竹中家の人びとはその常連客なのだそうで、その縁でこの依頼が私にまわってきたのである。

「では、この先は失礼してメモをとります」

私が淡い黄色の用箋とボールペンを取り出すと、相沢氏はベッドの上で座り直した。

「便宜上、武藤寛二さんがお話しになったことを〈告白〉と呼ばせていただきますが、まず、この告白を聞いたのはどなたですか」

「僕と、柿沼さんと、父の担当の介護士さんです。見山《みやま》さん。あと、もう一人いるんですけど、この人は親父から直《じか》に聞いたっていうんじゃなくて、僕が親父と話しているところに、たまたま居合わせてまして」

ここのクリーニングスタッフの一人で、羽崎新太郎《はざきしんたろう》という青年だという。

「親父がああいうことを言い出したとき、彼が掃除に来てたんですよ。それで耳に入っちゃって」

相沢氏は上着のポケットからスマートフォンを取り出す。

「うちは木曜と日曜が定休なので、僕は木曜日の午後に父に会いにくるのが習慣だったんです。えっと、カレンダーは――」

スマホをいじって、

「そう、だから先月の十六日だったかな。厨房《ちゅうぼう》の大掃除があって、そっちを手伝ってたもんだから遅れてしまったって、羽崎君が慌てて来て謝ってたんだ。ここは面会時間が午後からなんで、普通は掃除や洗濯物の片付けなんかは、午前中のうちに済んでいるはずなんです」

羽崎青年が作業をしているあいだ、相沢氏は部屋の隅に座り、

「父はベッドで上半身を起こしてテレビを観ていました。ここではたいていそういうふうにして過ごしていたんです」

テレビには午後のワイドショー番組が映っていた。

「で、そのうちにぶつぶつ言い出して」

――こういうのは、憑《つ》きものみたいなものなんだよ。どうしようもないんだ。

「何の話だよって訊《き》いたら、テレビを指すんです。ちょうど、若い女の子が殺された事件のレポートをやってるところでした。詳しいことはよく覚えてないんだけど……」

調べてみればすぐわかるだろう。

「お父上は、その事件をさして〈憑きものみたいなものなんだ〉とおっしゃっていたんですね」

「ええ。だから、そうかねえ、通り魔にやられたみたいなもんかねえ、可哀相《かわいそう》だねえとかって返事をしたら、殺された方だけじゃなくて、犯人の方も同じだって言うんですよ」

――こういうことをやらかすときは、憑きものに憑かれてるんだ。本人もどうしようもないんだよ。

相沢氏はスマホをしまうと、大きな手を額にあてた。

「ちょっと待ってくださいね。正確にどういうやりとりだったか言いますから」

――それって珍しい見解だと思うよ。

――そうか。でも、自分でもどうしようもないってことはあるだろ。

――まあ、別れ話がこじれたとか、そんな事情があるのかもしれないね。

――そうじゃないよ。この娘さんは襲われたんだろ。悪いもんに取り憑かれた男がやったんだ

よ。そういうことはあるんだよ。俺はよく知ってる。

――変なこと言うねえ。まるで経験があるみたいじゃないか。

――そんなつもりはなかったんだけど、つい頭に血がのぼって、手を出しちまったんだ。

私はボールペンの動きを止めた。「頭に血がのぼって、手を出しちまった」

「はい」

「確かにそういう表現をなさったんですか」相沢氏はうなずいた。「だから僕も相づちのうちょうがなくってね。へえ、とか何とか笑ってごまかして、それきりになりました」

「お父上も、その話を続けようとはなさらなかったんですね」

「ええ。ただ、えらく怖い顔をしてテレビを睨《にら》みつけていましたよ。僕も黙って一緒に観てて、そしたら羽崎君が、清掃は終了しましたので失礼しますって出て行こうとしたので、彼と一緒に廊下に出て」

――さっき親父がおかしなことを言ってましたけど、気にしないでください。

「羽崎さんは?」

「何のことですか、みたいな顔をしてたけど、若い子ですからね。正直なもんで、ちょっと慌ててるようでした」

僕も気まずかったと、頭を掻《か》く。

「それからも小一時間、親父の様子を見ながらここに留《とど》まっていたんですけど、特に変わったことはないし、また変なことを言い出すわけでもない。ニュース番組が終わったらサスペンスドラマの再放送が始まったので」

――父さん、こういうドラマをよく観るのかい?

――つまらんから、観ない。あんまり静かだと寝ちまうので、音を出してるだけだ。

「僕としては、親父のやつ、サスペンスドラマを観すぎて、現実のこととドラマの筋書きがごっちゃになってるんじゃないかって思いましてね。かまをかけたつもりだったんだけど、それらしい反応はありませんでした」

相沢氏が帰るときには、父親はテレビを点《つ》けたまま将棋雑誌を読んでいたそうだ。

「その日はそのまま帰ったんですが、やっぱり気になりましてね。日曜日に、柿沼さんに相談してみようと思って来たんです」

柿沼主事はこのホームの介護・生活担当の管理責任者であり、入居者の家族に対する窓口役でもあるそうだ。

「僕も柿沼さんには気楽に話せるところがあって。それで、実は木曜日にこんなことがあったんだけどって切り出したら」

――寛二さん、幸司さんにもそんなことをおっしゃいましたか。

「柿沼さんも、介護士の見山さんも、親父があれと似たようなことを言うのを聞いたっていうんです。先月、だから十一月の初めから何度か。で、僕に報告しようか迷ってたって言うんですよ」

すぐ見山介護士にも来てもらって事情を説明すると、彼女も当惑顔をしたそうだ。

「出し抜けに突飛なことを言い出してまわりを驚かせるのは、お年寄りにはままあることですよって、宥《なだ》めてはくれましたけど」

しかし彼女からは、寛二氏が〈手を出しちまった〉と表現した出来事が「昭和五十年の八月のことで」「若い女性が襲われて殺されたが、当時は犯人が捕まらなかった」「私が東京の城東《じょうとう》区に住んでいたころだ」という、具体的な要素を三つ聞くことができた。

「僕としちゃ、ますます心穏やかではいられなくなってきて」

「その後、お父上からまたその話が持ち出されることはありましたか」

「いや、僕にはそれっきりです」

「相沢さんから訊いてみたことは」

「そうしてみるべきだったんでしょうけど、訊けませんでした。柿沼さんと見山さんと話しただけです」

訊きようがなくって、と言う。

「それ以外に、お父上の様子に変わったことはありませんでしたか」

「特に感じなかったなあ」

口元をすぼめてそう言うと、

「僕が鈍かっただけかもしれないけど。親父の死の徴候もわからなかったくらいだから」

寛二氏は、一月二日の夕刻にここの食堂で心臓発作を起こし、緊急搬送された病院で、翌早朝に死亡した。

「親父は動脈硬化が進んでて、全身の血管がね、もうガラス管みたいに脆《もろ》くなっちゃってるって言われてたんです。血流が悪いから、いつも手足が冷たくて」

相沢氏は思い出したように自分の手を擦り合わせた。

「血栓が脳に詰まれば脳梗塞になるし、心臓の動脈に詰まれば心筋梗塞になる。主治医の先生が、いつ何があってもおかしくない状態ですよっていうから、僕も覚悟はしていました。けど、あんなに呆気《あっけ》ないとは」

私は、長く苦しまなくてよかったとか、こんな場合に誰でも思いつきそうな慰めの言葉は口にせず、黙っていた。

「ただ、今思うとなあ」

遠い目になって、相沢氏は続けた。

「親父、大晦日《おおみそか》にうちに帰って、元日の夜まで二泊して、二日の午前中のうちにここへ戻ってきたんです。うちは商売柄、年始の客も来ますし、僕と家内も年賀の挨拶に行く先もあって忙《せわ》しないので、親父も心得てくれてましてね。で、僕が送ってきたんですけども、親父、ここに座って――」

相沢氏はベッドの上を軽く叩《たた》いた。

「いい顔でニコニコしてたんですよ。伸江《のぶえ》さん――あ、僕の家内ですけども、伸江さんの雑煮は旨《うま》いなあって。親父が喉に詰まらせないように、餅を小さく切って煮るもんだから、どろどろに溶けちゃいましてね。雑煮っていうより、鶏肉《とりにく》と小松菜と鳴門巻《なるとまき》の入ったあんみたいなものなんだけど、旨かったよって」

――ありがとうな。

「しみじみ言ってたなあ。本人には、何となく死の予感があったのかもしれません」

私は彼に微笑《ほほえ》みかけた。「もしもそれがお父上の辞世のお言葉だったとしたら、羨ましいですね」

「そうですかねえ」

「はい」

「それじゃあ、親父の荷物を見てみますか」

座って話ばかりしているのが辛くなってきたのだろう。

衣類や雑貨、消耗品の類《たぐ》いにこれというものはなく、雑誌と書籍にも、書き込みもなければ、何かがページに挟み込まれていることも、ページが折ってあることもなかった。

「親父の古い写真とか年賀状なんかは、大した量じゃありませんけど、うちにあります。必要ですよね?」

「貸していただければ非常に助かります。お父上のご友人や知己の方は、葬儀には?」

「家族葬で、親族にしか報《しら》せなかったんです。でも、親父が使ってたちっちゃい住所録があるはずだから――」

室内を見回して苦笑する。

「ここにあるのかもしれないけど、探して見つけます」

「お願いします。昔の出来事をたどるわけですから、まわりの方の記憶が頼りになりますので」

すると、相沢氏はちょっと困ったような顔をした。

「そうか……。でも杉村さん、白状しますと、僕は親父のこと、よく知らないんですよ」

どういう意味だろう。

「いや、親父と再会して十年――年が明けたから十一年目になるのか。それからこっちのことはわかりますよ。でもその前はね。僕、親父とは小学生のころに別れたっきり、三十年も会ってなかったもんですから」

探偵に調査を依頼するなどということは、世間の大方の人にとっては異例な、一生に一度あるかないかの経験だ。みんな慣れていない。だから、こういうことはよくある。大事な話があとから出てくるのだ。

「僕の両親は一九七〇年に離婚して——僕は九歳でした。父は入り婿だったので、そのとき家を出ていったんです。はっきり言うと、追い出されたんですよ」

やはり一月、今ごろのことだったという。

「正月に親族一同が集まりましてね。父と母の離婚と、父の相沢家からの離縁が決まって、それから一週間ぐらいで父は出ていきました。それっきり、二〇〇〇年の春先に僕の店に来てくれて再会するまでは、消息不明だったんです。正直、生きているかどうかもはっきりしなかった」

私はゆっくりとうなずいた。「相沢さんのお父上がなぜ武藤さんなのか、どのタイミングで伺おうかと思っていたんですが、そういうご事情でしたか」

まる三十年間、この父子のあいだには空白の時代があった。事件があったという昭和五十年は、西暦では一九七五年。もしも寛二氏の告白が事実だとしたら、まさにその空白の時代の出来事だということになる。離婚と離縁から五年後、彼が四十二歳のときだ。

2

相沢氏は言った。「だから今回の件は、僕が知らない父の人生のなかの出来事が、今ごろになって父の口からぽろっとこぼれ出たのかもしれないと思って、たまらないんです」

私も、親の口から出たこんなきな臭い話を、しかも当の親は亡くなったのに、子供がわざわざ調べようとするのはちょっと不審で、引っかかっていた。こんな背景があるのなら、その不審はだいぶ薄れる。

「立ち入ったことを伺いますが、ご両親の離婚の原因はどんなことだったんですか」

相沢氏は、何か生理的に嫌なものでも見たかのような顔をして、言った。

「母の浮気です」

私は手元のメモに、〈母親の男性関係〉と書いた。

「相沢家ってのは、有限会社アイザワって、僕のじいさんの代から千葉で機械部品工場をやってるんです。創業は昭和二十四年。最初はこぢんまりした工場だったのが、翌年に起きた朝鮮戦争で、一気に大きくなったって」

いわゆる朝鮮特需である。

「僕が覚えている限りでも、けっこう羽振りがよかった。最盛期には二十人以上の工員を雇ってましたから」

武藤寛二は、その工場の工員の一人だった。

「一人娘だったうちの母が、親父を見初《みそ》めてね。どうしても武藤さんと結婚したいって。母は十九歳で、じいさんもばあさんも大反対したそうですけど、母は、許してくれないなら家出してやるとか大騒ぎしたそうですよ。で、どうしようもなくって親も折れて、親父は婿として相沢家に入ったんです」

二人の結婚と寛二の養子縁組は、昭和三十四年の春。翌三十五年、一九六〇年五月には長男の幸司が生まれた。(有)アイザワの経営も右肩上がりで順調だった。

「だから、僕の子供時代は平穏そのものでしたよ。それがいきなりあんなことになるんだから、人生わかんないって、九歳にして悟りましたね」

相沢氏の母親の浮気相手は、(有)アイザワに出入りしていた地元の銀行の外務員だったそうだ。

「それがもういちばん、雇われ工員あがりの親父にとっては不利になったわけでね。じいさんは銀行とまずくなりたくない。僕の母も、自分は結婚を早まった、やり直したいの一点張り。それもそのはずですよ。もうこれだったんだから」

相沢氏は、妊娠を示す仕草をした。

「その時点では、まだ寛二さんのお子さんである可能性もありましたよね」

「それは母が、絶対にないって言い切ってました。父も一度も言い返さなかったから、そうだったんでしょう」

エアコンの効いた室内で、寒そうに身震いした。

「男にとっちゃ悪夢ですよね。けど、だいぶ前から夫婦なんて名ばかりで、親父は母にとって、ただの工員に過ぎなくなっていたんじゃないのかな。僕も大人になって、自分が結婚して子供を持って、だんだんとそう思えるようにはなりました」

恋は冷めるんですよね、と言う。

「冷めても一緒に暮らしていけるほど、母は親父を好きじゃなかった。で、好きじゃない男と結婚してるなんて我慢できなかった。およそ我慢ってものとは無縁のお嬢さん育ちでしたからねえ」

　武藤姓に戻り、寛二氏が身一つで相沢家を出ていったのが一九七〇年の一月。ほとんど入れ替わるようにして、母親の浮気相手が銀行を辞めて（有）アイザワの副社長になり、七月に正式に入籍。秋口には、相沢幸司氏には胤《たね》違いの弟が誕生した。

「親父と別れるとき、僕は跡取りだから大切に育てますって、母は言ってました。でもそんな約束、弟が生まれたら、もう――」

　大柄な相沢氏は、大きな顔の前で、大判で分厚い掌《てのひら》をひらひらと振った。

「ケロッと忘れちゃいましたよ。じいさんばあさんも、母も、弟のことばっかりかまけて、僕はまるで居候扱いです」

　義父である副社長に経営眼があり、（有）アイザワがさらに事業を拡大させていったことも、相沢氏にとっては幸いではなかった。

「義父は、僕には冷たい人でした。僕はあの人の笑顔を見たことがない。母も、あの人の機嫌をとることに夢中でね。あいだに入って取りなしてくれるどころか」

　一度、こんなことを言われたそうだ。

　――あんたが実のお父さんに似てるのがいけないんだよ。

　相沢氏は自分のえらの張った顎を軽く撫《な》でながら、笑って言った。「僕の顔は、確かに親父によく似てるんですよ。ガタイがいいのもそっくり。成長すればするほど似てくるだろうから、そりゃあ母とあの人は不愉快だったでしょうねえ」

　父親のことは「親父」と呼ぶが、母親のことは「母」だ。「おふくろ」ではない。

「そんな家だったから、僕は高校から全寮制を選んで、卒業すると東京の調理師学校へ進みました。学費だけはじいさんに出してもらったけど、生活費はバイトして稼いでね」

「若いうちから料理人になろうと志していらしたんですか」

「ともかく一人で生きていけるように、手に職をつけたかったんです。それと、家業とまるっきり関係のない仕事をしたかった」

その気持ちはわかる気がする。

「成人してからは、僕はあの家に一度しか帰ってません。じいさんの葬式にね。そのとき、じいさんに出してもらった調理師学校の学費を耳を揃《そろ》えて返したんです。これが俺の香典だってね。弟の下に妹も三人いるんですけど、末の妹は、そのときまで、生まれていたことさえ知りませんでした」

以来、ずっと断絶状態だという。

「大人になってから、お父上を捜してみようと思ったことはありませんか」

ここまでは私の問いかけにぽんぽん返答してくれた相沢氏が、初めてちょっと逡巡《しゅんじゅん》した。

「——まったく思わなかったわけじゃないんですけどね。今さら僕に捜されたって、親父も迷惑なんじゃないかなあと」

父親も、新しい家庭を築いているかもしれない。

「子供のころ、僕は僕なりに父にも恨みというか——いや、恨みじゃないな。がっかりしたっていいますかねえ」

お父さんは僕を迎えに来てくれない。お父さんも、僕は要らないんだ。

「うちで邪魔者扱いされているころ、よく思ったんですよ。お父さんが迎えに来てくれるといいなって。初詣《はつもうで》のとき、今年こそって拝んだりして。可愛《かわい》いでしょう?」

「ええ。悲しいけれど微笑《ほほえ》ましいですね」

相沢氏は照れ笑いをした。「それに、現実問題として、僕には親父を捜す手がかりが何もなかったんです。実家がどこなのか知らなかったし、親戚付き合いもなかった」

再会してからようやく出身地や家族のことを訊いてみると、

「実家は栃木の農家だけど、かなり貧しかったそうでして。親父は三男二女の次男坊で、小学校を出るとすぐ働きに出ていたんです。仕送りをあてにされることはあっても、実家に頼るなんて不可能だったし、相沢家に婿入りしてからは、それこそ身を粉にして働いてましたからね。親父は自分の親の葬式にも出られなかった」

相沢家を離縁され、武藤寛二に戻った後、「ともかく一度は実家に帰ってみたら、離散していたそうです。田畑は他人のものになっていて、誰の消息も知れなくなってて」

親父は僕よりも一人ぼっちだった――

「でも、三十年かかったけれど、相沢さんとは再会できた」と、私は言った。

「ええ。テレビのおかげですよ」

二〇〇〇年二月に、そのころ相沢氏が夫人と切り盛りしていた小さな店が、テレビのバラエティ番組で取り上げられたのだという。

「今の店は池袋の西口ですけど、当時の店は東口の雑居ビルの奥でね。正味二坪ぐらいしかない狭小レストランでした。今思うと、僕は時代を先取りしていたんだなあ」

立ち飲みで、きちんとしたイタリアンを供しますという店だった。

「それが面白いって、レポーターのタレントが来てね。オンエアはせいぜい三分ぐらいだったけど、親父はそれを観て訪ねてきてくれたんです」

――相沢さん、ビルの入口のところに、おじいさんが目を真っ赤にして突っ立ってるんだけど、何か、相沢さんによく似た人なんだよね。

「隣の店の人が教えてくれましてね。まさかって思って、走っていったら親父でした。いやあ、よく似た父子でよかったですよ。三十年ぶりでも、すぐわかりましたからね。鏡のなかの自分を老けさせたらこうなるぞっていう顔だった」

父・武藤寛二が六十七歳、子・相沢幸司は四十歳になろうとしていた。

「すぐ仲江にも紹介して、行き来するようになりました。そのころ親父は大森のアパートに住んでいて、近所のスーパーで駐車場の誘導員をして働いてました」

――こんな近くにいたんだなあ。

「親父は最初、遠慮していました。もちろん仲江にも、僕にもね。だけど僕はできるだけ早く親父と一緒に暮らしたいと思ったし、仲江も僕の気持ちをわかってくれた」

離婚後、寛二氏は東京に出て、(有)アイザワと似たような機械部品関係の会社や工作所を転々としつつ、六十歳になるまで働き続けた。再婚はしなかった。定年後は時間給のバイトをして、

「年金ももらえてるから、じいさんの一人暮らしには足りるって」

相沢氏が現在の店を構えたのが二〇〇三年、埼玉県和光市に自宅を建てたのが二〇〇五年。その際、寛二氏を説得して同居を始めた。

「親父はおとなしい人でしたけど、それでも家内は気を使って、面倒なこともあったと思うんです。よくやってくれました。本当に感謝しています」

相沢氏の表情が、初めて芯から明るく和らいだ。

「家庭環境がよくなくて、犯罪に走る若い連中が増えてますよねえ。あれ、僕には他人事《ひとごと》じゃなかった。僕だって、いつグレてもおかしくなかったですからね」

仲江が僕を救ってくれた、と言った。

「家内は、僕の高校時代の友達の妹なんです。十六の時に知り合って、それからずっと付き合ってきました」

仲江夫人の家は家族仲がよく、相沢氏は、彼女を通して初めて家庭の温《ぬく》もりを知ったのだという。

「家内のおかげで、僕も家庭を持てた。家族がいると楽しいってことを教えてもらえました。だから親父にも、ほんの少しでもいいからその幸せを味わってほしくてねえ」

これはメモする必要がなく、私は黙って彼の顔を見ていた。

「だけど僕はね、杉村さん。まだ、母たちの仕打ちは許せないですよ」

相沢氏の口調が厳しくなった。

「親父にもはっきりそう言ってやったことがあります。そしたら泣かれちゃって」

——みんな俺が悪かったんだよ。おまえに淋《さび》しい想《おも》いをさせたのも、しなくてもいい苦労をさせたのも、みんな俺のせいだ。

「そもそも結婚したのが間違いだったって。あのころ、おまえの母さんはまだ子供みたいなもんで、所帯を持って家業を継ぐってのがどういうことかわかってなかったんだって」

——俺が結婚話を断って、逃げちまえば済む話だったんだ。だけど俺にも、お嬢さんと結婚すればゆくゆくはこの工場の社長になれるんだって、色気があってなあ。

「まだ母を庇《かば》うんですよ。お人好《ひとよ》しにもほどがありますよね」

苦いものを嚙《か》むように言う。

「だけど、そんなふうに言って泣かれたら、僕も何だか気抜けしちゃってね」

肩をすくめ、また苦笑した。

「僕と親父とのあいだでは、昔の話はそれでけりがつきました。でも、母のことは許せない」

消しきれない怒りが、彼の目を翳《かげ》らせた。

「倅《せがれ》の僕でさえそうなんです。裏切られた夫で、追い出された婿だった親父は、あのころ、どんなにか悔しかったはずだ。だけどそれを押し殺して、堪《こら》えて堪えて生きていたんだ」

その我慢が、あるときふっと、魔が差したように切れてしまったとしたら？

「僕は親父を疑っているんじゃありません。ただ、親父が告白したようなことを本当にやっているとしても、無理もないって思うところがあるんです」

だからこそ怖い、と言う。

「昭和五十年はもう三十五年も前のことだけど、当時の親父にとっては、相沢家を追い出されて、まだ五年後ですよ」

人生の激変から、もう五年ではない。たったの五年だ。枯れて温和な老人になるよりも遥《はる》か以前、四十二歳の働き盛りの男だったころだ。

「妄想かもしれないけど、親父がカッとなって手にかけてしまったという女性は、もしかしたら母に似ていたんじゃないかと思うとね。親父の胸の想いに察しがつくだけに、僕は悲しくて痛ましくて、怖いんです」

少し間を置いてから、私はカチンと音をたててボールペンのペン先を引っ込め、言った。

「わかりました」

相沢氏がびくっとして私を見た。

「調査をお引き受けします。ということは、今この瞬間から、相沢さんのご懸念を僕がお預かりするということです」

相沢氏はしばらく私の顔を見ていたが、やがてつと肩を落とした。「ええ、預けます」

「再会する以前のお父上の住所を知るには、住民票や戸籍謄本——もう亡くなっているので除票になりますが、そういうものがあると早くて確実です。その取得は相沢さんにお願いしたいのですが」

「わかりました。すぐ手配します」

私は室内を見回した。「片付けはお一人でなさるんですか」

「え？　ああ、家内は店もありますしね」

腕時計を見て、ちょっと慌てた。

「手伝うって言われたんですけど、オレ泣いちゃうかもしれないから一人にしてくれって、出てきたんです」

それもまた微笑ましいやりとりだったろう。

相沢氏を二〇三号室に残して階段を降りる途中で、踊り場に立って深呼吸をひとつした。

私自身の過去にも、〈裏切られた夫〉で〈追い出された婿〉の部分がある。全体ではなく、あくまで部分だ。だから深く呼吸をすれば動揺を収められる。

柿沼主事は、一階事務室の奥の彼の執務室にいた。パソコンを載せた事務机の前に、簡素な応接セットが備えられている。

「どうしましょう、見山さんも一緒に呼びますか。別々じゃないと、証言が入り交じってしまいますかね」

「そこまで厳密でなくてけっこうですから、ご一緒にお願いします。クリーニングスタッフの羽崎新太郎さんは――」

「彼は今日、非番なんですよ」

柿沼主事が内線電話で呼ぶと、五分ほどして、見山介護士が執務室に入ってきた。有り難いことに、コーヒーカップを載せた盆を持っていた。

「休憩時間で、ちょうどよかったです」

見山介護士は三十代半ばだろう。ショートカットの活発そうな女性だった。

「私も介護スタッフも日報を出しますから、いつどんなことがあったのか、ここで確認できますよ」

柿沼主事は机の上のパソコンを立ち上げた。「日報もパソコンで記録するんですね」

見山介護士の日報によると、武藤寛二氏が初めて〈告白〉を口にのぼせたのは、昨年十一月九日火曜日の昼食後のことだった。

「この日は、武藤さんは食堂じゃなく、個室で食事をされたんです。朝の検温で微熱があったものですからね。それでわたしが食事介助をして、食後のお薬を呑《の》むまで一緒にいたんですけども」

やはりテレビが点いていて、寛二氏は昼間のワイドショーを観ていた。

「番組のなかで、都内のどこかで若い娘さんが殺されたって事件のことをやっていて」

――怖いねえ。見山さんは女の人だから、こういう事件があると、私なんかよりもっと怖いでしょう。世の中には悪い男が大勢いるからね。

——そうですね。気をつけなくっちゃいけませんね。

——どんなに気をつけても、相手が人でなしだったらどうしようもないがねえ。

——あら、おっかないこと言わないでくださいよ。

——でも、人でなしも最初から人でなしじゃないんだよ。こういうことをしでかす野郎は、カッとなってね、そのときは別のものになっちまってるんだよ。私にはよくわかる。

——まあ、わかるんですか。

——うん、経験があるからね。こんなことを言ったら見山さんに嫌われるだろうけど、私はけっこうな人でなしなんですよ。

記憶をたどって話してくれながら、見山介護士は困ったように苦笑する。

「あらまあ、今日はカンさん、ホントにおっかないことを言うんですねえって、わたしも笑ってごまかしたんですけど」

「カンさん？」

「ええ、介護スタッフはそうお呼びしていたんです。武藤さんが、若いときからずっとそう呼ばれてきたんだよっておっしゃるし、喜んでくださるので」

「私も寛二さんてお呼びしてましたよ」と、柿沼主事も言う。

「なるほど。そのやりとり、日報にはどう書いたんですか」

柿沼主事が、パソコンの画面を見ながら読み上げてくれた。「〈昼食時、自分のことを人でなしだと言うなど、やや気分が沈んでいる。午後三時の検温では平熱に戻る〉とありますね」

彼も見山介護士も、この時点では寛二氏の発言をさして深く気にとめなかった。

「高齢者には、ときどきあることなんですよ。昔のことを思い出して急に腹を立てたり、自分の人生は失敗だったと落ち込んだり」

「それは確かに本人の体験なんですか」

主事と介護士はちらりと顔を見合わせた。

「ほとんどの場合はそうです」と、見山介護士が答えた。「自分の体験ではないことを、自分のことのように思ってしまっている場合もありますけどね」

柿沼主事もうなずく。「たとえば、ご本人のお母さんが苦労の多かった人だったりしてね。ああ母は辛《つら》い人生だったなあと思い起こしているうちに、自分のことのように胸が詰まってきて、それを語っていたとか。だから、嘘《うそ》ではないんです。作り話ではない」

「それはどうやって確認するんですか」

「いちいち調べるわけじゃありません。でも、たいていの場合は自然にわかってきますね」

次に、今度は柿沼主事が寛二氏からこの話を聞いたのは、十一月十八日だった。

「三階のリハビリテーション室で、寛二さんが足の温熱療法を受けているところに、私が巡回で通りかかりまして」

足の温熱療法とは、足湯と同じ効果のある機器を使って両脚を温めることで、

「二十分ぐらいかかります。で、私もそばに座って世間話をしていたんですが――」

このごろ夜よく眠れないと、寛二氏が言い出した。

「昔の夢を見るんですよっていうのでね。どんな夢ですかって訊いたら」

――私はとんでもないことをしでかした過去があるんですよ。だから死人が夢枕に立つんです。

「大真面目な顔でね。でも、口調は淡々としていて、落ち着いていました」

――そりゃあ怖いでしょう。

――自分が悪いんだから仕方ない。

――どんな悪いことなんですか。

――こればっかりは柿沼さんにも言えないですよ。それっくらい悪いことだ。

そしてこのときも、「私は人でなしだ」と言ったという。

「日報にも書いてますが、このときは寛二さんの主治医に相談したんです」

寛二氏は、ここの提携病院の血液内科にかかっている。

「睡眠導入剤が必要かもしれないし」

「血圧も高めになっていたんです」と、見山介護士が割り込んだ。「降圧剤を呑んでも、うまく下がらなくて」

「そうそう。薬を替えた方がいいんじゃないかって心配したんだよなあ」

寛二氏は主治医の診察を受けた。

「本人は特に気分が悪いわけじゃないと言うし、先生にもね、これは身体の変調よりむしろ気持ちの問題で、何か武藤さんが緊張するようなことがあって、血圧に影響が出ているんじゃないかと言われました」

「緊張するようなこと、ですか」

「ええ。入居者の誰かとか、スタッフと喧嘩したとかね。要は感情的な問題ですよ」

「そんな心当たりは?」

「我々にはありませんでした。だから」

やはり〈告白〉のせいなのではないかというもやもやは消えなかった。

見山介護士もうなずいている。「そのあとは、十二月に入ってからですね。わたしが日報に書いたのは——」

「二日と八日だ」柿沼主事がパソコンの画面をスクロールさせて答える。「で、二日に話したときに、昭和五十年八月のことだって、初めて具体的なことが出てきてるねえ」

「そうそう、最初はね、昭和五十年ていうと何年前かなあって訊かれたんですよ」

朝食の介助をしているときだったそうだ。

「わたしもすぐにはわからなくて、紙に書いて計算して、あら三十五年前ですよって」

——そんなに昔になるのかあ。

「しみじみ嚙みしめるようにおっしゃいましてね」

——でも見山さん、人殺しには時効はなくなったんだよね？

「わたし、そういうことには疎くって、あらそうなんですかって申しましたら」

——時効はなくなったんだよ。だから、人殺しは一生逃げ続けないとならん。

「事実そうなんですか」と、柿沼主事が私に訊いた。

私はうなずいた。「はい。去年の四月に改正刑事訴訟法が施行されて、殺人などの凶悪事件の公訴時効は廃止されました」

「でもそれは、これから起こる事件の場合でしょ？」

「まだ時効になっていなかった場合は、基本的には、昔の事件にも遡《さかのぼ》って新しい法律が適用されます」

主事も介護士も、あらためて驚き直したようだった。

「カンさん、それをちゃんと知ってたんですねえ」

「私らよりよくニュースを観てたからね」

そして寛二氏はこう言ったそうだ。

――昭和五十年の八月の、えらく蒸し暑い日でね。じっとしているだけで頭がぼうっとしてくるようだった。だから、何だかおかしなものに取り憑かれちまったんだなあ。

「話が具体的になってきたので、わたしもちょっとヒヤッとしちゃって。カンさん、それどんな事件だったのって、初めてこちらから尋ねてみたんです」

――どんなもこんなもないよ。若い娘さんを殺してしまったんだ。ひどい事件だよ。人でなしのやることだよ。

――犯人は捕まったの？

――捕まらなかったんだ。人でなしは捕まらなかったんだよ。

――おっかないわねえ。どこで起きた事件なのかしら。

――私はあのころ、東京の城東区に住んでたんだ。ご近所であんな事件を起こして、本当に申し訳ないことだった。

そしてまた、この犯人は捕まらなかったと繰り返し、人でなしは一生逃げ続けないとならんと言った。

その〈人でなし〉は自分で、自分が犯人だと明言してはいない。が、匂わせてはいる。

「わたしも、これはちょっと、ただの記憶違いとかじゃないような気がしてきまして」

見山介護士は手で口元を押さえた。

「主事とも、ご家族に――相沢さんにお話しした方がいいだろうかと相談していたんです。そしたら、その次は八日ですよね？」

柿沼主事が日報を見る。「そう。この日は見山さん、寛二さんの入浴介助をしてる」

「入浴が済んで着替えて、わたしが車椅子を押して、二人でここへ戻ってきたとき、カンさんがおっしゃったんです」

――このごろ、見山さんがおっかながることを言ってすまんね。けども、私も相手を見て話してるから、心配しないでくれよ。

私はその発言をそっくりそのままメモに書いた。相手を見て話している、か。

「カンさん、すごく済まなそうでした。すまんね、すまんねって、二度も言われたんですよ」

「それでまあ、もう少し様子を見るかとぐずぐずしているうちに、相沢さんの方からお話がありましてね」

それが十二月十六日のことになるわけだ。

「お二人と相沢さんのほかに、この話を知っているスタッフはいますか?」

「いません」と、柿沼主事は即答した。「あ、羽崎とは、相沢さんからご相談を受けたあと、一度だけ話し合いましたが、他のスタッフたちは何も知りません。何かあれば報告があるはずですから、確かです」

やぶ蛇になりかねないので、柿沼主事の方から訊いてもいないという。

「わたしも同じです」と、見山介護士も言う。

「寛二さんの介護は、見山さんがお一人で担当していたわけじゃありませんよね?」

「もちろんです。シフトがあって、少なくとも三人の介護士が交代で介護にあたります。ただ、わたしがいちばんカンさんと仲がよかったっていいますか」

「親しかったんですね」

「カンさん、いい方でしたから」

元気そのものの見山介護士の丸顔に、影が落ちた。「あんなに急に逝ってしまわれて、淋しいです」

そうだね——と、柿沼主事も呟《つぶや》いた。

「クリーニングスタッフの羽崎さんには、明日お会いできるでしょうか」

「ええ、早番だから、七時に出勤するはずです」

「話は短時間で済ませますので、ご容赦ください」

「また私が立ち会います」と、柿沼主事が応じる。

「よろしくお願いします。それにしても、こうして伺ってみると、武藤寛二さんは明晰《めいせき》な方だったんですね」

「そりゃもう、ええ、しっかりしておられました」見山介護士が声を強めた。「弱っていたのは身体だけです。頭ははっきりしていて、将棋だって、その気になれば、きっとまだまだ強かったはずですよ」

カンさんと仲がよかったというのは本当だろう。口調に想いがこもっていた。

「でも、そうなると、この〈告白〉にも、ちゃんと筋の通った理由というか、裏付けがありそうですよね」

記憶の混濁や、現実と作り話の混乱ではないように思えてくる。この二人もそう思っているからこそ当惑しているのだ。

「それは……どうなのかしら」

見山介護士はしゅんとしてしまった。

「まあ、その、記憶ってのは心の問題でしょう？　本人にしかわからないことだってあるんだから、そんなまともに悩みなさんな」

彼女を慰めるように、柿沼主事は明るい声を出した。

「この調査ってのも、相沢さんのお気持ちがすっきりすればいいんだ。そういうことですよね、杉村さん」

そうですねと、私は受け流した。

「先ほど、階上《うえ》で寛二さんの昔話を伺ってきたんですが、若いころに離婚したり、息子さんとも離ればなれの年月が長かったりして、ご苦労が多かったらしいですね」

「入り婿だったんだそうですね。我々も、そのへんの話は、寛二さんが亡くなった後で、相沢さんから伺いました。驚きましたよ」

「寛二さんご自身が、進んで相沢家のことを話したり、恨み言を述べたりすることはなかったんですか」

なかったと、二人は口々に言った。

「恨み言でも愚痴でも、そういうネガティブなことは言わない人でしたよ」

「わたしも、テレビ番組のおかげで幸司さんに会えたって話は伺いましたけど……」

「普段、寛二さんはどんな話をなさっていましたか」

柿沼主事はちょっと首をかしげ、見山介護士の顔を覗《のぞ》き込む。

「どんなというほど……なあ。どだい、そんなにおしゃべりな人じゃなかったもんなあ」

見山介護士もうんうんとうなずく。

「うちでお世話させていただくご年配の方のなかには、会話に飢えていて、しゃべり出すと止まらなくなってしまうような方もおられますけどね。カンさんはそういうタイプじゃありませんでした」

「寡黙だった？」

「ごく普通ってことですよ。おしゃべりすると楽しかったですけどね」

「将棋の話は私にはわからなかったけども、佐々木《ささき》という男性の介護士とは話していたようですよ」

不意に思い出したように、「高校野球がお好きだったわ」と、見山介護士が言った。

「相撲もよくテレビで観てたよねえ」

「仕事の話はしましたか」

柿沼主事は腕組みをする。「寛二さんはエンジニアだったんだよなあ」

見山介護士はふき出した。「柿沼さん、そう言ってカンさんに笑われたことがありますよね」

「そうだったかぁ？」

「カンさんは、昔堅気の職工さんですよ。自分が現役のころはいい時代だった、まだこの国の製造業が元気だったから、仕事はたくさんあったって」

「機械部品の関係ですよね？」

「そうでしょうね。定年してからもしばらくは指の爪が真っ黒で、きれいにならなかったんですって。機械油が染みこんでて」

「ニッサンにいたよな？」

「それは三階の小山《こやま》さんですよ。わたしがカンさんから聞いたのは、けっこう長いこと造船会社の仕事をしてたって話です。ほら、今はＩＨＩっていうのかしら」

石川島播磨《はりま》重工業だろう。

「だけどカンさんがいたのは下請けの町工場で、大きな企業の社員じゃありませんよ」

「あなたは物覚えがいいねえ」

柿沼主事は鼻の頭を掻いている。

「私は駄目だ。いろんな人の話がごっちゃになっちゃって」

二人とも和やかに笑っている。

「そうですか。お時間をとらせてすみませんでした。最後にもうひとつ」

せっかくの雰囲気を壊すようだが、これを訊かないわけにはいかない。

「念のために伺いますので、どうか気を悪くなさらないでください。武藤寛二さんの死に、不審な点はありませんでしたか」

柿沼主事は純粋に驚いたようだが、見山介護士は質問の意味がわからなかったらしい。

「フシン?」と問い返した。

「一切ありません」と、柿沼主事は答えた。「食堂で、夕食が出てくるのを待ってテーブルについているとき、発作が起きたんです。私もその場に居合わせておりました。すぐに応急処置をして救急車を呼びましたが、間に合わなかった」

病死です、と言った。「何の怪しい点もありません」

口調から柔らかみが消えていた。

「不審って、そういう意味ですか」

理解が追いついたのか、見山介護士の目つきがきつくなった。

「ここの誰かが、カンさんを手にかけたんじゃないかって疑ってるんですか」

「まあ、ほら、杉村さんも念のためだって言ってるでしょう」

取りなしてくれた柿沼主事には悪いが、私は続けた。「自殺の可能性はありませんか。そんな〈告白〉をした後ですからね」

――私はけっこうな人でなしなんですよ。

「自殺なんて、まさか」

見山介護士は色をなして声を高めた。

「カンさんに限って、そんなことがあるわけありません」

見山さん見山さんと、柿沼主事が宥める。

だが彼女は激高していた。

「うちの入居者の方に自殺なんて、させませんよ。できませんよ。そのためにわたしたちがついてるんです」

そうですか――と受けて、私は話を切り上げた。挨拶して部屋を出るときも、見山介護士はまだ怒っていた。

エントランスロビーの大きな窓の外で、牡丹雪は雨に戻っていた。心優しい人びとに冷ややかな質問を投げかける探偵にはふさわしい氷雨のなかに、私は傘を開いた。

確認しなければならない事件が二件ある。ひとつはもちろん昭和五十年八月の女性殺害事件であり、もうひとつは、寛二氏の〈告白〉のきっかけになったらしい、昨年十一月に若い女性が殺害された事件だ。

3

こういうとき、ひと昔前の探偵は、まず図書館へ足を運んで新聞の綴《つづ》りを開いたのだろう。今は、パソコンの前に座ってニュースサイトをいくつか検索する。

昨年十一月の事件の方はすぐ見つかった。九日火曜日の午前六時ごろ、東京都板橋区内にある運動公園で、ジョギングウエア姿の女性の絞殺死体が発見されたのである。発見者は早朝ジョギングに訪れた近所の夫婦で、遺体は、園内のマラソンコースの端の植え込みのなかに仰向《あおむ》けに倒れていた。

身元はすぐ判明した。被害者もジョギング愛好家で、発見者夫婦と顔見知りの間柄だったのだ。現場近くのワンルームマンションに住んでいた、アパレル会社勤務の高室成美《たかむろしげみ》、二十三歳。一人暮らしだったが、前夜十時半ごろ、友人とのメールのやりとりで、〈ちょっと走ってくる〉と告げている。それからマンションを出て運動公園に向かい、マラソンコースを走っているところを何者かに襲われたと思われる。現場には争った形跡がありありと残っていた。被害者は犯人と揉《も》み合った際に鼻血を出しており、植え込みの灌木《かんぼく》の葉から飛沫《ひまつ》血痕がいくつも検出され、彼女の血液と判明したというから、襲撃と殺害場所がここであることはまず間違いない。

性的暴行を受けてはいなかったが、着衣が乱れていた。ウエアの上着と短パンが脱がされ、その下のタイツも膝頭まで引き下げられていた。靴下とジョギングシューズは着けたままで、手袋とゴーグルとキャップは植え込みのなかに散乱し、スポーツタオルが一枚、これだけはなぜかきちんと三つ折りの状態で、遺体の脇の地面に置かれていた。

凶器は彼女が所持していたアイポッドのイヤホンのコード。ぐるぐると三重に巻きつけてあり、首に深く食い込んでいた。

高室さんは週に二、三度、仕事から帰って、夜ここでジョギングする習慣があったという。友人たちは、暗い公園を女性が一人で走るのは危ないと何度か諫《いさ》めたそうだが、彼女は、

——夜に走った方が、よく眠れるから。

充分に気をつけるから大丈夫だと言っていたという。実際、アイポッドのほかに防犯ブザーを持っていたが、残念ながら用をなさなかったことになる。

十一月九日の昼時に、見山介護士の介助でランチをとりながら寛二氏がテレビで観ていたというのは、この事件の報道だろう。若い女性が惨殺《ざんさつ》された酷《ひど》い事件だし、いわばほやほやの遺体発見だから、昼のワイドショーでは新聞で言う一面扱いだったのではないか。

そして寛二氏は見山介護士に言った——世の中には悪い男が大勢いる、と。

この運動公園の事件は、露骨に性的な犯罪である。まだ詳細が判明していなくても、犯人が男性だと思うのは不自然ではない。寛二氏が、女性の見山さんは怖いだろうと言ったのもごく普通の反応だろう。そしてこの場合の普通の意味は大きい。寛二氏は記憶が混濁してなどいなかった。

親しい介護士を思いやるほど、感情的にも落ち着いていたのだ。

事件の報道は数日続き、いったん沈静化するが、十一月十五日になって、ある防犯カメラの映像が発見され、また話題になっている。現場の近辺は人家ばかりでコンビニなどはなく、件《くだん》の映像も個人宅の玄関先に設置された防犯カメラのものだった。この家は、被害者のマンションから運動公園に向かうルートの真ん中あたりに位置しているという。

事件当夜の午後十時四十二分、まず被害者が、ジョギングウエア姿でキャップをかぶり、両手をぶらぶらさせたり首を回したりしながら、このカメラの視界のなかをのんびり歩いて通りすぎる。録画状態は悪くないのだが、カメラの角度のせいで、彼女の顔はよく見えない。

それから約二十秒後、同じように画面の右から左へ、黒いニット帽に黒いジャンパー姿の男性が、自転車に乗って通過する。この男性もまた顔はほとんど見てとれないが、特に急いでいる様子はなく、不審なところもない。

が、この四十分ほど後の映像では、同じ黒いニット帽に黒いジャンパーの男性が、今度は大急ぎで自転車を漕《こ》いで、左から右へと通過する。

右から左は、運動公園への〈行き〉だ。その逆は〈帰り〉だ。

当然のことながら、この黒いニット帽の自転車男は大いに疑わしく、報道でも大きく取り上げて情報提供を募っている。映像のなかにガードレール等の比較対象物はないが、同じカメラに映っている被害者の身長が一六二センチなので、そこから割り出すと、この男性は身長一七〇センチ前後、年齢は二十代から三十代。自転車はありふれたタイプのものだが、よく映像を解析すると、前輪のタイヤが白く汚れているという。

ここまでで続報は絶える。では十二月十六日に、寛二氏が息子の相沢氏に〈告白〉した際、

「怖い顔をして睨みつけていた」テレビには何が映し出されていたのか。

この謎解きも造作なかった。この日、高室さんの両親が、事件の情報提供者に百万円の謝礼金を支払う旨の記者会見を開いたのだ。午後のふたつのワイドショーでその様子を取り上げ、現場の運動公園からの中継もまじえながら、事件を振り返ってルポしている。寛二氏はこれを観て、「こういうことをやらかすときは――」と言い出したのだろう。

その後、捜査に進展があった様子はない。防犯カメラの自転車男もただ疑わしい存在のまま、人物の特定には至っていない。あの映像だけが手がかりでは、仕方ないだろう。似たような服装をすれば、私だってあてはまりそうだ。

犯人は、最初から高室成美さんを狙っていたのであれ、たまたま夜道で見かけて目をつけたのであれ、現場近辺に土地鑑のある人物だろう。不審車両の情報は出ていないから、徒歩か自転車で現場に来た。その点でも自転車男は第一容疑者の資格がある。

被害者は犯人に殴られて鼻血を出したらしい。右目のまわりに痣《あざ》があり、鼻筋の右側と、右目の下の頬骨が出っ張っているところに、すぐそれとわかる擦過傷があったという。犯行の際、犯人は目の粗い繊維でできた手袋をはめていたのだろう。それが擦り傷を残した。そして顔の右側を殴っているということは、左利きである可能性が高い。これは報道でも再三指摘されている。

黒いニット帽の自転車男は、防犯カメラの映像のなかでは手袋をしていない。十一月九日では、夜でもまだ、防寒用の手袋をしていたら不自然だ。作業用の手袋なら、それに見合う服装をしていないと、これまた不自然で目立ってしまう。犯人が自転車男であれ他の誰かであれ、手袋は持参していて、犯行の前にはめたのだろう。

そこは計画的に思える。が、殺人の凶器は被害者が身につけていたイヤホンのコードだ。その場にあったものを勢いで使ってしまった印象がある。女性を襲おうと目論《もくろ》んでいたが、殺すつもりはなかった。だから抵抗されてうろたえ、被害者を制圧しようとするうちに殺害してしまい、怖《お》じ気《け》づいて、着衣は脱がせたものの、当初の目的は果たせずに現場から逃走した——か。

しかし、スポーツタオルを三つ折りにして、被害者の身体の脇に置いたのはなぜだろう。

パソコンの前に肘をついていると、傍らのスマホに着信があった。〈侘助〉のマスターからだった。

「もしもし、杉村さん?」

メールに返信がないからかけた、と言う。

「今夜の定食メニューはビーフストロガノフだけど、どうする?」

「食べます」

サフランライス付きだよと、マスターは言った。

「マスター、スポーツタオルを畳んで床や地面に置くって、どんなときですか」

マスターはちょっと黙ってから、

「タオルってのは、床にも地面にも置くものじゃないでしょ。敷くんじゃないの」

いい、しく、もしくはひく、と言う。

「広げずに、三つ折りに畳む場合はどうでしょう」

「同じだよ。畳んで敷いて、その上に座る。あたしならそうするね」

電話は切れた。その上に座る、か。この事件の現場の状況にはそぐわない気がする。

気になるが、こればかりに熱中してはいられない。私には、むしろもうひとつの方が本題なのだ。

昭和期の事件、特に戦後のものは記録や記事が豊富にあり、その多くがデータ化されてネットに上げられているから、昨年十一月の事件と同様、まずは検索してとっかかりを探せばいい。が、私はいったん席を立ち、湯を沸かしてインスタントコーヒーを淹《い》れた。それからマグカップを手に、〈オフィス蛎殻〉のある人物に直通電話をかけた。コール音が三回で、相手が出た。

「――寝てたんだけど」

「それはごめん。木田《きだ》ちゃん、杉村です」

木田光彦《みつひこ》、二十六歳。〈オフィス蛎殻〉の非常勤社員で、しかしなぜかいつ電話してもオフィスにいる。ほとんどオフィスに住んでいる。彼の仕事はリサーチで、主戦場はネットの大海原だ。自分の机の上に積みあげられた書類をどかそうとするだけでぎっくり腰になるほど運動不足だが、ネットの海では勇者である。本人の弁では、〈無敵の海賊王の手下で、三番隊長ぐらい〉。

「三十八時間ぶりの睡眠だったんだよう」

木田ちゃんの嘆き節だ。

「杉村さん、僕と相性がよくない。いつも寝てるところを起こされる」

「申し訳ない。リサーチを頼みたくて」

「杉村さんが自分でやったら三日かかるけど、僕なら三十分で済む仕事だね？　じゃ、三万円でいいよ」

私は（初対面のとき本人にそう呼べと要求されたので）木田ちゃんと呼ぶが、彼を知る人たちのほとんどは、キー坊と呼ぶ。キーボードのキーであり、彼の声が甲高いからだ。

私は手早く頼み事を説明した。

「昭和五十年八月に起きて、お宮入りになった殺人事件だって？」

木田ちゃんはキーキーと声をあげる。

「そう。被害者は若い女性。〈若い〉の年齢幅は広めにとっていいと思うけど」

「場所はどこさ」

「自分がその事件の関係者だという人は」

〈犯人〉という言葉は避けた。

「その当時は東京の城東区に住んでいた。で、〈近所で起きた〉事件だと話してたそうだ」

「ソンなら杉村さん、調べなくたってわかる。城東区はもちろん都内全域でも、昭和五十年の夏にはそんな未解決事件はないよ」

「木田ちゃん、覚えてるのかい?」

「僕はまだ生まれてないころだよ。覚えてるんじゃなくて、知ってるんだ」

僕は未解決事件にはうるさいんだ、と言う。

「わかった。でも一応、ざっくりリサーチをお願いします」

「僕はざっくりしたリサーチなんかしない。ぴったりばっちりねっとりしたリサーチをするんだ」

木田ちゃんは頼りになるが、やかましい。

〈侘助〉で夕食をとって帰ってくると、早くもリサーチの報告が来ていた。やかましいが、頼りになる木田ちゃんである。

大きなファイルが二つ。新聞や週刊誌の記事や、「事件史」的にまとめられたものからの抜粋が混じっている。写真もあった。

〈二件見つけたけど、どっちも犯人は捕まってるよ〉

ひとつは昭和五十年八月三日、東京都中野区の住宅で四十八歳の主婦・三田栄子《みたえいこ》が刺殺された事件だった。一週間後に彼女の義弟が逮捕されている。身内の金銭トラブルがこじれた挙げ句の殺人だったらしい。

もうひとつは八月十六日、城東区三角町《みすみ》にある運送会社の倉庫から、この会社の事務員の女性の遺体が発見されたという事件だ。被害者は田中弓子《たなかゆみこ》、二十三歳。性的暴行を受け、扼殺《やくさつ》されていた。

この事件も解決は早かった。二日後の十八日に、同運送会社の二十歳の社員・茅野次郎《かやのじろう》が、知人に付き添われて城東警察署の特別捜査本部に出頭し、犯行を自白して逮捕されたのだ。茅野は盆休み中の会社の事務所で被害者に会い、犯行に及んだのだという。

新聞の社会面の記事は簡略だが、木田ちゃんが見つけてくれた夕刊紙の記事はもう少し詳しかった。それによると、田中さんは自宅が近く、事務所で飼っていた金魚に餌をやるために、休み中でも会社に来ることがあった。この日も、家族に「ちょっと事務所に行ってくる」と家を出ていた。遺体が発見されたのは倉庫だが、犯行現場は事務所内、しかも金品が物色された形跡があったので、当初は田中さんが事務所荒らしと鉢合わせしてしまったための奇禍ではないかという観測があったが、実際には同僚の犯行だったわけだ。

田中さんは吉永《よしなが》運送の看板娘で、人気者だったという。茅野も以前から田中さんに好意を持ち、事件の半月ほど前に交際を申し込んで断られたが、諦めきれなかった。犯行のあった十六日も、「もう一度話したいと思って」彼女が金魚に餌をやりに来るのを待っていたのだが、「しつこい」「気味が悪い」などと詰《なじ》られ、「つい頭に血がのぼってしまって手を出した」と供述しているという。

パソコンの前で、私はぞくりと震えた。昭和五十年八月の事件。若い女性が被害者。犯人は男で、「つい頭に血がのぼってしまって手を出した」。

事件の大筋も、この言い回しも、寛二氏の〈告白〉と合っている。

茅野次郎の顔写真は、新聞に載ったものは粒子が粗くて顔立ちがはっきり見えない。週刊誌のグラビア写真には、送検されるときの様子だろう、警察車両の後部座席で二人の刑事に挟まれ、頭を下げ背中を丸めた姿が写っている。これも、坊主刈りだという程度しか見てとれない。

次のファイルには、木田ちゃんのこんなコメントがついていた。

〈法廷で犯人が、自分はやってない、冤罪《えんざい》だって言い出して揉めたから未解決事件だっていう解釈もあるかもしれないから、おまけ〉

二つの事件の公判についての情報だった。中野区の方は斜め読みで済ませた。気になるのは城東区三角町の事件だ。

逮捕からほぼ半年後に開かれた公判で、茅野次郎は罪状・強姦《ごうかん》殺人で起訴された。求刑は懲役十五年。弁護人は被告人に殺意はなかったと主張し、自ら出頭したのは犯行を強く悔いているからであり、また犯行の三週間前に誕生日を迎えて二十歳になったばかりだった被告人には少年法の規定が援用されるべきであるという弁論を展開した。

さすがは木田ちゃんで、この公判についての記事は、「判例研究」というリーガル雑誌のものだった。昭和五十三年六月発行の通巻一二五号。ちなみに、ここで〈運送会社事務員殺人事件〉を取り上げているのは、一二五号がこの「少年法の援用」の是非についての特集号だからだ。

弁護人の弁論に説得力があったのか、判決は強姦致死罪で懲役十年。茅野次郎は控訴せずに服役した。

この事件は、司法上の処理もすべて終了している。

木田ちゃんの記憶力（プラス粘着質なこだわり）を信じるならば、寛二氏が〈告白〉した事件は、吉永運送の事件のほかにはあり得ない。が、肝心の犯人逮捕・事件解決の部分が、〈告白〉の内容とは食い違う。

またパソコンの前に肘をつき、私は「妙だよなあ」と独りごちた。

——何が？

と、問い返してくれる人はいない。

離婚からまる二年、私はもう慣れた。武藤寛二は何年ぐらいで慣れたろう。本当に一人きりで呟く独り言の寂しさに。

4

〈はなかご老人ホーム〉のクリーニングスタッフは、午前中が特に忙しい。柿沼主事に連絡して九時と約束したのだが、十時過ぎまで待った。立ち会うと言っていた柿沼主事は、急用ができたとかですぐ席を外し、私は彼の執務室で、羽崎青年と二人で向き合うことになった。

淡いブルーの作業着の上下。ゴム底のスリッポン。髪は短く刈り、髭《ひげ》もきれいに剃《そ》ってある。ピアス穴なし。身長は一七〇センチぐらいで、痩せ気味。二十歳そこそこだろう。

「お仕事中にすみません。どうぞおかけください」

羽崎青年はぎこちなく動いて、ソファの端に尻を載せた。

私は彼に笑いかけた。「気を楽にして。ちょっとお話を伺うだけです」

青年は手で鼻の下を擦《こす》り、小声で言った。「この部屋にはあんまり入らないもんで」

「ここの掃除の担当じゃないんですね」

青年は首を縮めるようにしてうなずき、それが癖なのか、また鼻の下を擦る。指の爪は短く切り揃《そろ》えてあった。

「僕なんかがここに呼ばれるのは、柿沼さんに叱られるときだけです」

「へえ……。柿沼さんって厳しいんですか」

「お客さんから文句がきたら、僕らを叱らないとしょうがないですから」

「掃除は行き届いているのにね。文句を言う人がいるんですか」

「まあ、いろいろです」

ぶっきらぼうというより、内気なのだろう。人と話し慣れていない感じもする。

「さっそくですが、二〇三号室に入居していた武藤寛二さんのことで――」

話を切り出すと、うつむきがちで小声ではあるが、羽崎青年はきちんと応じてくれた。

昨年十二月十六日の出来事を、彼も覚えているという。ただ彼の記憶は、掃除を終えて二〇三号室を出ようとした際、相沢氏に口止めされたことの方が主であって、

「気にしないでくれとか、何のことかよくわかりませんでした」

「掃除中に、相沢さんと武藤寛二さんが話していたことは聞こえなかった？」

「僕らは、そういうのを聞かないように言われてるんです」

「柿沼主事から?」

「主任からです。クリーニングスタッフの」

「入居者と面会者がやりとりしていることは、プライバシーだからですね?」

彼はひょいと頭を下げるようにうなずく。

「盗み聞きしてるって怒る人もいますから」

「ああ、そうか……。大変ですね」

彼は黙っている。

「武藤寛二さんはどうでしたか」

「あの人は——」羽崎青年は洟《はな》をすすった。「うるさい人じゃなかったです」

「何か話をしたことはありますか」

「清掃作業中はしゃべりません」

「そうすると、武藤さんに限らず、あなた方クリーニングスタッフが入居者や面会者の誰かと親しくなることは」

私を遮るように、彼は答えた。

「ないです」

その目が、初めて私と正対した。なのに、どこを見ているのかわからないような気がするのは、彼に落ち着きがないせいかもしれない。スリッポンを履いた足先が、ずっとそわそわ動き続けていた。

「わかりました。これでけっこうです。ありがとうございました」

羽崎青年はすぐ腰を上げたが、ドアの方へ向かいながらちょっとためらい、私の顔を覗くように見た。

「探偵――なんですってね」

「はい」

「何を調べてるんですか。武藤さん、何かやってたんですか」

私は笑顔をつくってみせた。「それこそ、気にしないでください。お時間をとらせてすみませんでした」

執務室のドアを開けて彼を見送った。羽崎青年は、廊下の端に止めてあった清掃用具のワゴンを押し、ロビーの方へ出ていった。今日も北風は冷たいが、空は一転してよく晴れた。ロビーには職員たちの姿もある。その脇を、身を小さくして、彼は足早に通り過ぎていく。

私はふと、昨日二階へあがるために通った寒い階段室を思い出した。このホームの舞台裏。羽崎青年の立場も同じだ。表側には出ない。ホームのなかを清潔に居心地よく保つために立ち働きながら、その場にはいないことになっている。

事務所に帰り、先に片付けておかねばならない雑用をこなしていると、午後一時過ぎに玄関のインタフォンが鳴った。戸口に、ジーンズに赤いダウンジャケット、右手に紙袋をさげた少年が立っていた。

「杉村さんですか」

小柄で、顔立ちもひな人形のように整っている。

「はい。失礼ですが？」

「相沢です」と、少年は言った。「父の使いで来ました」

調査のことは、家族には伏せてあるのではなかったか。

少年は紙袋を持ち上げて、

「じいちゃんの書類です。父からの手紙も入ってます」

「そうですか、ありがとう」

私は紙袋を受け取った。

少年は言った。「入っていいですか」

寒気に鼻の頭が赤い。

「あ、どうぞ」

彼を招き入れて、私は紙袋を開けた。相沢氏からの手紙はぺらっと一枚、大きな文字の走り書きだった。

〈次男にバレてました。幹生《みきお》といいます。高校一年です。杉村さんに会いたいというので、使いに出しました。用が済んだらすぐ追い帰してください。よろしくお願いします〉

顔を上げると、相沢幹生と目が合った。

「うちは父も母もめちゃ忙しくて」

「お店、繁盛してるんだよね」

少年は首をかしげた。「うちに来たことありますか？」

「ないけど、常連さんから聞いてる。グルメ雑誌に載った紹介記事も見たよ」

「そうですか」

幹生はダウンジャケットを脱いだ。下は長袖のTシャツ一枚だ。華奢《きゃしゃ》な体つきである。顔立ちも体格も母親に似たのだろう。

彼は事務所の来客用ソファに腰をおろし、室内を観察し始めた。

「えっと——今日、学校は？」

「休みです」

私が返事をしないでいると、彼はきょろきょろするのをやめて、こっちを見た。

「開校記念日なんです」

父親が彼を寄越したのだから、嘘ではないだろう。

「それ、中身を見てください」

「え？　ああ、そうだね」

紙袋のなかには薄っぺらいアルバムが一冊。クリアファイルに挟んであるのは、戸籍謄本と住民票、運転免許証と健康保険証。年金手帳の、氏名と基礎年金番号が記されているページ。すべてコピーだ。

「これ、以前のものだね」

武藤寛二氏が存命中のもののコピーだ。謄本の類いの日付を見ると、一昨年の二月か三月である。

「じいちゃんがあのホームに入るとき、手続きに必要だったから、いろんな書類を揃えたんです」

「なぜコピーをとっておいたんだろう」

「どういう書類を揃えて出したのか、あとでちゃんとわかるように」

几帳面《きちょうめん》なやり方である。相沢氏は、私の調査にはそのコピーでも充分だろうし、役所へ行く時間も節約できると思いついたのだろう。実際にそうか、私はすぐ確かめにかかった。

武藤寛二氏は、二〇〇五年に埼玉県の和光市の相沢氏宅に同居し、そこに住民票を移している。

それ以前は大田区大森のアパートに住んでいたという。住民票もそうなっている。異動前の住所は大森四丁目2の5の105。

もう二十年遡るには、さらにこの前の除票を取得しなければならないが、戸籍謄本のコピーを見ると、それで用が足りるとわかった。

寛二氏は、一九七〇年（昭和四十五年）一月に離婚・離縁で相沢家の籍を離れたあと、いったんは栃木の生家に戸籍を戻し、翌年の四月にそこから分籍・異動している。本籍は任意に当人の好きなところに置けるが、普通は生地か、自分が住んでいる場所にするものだ。寛二氏も、生家の離散を知り、東京に出て職と住まいを探して確保し、そこに落ち着いたから本籍を移したのだと考えていい。

東京都城東区春川《はるかわ》町二丁目三号。地図を引っ張り出して見てみると、春川町は、事務員殺人事件のあった三角町の隣町《となりまち》だ。

「私立探偵って、免許は要らないんですか」

幹生は室内検分を終えて、私の検分を始めるつもりらしい。

「国家試験はないね」

「免許証や資格証明書を飾ってないですもんね。僕でも、私立探偵ですって自称したらオーケーなんですか？」

「未成年だと駄目だ」

「学校内探偵なら？」

「生徒会長と同じで、立候補して選挙で選ばれないと無理じゃないかな」

幹生は「フン」と鼻先で笑った。生徒会長をバカにしているのか、選挙をバカにしているのか、私の返答をバカにしているのか判別しにくい笑い方だった。

私は言った。「ありがとう。お使いご苦労でした」

彼は座ったままだ。

「せっかくの開校記念日なんだから、どこかへ遊びに行ったら？」

「じいちゃんのこと、何を調べるんですか」

「君はどうして、お父さんが僕に調査を頼んだことを知ってるの？」

「父さん、スマホでしゃべるとき、無駄に声がデカいから」

私は笑った。「そっか。でも〈おじいちゃんのこと〉という以上の詳しい内容は知らないんだね」

「僕、喉が渇いたんですけど」

「コーヒーかな、日本茶かな」

相沢幹生は意地悪な感じに口の片方だけを持ち上げて、言った。「ココアがいい」

奇跡のようだが、買い置きがあった。先週末、別れた妻が娘を連れてここに寄ったので、私が急いで買いに行ったのだ。

五分後、私が（丁重に）来客用のカップで供したココアに口をつけて、幹生は不味《まず》そうに舌を出した。「粉っぽい」

「牛乳を切らしてるんだ」

私は寛二氏の残したアルバムを開いた。最初のページに相沢氏のメモが挟んである。

〈これが親父です。正月に帰ってきたときに撮りました。遺影に使った写真です〉

相沢家のリビングだろうか。正月らしく、松と千両と葉ボタンを活《い》けた大きな花瓶の前で、寛二氏と相沢氏が並んで座っている。本当によく似た父子だ。寛二氏は少し目の縁を赤くして、温和な笑みを浮かべている。

幹生が言った。「僕、調査を手伝います」

けっこう驚いたが、私は顔に出さなかった。

「じいちゃんのことを調べるなら、身内が手伝った方が早いでしょ？」

返事をせずに、私はアルバムをめくった。大部分が息子一家と同居を始めてからの写真で、前の方のほんの一部がそれ以前のものだ。一人暮らしの男性が写真の被写体になる機会は少ないのである。

四十代の寛二氏、五十代の寛二氏、六十代の寛二氏。何かの宴席、どこかの旅先、どこかの作業場、どこかの工場の閉じたシャッターの前。やや珍しいのは小さな神社の鳥居を背にした寛二氏で、今の相沢氏より年長だ。一枚だけ、真っ黄色に変色したモノクロ写真があった。割烹着《かっぽうぎ》姿の女性の腕に抱かれた産着の赤ん坊。これも寛二氏だろう。離散してしまった生家から彼の手に渡り、ここまで残された一枚だけの過去だ。

場所を特定できそうな要素が写っている写真はなかった。城東区春川町と三角町を調べる方が早い。

幹生は焦《じ》れたように声を高めた。「聞こえてないんですか？　僕、調査を手伝いたいって言ってンですけど」

私は顔を上げて言った。「うちはこのとおりの零細事務所で、助手を雇う余裕はない」

「ボランティアでいいです」

「素人はお断りだよ」

「自分だって資格なんかないくせに」

この少年は憎まれ口をきくのが巧《うま》い。

「君をここに寄越すなんて、君のお父さんは、僕が思っていたほど、この件を重大に受け止めてはおられないようだ」

「重大に受け止めておられますよ」

口真似《くちまね》も巧い。

「僕が母さんに言いつけるって言ったから、父さん、しょうがなくって折れたんだ」

「君はよくそうやって親を脅すのかい？」

「そうしないと言い分を聞いてもらえないときはね」

私はアルバムを閉じて幹生に向き直った。彼は素直にびびり、ちょっと顎を引いた。

「ずいぶん心配してるんだね」

少年は素直にうろたえ、それをごまかそうと無駄な努力をした。

「でも今は、調査の結果が出るまで我慢してもらうしかない。僕の依頼人は君のお父さんで、僕は君のお父さんに対して守秘義務を負っている。今回の場合、それは君のおじいちゃんの名誉を守るためにもなる」

私が口を閉じ、幹生も押し黙っていると、どこかで時計の針が動く音がはっきり聞こえてきた。事務所開きの祝いにいくつも時計をもらい、それを全てどこかしらに置くか掛けるかしてしまったので、私にはこの音の発信源がどの時計であるかがわからない。

小さな声で、幹生が言った。

「おじいちゃん、何かやったんですか」

「その質問には答えられない」

「悪いことをしたのかな」

うちに帰ってお父さんに訊きなさい——と答える前に、ふと閃《ひらめ》いて、私は問うた。

「君には何か心当たりがあるの？」

幹生は、さっきよりもっとうろたえた。

「ありそうだね」

彼は私を睨みつけると、ダウンジャケットをつかんで立ち上がった。

「うぜぇ」

それが悪態だと私が理解しきるより早く、幹生は事務所を出ていってしまった。私は彼を追いかけ、戸口に立った。

新春の日差しの下、雑ぱくだけれど住み心地のいい町のなかを、ところどころへこんだガードレールに沿って、相沢幹生は小走りに遠ざかってゆく。

私は既視感を覚えた。数時間前に、この後ろ姿とよく似たものを見たからだ。〈はなかご老人ホーム〉の羽崎青年。一人は周囲の世間から隠れようとしており、もう一人は周囲の世間を無視しようとしているが、背中が淋しげに見えることは同じだった。


地歴を調べるには、自治体の役所の担当課（たいてい住宅課か住宅整備課だ）か、地元の図書館で住居地図を遡ってみるのが早い。

事前に図書館の蔵書情報をチェックすると、幸い、城東区では、いちばん規模の大きい区民中央図書館に古い住居地図を揃えてあるという。出向いてみると、そうした資料用の立派な閲覧室があり、入口で記帳するだけで閲覧可能だった。

昭和五十年の住居地図を見つければ、あと必要なのは使い勝手のいい拡大鏡だけだ。幸い、その持ち合わせもあった。昔の職場の上司が、やはり事務所開きのお祝いにと贈ってくれたものだ。

――探偵の必需品でしょ？

その拡大鏡を通して、昭和五十年の城東区三角町に、(有)吉永運送を発見した。昔の住居地図は必ずしも記載が完璧ではなく、抜けもあるけれど、記載されている限りでは、三角町の運送会社はこれ一軒だ。

一方、春川町二丁目三号には、建物があることを示す四角い囲みがあるだけで、その名称はわからない。まわりと比べて特にサイズが大きな囲みではないから、まず住宅だろう。三十五年前、当時四十二歳の武藤寛二がここに住んでいたとするなら、ここはアパートだったのか。一戸建てなら、誰か同居人がいたのか。

寛二氏は再婚しなかった。戸籍を見ればそれは明らかだが、籍を入れなかっただけで、人生のある時期を女性と暮らしていたとしてもおかしくはない。むしろ、三十七歳でバツイチの単身者に戻り、その後まったく女性と縁がなかったという方が、可能性としては低いだろう。

図書館を出るころにはもう陽《ひ》が落ちていた。聞き込みは明日にするとしても、三角町と春川町を歩くだけ歩いてみようかと思っていたら、スマホに着信があった。柿沼主事からだ。

「杉村さん？　ああ、今日は立ち会えなくってすみません。羽崎とは話せましたか」

「はい。短時間で済みました」

「そう……」

「何かありましたか？」

「いや、何かってほどじゃないんですが」

まわりが騒がしいし、電話ではまどろっこしい。私はすぐ言った。

「じゃあ、これから伺いましょうか。今は都内にいるので、小一時間かかりますが」

「そうですか！　お待ちしています」

〈はなかご老人ホーム〉に着くと、柿沼主事は受付のところでスタッフと打ち合わせをしていたが、すぐにコートを取ってきた。

「私はもうあがりなんです。夕飯を食いませんか？　近くにいい店があるんです」

出会ったばかりの、依頼者ではないただの関係者がこんなふうにフレンドリーにふるまうには、何か理由《わけ》がある。

居酒屋でも食堂でもなく、小料理屋だった。柿沼主事は馴染《なじ》み客であるらしく、板前とおかみに軽く挨拶して、すぐ奥に通された。三人座ったら窮屈なほどの小座敷だ。

ビールと突き出しが手早く並べられ、落ち着くと、柿沼主事は軽くグラスを上げた。

「お疲れさまです」

私はビールに口をつける真似だけした。

「いやあ、すみませんねえ、お呼びたてしちゃって」

案の定、言い出しにくそうな顔をしている。

「そのぉ……どんなもんですかね、調査は」

私は微笑した。「昨日の今日ですから」

「そうですよねえ。そうだろうけども」

グラスのビールを飲み干して手酌で足すと、彼は私の顔を見た。「今回の件に、第三者の私なんぞがあれこれ言う権利はないんだけども、この調査、何とかなりませんか？」

「何とかというと？」

「いや、ですから――穏便に」

私がじっと見つめると、言い替えた。

「というか、うやむやに」

これが彼の理由だった。

おかみが料理を運んできた。柿沼主事は愛想良く、「ちょっと仕事の話をしてるんで、済んだら声をかけるよ」と言った。

私は言った。「武藤寛二さんの過去を探って、本当に何か出て来たら、〈はなかご老人ホーム〉にとってもまずい事態になるかもしれない。そのご心配ですか」

柿沼主事はわかりやすくたじろいだ。「や、そこまでのことは。だってうちの不始末じゃありませんから」

「僕もそう思いますよ」

「だけど……でもねえ」

こうして観察すると、彼の愛想のよさは表情と身振り手振りから生じているもので、目つきはむしろ険しい方だ。ハードな仕事なのだな、と思った。

「寛二さん、私には〈悪いことだ〉と言っただけですけど、相沢さんから聞いた話じゃ、殺人事件らしいですよね」

「そのようですが」

「で、時効ってのはもうないから、昔の事件も遡って調べられるんでしょう？」

それがよほどショックだったらしい。

「そうですが、今回の場合は、もし寛二さんが本当に何かの犯罪に手を染めていたとしても、ご本人は亡くなってますからね」

柿沼主事は顔をしかめた。「私が心配しているのは、寛二さんのことじゃありません。相沢さんの方ですよ」

いくぶん、焦れたような言い方だった。

「相沢さん、ご本人にはぜんぜんその自覚がないんだけども、私から見たら、あの人はけっこうな有名人ですよ。いろんな雑誌で取り上げられてるし、今度またテレビ出演の声もかかってるらしいし」

相沢幸司は、人気レストランのオーナーシェフなのだ。

「そんな人の父親が、昔、人を殺《あや》めてたなんてことがわかったらね。まずマスコミに騒がれるに決まってます。そういうことには、世間は鵜《う》の目鷹《たか》の目ですから」

「相沢さんからこの件で相談を受けたとき、そう言ってみましたか」

「私立探偵を雇うなんて聞いてたら、絶対にその場で止めましたよ。でも、知らないうちにこんなことになってまして」

当の〈こんなこと〉である私は黙っていた。昨日、柿沼主事が妙に明るく、「この調査は相沢さんがすっきりすればいいんだ」と言っていたことが、ちらりと頭をよぎった。

「寛二さんはいい方でしたよ」

柿沼主事は噛みしめるように言った。

「苦労の多い人生だったらしいのに、苦労のせいで曲がっちゃったところなんかまるでなくってね。私はいろいろな年配者の方を見てますが、はっきり言ってああいう人は珍しい。わがままを言わないし、いつも穏やかでね。介護士はもちろん、クリーニングスタッフにも、ご苦労さん、お世話様って、よく声をかけてくだすった」

遺影に使われた写真の温和な笑顔。あれが故人の素顔か。

「幸司と嫁のおかげで、自分は本当に幸せだって言っておられましたよ。私は駄目な親だったのに、倅は立派になってくれたって。あんないいお父さんのことを、しかも亡くなった後になって、意味があるんだかどうかもわからない言葉のやりとりをバカに大げさに受け取っちゃって探り回るなんて、相沢さんもどうかして――」

私の視線を感じたのか、柿沼主事は気まずそうに口をつぐんだ。

「柿沼さんのお気持ちもわかります」と、私は言った。「僕が申し上げられるのは、どんな調査であれ、その結果は依頼人にしか知らせないということです」

柿沼主事は疑わしげに目をしばしばさせる。

「殺人事件でも、杉村さんは警察に通報しないって意味ですか」

「その必要があると思えば、相沢さんと話し合うかもしれません。でも、調査後にどうするかを決めるのは相沢さんです」

しばらく黙り込んでから、柿沼主事はひとつうなずいて、言った。「わかりました。まあ、飲んでください」

せっかくの料理が冷めてしまうから、私は箸をとった。

「僕も、もう少し伺いたいことがあるんですが」

寛二氏は一月三日に死亡したのに、〈はなかご老人ホーム〉の彼の個室は昨日、十七日までそのままになっていた。民間経営のホームだから、契約を解除するまでそれなりの料金がかかるはずだ。退去が遅くはないか?

それを問うと、柿沼主事はまめまめしくビールを注《つ》ぎ足して、言った。「おっしゃるとおりです。うちの方の管理費や介護サービス料金は月払いの前払いですから、一月いっぱいはかまわないんですが、退去が早ければ、日割りでご返金できる分もありますからね。でも相沢さんはなにしろお忙しくて、すぐには無理だということでした」

柿沼主事も気を回し、ホームから遺品整理業者を紹介することもできると持ちかけてみたが、

「親父の部屋は自分の手で片付けたい、と。それでそのままにしておいたんです」

「なるほど。その間に、誰か二〇三号室に来ませんでしたか」

刺身をつまんで、柿沼主事は一瞬、目をぱちくりさせた。

「そういえば、来ましたよ」

お孫さんが、と言う。

「杉村さん、なんでそんなことがわかるんです?」

ただの山勘である。

「相沢さんの息子さん。あの子は――下の子の方かな」

「じゃ、幹生君ですね」

「私はお名前まではちょっと。寛二さんの生前は、お孫さんたちはご両親と一緒に来ることはあっても、一人で来ることはなかったからなあ」

「そのときは幹生君が一人で?」

「ええ。七日だったか八日だったか。葬儀は五日だったから、ともかくその後です」

「どんな用事だと言ってましたか」

「お母さんに頼まれて、何か取りに来たとか。受付から、私が部屋まで案内しました」

帰るところは見ていないし、どれぐらい部屋にいたのか、何を持ち帰ったかもわからないという。

「そのとき一度だけですか」

「ええ、そうです」

幹生君は、お父さんやお母さんのお使いをよくします。だが、良い子かどうかはわからない。

父親のことは脅したし、母親に頼まれたというのはたぶん嘘だろう。

「それともうひとつ。寛二さんですが——個室にいても、ホームの他の入居者の方と、多少は交
流があるものですよね？」

「食堂や娯楽室で一緒になります。私ども、入居者のプライバシーは尊重しますが、孤立はよく
ないので配慮しますしね」

「特に仲がよかった方はいますか」

柿沼主事はう〜んと呻《うな》った。「どうかなあ。寛二さんは、一人でのんびり過ごしたいタイプだ
ったし……」

「心当たりに訊いてみていただけますか」

「はあ。でも、あんまり期待しないでください。寛二さんは、うちみたいなホームにいらっしゃ
る年配者のなかでは、特にしっかりしておられたんです。他の方々は、耳が遠いとか、それこそ
アルツハイマーとかね、いろいろありますので」

「わかりました。見山さんは明るいし、てきぱきした方ですね」

「うちで三年、その前に特養で五年の経験があります。うちの介護士のまとめ役ですよ」

「介護士さんには女性が多いんですか」

「うちでは七割が女性です」

言って、柿沼主事が久しぶりにニコニコ顔になった。

「うちの女性たちはね、寛二さんにあだ名をつけてたんですよ」

二Fのミスター・ジェントルマン。

「へえ。いいことを伺いました」

「昔はお偉方だった人でも、いわゆる〈暴走老人〉になる場合だってあるのに、カンさんは紳士でしたからね。ぴったりでした」

自分のことのように自慢げに言って、柿沼主事は急にふっと表情を曇らせた。

「そんな人だったんですからねえ……若い頃に奥さんに裏切られたからって、女が憎いなんて……そんなひどいこと、やったかなあ」

相沢さんは考え過ぎですよ。少しだけ、非難がましく呟いた。

「昔のことですからね」と、私は言った。

瓶ビールを二本空け、ここの自慢料理だという鯛《たい》茶漬けで締め、勘定は（渋る柿沼主事を説得して）割り勘にして、私は帰宅した。本日の調査メモをまとめているとき、気がついた。

——おじいちゃん、何かやったんですか。

——そんなひどいこと、やったかなあ。

相沢幹生も柿沢主事も、「やった」という言葉を使った。

が、羽崎青年は違う。

——武藤さん、何かやってたんですか。

やはり、彼の耳には寛二・幸司父子のやりとりが聞こえていた。この〈やってた〉は、〈あのとき話していたようなことをやっていた〉が省略されたものではないだろうか。

5

寛二氏の本籍があった春川町の当該の場所には、木造三階建ての住宅が三棟、ぴっちりと軒を接して並んでいた。外観は三棟とも同じで、三角屋根の色が違うだけ。文房具屋で売っている付箋シートのように見える。建売住宅だろう。

隣の理髪店は、「セールス？　お客さんがいるから駄目だよ」で門前払い。向かいのコンビニは、若い店長も店員も、「さあ、ご近所のことは知りません」でまたＮＧだ。

その二軒先に、漆喰《しっくい》の修理跡が目立つ瓦屋根を頂いた酒屋があった。私が借りている古家といい勝負の年季物だが、店の外を掃いているのは茶髪の女の子だ。

すみませんと、私は声をかけた。

「ちょっと教えていただけないでしょうか。昔、このあたりに住んでいた人を捜しているんですが」

私は外見や雰囲気がいたって安全そうであるらしく、まず他人に警戒されない。こういうときは得だ。親父と喧嘩して音信不通になったきりの叔父を探してるんですが、今ごろになって親父が弱気になって会いたがってまして云々《うんぬん》かんぬんの嘘に耳を傾けてもらえる。

箒《ほうき》を手にした茶髪の女の子は、

「おばあちゃん、おばあちゃん」

呼びかけながら奥へ入っていった。すぐに、ニットの膝掛けを腰に巻きつけながら、腰の曲がった老女が彼女と一緒に店先に出て来た。

私は二人を相手に芝居を続けた。

「さあて、ねえ」と、老女は考え込む。

「昭和五十年って……あたしが嫁に来たのが三十三年ですけど」

「ずっとこちらにお住まいですか」

「ええ、このとおりの古い店ですからねえ。お尋ねなのは、あそこでしょ？」

老女は付箋をくっつけたように並んでいる三棟の木造住宅を指さした。

「はい」

老女は考え込む。そして言った。

「あらまあ……覚えてないもんだわねえ」

「今のあの三角屋根が建つ前は、マンションギャラリーがあったよね？」

老女の孫娘らしい女の子が言う。マンションギャラリーとはつまりモデルルームだが、昨今は建築中の物件とは別の場所にわざわざ建てて、そう称することが多い。

「このへん、新しいマンションがいっぱい建つんですよ。だからあそこのマンションギャラリーも、三つぐらい替わってた」

「それより、もっと前になりますね。叔父はアパート住まいだったらしいんですが――」

老女は私を振り仰いで、「ずいぶん疎遠なお身内なんですねえ」

「はあ、お恥ずかしい限りです」

「あそこ、空き地じゃなかったかしら」孫娘が言い出す。「けっこう広いのよ。あたし、幼稚園のころにあそこで雪だるまをつくった覚えがあるんだけど」

「あんた平成生まれじゃないの。こちら様が言ってるのは、もっとうんと昔のことよ。ちょっと静かにしててちょうだい」

老女は孫娘を黙らせておいて、また眉根を寄せて熟考した。私よりも、気のいい孫娘が固唾《かたず》を呑んでいる。

やがて、老女は鼻息と共に吐き出した。

「――やっぱり思い出せないわ」

「ヤダもう、おばあちゃんたら」

孫娘は箒を床につき、かくんとした。

「おじいちゃんに訊いてみてあげなよ」

「あそこに建ってたアパートの名前がわかればいいんですかね」

「はい。もしかしたら一戸建てだったかもしれないんですが」

「まあ、どっちだっていいわ。おたく、またいらっしゃいます？」

「はい。杉村と申します。えっと」内ポケットを探るふりをして、「名刺を切らしてるな。すみません」

「そんなのいいですよ」

自分が立ち去った後、こういう小芝居にどんな評価が下されているのか、私には知りようがない。正直、知りたくもない。ただ、気さくな老婦人と孫娘に、（ちょっと怪しい人だわよねえ）（新手の詐欺だったりしてね）と言われても仕方がないが、そう言いつつも彼女たちが怖がるのではなく、愉快に笑ってくれればいいと思う。

すぐに酒屋の近所をうろつくのもバツが悪いので、三角町に足を向けた。

昭和五十年に（有）吉永運送があった場所に、現在はマンションが建っていた。正面玄関脇の礎石を見ると、〈平成十六年竣工《しゅんこう》〉。ならば、その前までは吉永運送が残っていたかもしれない。が、露地を挟んだ隣の小ぎれいなパン屋で訊いてみると、淡い期待はすぐ破れた。マンションが建つ前はコインパーキングだったそうで、それ以前のことは知らないという。

「ずっと前からコインパーキングだったと思いますけど」

「古い地図によると、運送会社があったんですが」

「さあ……」

こうなると、あとは足と根気の仕事だ。地図をチェックしつつ、重複や漏れがないように、情報がとれそうなところを訪ねて尋ねるしかない。対象は、まず飲食店、理髪店や美容室、クリーニング店や酒屋など配達もする業種の店。長く住み着いていそうな年季のある家の住人。町内会や自治会や消防団の詰め所（近年どんどん減っている）。ガソリンスタンドに灯油商。娯楽関係だと、私はバーやスナックには頼らない。面倒だし、飲み屋で聞ける話は危なっかしいことが多いからだ。碁会所や将棋サロンは、対象範囲内に存在する確率は低いが、あれば高確率でいい情報源になる。雀荘《ジャンそう》やパチスロ屋はその逆（まだ経験値の少ない私には、これが何故《なぜ》なのか謎だ）。コンビニもあまりあてにできないが、意外に頼れるのが学習塾だ。子供たちが通う場所なので、経営者や講師が近隣に注意を払っている場合が多い。ただそれも、今回のような昔話を掘り起こす場合には期待できない。

鉄則がひとつ。交番には立ち寄らないこと。

余計な悶着《もんちゃく》のもとになるだけだ。

三角町では、素直に吉永運送を探しているだけなのに、「知ってる」とか「自分は知らないが、知り合いに訊いてみてあげよう」という人に、なかなか恵まれなかった。

昼食を挟み、三角町の隣町（春川町とは反対隣）も半分まで踏破しても収穫がないまま、空いているバス停のベンチでひと休みした。昭和五十年は遠い。何があった年だったかスマホで検索してみたら、「経済企画庁が日本経済が前年、戦後初めてマイナス成長になったと発表」「スピルバーグ監督の『ジョーズ』が大当たり」などと表示された。

そこに、相沢氏から電話がかかってきた。

「やあ杉村さん、すみませんすみません」

確かにデカい声だ。

「昨日のうちにお電話しようと思ってたんですが、ついついバタバタと――」

「お忙しいのはわかっていますから、気にしないでください」

「幹生のヤツ、失礼がありませんでしたか」

「いえいえ。でも、幹生君はなぜ調査のことを知っていたんでしょうね」

「あいつめ、『じいちゃん、何か隠し事してたの？』って、いきなり訊くんですよ。わからんなあ、どうしてバレたかなあ」

相沢幹生はただ父親の電話を漏れ聞いただけでなく、それ以前から何か知っていたような節がある。それも、父親には悟られずに。

「余計な心配をするなって言い聞かせましたから、もう大丈夫です」

私はそうは思わない。

「ところで、お父上の住所録はありましたか」

「ありました！　新しいのと古いのと二冊あるんですが、線を引いて消してある名前が多いから、役に立つかなあ」

「年賀状の方は？」

「そっちは五枚だけ。しんみりしたもんです。みんな親父がうちに同居してから付き合いができた人たちばっかりでした。家内の親戚とか、近所の町医者の先生とかね」

僕も知ってる人たちです、と言う。

「親父は僕たちと同居するとき、古い知り合いとは切れちゃったのか、あるいは自発的に切っちゃったのかなあ」

湿っぽい口調になった。

「ともかく、住所録は僕が届けます」

私は「近くまで取りに伺います」と言いかけて、考えを変えた。「お手数ですがお願いします。僕が不在のときは、郵便箱に入れてくださってけっこうです。しっかり施錠している郵便箱ですから、ご安心ください」

「わかりました」

それから私はまた町を歩き回り、結局は手ぶらで帰宅して、翌日も前日の続きからスタートした。春川町の酒屋へ戻るのはまだ早い。

昼過ぎに、三角町から地下鉄の駅で二つ分離れたところにある自動車修理工場で、小さな当たりがあった。

「そうそう、三角町にあったよ、運送屋。四トントラックをずらっと並べてたから、そこそこはやってたんじゃねえかなあ」

ちょび髭もごま塩の社長が、懐かしそうにそう言ったのだ。

「駆け出しのころ、親父に、営業に行ってこいって尻《ケツ》を叩《たた》かれてね。何していいかわからないから、地元のタクシー会社や運送屋や、軽トラを駐《と》めてある工場なんかに、手当たり次第に飛び込んだんだよね」

だが社長の記憶では、〈吉永運送〉ではなかったという。

「ヨシナガって、吉永小百合のヨシナガだろ？　そんなら俺が見て忘れるわけない。もっと何か、どこにでもある名称だったよ」

社長はいわゆるサユリストであるらしい。

「このへんは下町ですよね。昭和五十年ぐらいのことだったら覚えている人がいそうなのに、意外と見つからなくて」

「バブルを境に、まるっきり変わっちゃったからねえ。三角町のあたりだって、昔は倉庫や工場が多かったけど、今じゃマンションばっかりだもんな」

だとすると、住居地図には記載がなかったが、他にも運送会社があったのかもしれない。

「その運送会社で事件が起きたんですが」

「どんな事件？」

記憶に残っていないなら、当時も知らなかったか、関わりが薄くて印象に残っていないのだろう。

「大したことじゃありません。ありがとうございました」

私はまた歩いた。今度は三角町に向かって戻りながら、行きとは逆の半円を描くように聞き込んでいった。

細長い四階建てのビルの一階が帽子店になっており、上の階は住居のようだが、造りからしてマンションではなさそうだ。店子《たなこ》ではなく持ちビルの住民。そう思って立ち寄ると、今度は大当たりだった。

「覚えてますよ、吉永運送」

髪を明るい栗《くり》色に染め、混色編みの洒落《しゃれ》たセーターを着た女性。声音がハスキーだ。五十代後半か。

「今さら、うちに何のご用ですか」

意味がわからなかったので、私は恐縮しつつもストレートに問い返した。「こちらは吉永運送さんとご縁があるんですか」

「知らずに来たの?」

「とおっしゃいますと——」

どの程度気を悪くしていいのか推し量るように、彼女は目をすがめた。

「事件のこと、知らないんですか」

冷ややかな、揶揄《やゆ》するような声音だ。

「昭和五十年八月の事件でしょうか」

「知ってるんじゃないの」

つっけんどんに言った。

「あのとき殺されたのは、うちの者です」

私は立ちすくんだ。被害者の田中弓子は、自宅が吉永運送に近かった。そしてこの店の名称、看板は――

「うちはタナカ帽子店です。殺された田中弓子は、わたしの姉よ」

彼女は私を見据えている。私はゆっくりと視線をおろしてその目から逃げると、深く頭を下げた。

「大変失礼しました。お姉様のことは、深くお悔やみ申し上げます」

名刺を出し、事情を説明した。吉永運送で起きた事件について、最近亡くなった年配者が断片的な話をしていたのですが、遺族には初耳で、故人が事件とどう関わっていたのかわからずに不安がっているのです――

タナカ帽子店の女性は、事件があったころは二十歳前後だろう。弓子姉さんと、きっと仲がよかったのだろう。私に向ける猜疑《さいぎ》の眼差《まなざ》しは、ほとんど敵意に近いほど厳しかった。

そして彼女はこう言った。「その年配の方って、吉永運送の人じゃないんですか」

あそこで働いてた人たちよ。

「犯人の同僚だった人たちですよ。事件のことは、あの人たちにとっても嫌な思い出でしょうから。会社もなくなっちゃったし」

「吉永運送は倒産したんですか」

「事件のあと、一年もしないうちにたたんじゃったんですよ。社員が人殺しをした場所で、商売なんかしてられないでしょう」

殺したのも社員、殺されたのも社員だ。

「田中さんは、ずっとこちらにお住まいですか」

レジスターを載せた机に身をもたせかけ、散らばった伝票に目を落としたまま、彼女は顎の先だけでうなずいた。

「事件のことを覚えておられますか」

返事はない。眉間の皺《しわ》が深くなった。

私は、寛二氏のアルバムから抜き出した写真を数枚持参していた。それを見せようかと迷っていると、彼女は言った。

「犯人には会ったこと、ありますけどね」

「――茅野次郎ですね」

彼女は伝票を睨んだまま、「薄気味悪い男だった」と言った。目のまわりの血の気が失《う》せ、白くなっていく。

「もういいでしょう。お帰りください」

私は気弱な探偵だ。再度「失礼しました」と一礼して、店の出入口へと身を返した。今はこれ以上は無理だ。

と、彼女が声をかけてきた。

「姉の事件のことを話してる年配の人って、吉永社長ではないんですね?」

私は振り返った。「はい」

「社長さん、あのころ何度もうちに来て、泣いて謝ってました」

――私の管理不行届きでした。

「でも、あの社長さんなら、とっくに死んじゃってる歳《とし》だわよね」

独り言のようにぽつりと続けた。「うちの両親ももう死んじゃったもの」

彼女は、この店とこの家で一人きりなのだろうか。

「でも、あいつは生きてる。死刑にならなかったんだから」

そのとき、出し抜けに、何かが彼女の内側で燃え立った。頬に血の気がのぼり、目がぎらりと底光りした。

「もしかして、その年配者って茅野じゃないの？」

私は穏やかに、しかしきっぱりと否定した。「違います。武藤寛二という七十八歳の男性で、今月三日に亡くなりました」

それが何だったにしろ、帽子店の女性の内側で燃え立ったものは消え、もとの冷ややかな気配が戻ってきた。私には彼女が灰になったように見えたが、すぐにそれは見間違いだと悟った。

彼女はもとから灰だった。人の形をした灰だ。その奥に、喪失感と悲憤が燃え続けている。彼女を温めるのではなく、内側を焦がして苦しめる熾火《おきび》が。

「そんな人、知りません」

私はタナカ帽子店を離れた。大当たりを当てたのに、当たったものが痛くて、息が苦しいほどだった。

6

こんなときにそれでいいのかと思う向きもあるだろうが、その翌日、私は朝から大宮にあるホールに研修に出かけた。探偵だって学ぶのだ。

この研修は、〈オフィス蛎殻〉が所属している青色申告会が主催しており、しばしば部分改定される税法や財務規定について、新しい知識を学びましょうという趣旨のものだった。企業の経理担当者向けの研修なので、私も〈オフィス蛎殻〉の社員の立場で参加した。オフィスでは、契約調査員がこうした研修や勉強会に参加するときは便宜をはかってくれる。参加費は自腹だけれど。

私は少し頭と足を休めたかった。ついでに、企業の財務をひととおり理解できるようになるのも悪くないと思った。実際には、予備知識がない者には複雑怪奇な講釈を聞きながら、寛二氏と三十五年前の事件のことばかりを考えていたのだけれど。

研修が終わったのは午後一時過ぎ。私は真っ直《ます》ぐ駅に向かい、電車に乗った。城東区春川町の古い瓦屋根を頂いた酒屋に向かう。

今日はあの老女も孫娘もいなかった。ウルトラライトダウンのベストを着て、てっぺんにボンボンの付いたニット帽をかぶった老人が店番をしていた。

老人は私が名乗ると、「おう」と声を出して笑顔になった。

「ばあさんは、あんたが新手の振り込め詐欺の手先だって言ってたが、ホントのとこどうなんだい？」

私も笑って答えた。「詐欺師ではありません。実は調査員なんです」

私が名刺を渡すと、老人は老眼鏡をかけてじっくりと検分した。

「へえ～。まあ、何でもいいや。今、あの積み木みたいな建売が建ってるとこには、昔はアパートがあったんだよ」

すっぱりと明快だった。

「僕が知りたいのは、昭和五十年当時のことなんです。三十五年前なんですが――」

「三十六年前だろ。もう年が替わったよ」

「あ、そうですね」

この老人も明晰だ。

「間違いないよ。〈希望荘〉が取り壊されたのは昭和五十四年だから、五十年なら確かにあそこに建ってたし、人が住んでた」

「希望荘？」

「うん。木造の二階建てで、スレート葺《ぶ》きの小汚い建物だったけど、名前だけは小洒落てたんだ」

「どうしてそんなによく覚えておられるんですか」

「うちのお客だったからね」

ビールや焼酎を買ってくれた、と言う。

「アパートったって、もとは普通の一軒家だったのをそのまんま貸してたんだから、住人は独身《ひとりもん》の野郎ばっかりよ。休みっていうと集まって飲むんで、うちで酒やつまみを調達してたんだよ」

「取り壊されたのが五十四年だというのも確かですか」

「うん。そン時、解体工事に来た工務店に頼んで、うちの屋根を軽量瓦に取っ替えたんだから」

もとは本瓦だったんだ、と言う。

「地震で潰れちゃ、怖いからね」

ははあ、と私は間抜けな声を出した。感心するしかない。

「昭和五十年の八月には、隣の三角町で嫌な事件があったんです。それも覚えておられますか」

老人はすぐうなずいた。「運送屋の女の子が殺された事件だろ」

そして、丸っこい手を〈希望荘〉があった方向に振って、言った。「その犯人のあんちゃんが、あそこに住んでた。あたしも会ったことがあるよ」

私は老人の示す方向を凝視した。

武藤寛二が本籍を置いていたところに、茅野次郎が住んでいた。

「よううちに買い出しにきたからね。ひょろっとした気弱そうなあんちゃんだった。人間、見た目じゃわかんねえもんだって思ったよ」

私は胸ポケットから寛二氏の写真を取り出した。四十歳前後のものだろうと思われるスナップで、寛二氏は作業着を着て、閉じたシャッターの前にしゃがんでいる。

「この人をご存じないですか」

酒屋の老店主はまた老眼鏡をかけ、さっきよりじっくりと検分した。

「……さあ、なあ」と、首をひねる。「この人はあのあんちゃんじゃねえよな？」

「はい。でも、当時あそこに住んでいたらしいんです」

老店主はもう一度スナップを見つめる。

「さすがに顔までは覚えてねえなあ」

「名前は武藤寛二さんです」

ムトウ、カンジ。復唱して、老店主はかぶりを振った。「いたかもしれないけどね、これくらいの年格好の人。じいさんが一人いたのは覚えてる。ひどいアル中だった」

ならば記憶に残りやすかろう。

「事件のときは、この近所も騒ぎになりましたか」

老店主は上半身全体でうなずいた。「そりゃもう大騒ぎだったよ。殺人事件なんて、ここらじゃ後にも先にもあれだけだから」

くっきりと記憶に残った。

「希望荘にも刑事が来たしね。家探しに」

茅野次郎が自首した後、家宅捜索に入ったのだ。

「うちのばあさんも妹も、そのころはまだ若かったからさ。怖がって、うるさかったのなんの」

そう言って、老店主はちょっと目をしばたたいた。

「そういえば、あとで希望荘の人が近所を謝って回ってたなあ」

うちにも来た――と言い、手にした武藤寛二の写真にまた目を落とした。

「この人だったかなあ。お騒がせしてすみませんって、ペコペコしてったよ」

まるで犯人の家族のようなふるまいだ。希望荘で一緒に住んでいた「野郎どもばっかり」は、仲が良かったのだろう。

そのとき、頭の奥に小さく灯《とも》るものがあった。私は老店主に問いかけた。

「犯人のあんちゃんは、逮捕されたんじゃなくて、事件の二日後に自首したんです。そのとき知人が付き添っていたそうなんですが、それ、希望荘の人じゃなかったでしょうか」

老店主は面くらったように顎を引いた。

「そこまで知らんよ。その場にいたわけじゃねえもんな」

だが、この説には脈がありそうな気がする。

「このへんじゃ、古い住人はもううちぐらいだよ。希望荘のとこの地主も、とっくに売っぱらって引っ越しちゃったし」

さらに歩き回っても、これ以上の情報は取れなそうである。

「ほい」老店主は私に写真を返して、「お役に立てなくて悪いね」

「とんでもないです。助かりました。ところで──」

余計な質問ではあるが、私は訊いた。

「僕が一昨日お会いしたのは、ご主人の奥さんですか」

「うん、うちのばあさんと孫娘だよ」

「奥さんは、希望荘のことをまったく覚えておられないようでした」

すると、帽子のてっぺんのボンボンまで揺らして、老店主は大笑いした。

「今日日、あたしら年寄りは油断できないだろ。オレオレだのあれあれだの、詐欺ばっかりだから。うちのばあさん、怪しいヤツが来たと思うと、ボケてるふりをするんだよ」

あれは芝居だったのか。畏《おそ》れ入った。

「あたしは大丈夫、出すもんは舌も出さねえ主義だから。ま、何だか知らんけどあんたもご苦労さん」

ぽんぽんと背中を叩かれ、私は酒屋から追い出された。


仮説は二つ立てられる。

その①。吉永運送の殺人事件の犯人は茅野次郎ではなく、武藤寛二だった。二人は希望荘で共同生活する親しい間柄で、何らかの理由で武藤寛二の罪を茅野次郎がかぶり、身代わりになった。事件から三十五年目、老境に入った武藤寛二は、恵まれた晩年の生活のなかでその過去を悔い、贖罪《しょくざい》の意図を以《もっ》て真実を明らかにしようとしたが、逡巡を振り切れず、はっきりした告白にはならなかった。

その②。吉永運送の殺人事件と犯人の茅野次郎について、武藤寛二は詳しく知り得る立場にいた（茅野が出頭する際、付き添っていた知人が武藤寛二だった可能性もある）。ただ、これまた何らかの理由で、武藤寛二はその事実を部分的にアレンジし、あたかも自分が犯人であって、逮捕されぬまま現在に至っているかのように語った。
①はかなり苦しい。昭和五十年は確かに遠いが、そのころの法医学と鑑識技術でも、茅野が真犯人ではないなら、警察はあっさりとそう見抜いただろう。こういう事件では遺留物が山のようにあったはずだし、被害者は扼殺されているのだ。その首筋には殺人犯の手の痕や指紋が残っていたはずで、それを調べるだけで一目瞭然だ。
とはいえ、消去法で採用するにしても、②も厳しい。寛二氏は何故そんなふうに話を部分的に変えて語ったのか。

明晰であったはずの彼の頭脳にも、いくらか曇りが生じていたのだろうか。寛二氏の死因は心筋梗塞だが、身体じゅうの血管がいつどこで詰まっても不思議のない状態だったと、相沢氏は言っていた。この種の記憶の混濁やつじつまの合わない作話《さくわ》が、脳血栓や脳梗塞の初期症状だということはあり得るだろうか。

まだパズルのピースが足りない。寛二氏の周辺を、もっと掘り下げて調べる必要がある。私は〈はなかご老人ホーム〉へ急いだ。

赤信号に引っかかり、道の反対側で待つ。今日も天気はいいが、一月下旬の陽は傾き始めている。ホームの建物は西向きに建っており、弱い西日がロビーの大きな窓に反射していた。

出入口のところで、女性のクリーニングスタッフが自動ドアのガラスをから拭きしていた。外側を拭き終え、内側にとりかかるところだ。人の出入りが多くて目立つところだから、まめに拭くのだろう。

信号が青になり、私は横断歩道を渡った。

女性のクリーニングスタッフは、ガラスの上の方から大きく左右に拭いてゆく。作業が終わるまで待とうと、私は歩調を緩めた。女性のクリーニングスタッフは一心に作業している。

自動ドアの下の方を拭く前に、彼女は腰に提げていたタオルを三つに折り、足元に置いた。そしてその上に両膝をついた。

何かが小さくかちんと音をたてた気がした。必要なパズルが目の前に転がってきたのだ。

また、背中がぞくりとした。

そうか。そういうことだったか。

問題は、なぜ寛二氏が過去の話をアレンジして語ったのかということではないのだ。それは副次的な謎であって、事の核心は、彼が誰に向かって語っていたのかということの方だ。

私はそのままホームの前を通り過ぎた。歩きながら考えた。

人は他人と話すとき、直接的な話し相手ばかりを意識しているわけではない。夫婦で話していて、傍らにいる子供にも聞かせようとしていることもある（だから聞かれて困るときは声をひそめる）。独り言でさえ、その場に誰かがいる場合は、何かリアクションして欲しくて口にすることがある。

褒め言葉や、逆に批判的なことを、わざと別の人と話して目的の人物に漏れ聞かせることもある。本人に直言するより、その方が効果的な場合が多々あるからだ。

武藤寛二も、それと同じことをしていたのではないか。

疑惑があったからだ。疑念を抱いていたからだ。日常、自分の身近で立ち働いている、ある人物に対して。

さらにふたつ信号を渡り、そこで建物の陰に寄って、私は柿沼主事に電話をかけた。少し待たされて、彼が出た。

「柿沼さん、今どこですか」

「は？　執務室ですが」

「お一人ですか」

「ええ」

「ちょっと込み入った話をしますが、このままよろしいですか」

「いいですけど、何ですか」

「まず教えてください。そちらのクリーニングスタッフの人たちは、膝をついて作業をするとき、そこにタオルを敷く習慣がありますか？」

柿沼主事はちょっと絶句してから、笑った。「何ですか、出し抜けに」

「申し訳ないですが、大事なことなんです」

「――はあ。まあ、そうかな。よくやってますね」

床が固くて痛いからだ、と言う。

「ここは、改装前は古いオフィスビルだったんですよ。床は化粧板を張ってあるだけで、すぐコンクリートでしてね」

「あなたがその習慣を奨励したんですか」

「そんな大げさなもんじゃありません。膝パッドやサポーターを付けるスタッフもいたんですが、見た目がよくないって苦情があって、禁止したんで、各自で工夫するようになったんじゃないですかね」

「わかりました。もうひとつ。羽崎新太郎君は右利きですか、左利きですか」

「はあ？　何でまた」

「あとで説明します。ご存じないですか」

「――彼は左利きですよ」

少し間を置いて、私は口調を緩めた。

「柿沼さん、昨年十一月八日に板橋区の運動公園で起きた殺人事件を覚えていますか」

柿沼主事は当惑している。「そんなことがうちと何か関係あるんですか？」

「あるかもしれないんです」

今度の沈黙は長かった。

「あいにく私は忙しくて、新聞を読む暇もろくにないんですよ」

見山介護士も似たようなものだろう。

そもそも、仮にホームの誰かが寛二氏と同じように運動公園の事件の報道を知っていたとしても、あの防犯カメラの映像から、身近にいる誰かを怪しむのは難しい。変な疑いをかけたら悪いという心理も働くだろう。

だが、羽崎新太郎はあの事件の犯人の条件にあてはまる。

そのことに、武藤寛二は気づいた。年格好と身長だけではない。羽崎新太郎が左利きで、何か床に膝をつく必要のある作業をするときはタオルをたたんで下に敷く習慣があることも、寛二氏は知っていた。しばしば労《ねぎら》いの言葉をかけるほど、介護士やクリーニングスタッフの働きぶりを見ていたのだから。

そして寛二氏には、他の誰も持ち合わせていない、鑑識眼と言っていいようなものがあった。世にも希《まれ》な経験をしていたからだ。

三十五年前の夏、恋情と劣情のもつれから女性を殺めた若い男とひとつ屋根の下に暮らして、おそらくは親しくしていた。

その男、茅野次郎が出頭するまで、希望荘で共に生活していた気の合う「野郎たち」は、茅野の変化に気づいたろうか。そのときは気づかず、彼が犯行を告白してから思いあたったこともあったろう。いずれにせよ、探偵に調査を依頼することよりもさらに希な、特異な体験だ。

武藤寛二は、人を殺した男の目を見たことがあった。殺人者のそばにいて、その男が自分の罪に押し潰され、告白するまでの二日間、すぐ傍らで見ていた。

だから気づいたのだ。だから疑惑が深まった。むしろそちらの方が先でさえあったかもしれない。言うに言われぬ勘。体験者だけが持つアンテナがとらえた微細な電波の乱れ。

クリーニングスタッフの羽崎新太郎は怪しい。このごろ様子が変わった――

だが、身近な人間にこれほど重大な疑いをかけ、そう表明するには、これではまだ充分ではない。そこで寛二氏は明晰だった頭を働かせ、羽崎を揺さぶってみることにしたのだ。

寛二氏は〈告白〉を始めた。いたずらに騒ぎ立てられてはまずいので、相手を選んで、慎重に。

私は昔、人を殺した。女性を殺した。カッとなってつい手を出した。人でなしのすることだ。今でも死人が夢枕に立つ。人殺しは一生逃げ続けないとならん――

見山介護士と柿沼主事を選んだのは（現実にはそうならなかったようだが）、彼らの口から間接的に羽崎青年の耳に入ることを期待したからだろう。息子の幸司氏に〈告白〉したときは格好のシチュエーションで、当の羽崎青年がそばにいた。テレビではまさに問題の事件のルポをしていた。

そう、柿沼主事や見山介護士が寛二氏の〈告白〉を聞いたときにしても、彼らが気づかなかっただけで、ひょっとしたら幸司氏のケースと同じく、羽崎青年が近くにいたのかもしれない。クリーニングスタッフは目立たないように作業し、どこにでもいるのだ。

周囲が知らないだけで、寛二氏は、羽崎青年と二人だけのときでも、同じような試みをしていたのかもしれない。その可能性は大いにある。

日常的にこんなことを気にかけ、言葉を選んで発言し、目的の人物の反応を観察するようなことをしていたから、寛二氏は血圧が上がってしまった。まさに緊張していたからだ。

では、茅野次郎の事件を自分のことのようにアレンジして語ったのはなぜか。

「私は人殺しをした者を身近に知っている」のではなく、「自分が人を殺した」「でも捕まらなかった」とした方が、「そういう悪事をした者の気持ちがよくわかるんだ」と伝えやすかったからだろう。それなら、「死人が夢枕に立つ」「一生逃げ続けなきゃならん」という言葉にもいっそうの重みが加わってくる。私は捕まらずに逃げ延びたけれど、そんなのはちっともいいことじゃなかった。この歳になってもまだ後悔に苛《さいな》まれているんだ、と。

——羽崎君、私は君を疑っているよ。

——もしも君があの事件の犯人なら、自首しなさい。

寛二氏の心の内には、その想いがあったのではないか。

では、羽崎新太郎はどう反応したか。彼は本当に運動公園の事件の犯人なのか。

柿沼主事は、ひと言も口を挟まずに私の説明を聞いていた。電話の向こうで死んでしまったのではないかと思うほど静かだった。

「柿沼さん？」

「——はい」

「羽崎君は、今はそちらですか」

「昼からの勤務で、今夜は八時までです」

思わずというふうに、ひそひそ声になっていた。

「それならちょうどいい。これから彼の住まいへ行ってみたいんです」

運動公園の事件の犯人は、現場近辺に土地鑑があるはずだ。

「個人情報であることは百も承知です。ですが、こういう事態です。彼の住所を教えていただけませんか」

柿沼氏はため息をついたようだった。

「——ちょっと待ってください」

電話が保留になった。柿沼主事はただ逡巡しているのかもしれないし、誰かと相談しているのかもしれない。

「もしもし?」

やっと電話口に戻った主事は、もっとひそひそ声になっていた。

「スタッフ名簿の住所はここです」

早口に、囁《ささや》くように所番地を言った。私はそれを復唱した。

「ありがとうございます」

通話を切って、スマホで住居地図を検索してみた。

板橋区内の町筋が表示された。同じ画面のなかに広い緑地がある。

運動公園だ。

着信があった。柿沼主事だ。

「杉村さん、私も、その――」

彼も地図を見ているのだ。声が落ち込んでいた。

私は言った。「残念な可能性が高くなりましたね」

腹立たしげな鼻息が聞こえた。柿沼主事は言った。「私はスタッフみんなとよく話すんですよ。居酒屋に飲みにも行きます。ノミニケーションってやつですよ。誰かに何かそんなおかしな様子があったら、わかります。わからんわけないでしょうが」

私に言っているのではなく、彼は自分に言い聞かせていた。かつて希望荘で茅野次郎と共に暮らしていた男たちも、同じようにしたのかもしれなかった。

羽崎新太郎の住所から〈はなかご老人ホーム〉に通勤するには、妥当なルートが二通り考えられた。

行きはそのうちのひとつを通った。地下鉄と私鉄線を乗り継ぎ、駅から徒歩十五分ほどかかった。

築浅だが安普請の小さなアパートだった。若い単身者向けの、家というより寝床に使えるだけのハコである。それでも、建物の脇には専用のスタンド式駐輪場があった。部屋番号が振ってある。

羽崎新太郎の部屋番号は一〇二。そのスタンドは空だった。

防犯カメラに映っていた男の自転車は、前輪が白く汚れていたという。その映像は何度もテレビで放映された。男が犯人であるならば、汚れを落とすか、タイヤを取り替えるだろう。だが、いちばん手早くて安全なのは自転車を捨ててしまうことだ。

一〇二号室のドアを調べて、安普請という表現は撤回しなければならないと思った。新型のディンプル錠だったからだ。これは専用の道具がないと破れない。まわりを調べてみたが、郵便受けの底や雨庇《あまびさし》の上、廊下に面した窓の格子の下などに、スペアキーは隠されていなかった。

アパートから離れながら、でもそれでよかったのだと思った。今の私は、家探し用の手袋さえ持っていない。その場の勢いで室内に踏み込み、物証になるかもしれないものを汚染することになっては本末転倒だ。寛二氏に申し訳ない。

帰りはもうひとつのルートを通るつもりだった。最寄りのJRの駅まで私営バスに乗る。町にはもう夜の帳《とばり》が降りて、無人のバス停の照明が寒々しい。

目を上げて、バスのルート案内を仰いだ。だめ押しのような表示が見えた。

ひとつ先のバス停が、〈区民運動公園前〉だった。

7

相沢氏は、運動公園殺人事件の特別捜査本部には連絡しなかった。

「うちのお得意さんに、所轄の警察署の偉い人がいるんですよ。まず相談してみます」

私の報告書を見せていいかと問われた。

「それは相沢さんのものですから、ご自由になさってください」

あとは待つだけだった。〈オフィス蛎殻〉から仕事が舞い込んで、私は働いた。オフィスに顔を出したついでに木田ちゃんに挨拶しようと思ったら、我々は本当に相性がよくないらしく、彼は寝袋に入って事務机の下で熟睡していた。

羽崎新太郎が、運動公園殺人事件の容疑者として逮捕されたのは、一月二十七日の早朝のことだった。アパートの前で刑事に呼び止められ、そのまま身柄を拘束されたのだ。

指紋、掌紋、毛髪、靴底の跡。物証はたくさんあった。本人もすぐ自供した。報道によれば、刑事に「なぜ一緒に来てもらわなければならないかわかるね？」と問われて、彼はこう言ったそうだ。

——はい。すみませんでした。

事件当夜、コンビニに行った帰りに、被害者の高室成美さんを見かけて後を尾《つ》けたのだという。以前にも彼女を何度か見かけており、

――美人でスタイルがいいと思っていた。

乱暴するつもりはなかった。ただ、女性の裸の写真を撮りたかっただけだと供述しているという。

殺害してしまうと、遺体の様子が凄惨で、特に被害者の顔が恐ろしく、目的を遂げずにアパートへ逃げ帰った。その後は普通に生活していた。

――あれが自分のやったことだとは思えない。自分が自分じゃなくなって、夢中でやってしまったから。

彼のこの供述を伝えるとき、ワイドショーのレポーターは憤懣《ふんまん》やるかたない顔をしていたが、私は怒るよりもまた背筋が冷えた。

寛二氏は言ったという。「こういうのは、憑きものみたいなものなんだよ。どうしようもないんだ」「本人もどうしようもないんだよ」

それは三十五年前の茅野次郎のことだったろうが、羽崎新太郎の心理をもまた、薄気味悪いほど的確に言い当てていたのではないか。

奇妙なことに、羽崎は自分が遺体の脇にタオルを三つ折りにして敷いたことを供述していない。それほど習慣的な動作になっていたのだろう。そのかわり、こんなことを言っているという。

――仕事が嫌だった。毎日毎日、年寄りの臭いばっかりかいで、うんざりしていた。

〈はなかご老人ホーム〉の前で、柿沼主事が記者に囲まれて質問を受ける様子を、私はテレビで観た。にこやかだが実は目つきが厳しい主事は、持ち前の愛想をすべてしまいこんで、終始悲愴《ひそう》

な顔をしていた。

「私どものスタッフがこのようなことをしでかしまして、大変申し訳ありません」

かつて希望荘で茅野次郎と仲良く暮らしていた男たちの誰かが近所を謝って回ったように、何度も頭を下げていた。

今回の〈オフィス蛎殻〉からの請負仕事は拘束時間が長く、骨が折れるもので、日曜日の午後にやっと終了すると、私はくたくたになって帰宅した。

事務所兼自宅の前に、相沢幹生が座っていた。今日はデイパックを背負い、膝の上に大きな平たい紙箱を載せていた。

私を仰いで、言った。「オーブントースターある?」


相沢氏のピザは、温め直しても旨かった。前回で懲りたのか、幹生は四の五の言わずに私と一緒にコーヒーを飲み、ピザを食べた。

「父さんが、店にも来てくれって」

「何かいいことがあったときに寄らせてもらうよ」

ピザの箱が空になり、二杯目のコーヒーを注ぎながら、私は言った。

「おじいちゃんの使ってた住所録は、まだ君が持ってるのかな」

幹生はまったく悪びれなかった。「父さんに返したよ」

「僕に届けるように言われてたんだろ?」

「その必要なかったじゃないか」

結果的にはそうだった。

「住所録に載ってる番号に電話してみて、何かわかったかい？」

これには幹生も虚を突かれたらしい。が、すぐ立ち直ると、またあの口の角《すみ》を持ち上げる笑い方をした。

「じいちゃんと付き合ってた人を見つけた」

得意そうだ。癪《しゃく》だが、私は驚いてしまった。

「へえ〜、どんな人だった？」

「もういい歳のばあちゃんだよ。決まってンじゃん」

「そういう意味じゃなくて、声の感じとか」

少年は少し考えた。表現を探しているのだろう。

「明るくてがさつって感じ」

「君のおじいちゃんと付き合ってたのは、いつごろのこと？」

「三年ぐらい同棲《どうせい》してたんだって。そのあいだに昭和から平成になったって言ってた」

ならば、武藤寛二が希望荘を出たあとのことだ。

「結婚しようと思ってたんだけど、その人のお母さんが倒れちゃって、故郷へ帰らなくちゃならなかったんだってさ」

「どこ？」

「長崎だって」

遠いね、と私は言った。

「でも、じいちゃん、その人の電話番号は知ってたんだよ。かけたかどうかはわかんないけど」

かけたに決まっている。ただ、最後にかけたのがいつだったかの問題だ。

「じいちゃん、カステラが好きだったんだってさ。ときどき送ると喜んでたって」

——長崎のカステラは、やっぱり格別だ。

幹生はピザの空箱を見ている。華奢で繊細で、ひな人形のようでもあり、小鳥のようにも見える。

「お父さんに、僕の事件調査の結果を聞いたかい」

彼はうなずいた。「母さんも兄貴も」

「でも君は、僕が調べたようなことはとっくに知ってたんだろ？　おじいちゃんから聞いてたのかな」

幹生は素早く瞬《まばた》きをした。目は空箱に向けたままだ。

そして言った。「万引きしちゃったんだ。近所のコンビニで」

中一の夏休み、と言う。

「それは——君がだよね？」

「そうだよ」こっちを向いて、小鳥のような少年は笑った。「そんでその場で捕まって、コンビニの店長がうちに電話したら、じいちゃんが出たんだ」

相沢夫妻は店で忙しい。

「すぐ父さんに言いつけられて、店から飛んでくると思った。この忙しいのに何をやらかしてくれるんだって怒鳴られるって。だけど、違った」

じいちゃんが来た。

「あのころはまだ車椅子じゃなかったけど、杖《つえ》をついてた。それでもよろよろしてたのに、汗だくになってコンビニまで来たんだ」

孫が万引きをして捕まったから、駆けつけたのだ。

「僕の顔を見ると、このバカものって、大声で怒鳴った。じいちゃんがあんな大きな声を出すなんて知らなかった」

それから——と、声がかすれた。

「じいちゃん、店長に謝った。申し訳ない、申し訳ないって、よろよろしながら土下座したんだ。店長の方が慌てちゃってたよ」

寛二氏は幹生が万引きした商品の代金を払い、二人は家に帰った。

「じいちゃんは僕に、どうして万引きなんかしたんだとか訊かなかった。そんなのわかってるって」

——幹生、何かむしゃくしゃしてたんだろ。

「ほんのちょっと前まではぜんぜんそんなつもりなかったのに、気がついたら悪いことをしちゃってたってこと、あるんだって言った。そういうこと、じいちゃんはわかるって」

——でも、二度とするなよ。どんなにむしゃくしゃしたって、やっちゃいけないことは、絶対にやっちゃいけない。おまえぐらいの歳のうちに、そういうことをしっかり覚えておかないといけないよ。

「そうでないと、ひょこっととんでもないものに取り憑かれて、とんでもない事をしでかす羽目になるぞって」

私は黙って聞いていた。

「気味が悪かった」と、幹生は続けた。「まるで、じいちゃんがそういう悪いことをした覚えがあるみたいに聞こえたから」

私はうなずいた。それで安心したかのように、幹生は私の顔から目をそらして、うつむいた。

「だから訊いたんだ。そしたらじいちゃん、困った顔をして」

——昔話だけどなあ。

「話してくれたんだ」

「希望荘に住んでいたころの体験を」

「うん。事件のことはそんなに詳しくじゃなかったけど、じいちゃんがどんなに驚いたか、どんな気持ちだったかって」

事件の詳細は、その話のあとで、幹生が自分で少し検索してみたそうだ。

「じいちゃんたちのなかでは、茅野って男がいちばん年下でさ。みんなで可愛がってたんだって。あのアパート、何ていったっけ」

「希望荘」

「そう、希望荘。男ばっか六人で住んでて、仲がよかったし愉快だったんだって。だからじいちゃんホントに——ショックだったんだろうな」

事件の直後から、茅野次郎は様子がおかしかった。目つきがきょときょとと落ち着かず、夜は寝言で大声で叫ぶ。吉永運送の事件のことはみんな知っていたから、希望荘の男たちは不安を覚え、彼を問い質《ただ》して、自白を引き出すことになったのだという。

私は言った。「茅野が出頭するとき、付き添いがいたらしいんだけど」

「それ、じいちゃんだよ」

やはりそうだったか。

「じいちゃん、そいつのこと自分の息子みたいに思ってたんだってさ。あ、だから」

――この話は、幹生のお父さんには内緒にしといてくれな。

「父さんのことはほったらかしだったのに、赤の他人を息子みたく思ってたことがあるなんてバレたら、バツが悪いって」

寛二氏には済まないが、私は笑った。幹生は、笑うなよと口を尖らせた。

「ごめん」

「笑い事じゃないよ」

「そのとおりだ。で？　君はその後、むしゃくしゃしても万引きなんかしなくなったんだよな？」

「当たり前じゃんか」

いっそうムクれてから、幹生も笑った。そして穏やかな顔になった。

「じいちゃん、万引きのことは、父さんにも母さんにも言いつけないでくれた」

――今日のことはみんな、じいちゃんと幹生の秘密だ。

「僕はずっと、兄貴みたいないい子にはなれないけど……悪さはしてない」

その発言を、私は聞かなかったことにした。どんないい家庭のなかにも、葛藤《かっとう》やコンプレックスはある。

「葬儀の後、ホームの寛二さんの部屋に行ったろ」

幹生はパッと顔を上げた。「何で知ってンだよ？」

「探偵だからね。でも、君が何をしに行ったのかは知らない」

「何もしてないよ」

たぶん、そうだろうと思った。

「ちょっと行ってみたくなっただけだ」

一人で寛二氏を悼み、懐かしむために行ったのだろう。

「寛二さんは立派な人だったよ」と、私は言った。「君はおじいちゃんを自慢にしていい」

幹生は言った。「でも、もういない」

これほど深い喪失感を、これほど端的に表す言葉を、私はほかに知らない。全部ひらがなで書けるこの発言の幼さにも胸を打たれた。

「そうだね」と言った。「残念だ」

「もっと会いに行けばよかった。けど――」

「いいよ。気にするな。おじいちゃんはわかってたさ」

面会する方もされる方も、悲しくなることだってある。

「寛二さんはもういない。だから、君はこれから六十年ばかりかけて、寛二さんみたいなおじいちゃんになればいい」

幹生は口をへの字に曲げた。かなり長いことそうしていてから、

「無理だよ」と言った。「じいちゃんは、じいちゃん一人だけだ」

地道に働き通した市井の人に捧《ささ》げる、これは最高の墓碑銘だろう。


その夜遅くのことだ。事務所の電話が鳴った。出てみると、誰かの息づかいが聞こえた。

私はしばらく待った。

「――杉村探偵事務所ですか」

聞き覚えのある声のような気がしたが、すぐには思いあたらない。

「はい、杉村です」

また少し沈黙があった。

「タナカ帽子店の者です」

あ、と思った。あのハスキーな声だ。

「あの折は失礼しました」

彼女はまた黙る。息づかいがやや速い。

「――調べてほしいことがあるんですけど」

すぐに、何のことか見当がついた。

「茅野次郎の消息を知りたいんです」

そこまで聞いたところで、呂律《ろれつ》が怪しいとわかった。田中弓子の妹は酔っているのだ。

「今どこでどうしているか知りたいんです。調査してください」

私は静かに、二度呼吸した。それから答えた。「ご依頼はいつでもお引き受けします。でも、今この電話ではいけません」

どうして――と、彼女は問い返した。

「ゆっくりご相談してからにしましょう。田中さんが、ご家族や親しい方と、この件を話し合われてからでもけっこうです」

「どうして今じゃいけないの。すぐ引き受けてよ」

彼女の声が上ずった。

「あれからずっと考えてたのよ。もっと早く思いつけばよかった。だから――」

私は言った。「茅野次郎が今どこでどうしているのか、それを知った方がいいか、知らないままの方がいいか。どちらの方が田中さんのお心が休まるか。それが大事です。僕にはまだ判断がつきませんし、おそらく田中さんご自身もそうでしょう」

この電話の向こうには、人の形をした白い灰がある。その灰の、苦しげな息づかいが聞こえてくる。

やがて彼女は言った。

「――あの日、わたしが姉を自転車に乗せて行ったの」

吉永運送へ。

「自転車に二人乗りして行ったの。わたしは友達と約束があって、姉を吉永運送の前でおろして、そのまま行ってしまったの。バイバイって手を振って」

昭和五十年八月、蒸し暑い夏の午後に。

「わたしが姉をあそこへ連れて行ったの」

そして電話は唐突に切れた。私は受話器を戻した。そのままじっと立っていると、時計の秒針が動く音が聞こえてきた。ほかに音がないからだった。

そろそろ、どの時計が音源なのか調べよう。私は動き出した。

もう電話が鳴ることはなかった。

砂男

1

二〇一一年も立春を過ぎ、暦の上では春が来ているはずの二月六日の日曜日、午後四時過ぎのことだ。人混みに揉《も》まれながら新宿駅へ歩いていると、どこかから声をかけられた。

「三郎さぁん」

足を止めて左右を見回し、振り返ると、すぐ背後にいた男性とまともにぶつかりそうになった。新宿の街は真夜中でも人出がある場所だ。日曜日の午後となれば、まさにイモ洗いである。私は人の流れを乱し、洗い桶《おけ》のなかの渦に逆らうイモになった。

人、ひと、ヒト。声の発信源は見つからない。それでも諦めずにまわりを探した。人違いだとは思わなかったし、〈さん付け〉で、私を姓ではなく名前で呼ぶ人は、東京にはほとんどいない。

「ここ、ここですよ、三郎さん」

学生らしいグループがひとかたまりになってこちらへ向かってくる。彼らの肩と肩の隙間で、うぐいす色の手袋をはめた手が左右にひらひら振られていた。移動する人垣の間から、一瞬、その手の主が見えた。

私は思わず大声で応じた。

「店長!」

人混みを掻き分けて近づいてゆくと、中村康夫氏はガードレールにつかまり、爪先立ちになって手を振っていた。その足元には小ぶりのボストンバッグと、重そうにふくらんだビニール引きの紙袋。

「やっぱり三郎さんだった」

私と二十歳違いだから、今年五十九歳。まさにアラ還だが健康そのもの。丸顔で人柄も円《まる》く、エネルギッシュだ。地味なスーツの上にカーキ色のマウンテンパーカー。足元は履き古した黒いショートブーツ。

「店長、お久しぶりです」

「ご無沙汰しちゃってすみませんね、杉村チーフ」

我々は、ハリウッド映画のなかに登場する日本人のように頭を下げ合った。

「今日はこちらに、お仕事ですか？」

「うん、関農振《かんのうしん》のセミナーがあってさ。得意先にもちらっと顔を出して、これから帰るとこなんだ」

元気そうだねえと、私の肘のあたりをぽんぽん叩《たた》く。

「事務所、忙しそうだって、杉村さんから聞いてますよ」

この〈杉村さん〉は私の兄、杉村一男《かずお》のことだ。

「貧乏ヒマ無しですが、おかげさまで何とかやってます。中村さん、何時の〈あずさ〉に乗るんですか。よかったらコーヒーでも」

「三郎さんは時間あるの？」

「はい。日曜日ですから」

とはいえ、だからこそ駅の近くにゆっくりできる喫茶店などなく、少し歩いてシティホテルのティールームに落ち着いた。移動するあいだ、遠慮する店長に代わって紙袋を持つと、ずっしりと重かった。

「セミナーでもらった資料と、神保町でちっと本を買い込んだんだ。帰りに読もうと思ってたんだけど」

「相変わらず勉強家ですね」

「でもセミナーじゃ居眠りしちゃったよ」

関農振――関東甲信越農林振興協会は、その名の通り、関東甲信越地方の自営農家の親睦と振興を目的とする民間団体だ。私の故郷、山梨県の桑田町《くわたまち》でもいくつかの農家や農業生産法人が加盟している。

「今回のお題は、〈ネット市場における産地直送ビジネスの新モデル形成と新興ＩＴ事業者との新たなパートナーシップについて〉」

「新しいことずくめですね。それはたぶん、僕も寝ます」

「だろう？」

中村氏自身は農家の人ではない。果実の仲卸業者として永年働いていたのだが、十年前、私の兄の家を含む桑田町の八軒の農家が合同で〈なつめ産直グループ〉を設立したとき、当初は営業担当のアドバイザーとして参加した。やがてグループの経営が軌道に乗ると、直売店〈なつめ市場《いちば》〉の店長に就任。以来、店舗を切り盛りしつつ、〈なつめ産直グループ〉の生産物の販路を地道に開拓し続けているビジネスマンである。

中村氏と私は、コーヒーを飲みながら互いの近況を語り合った。かつかつもいいところの私の事務所と比べるのは申し訳ないほど、〈なつめ市場〉もグループ本体も隆盛のようで、喜ばしい。

近ごろ顧客に学校や病院が増えてきたそうで、

「おかげで俺も、病院食やダイエット食に詳しくなってきちゃった」

「病院食はわかりますが、なぜダイエット食に？」

「女子校じゃ、栄養士さんたちが、栄養バランスの次に気を使うのがそこだもん。俺も勉強しないと、ついていかれない」

だから本を買い込んだりするわけだ。

店長は多忙な人だし、家では夫人が帰りを待っている。あまり引き止めてはいけない。中村氏がちらっと腕時計を見たところで、私は話を切り上げた。

「今度、いつ帰ってくる？」

「盆休みにはと思っています」

「寿子《としこ》さんはお元気だけど、やっぱり、ときどき淋《さび》しそうな顔をしてるよ」

私の母のことである。

「電話だと、まったく淋しげじゃありませんけどね」

中村氏は笑った。「そりゃあ、あの人の性分だから」

私の母は口が悪い。いわゆる〈口に毒がある〉タイプだ。私の姉でさえ、「お母さんは蝮《まむし》やガラガラ蛇の仲間ね」と恐れているし、周囲でも有名だ。

二人で、また人、ひと、ヒトに揉まれながら新宿駅南口へ向かった。改札口を抜け、別れ際になって、不意に何かに引っかかったかのように、中村氏は私を振り返った。

「三郎さん、こっちで」

この広い東京で。

「まさか、巻田《まきた》さん――広樹《ひろき》さんを見かけたなんてことはないよな?」

私は彼の目を見て、かぶりを振った。

「そうか。そうだよなあ」

行き交う人びとに目をやり、こんなに大勢いるんだもんなあ――と呟《つぶや》いた。

「彼が東京にいるとは限りませんしね」

そうだよなあと、店長は繰り返した。

「だったら、もっとまさかのまさかでさ、捜そうなんて思ってないよな?」

駅構内のアナウンスがやかましい。

「思っていません」と、私は答えた。

そうかと、中村氏は言った。安堵《あんど》したようにも、落胆したようにも見えた。

「うん、そんならいいんだ」と、微笑した。「今さらだけどというか、今だから言えるんだけどさ。俺は当時ね、勘ぐってたんだ」

「何をですか」

「三郎さんがまた東京へ出て行ってさ、探偵事務所なんか始めようと決めたのは――もちろん、いちばんの理由は蛎殻さんの坊ちゃんにスカウトされたからだろうけどさ」

事実関係としてはそうではないが、心情的には杉村探偵事務所の親会社的な〈オフィス蛎殻〉の所長《ボス》も、中村氏にかかると「坊ちゃん」である。まあ、実際に歳《とし》が若いのだからしょうがないが。

「でもね、やっぱり、あの事件があったせいもあるんじゃないかってね。三郎さんは諦めきれないんじゃないか。いつか何とかして、本当にちゃんと解決したいと思ってるんじゃないかって。それ、俺の考え過ぎだったかな？」

中村氏は私が肯定することを望んでいるように見えたし、否定してほしいと願っているようにも見えた。

私もそうだ。相反する思いを抱いている。返事は、「はい」と「いいえ」が半分ずつになる。

「あの事件は、僕が今の仕事を始めるきっかけになりました」と、私は答えた。「でも、それだけです」

今度は「そうか」と言わず、うなずきもせず、中村氏は私の顔を見た。そして、

「ここで立ち話をしてると、通る人の邪魔になるね」と言った。言っただけで、動こうとはしない。私も同じだ。

「〈伊織《いおり》〉は今、どうですか」

「とっくに潰れちゃったよ。味が落ちて、ぜんぜん駄目だった」

「ああ、やっぱり」

「とんこつラーメンの店になっちゃった。ありゃ九州の名物だよな？　バカに流行《はや》ってるよなあ」

「こっちにもたくさんありますよ。有名なチェーン店が進出してきてるんです」

「そうなの。うちも、いっぺん営業をかけてみるか」

目をしばたたき、さらに何か言いかけて、やめた。思いがけずばったり会った杉村三郎と別れるのに、ちょうどいい切れ目だ。

中村氏は軽く手を上げた。「じゃあまた、遠からず」

私はぺこりとした。「はい、遠からず」

カーキ色のマウンテンパーカーは、駅構内を行き交う人びとの流れに呑《の》まれて、すぐ見えなくなった。

中央線のホームへ向かいながら、気が利かなかったなあと、私は反省した。中村夫人は甘いものが大好きだ。今こっちで「バカに流行っている」スイーツを買って、お土産に渡せばよかった。

渡すどころか、もらってしまった。思い出と言えるほど美しくも優しくもなく、記憶というにはまだ生々しすぎる出来事が、胸の奥から蘇《よみがえ》ってくる。

――いつか何とかして、本当にちゃんと解決したいと思ってるんじゃないか。

終わってはいるが、解決してはいない。確かに、あれはそういう事件だった。

2

私は、高校を出るまで山梨県北部の桑田町で育った。大学進学で上京、一、二年生のときは都下にあった大学の寮の二人部屋で暮らし、三、四年生は神田神保町の古いアパートで一人暮らしをした。その家賃を稼ぐためにアルバイトをした先のひとつが〈あおぞら書房〉という児童書専門の出版社で、卒業後は運良くそこに正社員として採用された。

〈侘助〉のマスター・水田大造氏は、私が「悲観論者」だが、「あなたの人生を思えば無理もない」と分析する。で、そのマスターの区分によると、あおぞら書房の編集者だったころまでが、杉村三郎の人生・第一期なのだそうだ。

私の人生の第二期は、今多菜穂子《なほこ》という女性と結婚したときから始まる。この結婚を機に、私はあおぞら書房を辞め、菜穂子の父親・今多嘉親が会長として率いる今多コンツェルンという一大グループ企業の一員になった。そうすることが、今多会長から提示された結婚の条件だったから、私はそれを呑んだのだ。児童書の編集者の仕事は楽しく、これが天職だとさえ思っていたから残念だったけれど、後悔はしなかった。菜穂子の存在は、私にとって、それほど大きなものだったのだ。

今多会長が私を自身のお膝元に呼んだのは、娘婿として後を継がせようと思ったからではない。菜穂子は会長の外腹の娘で、腹違いの立派な兄が二人いる。今多コンツェルンのことは兄たちに任せておけばいいのであって、菜穂子は気軽な身分だった。その夫である私の立場も当然ながら軽い（こちらは気軽なのではなく、ただ軽い）。私は会長が発行人となっているグループ広報誌の編集部に配属され、また編集者として働くことになった。

このグループ広報誌すなわち社内報は、たまたまだけれど、〈あおぞら〉という。菜穂子との結婚によって私の生活環境は激変したが、あおぞらの編集者であることは変わらなかったわけだ。

今多嘉親は財界の巨頭の一人であり、目も眩《くら》むような資産家だ。菜穂子はその翼の下に守られ、安楽に裕福に暮らしていた。その夫となった私もまた裕福な暮らしを与えられた。いわゆる〈逆玉の輿《こし》〉である。だからこそ生活環境が激変したのだが、私にとって、それは幸運以外のなにものでもなかった。やがて娘の桃子《ももこ》にも恵まれ、私は、マスター曰《いわ》く「絵に描いたような幸せ」のなかにあった。

だが、我々夫婦のあいだには、その幸せな絵には描ききれない素材もあった。私はそれに気づいていたし、菜穂子も気づいていた。そして私より正直で、まっとうな意味で育ちがよくて恐れを知らないが故に勇敢な彼女は、私よりも先に、気づいていて気づかないふりをするのをやめた。私と菜穂子は、結婚生活にピリオドを打った。杉村三郎の人生・第二期の終わりである。

二〇〇九年の一月のことだった。

私は思いきって故郷に帰ることにした。いったん、自分をそれまでの生活から完全に切り離してしまいたかったし、ちょうどそのころ、兄から、父が重篤な病にかかっていることを知らされていたから、迷いはなかった。

とはいえ、このたった五文字の〈思いきって〉は、断崖から飛び降りるような決心だったのだ。なぜなら、私の逆玉結婚に大反対し、

「あたしはあんたを、女にたかって暮らすヒモみたいな男に育てたつもりはないよ!」

と怒り狂った母によって、当時の私はほとんど勘当状態というか、母がちょこっと軟化してもいいという気分になるときを除いては、この世にいないことになっていたからである。これは私の被害妄想ではない。母がはっきりそう言ったのだ。もうあんたは死んだもんだと思うことにする、と。

そういえば、帰郷してすぐ父の病室に向かうと、たまたま姉・喜代子《きよこ》も来ていて、私の顔を見るなりこう言った。

「あらまあ、死人が生き返ってきたわ」

母の毒舌を蝮だ、ガラガラ蛇だと恐れる姉だが、私に言わせればいい勝負だ。

悪意はないのである。ただ舌鋒《ぜっぽう》が鋭い。病室の父はといえば、笑うでもなく怒るでもなく(そ

のころはまだ痛み止めでぼうっとしている状態でもなかった)、これまで母と連れ添ってきた年月をずっとそうしてきたように、ほんの少しだけ困った顔をしていた。

こうして、マスターの言う私の人生の第三期が始まった。三十六歳でバツイチの無職。生まれ故郷へ出戻り。宝物は七歳の娘との面会権だけ。

身ひとつで帰ってみれば、ほぼ十年ぶりに見る故郷の町は変わっていた。私の体感的な記憶より二回りは拡大し、新しいビルや家々が増え、農地が減り、県道沿いに大型ショッピングモールが建ち、新しいバイパスと橋もできていた。

四十二歳の兄と、四十歳の姉の生活も変わっていた。役場勤めをしながら小さな果樹園(梨とスモモ)を営んでいた兄は、いつの間にか専業農家になったばかりか、農業生産法人〈なつめ産直グループ〉の役員だ。兄の長男は北海道の大学で林業を学んでおり、長女は高校一年生になっていた。

姉は地元の小学校の教師だ。姉より十一歳年上の夫君の窪田《くぼた》氏が中学校の校長を務めていることは知っていたが、姉は学校を転任し、窪田氏は地区の教育委員会に入って教育長になっていた。二人のあいだに子供はいない。てっきり夫婦でのんびり暮らしているのだと思っていたら、いつの間にか尻尾がきりりと巻いた賢そうな柴犬を飼って、ペットシッターを雇うほど溺愛していた。犬は雄で、名前はケンタロウ。私は姉の家に住まわせてもらうことになったので、ケンタロウとは仲良くなった。それで、姉と窪田氏が彼に入れあげる理由もよくわかった。

父は私が帰郷して間もなく退院し、自宅療養を始めた。兄夫婦はともに果樹園と〈なつめ産直グループ〉の仕事で忙しい。母は一家の主婦として家のなかを切り回しながら父の世話をし、合間に果樹園でも働いていた。

私は何度か、母と兄に持ちかけてみた。自分が同居して父の世話をしたい。果樹園の仕事も手伝わせてもらいたい。が、前者は母が頑として許してくれなかったし、後者は兄にやんわりと拒否された。

母はいまだに私を怒っていた。罪状その一は、親の猛反対を押し切って結婚したこと。罪状その二は、その結婚に失敗したこと。罪状その三は、三十も半ばを過ぎて無職になってしまったこと。

その一とその二は今さらどうしようもないが、その三については私も不面目に思っていた。〈あおぞら書房〉時代のツテを頼り、また編集者として働ける口を探そうかと思ってもいた。ただ、ともかく父の病状が落ち着くまではそばにいたかったし、そのあいだ何もせず居食いするのは嫌だったから、兄に「手伝いたいんだけど」と言ってみたのだ。それを断られたのは心外だった。

兄はまず、「もう、身内だけで勝手なことはできないんだ」と言った。

農業生産法人の一員になっている以上、果樹園がもう杉村家だけのものではないことは、私だって理解していた。が、家族の一人として農作業を手伝うぐらいのことが、それほど問題だろうか。現に母がそうしているのだし、〈なつめ産直グループ〉だって固いことは言わないだろう。メンバーはみんな地元の人たちで、私が子供のころからよく知っている顔もいる。同級生だっていた。

私がそう抗弁すると、兄はもごもごと、

「今さら、おまえには農作業なんて無理だ」と言い出した。「都会暮らしの方が長くなっちゃったじゃないか。おまえはもう都会人だ。しかも、十年以上も俺らなんかとは全然レベルの違う贅《ぜい》沢な暮らしをしてきたんだ。土いじりなんかできるもんか」

私が東京で、「都会のお嬢様の気まぐれで拾ってもらってヒモ暮らし」をしていると言い放ってはばからなかった母ならともかく、兄からこんなことを言われるとは。さすがに憤然としたが、私も伊達に十年間女房持ちだったわけではない。訥弁《とつべん》の兄が、この件については官僚に用意してもらった答弁を読む大臣のようであったことにもピンときた。

そこで姉に訊《き》いてみると、彼女はあっさりと認めた。

「そうよ。和美《かずみ》さんがあんたのことを嫌がってるの」

杉村和美は兄の妻、私の兄嫁だ。

「やっぱりそうか……」

「今ごろになってのこのこ帰ってきてどうしようっていうのかしら、何を狙ってるのかしらって、おかんむりだわよ」

「何も狙ってやしないよ」

「わかってるわよ。あたしはあんたを知ってるからね。だけど和美さんはそう思えない。それに、客観的に状況を見るなら、彼女の見解の方が一般常識にかなってるわね」

「姉さん、和美さんから直《じか》にそんなことを言われたのか?」

「まさか。バカねえ。聞こえてくるのよ」

あっちこっちで反響した木霊《こだま》が、と言う。

私も、自分が帰ってきたことだけで、周囲にある種の反響を起こしていることは充分に弁《わきま》えていたし、だから謹んでもいた。が、兄嫁の周辺——はっきり言うなら彼女の味方の陣営まではカバーしきれない。

「だからあんたは実家《うち》に住まない方がいいの。かまわないからあたしのとこにいなさい」

で、早く仕事を探しなさい。

「いい大人がぶらぶらしてたら腐っちゃうわよ。働くってことは、義務じゃないの。自分自身のためでもあるの」

いかにも教師らしいお説教である。

「わかってるけど、この町じゃそう簡単にはいかないんだよ」

「あんた、何ができるんだっけ」

こういう問いに胸を張って即答できるほど、私は立派な三十六歳ではなかった。

「——何って、まあ編集者だったから」

「うちのパパは顔が広いから、紹介できるクチがあると思うけど」

パパというのは窪田氏のことだ。私が覚えている限り、姉夫婦はかつては互いを名前で呼び合っていた。パパ、ママと呼び始めたのは、ケンタロウを飼い始めてからだ。

「観光案内所が出してるフリーペーパーの記者なんかどう？　あとは学習塾の講師とか。あんた、大学は教育学部だったんじゃなかった？」

「うん、そうだけど……」

「選《よ》り好みしてたら無職のまんまよ」

「わかってるよ。でも、兄さんはどうして、オレは変な下心なんか持ってないって、和美さんに言ってくれないのかな」

仕事云々《うんぬん》よりも、私にはそちらの方が重大事に思えたのだ。

「そんなの言ったって無駄よ。もともと兄さんは口べたなんだし」

それは事実だ。

「こういう問題じゃね、男はみんな女房の言いなりよ」

「じゃ、オレにあんなこと言ったのは兄さんじゃなくて、あれは和美さんの腹話術だってことだよね？」

こだわるわねえ——と、姉は笑った。

「腹話術ね。うん、そうね。でも兄さんはちっちゃい人形よ。指人形サイズね」

これを聞いて、私も諦めがついた。

「フリーペーパーの記者をやってみるかな」

あらゆる意味合いで難しい仕事ではなかった。というのは〈記者〉ではなかったからだ。桑田町を含む近隣の五つの町をカバーする観光案内所が出しているグルメ＆土産物ガイドのフリペを、契約店舗に配ってまわるのが私の仕事だった。このフリペは週刊なので、実質、週に一日だけである。

それでもまあ〈無職〉ではなくなったわけで、私はちょくちょく実家に顔を出した。姉の家とは自転車で五分ほどの距離だ。ケンタロウを連れて立ち寄ることもあった。

父の状態は安定しており、気候が暖かくなると、一緒に近所を歩き回ることもできるようになった。兄の寡黙と訥弁は父譲りで、だから黙々と歩くことになるが、それでも私は楽しかった。

休日には、こういう散歩に麻美《あさみ》が加わることもあった。兄の長女、父の孫娘、私の姪《めい》である。小さいころには温和《おとな》しくて、すぐ母親の背中に隠れてしまうようなはにかみやだったのに、びっくりするほど活発な女子高生になっていた。部活でラクロスをやっていて、一、二年生の部員のなかではいちばん俊足だというのが彼女の自慢だった。

よく笑い、よくしゃべり、おじいちゃんが大好きで、ティーンエイジャーらしくお母さんとは「ときどき険悪」だというこの姪は、母親への反抗心も少しは手伝ってのことかもしれないが、私に好意的な好奇心を抱いてくれていた。私の方も、娘の従兄姉たちにはいつも礼儀正しく「杉村さん」と呼ばれていたから、久しぶりに「おじさん」と呼ばれるのが、くすぐったいようで嬉《うれ》しかった。

彼女によると、「おばあちゃんはおじさんがうちに顔を見せないと怒るし、おじさんが来ると不機嫌になるのよね」

「そりゃあ申し訳ない」

「別にいいよ。おばあちゃんはたいてい、怒ってるか不機嫌かのどっちかだもん。笑ってても怒ってるときとかあるし。ねえ、おじいちゃん?」

こういうおしゃべりでどんな話題を振られても、父は淡々と「そうだな」と応じるだけだった。もともとそういう人柄で、それは最期まで変わらなかった。

私の娘、桃子のことを話題にしたのも、麻美が初めてだ。あれも春先だった。フリペ配布の帰り道に、部活帰りの彼女とばったり会ったのだ。

「おじさん、かる〜く何か食べない?」

今、気に入っているという喫茶店に案内してくれた。ピザトーストとジャムトーストがお勧めだというので、ひとつずつ注文した。そして学校や部活のことを話しているうちに、

「そういえば、おじさん、子供がいるんだよね。いくつ? もう学校へ行ってるの?」

「小学二年生だよ」

写真が見たいと言うので、スマホに保存してあるものを見せた。麻美は軽く目を瞠《みは》った。

「可愛《かわい》いね！　おじさんに似てる」

「ありがとう」

「好きなときに会えるの？」

「だいたいはね」

「でも、こっちにいると不便でしょ。いつもはどうしてるの？」

「メールとかスカイプでやりとりしてる」

「へえ……」

いい感じね、と言った。それからいきなり、

「離婚ってツラい？」

帰郷以来、一度も受けたことがない質問だった。問われてみて初めて、私は自分がそう問われたがっていたことに気がついた。

だから素直に答えた。「うん、辛《つら》い」

ちょっと沈黙があった。

麻美は小声で言った。「ごめんなさい、変なこと訊いちゃった」

「いやいや、ちっとも変じゃない」

自然にそう言うことができた。

「訊いてくれてありがとう」

そう、と麻美はうなずいた。遠慮がちにそろりそろりと微笑《ほほえ》んで、言った。

「じゃあ、よかった」

以来、私はずいぶん楽になった。

〈なつめ市場〉で働かないか――という誘いを受けたのは、五月の中ごろのことだ。

同じころ、父は体調不調を訴えて再入院し、再検査を受けた。兄の言葉を借りるなら「手術は気休めにしかならなかった」という結果が出て、だから私はそれまで以上に無力で呆然《ぼうぜん》としていた。

〈なつめ市場〉は桑田町の南端、中央自動車道につながる県道沿いにある。昔は、梨や葡萄《ぶどう》の旬になると、地主に日割りで地代を払い、いくつかの農家が観光客向けにテントを張って直売店を出していた場所だ。後ろは雑木林だが、横に細長い長方形で、小学校の体育館ぐらいの広さがある。

〈なつめ産直グループ〉はそこを正式に借り受け、バレーコートぐらいの広さの簡素な店舗を建てた。地所の半分は整備して駐車場にし、トイレと洗面所も設置した。

フリペの配布係として、私は週に一度はここを訪ねていた。中村店長にも、最初に訪ねた際に挨拶《あいさつ》したが、特に親しくしていたわけではない。だがその日は、今週のフリペを届け、先週分の余りを回収して帰ろうとしたら、「ちょっとちょっと」と呼び止められたのだ。

「杉村さん、奥へどうぞ。お茶でも飲んでいきませんか」

中村店長は忙しい人であり、忙しい人というのはおしなべて話が早い。そのときもそうだった。出されたお茶が冷え切らないうちに、私がここの販売担当として働く話がまとまってしまった。

という言い方だと何だか無責任に聞こえるが、こちらの感覚としてはそうだった。私が父のことで頭がいっぱいで、集中力を欠いていたせいもあるかもしれないが、中村氏はともかく陽気に押しが強かったのだ。うちで働きませんか？　一緒に働きましょうよ。ねえ、そうしようそうしよう。

「一応、手続きとして履歴書だけ書いてきてください。明日は午前七時に、ここじゃなくて集荷倉庫の方に集合ですから」

「え〜と、あの」

「〈杉村さん〉だと一男さんとまぎらわしいから、三郎さんでいいよね？」

「僕は営業や販売の経験がほとんどないんですが」

「そんなのかまいません。三郎さんは、東京でいろんなスーパーや大型店舗の売り場を利用してきたでしょう？　その経験を活《い》かして、商品配置やポップの付け方なんかに意見を出してほしいんです」

「はあ……」

「それプラス、力仕事」

と言っても大したことじゃない。女性スタッフがばりばりやってるんだから、と笑う。

「フリペ配りはやめなくてもいいですよ。うちにも配達業務はあるから、兼業できる。観光案内所の方には、私からも一声かけておきますから」

そして中村店長は目を細めた。

「三郎さんがうちに来てくれたら、きっと杉村のお父さんも喜んでくれると思うんだ」

私ははっとして彼の顔を見た。

「うちの仕事は面白いよ。ひとつよろしく」

これはちょっとあとになって知ったことだが、中村氏は兄と親しく、以前から、三郎さんを雇いたいから本人の意向を聞いてくれと持ちかけていたのだという。それがどうしてすぐ私の耳に入らなかったのか、よくわからない。ただ、彼がこのタイミングで直に私に声をかけてくれたのは、私のためだけではなく、私の父のためだったということはわかる。

ともあれ、私は〈なつめ市場〉のスタッフの一員になった。時間給だから待遇としてはアルバイト。販売担当の同僚三人は女性だ。

産直グループ本体の営業の仕事も兼務している中村店長を支えるのは、副店長の坂井《さかい》氏。財務と総務を一手に引き受けるのは前山《まえやま》氏。以上七名で〈市場〉を切り回す。

子供のお手伝いのようだったフリペ配りから一転して、私の日常は忙しくなった。パターン①の場合は、朝七時にグループの集荷倉庫へ出勤、そこからその日の売り物を〈市場〉へ運び、売り場に陳列して値札を付ける。午前十時に開店すると販売業務をし、その合間に商品の補充や整頓、配達。パターン②の場合は、集荷倉庫ではなく店舗に出勤して清掃、商品が来たらすぐ陳列できるように準備する。そのあとは同じ。どちらのパターンでも朝礼と閉店後のミーティングがあり、中村店長を囲んで意見交換する。

〈なつめ産直グループ〉には畜産農家は参加していないが、〈市場〉では地鶏《じどり》の卵とハムとベーコンを外部契約先から仕入れており、これは坂井副店長の担当だった。坂井氏は私より三つ年上で、仲卸業者時代からの中村氏の部下だ。財務と総務の前山氏は引退した地元の銀行員。文字通り〈市場〉の金庫番であり、さらに（ときどき気の毒になるほどの）腰痛持ちなので、売り場などの清掃作業は免除されているが、繁忙時には駐車場の誘導員をする。たまに腰を伸ばして歩き回るのは、腰痛緩和にもいいのだそうだ。

私以外のスタッフは、グループの家族や縁故者ではない。甲府や韮崎《にらさき》市内から通ってきている人もいる。

桑田町とその近隣は昔から果樹園経営が盛んなところだが、宅地化も進んでいる。私が離れていた十年のあいだにこれがさらに進行し、今や町の半分はベッドタウンだ。だから、〈市場〉の主な客筋は通勤者をメインとする地元の人びとで、休日の観光客が落としてくれる売り上げは、有り難い上乗せの部分である。

「甲府市内に出店する」

「精肉や鮮魚や総菜も扱う」

これが中村店長と坂井副店長の将来設計だった。〈なつめ市場〉を産直型のスーパーマーケットに育て上げる。今の店はその第一歩、岩壁に打ち込んだ最初のハーケンだ。

私は接客の研修を受け、レジ打ちを習い、毎日いくつもの商品ポップを書いた。「○○さんが作ったほうれん草」「○○園の梨」。生産農家の責任者の顔写真もつける。当該の農産物の栄養価を表示し、お勧めのレシピを一緒に展示する。配達もしたが、地元民なんだから道は知っていますと気軽に出かけ、離れているあいだにすっかり様相が変わってしまった町筋で迷って、恥ずかしいこともあった。一方、配達時に配る〈なつめニュース〉というぺらのフリペを作ろうと提案し、その編集担当をすることになった。

仕事は本当に面白かった。

私は、いっときは「他人《ひと》も羨む」ような生活をしていた（そういう情報は、どれほど頑《かたく》なに母が私を死んだものとしていたところで、ちゃんと流布していた）のに、全てを失って故郷に帰ってきた。傍《はた》から見れば敗残者だ。さらに私は、結婚生活の間に何度か、ニュースになるレベルの事件に巻き込まれたこともあり、一度は妻子も危険な目に遭わせてしまった。その点では疫病神でもあった。私が人生に失敗したのは、ただ不運に見舞われたせいではなく、私自身が不運を呼び寄せたからだと思われても仕方がない。

周囲の人びとは、同級生も友人も親戚やそのまた親戚も、みんな私を遠巻きにしていた。痛ましかったのかもしれない。いい気味だったのかもしれない。自分のことのように恥ずかしかったのかもしれない。哀れだったのかもしれない。気味が悪かったのかもしれない。その全てが合わさっていたのかもしれない。

だが、〈なつめ市場〉では違った。日々忙しく働くことで、私の身体《からだ》に血が通い、ゾンビではなくなったから——それまでの自分がゾンビだったことに気づくくらいには、普通の人間に戻ったからだろう。〈市場〉の人びとは私を仲間として受け入れてくれた。

梅雨が明け、桑田町に夏の観光シーズンが到来するころ、私は販売担当チーフになった。新参者（かつアルバイト）なのにチーフはおこがましいと、最初は遠慮したのだが、

「そんなこと言わないで、やってよ。何かトラブって責任者を出せって怒られたときに、はいチーフを呼びますって言って男の人が来てくれた方が、あたしたち楽なの」

女性スタッフでは最年長の林《はやし》さんのひと言で、引き受けた。〈市場〉で客が怒ってそんなことを言うケースは希《まれ》だし、もしもそんな場合でも副店長がいるのに、あてにしてもらえるのは嬉しかった。

このころには、父は県内のホスピスに移っていた。車で片道半時間ほどのところだ。姉夫婦が奔走して手配し、必要な費用も出してくれたおかげだ。ただ、本人はもう、一日の半分はぼんやりしており、あとの半分は眠って過ごすようになっていた。

私の生活は落ち着いた。姉の家の居候をやめてアパートを探そうか。でもそれだとケンタロウ抜きの暮らしになり、〈今日のケンタロウ君〉動画や写真を送ることができなくなって桃子がが

っかりするから、どうしようか。父の病状さえ別にすれば、悩みはその程度のものになった。
あの事件はそんな凪《なぎ》のなかで起き、私は蛎殻さんの坊ちゃんと出会うことになった。

3

〈伊織〉は、手打ち蕎麦《そば》と甲州名物「ほうとう」の店だ。古民家風の造りの店舗は、〈なつめ市場〉と同じ県道沿いにある。中央自動車道との合流地点に近く、そばにゴルフ場やハイキングコースがあるので、立地がいい。地元住民にも観光客にも人気のある店だった。そして、店で供する食材の大半を〈市場〉で仕入れてくれる得意客でもあった。

経営者の巻田夫妻は桑田町に住んでおり、定休日の月曜日以外は、毎朝八時半ごろ、店に出勤する途中で〈市場〉の前を通る。だから前日に電話やメールで注文を受け、商品を揃《そろ》えておくよう取り決めをしていた。その時刻は〈市場〉も開店前だが、スタッフは出勤しているから問題ない。支払いは半月分ずつまとめて現金払いで、小口ながら理想的な取引先である。

だがその日——七月三十日木曜日の朝は、様子が違った。前日に注文を受けていたのに、十時近くになっても巻田夫妻が姿を現さないのだ。

女性の販売担当は、私と違ってフルタイムではなく、早番と遅番がある。前日に注文を受けたのは藤原《ふじわら》さんという若いスタッフで、その朝、私と一緒に開店準備をしていたのは林さんだった。

「ちゃんと注文票が書いてあるから、間違いないはずなんだけど」

林さんは首をかしげ、一応、藤原さんに電話して確認をとった。

「やっぱり、今朝渡すことになってる」

「じゃあ、臨時休業じゃないですか。夏風邪でも引いたのかもしれない」

巻田夫妻はまだ若い。夫の広樹氏が三十代半ばぐらい、妻の典子《のりこ》さんは三十そこそこのように見えた。その若さと元気があるからできるのだろうが、カウンターとボックスを合わせて二十席ほどある店を、夫婦二人だけで切り回している。どちらかが体調を崩したら、休むしかなかろう。

「でも、そういうときは必ず電話してくれるはずよ」

人気店とはいえ地方の小さな町の飲食店のことだから、〈伊織〉の客足は季節や天候に左右され、売り上げが変わる。毎日のように〈市場〉に注文が来るときもあれば、一週間も音沙汰ないこともある。だからこそ前日注文、翌朝渡しが鉄則で、林さんは私よりベテランだから、そのあたりはよく心得ていた。

〈伊織〉に電話すると、留守電になっていた。今までそんな必要がなかったから、〈市場〉では誰も夫妻の携帯電話の番号を知らない。

それで我々も初めて気づいた。得意客の巻田夫妻と、個人的には誰も親しく付き合っていなかったのだ。夫妻はどちらも温和で明るく、好感の持てる隣人ではあるが、社交的なカップルではなかった。

「まあ、待ってみましょう」

だが、正午を過ぎても巻田夫妻は来ない。電話も留守電のままだ。

私は坂井副店長と相談し、様子を見に行くことにした。原付で出勤していたので、ひとっ走りすれば済むことだ。

行ってみると、〈伊織〉は閉まっていて、出入口に「準備中」の札がさがっていた。店舗に隣接する駐車スペースには車が二台入っており、夫婦連れらしい男女と、作業着姿の男性が二人、所在なさそうにうろうろしている。真夏の昼時だから、みんな暑そうだ。

私は声をかけた。「今日は休みですかね」

夫婦連れらしい男女が応じてくれた。

「そうみたいだねえ」

「定休日じゃないのに」

見れば、出入口の格子戸の前に、紙の帯できちんと束ねた新聞が三紙たてかけてある。やはり急な休業なのだ。私は原付をUターンさせて桑田町へ戻った。

巻田夫妻の住まいは町の北西側、緩い丘陵地の上にあった。私が子供のころは、このあたりには少数だが養蚕業をしている家があり、丘の大半は桑畑になっていて、赤い実が生《な》るときれいな眺めだった。

今では桑畑は消え、点々と建っている住宅のあいだを、葱《ねぎ》畑やみっしりとしたトウモロコシ畑、トマトやナスのビニールハウスが埋めている。

住宅の種類はとりどりだ。真新しい三階建て。板塀に囲まれ、古めかしいなまこ壁の蔵のある木造の大きな二階家。単身者向けらしい小洒落《こじゃれ》たアパート。丘の上にはガスの本管が通じてないらしく、どの住宅にもプロパンガスのボンベがついている。

目的の家の前に立ち、私はメモしてきた所番地を再度確認した。

間違いではないかと思うほど殺風景な家だったからだ。〈伊織〉はあんなに繁盛しているのに、まだ若夫婦といっていい巻田夫妻は、こんな家に住んでいるのか。

外壁はしみだらけのモルタル塗装で、味も素っ気もない灰色のスレート葺《ぶ》きの平屋だ。縦よりも少しだけ横が長い長方形で、手前に薄汚れたえんじ色のペンキ塗りのドアがあり、家の横手に長い縁側がついていて、掃き出し窓が四面並んでいる。すべてカーテンが閉まっていた。

外塀も生け垣もなく、家は剝《む》き出しだ。右隣は休耕地なのか耕作放棄地なのか、乾ききった土がひび割れている空き地。後ろは雑木林。左隣も空き地だが、こちらはどこかの業者が資材置場にしているのだろう。古タイヤとラベルを剝がした一斗缶が山積みにされていた。銀色の一斗缶に夏の日差しが反射して、やたらに眩《まぶ》しい。

縁側の手前は更地で、空の植木鉢がいくつか転がっていた。バケツと束ねたホースが置いてあるのは洗車用か。地面に車のタイヤ痕が一筋残っている。ここが巻田家の駐車スペースなのだろう。

夫妻の車はダークブルーのヴァンだ。六人乗りだが、後部シートを収納してフラットにすることができるので、いつもそこに荷物を積み込んでいた。私も何度か手伝ったことがあるので、覚えている。

車がないということは、夫婦で外出しているのか。急用で出かけて、昨日〈市場〉に食材を注文したことも忘れているのか。

私は原付を降りて玄関のドアに向かった。ドアポケットには何も挟まっていない。そういえば新聞は店舗の方にあった。

インタフォンも見るからに旧式だ。押してみると、家のなかでピンポンと鳴っている。間をとって三度押した。

反応なし。私はドアをノックした。

「ごめんください」

返事はない。縁側の方へ回ってみた。窓のカーテンは遮光性の厚地のもののようで、右の二面と左の二面で色柄が異なっていた。

「ごめんください。巻田さん、お留守ですか。〈なつめ市場〉です」

呼びかけたが、やはり返事はないし、カーテンが動くこともない。

何気なく、私は家の裏手を覗《のぞ》き込んだ。そして「おっと」と思った。雑木林の奥はもう丘の反対側の傾斜地で、墓地になっている。こちらからは見おろす格好になるので、木立の隙間に墓石の頭がいくつか見える。

地方の町では、こういうことはさほど珍しくない。生者の暮らす場所と死者が眠る墓所が近接していて、誰も怖がったり嫌がったりしない。祖霊のそばで生きるのは、ちっとも不自然なことではないのだ。私が「おっと」と思ってしまったのは、長いことそういう感覚をしまいこんでいたからで、でも驚きはしなかったのは、そういう感覚を失ってはいなかったからである。

もう一つ、気づいたことがあった。雑木林に向けて設置してあるエアコンの室外機が、ぶうんと低い音をたてて生ぬるい風を吐き出しているのだ。

私は家の横手へ引き返した。今度は窓をノックしてみようと、縁側に片膝をついて身を乗り出した。そのとき、カーテンが割れて、隙間から青白い女の顔が覗いた。

今度は、心臓が一拍休むほど驚いた。

巻田夫人、典子さんだ。

私は慌てて膝を下ろし、頭を下げた。

「すみません、〈なつめ市場〉の杉村です」

さっきより大きな声で呼びかけた。

「今朝いらっしゃらないので、心配になって伺いました。お加減でも悪いんですか」

巻田夫人は黒髪が肩につくぐらいの長さで、前髪を目の上で真っ直《まっす》ぐ切りそろえている。この季節でも色白だし、切れ長の一重瞼《まぶた》の目が涼しくて、日本人形のような美人だ。今は、そのせいでかえって幽霊のように見えた。

声が届いたのか、彼女はカーテンの隙間から消えた。私はドアの方へ急いだ。がちゃがちゃとチェーンを外す音が聞こえた。

ドアが開いた。巻田夫人は裸足《はだし》で、ドアノブにつかまって危なっかしく身体を支えていた。袖無しの淡いブルーのワンピースが皺《しわ》くちゃになっている。

室内からエアコンの冷気が流れてきた。外気との対比で、くっきりと感じ取れる。そのなかに、ふっと場違いな匂いを感じた。真夏のプールの匂いだ。消毒薬の塩素。

「ごめんなさい……」

かろうじて聞き取れるほどの小声で、巻田夫人は囁《ささや》いた。

「すっかり……忘れていました」

具合が悪そうだ。げっそりしている。が、ただの病気でもなさそうだ。化粧っ気がないどころか顔を洗ってさえいないらしい。瞼が腫れて、頬に涙の筋が残っている。

泣いていたのだ。

「――どうなさったんですか」

私の問いに、呆《ほう》けたようにとろんとしていた巻田夫人の眼差《まなざ》しが揺れた。

「昨夜《ゆうべ》……夫が、出て行ってしまって」

そう呟《つぶや》きながら、彼女は裸足のまま玄関の三和土《たたき》に降りてきた。一歩、二歩。足取りがおぼつかなく、身体がゆらりと揺れた。

「不倫してたんです」

かすれた声でそこまで言うと、彼女は気絶して、私の腕のなかに倒れ込んできた。


救急車を呼び、桑田町にひとつだけある救急病院に彼女を運び込むと、〈市場〉の我々は鳩首《きゅうしゅ》して、桑田町会の婦人部の応援を仰いだ。まだ詳細がわからないとはいえ、女性の助力が要りそうな事態に思えたからだ。婦人部では私の姉が役員をした時期があり、付き合いもそここにあって、その後の様子は姉から聞くことができた。

倒れたとき、巻田夫人は軽い脱水状態だったそうだ。幸い命に別状はなく、八月一日には退院して、両親のもとに身を寄せたという。

「実家は竜王町なんだって」

ＪＲ中央本線の駅がある町だ。現在は合併により甲斐《かい》市の一部になっている。

「あちらでご両親がずっとほうとうの店をやってるんですってよ。〈まきた〉って、地元じゃ古株のお店なんだって」

「〈まきた〉？　じゃ、巻田は奥さんの方の姓なんだ」

「そう。ご主人は婿養子だったのねえ」

巻田典子は地元の高校を卒業して東京の短大に進み、就職してそのまま向こうで暮らしていたのだが、広樹氏と知り合い、二人で山梨に帰ってきた。九年前、二〇〇〇年のことだという。

「〈伊織〉はいつから?」

「二〇〇二年の五月からだって。あたしも、それくらいだったように覚えてる」

「典子さんって何歳《いくつ》なんだろう」

「三十一歳。旦那は三十三」

広樹氏はもうちょっと年上に見えた。

「じゃ、短大を出て二年ぐらいで帰ってきちゃったんだね」

「何か思うところがあったのか、里心がついたのか、まあそういう事情はいろいろでしょうからね。あんたもその見本だし」

私は殊勝な顔をした。「はい、そのとおりです」

「あの店は借りてたんだってよ。オーナーも竜王町の人なの。あんたは知らないだろうけど、〈伊織〉の前は、何て店名だったかな、やっぱりお蕎麦屋さんだったんだけど、不味《まず》くてねえ」

となると、桑田町の家も借家なのだろう。店の方に手間と金をかけ、心も傾けていたから、住まいは殺風景だったのか。

「親御さんが店をやってるのに、わざわざこっちへ来て夫婦で店を出したんだね」

「ずっと同居じゃあ、何かと息が詰まるからでしょうよ。夫婦で一から苦労してみて、初めて身につくこともあるんだろうし」

言って、姉は意味深な笑い方をした。

「うちの兄さんと和美さんも、いっぺん他所《よそ》へ出て苦労してから帰ってきたなら、もうちょっと違うのかもしれないわね」

今と何がどう違うことになるのか、突っ込んで訊くのも面倒なので、私は「ふうん」と受け流した。

「広樹さんは、以前に飲食店の経験があったのかな」

まったくの素人が、二年ぐらいで〈伊織〉のような店を開けるものだろうか。

「さあ、そこまでは知らない。奥さんの実家でしっかり修業したんじゃないの？」

ほうとうは甲州の郷土料理だし、手打ち蕎麦は道楽で凝る人もいる。

「懐石料理やフレンチとは違うからねえ」

「そっか。今後はどうするのかなあ」

姉夫婦とも、〈市場〉の同僚たちとも何度か足を運んだことがある。評判どおりの旨《うま》い店だったのに。

「たたむしかないでしょうね」

「もったいないね」

日曜日の夕方で、姉と私は夕食の支度をしていた。台所のテーブルで私は枝豆をむしり、姉は空豆を莢《さや》から出していた。その手を止め、顔を上げて私を見た。

「あんた、平気なの？」

「何が」

「今の典子さんの身の上って、あんたにとっても他人事《ひとごと》じゃないでしょ」

私の離婚の直接的な原因は、妻の不倫だ。ただ、遠因は我々の夫婦関係そのものの根底にあった。

「なんか——こんなハプニングでいろいろ思い出しちゃったんじゃないかって、あたしはこれでも心配してるのよ」

姉は、心配しているのに怒り顔になるのも母と似ていた。

「大丈夫だよ。もう済んだことだからね」

私は笊《ざる》に山盛りの枝豆と空豆を見回した。

「こんなに豆ばっかり、どうするの?」

「枝豆は茹《ゆ》でるに決まってるでしょ。空豆は小エビとかき揚げにするのよ」

姉は笊を手にスツールから立ち上がる。そして私に背を向けて、言った。

「女がいるっていうのは、気づいてる人がいたんだってよ」

巻田夫妻の話の続きだ。

「先月の中頃に、〈伊織〉のお客さんが、甲府駅の近くで、旦那が見慣れない若い女と一緒に歩いてるのを見かけたんだって」

「そう」

「腕を組んでたんだってよ」

姉の口調だと、それが犯罪のようだ。

「だからちょっと噂《うわさ》になってた。奥さんはぜんぜん気づいてなかったみたいだけど、こういうことって意外とそうなのかしら」

「姉さん」と、私は言った。

「なあに?」

「そうストレートに意見を求められると、やっぱり傷つくよ」

姉は首だけよじって振り返り、怖い顔をして私を睨《にら》む。

「な、何だよ」

「あんた、自分で思い込んでるほど評判が悪くはないわよ」

口調がきついから、姉に慣れていないとわからないが、これは慰めてくれているのだ。励ましも混じっている。

「婦人部の人たちは、東京じゃいろいろあったみたいだけど、三郎さんは昔と変わってないねって言ってる」

すぐにはどう応じていいかわからない。

「えっと、その」

〈なつめ市場〉の人たちのおかげだ。そう言うべきだと思いついて口を開いたところに、玄関で「ただいま」という声がした。ケンタロウがひと声吼《ほ》える。これも彼の「ただいま」だ。夕方の散歩から帰ってきたのだ。

「ついでに薬味を買ってきてって頼んでおいたんだけど、パパ、忘れてないかしら」と、姉は言った。「素麺にするから」

「かき揚げなら、天丼にしてくれないかな」

「空豆のかき揚げは塩で食べるもんよ」

姉はまた私に背中を向けて、料理にとりかかった。〈今日のケンタロウ君〉動画を撮るために、私は腰をあげた。


やはり〈伊織〉はそのまま閉店してしまい、一週間後には貸店舗の看板が立っていた。

「居抜きで貸すのかねえ」

「また旨い蕎麦屋が入ってくれるといいですね」

我々スタッフはそんなことをしゃべっていたが、中村店長はちょっと違った。

「この際、思い切ってうちで直営レストランをやろうか」

まんざら冗談でもなさそうな顔つきだった。これを受けて坂井副店長も、

「杉村さん、一緒に手打ち蕎麦講座に通いましょうか」

レストランで働くかどうかはともかく、面白そうだと私も思った。が、林さんに一蹴された。

「すぐお盆休みですよ。稼ぎ時です。夢を見るのは、しっかり儲《もう》けてからにしてね」

実際、盆休み中の〈なつめ市場〉は大盛況だった。お客が引きも切らず、スタッフは昼食をとるのもままならない。家族連れが増えるので店内の賑《にぎ》やかさもいや増して、店員としてはそういう喧騒《けんそう》を初体験の私は、一日が終わるともうへとへとだった。二日続けて〈今日のケンタロウ君〉を送信することができず、桃子からメールで催促されてしまった。

二十日を過ぎると、そんな盆休みフィーバーも終息する。夏の観光シーズンは続いているが、〈市場〉の面々は交代で二、三日ずつ休暇をとる。スタッフにもまた家族があり、夏休み中の旅行や遠出を楽しみにしている子供たちがいるのだ。

新人の私も二日間の夏休みをもらい、一日はホスピスの父を訪ね、一日は東京へ行って桃子とプールに出かけた。桃子はケンタロウの可愛らしさに魅せられて、うちでも柴犬を飼いたいとねだっているという。

「おじいちゃまはいいよって。でもお母さんがダメだって。おじさまのおうちのライオネルがいるから」

私の別れた妻・今多菜穂子は、世田谷《せたがや》区松原にある実家で、父親や兄たちと暮らしている。ライオネルは、彼女の長兄一家が飼っているラブラドルレトリバーの名前だ。

「おじいちゃまはお元気かい?」

「うん。このまえ、一週間ぐらい病院にお泊まりしたけど」

不安を覚える情報だった。過去十年の間、私の舅《しゅうと》であり上司であり、今でも私がもっとも尊敬する人である今多嘉親は、八十三歳だ。いつ何があってもおかしくはない。

娘とのデートは午後五時までの約束だった。私が松原の屋敷に送り届けるのではなく、菜穂子が迎えにくる。が、待ち合わせ場所の帝国ホテルのロビーに現れたのは、今多家の家政婦の一人だった。

桃子は馴染《なじ》んでいる様子だったが、私は知らない人だった。相手も私の立場を承知しているからだろうが、態度がよそよそしい。なぜ菜穂子が来ないのか、それが彼女自身の都合のせいなのか、彼女の父親の具合のせいなのか、尋ねることはできなかった。

「お父さん、今度はいつ会える?」

「また相談しよう。二学期には体育祭があるだろ?」

「ちがうってば、文化祭だよ」

「そうだっけ。桃子のクラスは、今年は何をやるの?」

幼い娘は発音しにくそうに頬をへこませて、「ミ、ミィ、ミュ、ュ、ュージカル」と言った。

「すごいなあ。絶対観《み》に行くからね」

「お父さん、桃子の分もケンタロウを撫《な》でてあげてね」

「うん、毎日そうするよ」

娘とつないだ手を離すとき、私はいつも、自分のなかで何かが剝がれるのを感じる。それはたぶん、傷がふさがってできたかさぶただろう。そしてまた少し血が流れる。

翌日、〈市場〉で東京土産のマカロンを配った。まったくの下戸で超甘党の坂井副店長がその日から休暇で、女性スタッフたちが気の毒がりながら、彼の分まで平らげてくれた。

その日の午後の配達業務では、副店長の分も私がカバーすることになった。申し送りメモを確認しつつ、私は汗をかきかき〈市場〉の軽トラックで走り回った。

桑田町はリゾートとは無縁の土地柄だ。が、別荘がまったく存在しないわけではなく、その日ラストの配達先、町の西側の山中にある〈斜陽荘〉は、そのうちの一軒だった。

坂井副店長のメモによると、「オーナーは蛎殻様　夏期以外でも長期滞在あり　ハウスキーパーが不在のときは、配達品を家のなかに運び込んで収納すること」。

高齢者がいるのかな――と思いながら、雑木林のなかの私道をたどってゆくと、急勾配の赤い屋根が見えてきた。庇《ひさし》に取り付けられたパラボラアンテナがぽつんと目立つ。

私道の先には、雑木林に囲まれて、ロッジ風の大きな二階家が建っていた。敷地も広く、屋根付きのガレージが手前にあり、そこから車回しが二筋、ひとつは玄関前へ、ひとつは建物の右側へと延びている。前庭の芝生と植え込みはよく手入れされており、サルビアの真っ赤な花が咲き乱れていた。

私は慎重に軽トラを走らせて、建物の横へ回った。そこに勝手口があり、インタフォンがついている。だがそれを押す前に、パン、パンという規則的な音が耳に入ってきた。私は車を降り、建物の裏手まで行ってみた。

周囲の雑木林とのあいだをフェンスで隔てたテニスコートが一面あって、黄色いテニスボールを打ち出すマシンを相手に、Tシャツに短パン、サンバイザーをつけた男性が一人でレシーブの練習をしている。

思わず見入ってしまった。上手いのだ。

マシンはハイスペックなものなのだろう。球速も速いし、コースとスピードに変化があるだけでなく、ときどきトップスピンをかけたボールを打ち出してくる。サンバイザーの男性はそれにしっかり対応し、正確なストロークで打ち返す。これがゲームなら、リターンエースになりそうな鋭いショットもあった。

彼が機敏にコートを動き回ると、きゅ、きゅという摩擦音がたつ。ブルーのハードコートにテニスシューズの底がふれ合って発生する音ではない。スポーツ用の車輪がハの字に開いた車椅子のタイヤがたてる音だ。サンバイザーの男性は、車椅子テニスのプレイヤーなのだった。そして彼は左利き《レフティ》だ。

マシンがぶるんぶるんと空振りするような音をたて、停止した。ボールを打ち尽くしたのだろう。サンバイザーの男性は息を切らしたふうもなく、くるりとラケットを回すと肩に担ぎ、私の方に顔を向けた。

挨拶するより先に、私は拍手した。サンバイザーの男性が小首をかしげる。

私はぺこりとした。「すみません、〈なつめ市場〉の者です。配達に伺いました」

相手はまだ首をかしげている。坂井副店長ではないので訝《いぶか》っているのかと思ったら、違った。こう言ったのだ。

「杉村さんですよね」

「はい。今日は坂井が夏休みをいただいていますので――」

私の弁を聞き流し、相手はマイペースで続けた。

「僕は蛎殻昴《すばる》です。ちょうどよかった。あなたにお会いしたいと思ってたから」

「は?」

「勝手口のドアを開ける暗証番号は、388です。配達品をキッチンに運んでくれませんか。僕もすぐ行きます」

大きな冷蔵庫と、その並びに造り付けになっている収納棚に配達物を収納していると、サンバイザーをとり、ジャージの上下に着替えて、蛎殻昴氏がキッチンに入ってきた。杖《つえ》をついている。歩行が不自由なのは左脚のようだ。ジャージの上からサポーターを付けていた。歩くとき身体が傾く。

しかし、彼は日焼けしたアスリートそのものだった。身長は一六〇センチぐらいと小柄だが、よく鍛えて引き締まった体つきだ。

そして、名前の下に〈氏〉をつけるのが逆にはばかられるほど、彼は若い。二十四、五歳か。会社の後輩だったら確実に君付けだ。

「ありがとう」

収納棚にざっと目をやって、彼は言った。

尊大ではないし、生意気にも聞こえない。ごく自然な口調だった。

「このあと、配達はありますか」

「いえ、今日はこちら様が最後です」

「だよね。坂井さんにも、いつもそうしてもらってるんだ」

そこだけ親しみのこもった言い方になった。

「どうぞ、適当に座ってください。アイスティーでいいですか」

彼は棚からグラスを出し、冷蔵庫を開けてピッチャーを取り出した。てきぱきしている。遠慮したり、私がやりましょうなどと言うタイミングなどない。それと、彼が左利きなのはテニスのときだけのようだ。

オープンタイプのキッチンとダイニング、広いリビングはひと続きになっており、天井は吹き抜けで、太い梁《はり》が見える。家具は少ないが、上質なものが揃っていた。リビングの一角にオーディオセットと大画面テレビがあり、外付けのスピーカーがふたつ、壁に取り付けられていた。

「いただきます」

氷の入ったアイスティーは魅力的だったから、私は遠慮せずにグラスを手に取った。そういうふるまいの方がこの場にはふさわしいと思えたし、汗をかいたせいばかりではなく、ちょっと緊張して喉が渇いていた。

顔立ちもいいし、育ちもよさそうなこの若者に、私は一面識もない。〈市場〉で噂を聞いたこともない。なぜ、「会いたい」と思われていたのだろう。

「びっくりさせてすみません」

私の心中などお見通しなのか、彼は淡々と言った。

「実は僕、杉村さんのことをよく知っているんです」

「そうですか。私は〈なつめ市場〉では新米なんですが、坂井から——」

「いえ、調べたからです」

私はアイスティーを噴きそうになった。

「と、おっしゃいますと」

蛎殻昴氏は肘掛け椅子におさまり、寛《くつろ》いだ姿勢になっている。笑顔ではないが、不機嫌そうでもない。落ち着き払っている。

「杉村さん、東京で何度も事件に巻き込まれてるでしょう？　最初は三年前かな。アルバイトの女性が、あなたたちの編集部を解雇されたことを逆恨みして、あなたと同僚の人たちに睡眠薬を盛った」

事実である。

「その女性はさらにヒートアップして、あなたの自宅に押しかけ、奥さんを刃物で脅し、娘さんを人質にとるという騒動を起こした」

それも事実だ。

「それから二年もしないうちに、今度はバスジャックに巻き込まれましたよね。犯人は死亡したけど、それ以前に別の殺人もしていたし、かなり入り組んだ事件だった」

アイスティーのグラスと同じように、私も汗をかいた。「よくご存じですね」

「ですから、調べたので」と言って、彼もアイスティーを飲む。「正確には調べさせたんですけど。うちの者に」

私は緊張するだけでなく、困惑した。

「それは、あの、どういう――」

「僕は調査会社を経営しているんです」

蛎殻昴氏は、そこで初めて笑みとわかる程度の微笑を浮かべた。

「創業者は親父《おやじ》ですが、一昨年、僕が大学を出ると、おまえに任せるって預けてくれたんです。別に僕が優秀だからじゃなくて、うちの親父は飽き性なんで、すぐ気移りするんですよ。今はキャバクラ経営に夢中で」

リアクションできなかった。

「キャバクラ。キャバ、クラ」

私が聞き取れなかったとでも思ったのか、彼は言い直してくれた。

「そういう仕事で高賃金を稼がなくちゃならない事情を抱えた女性たちが安心して働ける、健全な店です」

そうですかと、私は言った。

「ですから、僕の親父は悪い人間ではありませんが、あなたの舅《しゅうと》だった今多嘉親さんのような立志伝中の人物ではありません」

もっと胡乱《うろん》な人物です、と言った。

「ついでに言うと、親父の親父も。僕の祖父はいわゆる相場師でしたから。今多嘉親さんは財界の猛禽《もうきん》と呼ばれたそうですが、僕の祖父の通称は兜町《かぶとちょう》のぬえでした」

もう死んじゃったけど――と言う。

「葬式のとき、じいさんの隠し子だっていう自己申告者が三人も現れて」

「ははあ。それは大変でしたね」

「うちでは誰も驚きませんでした」

私はまた黙った。

「そんなことは余談だからどうでもいいので、本題にかかりましょう」

彼は軽く身を乗り出した。

「僕の会社は〈オフィス蛎殻〉といいます。法人の社長は親父のままなので、僕は所長ですが、実質的な経営責任者です。で、その立場であなたにお願いがありまして」

軽率に「何でしょう」と訊いては危ない気がした。

「手を貸してくださいませんか、杉村さん」

グラスのなかで溶けた氷がからりと動いた。

「今、うちで受けている事件——というより、これは僕が受けようと承諾した案件なんです。なにしろ身近で起きたから」

「身近？」

「そうです。すぐ近くですよ」

すぐ近くが、ちょっと強調されていた。

「〈伊織〉の巻田夫妻の件ですから。つまり、まんざらあなたと関わりがないわけでもない。夫が女をつくって家出してしまったと、憔悴《しょうすい》しきっている巻田夫人を発見して救急車を呼んだのはあなたですよね？」

あれから、そろそろ一ヵ月になる。

「そうですが——」

「その話が、臭《くさ》いんです」

彼はきっぱり言った。

「はっきり言って、大いに怪しい。あれはそんな出来事ではなかった可能性が高いんです。巻田典子に、わたしから夫を奪った女だと名指しされている井上喬美《いのうえたかみ》という女性の母親は、そんなはずはないと訴えていますし、うちのオフィスが調べた限りでも、その言い分には一定以上の信憑《しんぴょう》性《せい》があります」

戸惑いつつも、私は問い返した。「なぜ、私の手が必要なんですか」

蛎殻昴氏は即答した。「あなたなら、まったく警戒されずに巻田典子に会うことができる。その後いかがお過ごしですか、お見舞いに来ましたと言えばいいんですから」

私はさらに五秒間考えた。

「それだけでいいんですか」

「それは杉村さん次第です。たぶん、それだけでは気が済まなくなるだろうと思いますけどね」

あなたはそういう人のようだから——と、蛎殻昴氏は言った。

厄介なことに、それは正しい人物鑑定だと、私も思った。

4

仕事を途中で放り出すわけにはいかないので、〈市場〉の営業終了後、斜陽荘へ出直した。キッチンには香ばしい匂いが立ちこめており、パエリアと牛フィレ肉の網焼きと温野菜のサラダが用意されていた。

私はテニスコートの彼のプレイぶりを見たときと同じくらい驚いた。

「これ、ご自分で？」

「そんなに難しくありませんよ」

枝豆をむしるぐらいがせいぜいの私には無理だ。

アルコール抜きで手早く食事をした。食べながら事件の話をするのは消化に悪いからと、蛎殻昴氏は父親が「凝りに凝って」建てたというこの別荘の由来を話してくれた。土地を掘り返してみたら古い墓石が出てきたこと、父親がそれをオブジェにして庭に飾ると言って施工業者に叱られたこと、いろいろ注文するので設計士が三人替わったこと、〈斜陽荘〉という名前は太宰治ファンの昴氏の母親が決めたこと、その母親は父親の二番目の妻であること、裏庭には最初はプールがあったのだが、彼が車椅子テニスを始めたら父親がすぐにそれを埋めてテニスコートにしてくれたこと、それはおそらく、父親が現在（四番目）の妻と結婚するとき、

「僕は、あくまでも親父に対する親切心から、今度はもう内縁関係に留《とど》めておいた方がいいと勧めたんですけど、親父は僕が嫌がっていると思ったらしくて、その埋め合わせのつもりだったようです」

「お父上は、なぜあなたが嫌がると思われたんでしょうか」

「今の奥さんが僕と同い歳だからですよ」

飄然《ひょうぜん》としている。表情には乏しいが、うっすらとした愛嬌《あいきょう》（らしきもの）がある。ハンサムだが端正すぎない「いい顔」で、簡にして要を得た話しぶりからして、頭もいい。もしも彼が会社員だったなら、バレンタインデイには机の上にチョコレートが山積みになることだろう。

昴氏は、よく一人でここに滞在するという。そういうときは、ハウスキーパーが三日に一度、掃除と洗濯をしに来る。

「坂井さんには、何度かテニスの相手をしてもらったことがあります。中村さんは昔から親父と親しくしていて、一年に二、三度、ここでブルースの名盤を聴きながら、二人で酔っぱらってますよ」

私が知らない交友関係の一端だ。

「中村さんは、いろんな食材を手土産に遊びに来るんですけど、ついでにレシピも持ってきて――坊ちゃん、これ作ってくださいよ。料理を注文するのだそうである。」

食事を終えると、後片付けは私がした。といっても食器を食洗機に入れ、鍋を洗っただけである。

「ありがとう。コーヒーは僕が淹《い》れます」

蛎殻さんの坊ちゃんは、本格的にサイフォンを使うのだった。

食後のコーヒーと一緒に、調査資料がテーブルに出てきた。薄いファイルだ。

「どうぞ見てください」

開くと、最初のページに若い女性の写真のコピーがあった。スーツ姿でカメラに向かってピースサインをしている。痩身だという以外は、特に目立つ容貌ではない。

昴氏が言った。「その女性が井上喬美です」

巻田広樹の不倫の相手だ。

「二十九歳。今年の三月末までは、都内にある不動産管理会社に勤めていました。五十六歳の母親と、千葉県市川市内のアパートで二人暮らしでした」

建築関係の仕事をしていた父親は、娘が幼いうちに病没しているという。

「母親は看護師です。井上喬美も高校卒業後に看護学校へ進んだんですが、半年で中退していま す」

写真のコピーの下に、手書きで短い経歴が書いてある。

「だから、就職は中途採用なんですね」

「そうです。この会社はマンション管理が主な業務ですが、近年は業績がよろしくない。三月末の彼女の退職も本人の意思ではなく、人員整理だったんです」

昴氏はテーブルに両肘をつくと、指を組み合わせた。

「そこに母親からの聞き取りを報告書にしてありますが、ざっと説明します。失業すると、彼女はすぐ熱心に職探しを始めた。退職金も少しは出たでしょうし、失業保険給付もありますが、ずっともらえるものじゃない」

もちろん、ハローワークでも職探しを奨励される。

「でも今日日のことだ。一般事務職で正社員の口を探しても、難しかったでしょうね」と、私は言った。「派遣会社なら手っ取り早いけど、それじゃ先々が不安だろうし」

「おっしゃるとおりです。井上喬美には、杉村さんにとっての中村店長のような、頼れる知り合いがいなかった」

それも知られているのだ。

「私は時間給なんですよ」

「知ってます」

昴氏はあっさり言った。

「いろいろあたってみて、失望続きだったんでしょう。五月になって、彼女は母親に、ちゃんとした資格をとって再就職すると言い出した」

——もう一度、看護師を目指すわ。

「彼女なりに母親の職業に対する尊敬や憧れがあったし、挫折してしまったことを面目なく思ってもいたんでしょう。少なくとも、母親はそう感じたそうです」

だから、娘を諭した。

——これから資格を取るのは大変だよ。

「まず、また看護学校に入らなくてはなりませんからね」

高校からすぐ進学したころより、もっと気合いを入れて勉強し直す必要があるだろう。

「学費もかかりますよね」

昴氏はうなずいた。「もともと経済的にゆとりのある暮らしをしていた母娘ではない。母親として何とかしてやりたいとは思うけれど、今さらそんな夢を持つのは無理というより無謀だ。そう言い聞かせたそうですが、娘の方はいたって楽観的だった」

——大丈夫よ。貯金だって少しはあるんだから、心配しないで。

「そしてそのころから」

昴氏はちょっと言葉を切り、軽く口元を歪《ゆが》めた。

「井上喬美は、母親に行き先を告げずに外出するようになった。帰宅が深夜になることもあったそうです」

私はすぐ言った。「水商売を始めたんじゃありませんか」

それこそキャバクラとか。

「母親も、真っ先にそれを疑ったそうです。バイトしている様子はなかったから、なおさらね。でも、喬美は毎日出かけていたわけじゃない。多くても週に二度。十日も出かけないかと思えば、二日続けて出てゆくこともある。そんな水商売がありますか」

「僕には思いあたりませんが、蛎殻さんのお父上ならご存じでは？」

揶揄《やゆ》するつもりではなく、私は真面目に訊いたのだ。昴氏にもその意は伝わったらしい。僕もそう思ったんですよ、と言う。

「だから親父に訊いてみたら、新人のキャバクラ嬢やホステスになるには歳がいっているし、風俗関係だとしても、そんな不定期な就労形態は考えられないそうです」

――その女がスーパーモデル級の美女で、秘密クラブの高級コールガールでもない限り、あり得ない。

「それに、まったくの素人が水商売に入ると、まず服装や化粧が変わる。これはもう百パーセントそうなので、そこで見分けがつくと教えてくれました」

「井上喬美さんにそんな様子は」

「なかった。母親が言うのですから、信用していいでしょう。母親自身、夜勤もある仕事で忙しかったから、娘の行動をすべて知ることはできない。だから、井上喬美の外出の頻度が本当にさっき言った程度だったかどうかは、確実ではありません。もっと多かった可能性もあります。でも、化粧や服装の変化はひと目でわかることですよね」

なるほど。私はコーヒーを飲んだ。

「母親も何度か、行き先や、どんな用事で出かけるのか訊いたそうです。喬美は友達に会うとか、よさそうな学校を見学に行くんだとか、そのたびにいろいろ言う。どれももっともらしいが本当らしくは聞こえないけれど、娘の様子がおかしいわけではないので、母親もそれ以上は突っ込めなかった」

様子がおかしいわけではない、か。

「おかしい、おかしさにも度合いがありますけどね」

私が言うと、昴氏はうなずく。

「母親の目から見て、強いて言うなら、ややそわそわしているようには見えたそうです」

杖をつかんで立ち上がり、キッチンで二杯目のコーヒーを淹れ始める。

私は言った。「要するに、そのころから巻田広樹との関係が始まっていたということじゃないんでしょうか。二人がどこでどうやって知り合ったのかはとりあえず置いといても、彼女がそわそわしていたのは恋愛していたからだ。それも、妻のある男性と」

昴氏が何も言わないので、顔を上げて彼を見た。

「姉に聞いたんですが、先月の中旬、甲府駅の近くで、広樹さんが見慣れない若い女性と歩いているところを見た人がいるそうです。腕を組んで、カップル然とした様子でね。だから、彼には愛人がいるんじゃないかと噂になっていた」

「そのようですね」

そのへんも調査済みか。

「タイミング的にも合うと思うんです。井上喬美がそわそわし始めたのが五月中からですよね。で、二人の駆け落ちは七月三十日」

その間、三ヵ月弱ですよね——と、昴氏は呟いた。

「それが長いのか短いのか、僕には判断がつきませんが」

「私にも、駆け落ちする男女の心理はわかりません」と、私は言った。「でも、こういう恋愛は進みが早いんじゃないかと思います。配偶者以外の異性と親密になるというのは、何というか——最初からゴールが決まっているようなことなわけですから」

私の妻の場合も、関係の進行は早かった。終わるときもばっさりだったけれど。

「燃え上がるってことですか」昴氏が真顔で言う。「僕は〈炎上〉といったらネット上のことしか知らないですが」

「まあ、そんなような意味です。だから、しばらくしたら二人がひょっこり帰ってくることもあり得ると思うんです。急上昇した熱が冷めて、いわば正気に戻ってね」

昴氏は軽く両の眉毛を持ち上げた。

「巻田広樹は妻のもとに、井上喬美は母親のもとに帰る？」

「ええ」

どうかな、と彼は言った。

「ともかく、母親が喬美に最後に会ったのは、七月二十九日の朝です。今日は大阪にいる友達に会いに行くと言っていた」

――一泊か二泊してくるかも。友達の家に泊めてもらうから心配しないで。

「どんな用事なんだと尋ねると、仕事の相談だと。明るい表情をしていたそうです」

既に巻田広樹と駆け落ちするつもりでいたなら、この言は真っ赤な嘘《うそ》だ。が、表情が明るかったのは芝居ではなかろう。

「資料の先を見てください。二人が駆け落ちした後に、喬美から母親に送られてきたメールの内容が載っています」

私はページを繰った。メールは三通。順番に箇条書きになっている。件名は三つとも〈お母さん　タカミです〉
①は、七月三十日午後十時二十二分の発信。
〈やっぱり今夜は外泊します　また連絡します〉
②は、八月一日の午後一時五十五分の発信。

〈今まで黙っていてごめんなさい　わたし奥さんがいる人と付き合っていました　いろいろ悩んだんだけど　二人で話し合って　これからいっしょに生きていこうと決めました　彼はお婿さんで肩身が狭くて　家には自分のものなんか何もない　奥さんはぜったい離婚してくれないから駆け落ちします　落ち着いたら連絡するから心配しないで〉

③は、それから五日後の六日午後十時十分の発信だ。

〈とりあえず住まいが決まりました　わたしは元気です　とうぶん連絡できなくなるけどわたしは幸せよ　二人でちゃんと生きていきます　いろいろ問題が解決したら　お母さんに会いに行きます　身体に気をつけてね〉

文面に怪しい点はないと思う。そして私は、いちばん初歩的なことを聞き忘れていたことに気がついた。

「喬美さんの母親は、娘からこうしてメールをもらっていながら、なぜ蛎殻さんのオフィスに相談したんでしょうか」

昴氏は真っ直ぐに私の目を見て答えた。

「理由のひとつは母親の直感です。彼女には、これが娘の打ったメールのように思えなかった。何となく感じが違う。それに、これらのメールは一方的に送りつけられるだけで、母親が返信しても、それにはまったくレスがなかったから」

そうか。桃子と毎日のようにやりとりしているから、私にもその感覚はわかる。

「さらに、もしも娘が不倫していたとするなら、駆け落ちなんかする前に、必ず自分に打ち明けるはずだ、と。現にそれまでの喬美は、彼氏ができるとすぐ母親に話していたそうなんです。母親も、言われなくてもピンときた。娘の言動が変わるから。でも、今回に限ってはそんな気配がなかった」

ずっと母娘だけで暮らしてきた二人のことだ。その言い分もわかる。

「ほかには？」

「喬美が、父親の形見を家に残したままでいたこと。父親が亡くなる前、誕生日のプレゼントに買ってくれた小さな犬のぬいぐるみでね。大事にしていたんだそうです」

——喬美が本当に家出する気だったのなら、必ず持っていったはずです。

「母親はまず所轄の警察署に相談しました。でも相手にしてもらえなかった」

男女関係の問題だし、一見したところは自発的な家出だからだ。

「不倫なんかしてたら母親にだって言いにくいだろうし、ぬいぐるみを持って行かなかったのは、すぐ取りに戻るつもりなのか、意外と忘れてるからじゃないですか、と言われたそうです」

——恋愛すると、女性はそんなものですよ、お母さん。

だが、喬美の母親は納得できなかった。

「だから、民間の調査会社に頼もうとしたんです。職業別電話帳を調べて、何軒も訪ねて回った。そのなかで、うちの所員がいちばん親身に応対したそうでしてね。僕は所長として鼻が高いし、彼女はお目が高いです」

三番目のメールが来てから四日後、八月十日のことだったという。

「で、うちではとりあえず、メールの発信元を調べました」

最初のメールは東京都内から、井上喬美のスマートフォンで発信されているとわかった。

「二番目と三番目も都内から。但し、渋谷と新宿のネットカフェのパソコンからでした」

そこで初めて、私はちょっと動揺した。

家出娘が母親に連絡するのに、なぜわざわざネットカフェに行く？

「ご存じでしょうが、スマホにはGPS機能がついていますし、ダウンロードされているソフトによっては、容易にその所在地を発見することができます」と、昴氏が言う。「もっとも、彼女の母親はそんなことなど知らなかった。だからこそ警察に行ったり、うちみたいなプロを頼ってきたわけですが」

そして、〈オフィス蛎殻〉はこうして発信元を突き止めた。

「これには、母親以上にうちの方が引っかかりました。発信者が喬美本人であるなら、ネットカフェを使うなんて不自然だ。彼女が、母親に捜されることをそこまで恐れる必要があるとは思えません。現に〈問題が解決したら会いに行く〉と言ってるんだから」

娘とはいえ、二十九歳のいい大人がしていることでもある。

「だから、少なくとも二番目と三番目のメールは、本人が打ったんじゃないんですよ。この二つのメールは、井上喬美がどこにいるのか捜されると困ると考えた、別の人物が発信したものなんでしょう。だからネットカフェなんか使って、結果的にはやぶへびになったというわけです」

これは本当に不倫カップルの駆け落ちなのかと、疑惑を招いてしまった――

「これ以降、メールは」

「来ていません」

ぷっつり絶えたきり、スマホそのものもつながらなくなっているという。

「それもまた怪しいですよね」

コーヒーが沸いた。私は席を立ち、昴氏を制して、新しいコーヒーを互いのカップに注ぎ足した。ありがとうと、彼は言った。

「一方、巻田典子は夫の行方を捜そうとしていません」

一杯目はブラックで飲んでいたが、二杯目のコーヒーには景気よく砂糖を入れて、昴氏は続ける。

「ついでに言うと彼女の両親も、娘を労《いたわ》ってはいるようですが、それ以上のことはしていない」

「でも、典子さんの傷心は本物でしたよ。憔悴しきって、ふらふらでした」

私は彼女に会っているのだ。この腕で、倒れかかる彼女を抱き留めた。

「入院治療が必要だったんですからね。それは僕も疑っていません。でも――」

淡々とした昴氏の口調は変わらない。

「その憔悴の原因は、夫の浮気と駆け落ちではないのかもしれない」

昴氏は言って、テーブルの上の資料を指さした。「最後まで読んでみてください」

私は急いでページをめくり、文字列を追った。そして目を瞠った。

「同僚だったんですね……」

井上喬美が今年三月末まで勤めていた不動産管理会社に、かつて巻田典子もいたのだ。

「年齢は典子の方が二つ上ですが、喬美は十九歳で中途入社ですから、同じ時期に働いていたことになりますね。気が合ったのか、仲がよかった」

この会社は今も（人員整理が功を奏したのか）健在だから、聞き込みは容易だったという。社員たちの証言だけではなく、忘年会や歓送迎会などの写真もあった。そのコピーが数枚、ファイルに挟んである。二十歳前後の巻田典子と井上喬美。若くて可愛らしく、潑剌《はつらつ》とした笑顔で写っている。夏のビヤホールで撮ったのだろうか、ビールのジョッキを持ち上げて乾杯しているスナップもあった。

「当時の上司によると、姉妹のような仲良しだった、と」

親友だったのだ。

「これも私の姉からの情報ですが、典子さんは広樹さんと東京で知り合ったようですよ」

「ええ。どうやら短大時代からの付き合いだったようです。ただ、周囲の人たちには紹介していない。彼女は温和しくて、どちらかというと目立たない女性だったそうですね」

〈伊織〉の典子さんを思い浮かべ、私はうなずいた。

「ええ。日本的な美人ですが、物静かで内気な印象がありました。おしゃべりでもなかったし」

進んで自分のことを語る——というタイプとは対極にいる女性だった。

「でも、相手が自分の親友なら、話はまったく違うと思いますよ」

姉妹のように仲がいい井上喬美には、典子さんは恋人を紹介したろう。

「巻田広樹と井上喬美のつながりは、そこにあったんじゃないでしょうか」

かすかに苦々しい口調で、昴氏が言った。

「女性は、親友には彼氏をお披露目せずにいられないイキモノのようですからね」

妙に実感がこもっていたので私が彼を見ると、はっきり苦い顔をした。

「僕の経験じゃありません。そういうことから始まった三角関係のゴタゴタが、うちで扱う案件には多いんですよ」

「なるほど」

「大事な彼氏ならちゃんとしまっておけ、と言いたいですね」

私はつい笑った。そして言った。「私の身辺調査をなさったなら、ご存じでしょう。私の離婚の原因も、妻の不倫なんです」

昴氏はうなずいただけで、今度は「知ってます」と言わなかった。

「相手は、けっして悪い男じゃありません。年下だけど、私はむしろ仕事人としての彼を尊敬してさえいました。だからうちの場合も、私がちゃんと妻をしまっておかなかったのがいけなかったんでしょう」

ちょっとのあいだ、昴氏は黙っていた。それから言った。「軽率な台詞《せりふ》を吐いて失礼しました」

「いえ、そんな」

「でも、杉村さんが筋金入りのお人好《ひとよ》しだという評判は本当のようだ」

私は身を縮めた。「すみません」

昴氏は淡々と話題を戻す。

「僕も、うちの調査員から最初にこの報告を受けたとき、この三人もそういうことだったんじゃないかと思いました。巻田広樹――旧姓は香川《かがわ》広樹ですが、彼と井上喬美は、東京にいたころから既に関係があった」

広樹と典子と喬美は、現時点だけでなく、かつても三角関係だったのではないか、と。

「それでも、最終的には彼は巻田典子を選んだ。だからこそ、典子は会社を辞めて実家へ帰った。香川広樹も彼女についていって、井上喬美が一人残された」

だが、九年も経《た》ってから、何らかのきっかけで広樹と喬美は再会し、焼けぼっくいに火がついたのではないか――

私はため息をついた。「あり得ますよ」

「でしょ？　でもね、うちの調査員が当時の彼女たちの上司や同僚たちから聞き出した限りでは、典子と喬美の関係は、典子が退職するまでずっと良好だったんだそうです」

昴氏はテーブルに頬杖をついた。

「となると、広樹と喬美ができてしまっていたのだとしても、典子はそれに気づかなかったわけだ。喬美の方も隠し通した。そんなことが可能なものなのか？」

私の頭には何の意見も浮かばない。

「僕は不可能だと思います。で、さっきの仮説は白紙撤回。また一から考え直しです」

私は言った。「蛎殻さんの調査員は有能ですね」

依頼を受けてから二十日も経っていないのに、動きが迅速で的確だ。

「それはどうも」

坊ちゃんで所長のこの若者は素っ気ない。

「でも、これぐらいはできて当然です」

探偵の真似事《まねごと》をした経験がある私は、この評価は厳しいと思った。

「巻田典子の退職は二〇〇〇年の二月ですが、前年の九月に、体調を崩して二週間ほど会社を休んだことがありました。このときも、井上喬美が心配して動いている。典子を見舞って、上司に様子を報告したりしています」

「どんな病気だったんでしょうか」

「はっきりしないんです。現時点でわかっているのは、入院や手術はしていないことと、復職してきたときも、まだげっそりしていたことぐらいですね。ただ退職するときには、自分の健康状態に不安があることを理由に挙げていたそうです。結婚するから辞めます、とは言ってない」

そして、退職後の巻田典子はすぐ竜王町の実家に帰った。香川広樹との結婚は同年の四月十日だ。

「挙式はせず、入籍だけしています。〈まきた〉は地元では古い店なので、近所の人たちは巻田典子が子供のころから知っているそうですが、この結婚は周囲には唐突に見えて、みんな驚いたんだ、と」

――〈まきた〉のノンちゃんは、東京土産に婿さんを連れてきた。

典子さんはノンちゃんと呼ばれていたのか。

「それ以降、若夫婦は〈まきた〉で修業して、二〇〇二年にこちらで〈伊織〉を開店。調理師免許と飲食店の経営に必要な食品衛生責任者の資格は、典子が取得しています」

そういえば、〈伊織〉の店内にかけてあった免状は巻田典子のものだった。

「典子さんは何か持病があったのかなあ」と、私は言った。「店では元気に立ち働いていましたが、もともと体格が華奢《きゃしゃ》だし、頑健なタイプの女性ではありませんからね」

配偶者が病弱だからといって、愛人をつくっていいという理由にはならない。ではどういう理由ならいいのかというと、そんなものはない。ないが、そういう事態が起こるときは起こる。

こういう話題になっても、私は大丈夫だ。でも平気ではない。つい自分の過去のことを考える。

「僕は〈伊織〉に行ったことはありませんが、巻田広樹はなかなか人好きのする人物だったようですね？」

昴氏に問われて、我に返った。

「ええ。いつも穏やかで。夫人とは似たもの夫婦の感じがしましたね」

「アウトドア派でしたか」

「山歩きをして、写真を撮るのが好きだと言ってました。店内にも飾ってあった」

「じゃあ、〈伊織〉のサイトに載せてある季節の草花や風景写真は、彼が撮ったものだったんだな」

「そうですか。私はサイトを見たことはありませんが――」

「なぜか、経営者の写真はないんですよ」

昴氏は訝しげに目を細める。

「普通は載せるものでしょう？　この店を営んでいるのはこんな人間です、と。〈なつめ市場〉の売り場にも、生産者の顔写真を出しているそうじゃありませんか」

それはそうだが、そんなに訝るほどの問題だろうか。

「写真を撮るのは好きでも、撮られるのは嫌いだという人はいますよ」

「彼の場合は、それだけじゃなかったような気がします」

言って、昴氏はテーブルの脇の棚から新しいファイルを取り出した。

「こっちは香川広樹の身上調査書です。つい一昨日、僕の手元にあがってきました」

私はファイルに手を出さなかった。嫌な予感がしたからだ。

「何かあるんですか」

「彼には過去がありました」

私は無言で昴氏を見つめた。

「一九九〇年ですから、彼が十四歳、中学二年生のとき、都内杉並区にあった自宅が火事で焼けて、母親と十歳の妹が死亡しているんです。これが失火なのか放火なのかがはっきりしない。当時もニュースになって、かなり騒がれた事件でした」

十九年前のことだ。私はさっぱり記憶がない。

「家は木造の二階家。火元は一階リビングのゴミ箱。広樹は二階の自室で、妹はその隣の両親の寝室で、母親と一緒に寝ていました。会社員の父親は出張中」

つまり、家のなかには母親と広樹と妹しかいなかったわけだ。

「台所には煙探知機がありましたが、リビングにはなし。火はリビングの壁と天井を伝い、階段から上へ燃え広がった。広樹は、自室の窓のベランダから家の前の道路に飛び降りて助かったんですが、母親と妹は、明かり取りサイズの小窓しかない寝室で、ドアの前で折り重なって死んでいました。死因は一酸化炭素中毒です」

痛ましい悲劇だ。

「ゴミ箱から火が出たということは、原因は煙草《たばこ》の吸い殻ですかね」

「おそらく」

「母親が喫煙者だった？」

「はい」

「じゃあ失火でしょう」

「そう見せかけることは、中学生の少年にもできます」

私は強く口元を引き結んだ。昴氏はうなずいて、言った。「そういうことだったのではないかと、彼は疑われていました」

「そのころの香川広樹に、家族が寝ている自宅に火を点《つ》けたくなるような動機があったというんですか」

昴氏はすぐには答えず、冷めてしまったコーヒーを飲み干した。

「彼にはいくつか問題行動がありました。まず、この火災の前、一年ほどのあいだに、近所で不審火が三件起きている。これについて、香川広樹は学校を通して所轄警察署から事情を聞かれているんです」

目撃者の証言があったんですよ、と言う。

「彼は自分は関係ないと言い、明確な物証もなくて、結局はうやむやになりましたが」

昴氏の眉間に、うっすらと皺が寄る。

「さらに家庭内暴力もあった。対象は親ではなく、妹です。こっちの方は広樹が小学校の高学年から始まっていて、母親が何度も児童相談所を訪ねていた」

言って、ふうっと息を吐いた。

「こっちの関係の調査には、せっかく杉村さんに褒めていただいたうちの有能な調査員も手を焼いているんです。少年に関わる問題ですから、公的な書類には手が届きませんし、直接の関係者の口も固い。なかなか正確な詳細がつかめません」

それは無理もないし、またそうでなくてはいけない。

「当時のマスコミにしても、怪しい怪しいと騒いではいますが、いわば空騒ぎです。もちろん、彼の名前は公表していません。インターネットも黎明期《れいめいき》ですから、今みたいに、少年事件の関係者の顔写真やプロフィールがあっというまにオープンにされてしまうということはなかった」

だから手間がかかるんですよ、と言う。

私はふと思い出した。「まだ写真週刊誌があったころですよね?」

「ええ。僕は知らないんですけど、『フォーカス』でしたっけ?」

こうして話していると忘れそうだが、この坊ちゃんは大学出たての若者なのだ。

「それでもまあ、そのころ流布していた情報をかき集めますとね、香川広樹の母親は彼の教育に悩んでいた。いわゆるママ友に相談していたくらいです」

——広樹は、何でも自分の思うようにならないとすぐ癇癪《かんしゃく》を起こして、手に負えないの。妹にも邪険だし、ヤキモチばかり焼いて、ちっとも可愛がろうとしない。

「妹はしばしば怪我《けが》をしていたし、夜中に泣きながら救急車で搬送されていったこともある。付き添いの母親も真っ青になって泣いていたそうで——杉村さん？」

「は？」

「水をあげましょうか」

「すみません、いただきます。あ、いえ自分でやります」

グラスを借りて、水道の蛇口をひねり、冷たい水を飲んだ。昴氏は私を見つめていた。

「心穏やかに聞ける話じゃないのは、百も承知です」と言った。

「——火災で妻と娘を失ったとき、父親も息子を疑っていたんですか」

「レポーターに囲まれて、それらしき発言をしている映像が残っています。警察の捜査ではっきりさせてもらいたい、と。息子にかかっているあらぬ疑いを晴らしてほしいと言っているようにも聞こえますし、息子を捕まえてくれと言っているようにも聞こえる。どちらかというと後者の印象が強いし、悲劇にうちひしがれているだけでなく、息子のことを恐れているような話しぶりですよ」

私は別のグラスに水を満たし、昴氏に手渡した。彼はひと息に半分ほど飲んだ。

「でも結局、二人も死んだこの火災も、事件か事故かということさえ判明しなかった」

では、その後の香川父子はどうなったのか。

「父親はすぐ見つかったんですよ」

昴氏の口調は落ち着いたままだ。

「現住所を突き止めて、うちの調査員が会いに行きました。ところが、ほとんど話にならなかった」

――広樹のことは、私も知りません。

「香川広樹は、中学は何とか卒業したものの、高校には進まなかった。今で言う引きこもりの状態に近くて、ずっと父親が養っていたんだそうですが」

――あいつが十八になったとき、もうこれ以上は面倒をみないと言い渡して、親子の縁を切りました。それっきり、どこでどうしているのか知りません。あいつも私の居場所を知らないはずです。

「別れるとき、財産分けのつもりでまとまった預金をやったそうです。親子の手切れ金」

言って、昴氏は面白くもなさそうに短く笑った。

「家庭を作っては壊し、作っては壊ししてきたうちの親父だって、そこまでドライなことはやりません」

普通、親子の縁は金では切れない。

「父親は再婚していて、子供もいました。今でも広樹を恐れているようだった」

恐れているから、普通の親子ならやらないやり方で縁を切った。普通の親子ならやらないやり方で縁を切ってしまったから、恐れていた。どちらだろう。鶏が先か卵が先か。

「今度の駆け落ちがあるまでは、息子さんは良き夫であり良き店主であり、地域にも溶け込んでいたんだと説明しても、そんなのは外面だけだと言い張って」

――あいつも大人になって、仮面をかぶるのがうまくなっただけでしょうよ。

「うちの調査員がせっかく持参していった写真を、見ようともしなかったそうですよ」

「広樹さんの写真ですか?」

昴氏はうなずいた。「僕が中村さんに頼んで手に入れたんです。去年の夏祭りのときの町内会の集合写真で、端っこの方に小さく写っているだけですが」

三十歳を過ぎて、息子はどんな大人に成長しているのか。地域の夏祭りの写真に、どんな笑顔で写っているのか。それを見ようともしない父親の心情は、いい方向にも悪い方向にも理解できない。一日の仕事の上に話の重みが加わって、私は疲れてきた。

「今のところ、一人になった香川広樹が、その後どのように暮らしていたのかわかりません。ただ、巻田典子と結婚する前の住所はわかりました」

私は「はあ」と言った。

昴氏は、今度は私を励ますように笑った。

「そんな気のない声を出さないでくださいよ。そこは、彼女が短大生時代から住んでいたアパートでした。典子が二〇一号室、広樹が二〇五号室」

思わずぽかんと口を開けてしまった。

「ああ、じゃあ——」

「そこが接点だったんですね。管理人が、二人が仲よさそうにしている様子を何度か見かけていて、覚えていた。幸い、この人は写真も確認してくれました」

やっと、私が知っている巻田広樹氏が現れたような気がした。深く息をして、両手で顔をこすった。

「あの広樹さんがそんな少年だったなんて、とうてい信じられません」

人は外見では判断できない、という。それにしても信じがたい。

だが、人は成長すると変わる、とも言うではないか。特に少年は可塑性があると。

「確かに昔は問題児だったんでしょう。でも、成長して落ち着いた。さらに典子さんの存在を得て、もっといい方に変化したんだ。きっとそうですよ」

父親に切り捨てられて天涯孤独になったことは、他人から見れば不幸だ。だが彼の身になってみれば、それは過去からの解放でもある。母親と妹が死んだ火災は、本当に失火だった可能性もあるのに、彼はずっと父親に疑われ続けていた。彼だって傷ついていただろうに、その傷はケアされず、むしろ疑われることで傷つけられ続けていたという見方だってできるのだ。

一人になり、香川広樹は自由になった。そして好ましい女性に出会い、彼女と恋に落ちて生まれ変わった。そう考えないことには、昴氏の調査員が調べあげた〈香川広樹〉と、私が知っている〈巻田広樹〉の肖像は、どうやっても重なり合わない。

「典子さんと巡り会って、恋愛して、結婚して巻田の家に入って、家族をつくった。傍目《はため》にも仲良しの夫婦で、幸せそうでした」

そこまで言って、私は口をつぐんだ。

そうか――と思った。

昴氏は、ひたと私を見据えた。

「だからこそ、彼は知られたくなかったはずだと思いませんか」

自分の過去に淀《よど》んでいる疑惑を。

だから、巻田広樹は自分の写真を〈伊織〉のサイトに載せなかったのだ。万に一つ、彼の顔を覚えている誰かが目にするかもしれないから。夏祭りの集合写真でさえも、目立たないように端っこにいた。

「でも、巻田典子はこのことを知っていた」

昴氏も、疲れてきたのか声の調子が落ちてきた。

「知っていて、彼を庇《かば》って隠そうとしていた。彼女の行動ぶりをみると、そう思えます」

先回りして、私は言った。「東京で就職して、両親の店を手伝うとか継ぐなんてことは考えてなかったようなのに、二年ぐらいで急に思い立ったように会社を辞めて、実家に帰った。つまり東京から離れた。それまでは、香川広樹を周囲の人たちに紹介していない。彼と結婚する予定であることもアナウンスせず、いざ結婚すると、巻田の姓を名乗るようにした」

そうすれば、〈香川広樹〉は存在しなくなるからだ。

昴氏は微笑した。「やっぱり杉村さんは事件慣れしていますね」

褒められたことになるのかどうか、微妙だ。

「僕は、彼女との仲が深まってきた段階で、香川広樹の方から打ち明けたんだろうと思うんです」

アパートの管理人の目にさえ、仲よさそうに見えた二人だ。結婚を意識するようになっても不思議はない。となると、双方の親に紹介する云々《うんぬん》の話も出てくるだろう。

「嘘をついてごまかさず、事実を打ち明ける。〈伊織〉の広樹さんならそうするだろうと、私も思います」

「ふむ」と、昴氏は鼻声を出した。「僕は当人を知らないので、何とも言えません。ただ、さっき説明しましたよね。結婚の前年の九月に、巻田典子は会社を病欠していた」

げっそり窶《やつ》れていたという。

「その原因がそれだったんじゃないのかな、と思うんですよ」

そうか。私は大きくうなずいた。「典子さんは、ショックを受けて悩んでいたんだ」

「ありそうでしょう?」

昴氏は頬杖をやめて半身を起こした。

「で、そのころ――井上喬美もまたその事実を知ったんじゃないか」と言った。「なにしろ、巻田典子と姉妹のように仲がよかったんだから」

彼女から相談されても不思議はない。そして秘密を共有することになっても。

「寝れるほどに悩んだけれど、結局は香川広樹と別れなかった。むしろ広樹を苛《さいな》む過去の疑惑から彼を守る決意をして、結婚した。井上喬美も、二人の新しい人生のスタートを祝福した」

それから九年。巻田夫妻の店は繁盛し、一方の井上喬美はリストラにあって、三十路《みそじ》を目前に職を失った。

ちゃんとした資格をとって再就職したい。そのために勉強する。彼女は学費をほしがっていた。

無謀な夢を抱くなと心配する母親に、楽観的なことを言っていた。

――大丈夫よ。

「必要な金を得るために、九年前に守ってあげた秘密が使える。井上喬美がそう考えて行動を起こしたと仮定すると、ここまで挙げてきた不可解な点と点が結びつきませんか」

昴氏の問いかけに、私は黙っていた。

「女性のすることだから、恐喝という物騒な言葉は似合わない。現に巻田広樹の腕にぶら下がって歩いていたんだし、おねだりと言った方がいいかな」

中身は同じだ。

「そういうことは、一度では終わりません」

昴氏は断言した。

「ねだる方は必ず、これっきりだと言いますよ。でも、一度でも他人から楽に金をたかり取る味を覚えてしまうと、クセになる」

人間は弱いから、と言う。

「それも、〈オフィス蛎殻〉での経験からおっしゃっているんですか」

「ええ、そうです」

迷いのない返答だった。

「ついでに言うと、僕よりはるかに経験豊富なうちの有能な調査員も、同意見です」

「ねだられる方も弱いものでしょうか」と、私は言った。「これは一度じゃ済まないと、恐怖を覚えるほどに」

「杉村さんがその立場だったらどうです?」

——今回だけだから。あとはもう永遠に秘密にしておくから。

ゆすり屋の言うことを信じられるか。

できない。これは信じる信じないの問題ではなく、恐怖の問題だからだ。

「十四歳の香川広樹にまとわりついていたのは、あくまでも疑惑です。でも、出来事の内容が内容だ。放火殺人です。万引きや喧嘩沙汰とはレベルが違う」

昴氏は険しい顔つきになっている。

「地元の人気店〈伊織〉の評判を傷つけるには、疑惑で充分でしょう」

ティーンエイジャーのころ自宅に放火し、母親と妹を殺害した疑惑のある男が、その手で蕎麦を打ち、ほうとうを煮ています。あなた、食べたいですか?

「ゆする方は、パソコンでちょっと文章を書いて、クリック一発でいい。パッと拡散する。楽なもんです」

やられる方は逃げ場がない。これまで築き上げてきたものが台無しになる。

巻田夫妻の恐怖。それが動機だ。

「——両者のあいだに金の動きがあったとわかっているんですか」

「まだ調査中です。金融機関も手強いのでね。どのみち、現金払いでしょうが」

私は手で額を押さえた。

巻田夫妻には、彼女に消えてもらいたい動機があった。裏切られたという怒りもあって不思議はない。

喬美を殺害し、遺体を隠してしまおう。不倫の挙げ句の駆け落ちに擬装することで彼女の母親を煙に巻いてしまえば、もう安心だ。

計画としては上出来だった。現に、井上喬美の母親の訴えに、警察は耳を貸さなかった。母親がそこで諦めていたら、〈オフィス蛎殻〉にたどりつかなかったら、それで終わってしまっただろう。

「うちの調査員に、〈まきた〉を張らせているんです」と、昴氏は言った。「この推測が的を射ているのなら、巻田典子は必ず夫と連絡をとり合っているはずだ」

巻田広樹は、彼女を捨てて出ていったのではないのだから。

「ですから、最初に杉村さんがおっしゃったように、何年か経ってほとぼりが冷めたら、巻田広樹はひょっこり妻のもとに戻ってくる計画なのかもしれません。典子がそっと〈まきた〉を出て、他所の土地へ行き、また広樹と暮らすことだってできる」

巻田広樹と典子が警戒するべきは、わたしの娘はどこでどうしているのか、幸せに暮らしているのだろうかと孤独に案じ続ける、井上喬美の母親だけだ。

「それは考えが甘いというものです」

冷ややかに、昴氏は言い切った。

今多コンツェルンの〈あおぞら〉編集部時代、私の上司は女性編集長で、なかなか個性的な人だった。同僚の編集者たちが、しばしば事件に遭遇する私を気の毒がってくれるなかで、彼女はこう言ったものだ。

——杉村さんは、事件を引き寄せる体質なのよ。

故郷に帰り、〈なつめ市場〉のチーフになっても、私のその呪われた体質は変わっていないらしい。

「お話はわかりました。それで、私にどうしろというんですか。典子さんを見舞って、今の推論を述べろと？」

昴氏はたちまち冷淡な無表情に戻った。

「冗談にしても面白くない発言ですね」

ちょっと彼女をつついてみてください、と言った。

「杉村さんが大きな事件に巻き込まれた経験があることは、町のみんなが知っています。彼女も知っている。あなたは事件に慣れているし、警察に慣れているし、何より東京での暮らしが長かった人だ。鍵もかけずに出かけて平気なこの町の人たちとは、犯罪に対する感覚が違う」

確かに私が結婚する前は、実家も姉の家も、外出するとき玄関に鍵などかけなかった。が、今は姉の家ではかけている。桑田町でも時代は変わっている——なんて言っても、今は時間の無駄だろう。

「そのあなたが、彼女を慰めるついでに、広樹さんの不倫と駆け落ちは何となくおかしいような気もするんですよね、というようなことをぼそぼそ呟いてくれれば——」

巻田典子はきっと驚き、不安を覚える。それで彼女が動いてくれれば、突破口が開ける。

「うちの調査員じゃ駄目なんです。かえって警戒させることになってしまうから」

私は深くため息をついた。

思い出していた。巻田典子が玄関のドアを開けたとき、つと鼻先に匂った塩素の臭気を。

死体はすぐには臭わない。だが血は臭う。吐瀉物《としゃぶつ》も臭う。人の死はきれいなものではないからだ。

巻田夫妻の殺風景な家の裏手は墓地になっていた。丘を下る斜面に墓石が並んでいた。

死体を隠すには、墓地は格好の場所だ。以前に巻き込まれた事件で、私はまさにそういうケースに遭遇した経験がある。

私は言った。「あの家で典子さんと会ったとき、殺菌消毒用の塩素の匂いがしたんです。かすかでしたが、夏のプールの匂いだから間違いありません」

その意味するところを、昴氏はすぐ察したようだ。目つきが鋭くなった。

「掃除したんですね。じゃ、自宅が現場なんだな」

いけない。我々が突っ走ってどうする。

「ちょっと待ってください。少し頭を冷やしましょう。すべて推測に過ぎないんだ」

「ええ、これは推測と仮説ですよ。だからこそ、当たっているかどうか確かめたいと思いませんか。それ以上に、井上喬美の母親が気の毒だとは思いませんか」

こういう台詞に、私は弱い。

無料《ただ》ほど高いものはないというのは真実だ。旨い夕飯をご馳走《ちそう》になった代価がこれだ。

「典子さんに会うだけでいいんですね」

「ええ、お見舞いに行くだけです」

皮肉のつもりで、私は言った。「あの家の裏の墓所を掘り返せというご要望ではなくて、ホッとしました」

「バスジャック事件にからんで、それに近いことをやったくせに」

本当に全部知られている。もう、ため息も出ない。

「いつ〈まきた〉に行けばいいんですか」

蛎殻昴氏は、僕だってこんな顔もできるんですよというように、にこりと笑った。

「杉村さんの都合は？」

5

私の都合など気にする必要はなかった。翌朝〈市場〉へ出勤すると、中村店長に呼ばれて、すぐこう言われたからだ。

「〈まきた〉は月曜日が定休なんだ。お見舞いに持って行くものは、俺が揃えとく」

店長と蛎殻さんの坊ちゃんは、私が思っていた以上にツーカーの仲であるらしい。

「先方にも、うちの杉村がお伺いしますって電話しておくよ」

「わかりました」

そう言うしかないではないか。

「蛎殻さんの坊ちゃんは、三郎さんを気に入ったらしいよ。パエリア、ご馳走になったんだって？」

「はい」

「あれはおふくろさんからの直伝。坊ちゃんのおふくろさんは料理研究家なんだ」

あとでちょこっと検索してみたら、何冊も料理本を出している人だった。

という次第で、八月三十一日の月曜日、私は義兄の窪田氏のセダンを借りて、甲斐市までドライブした。朝の天気予報では、日中の最高気温は三十四度。じっとしていても汗が出てくる。

〈まきた〉は町なかの小さな店で、二階家の一階部分が店舗になっていた。〈本日定休日〉の札がさがっていたが、戸口は開けてあり、簾《すだれ》を下げて風を通していた。

店内で、典子さんの母・巻田明子《あきこ》さんと対面した。

「中村さんから丁寧なお電話をいただきました。わざわざありがとうございます」

典子さんを二十年分ほど老けさせて、身体をふたまわりふくよかにさせた感じの婦人である。

「主人はちょっと出ておりますので、わたしだけで失礼いたします」

「こちらこそお邪魔いたします」

「あなた様が杉村さんですか」

言って、しげしげと私の顔を見ると、あらためて身を折り、深々と頭を下げた。

「その節は、典子がたいへんお世話になりました。何とお礼を申し上げていいか――」

そこで言葉に詰まった。

事の真相がどうであれ、娘を想《おも》う母の心痛は察するに余りある。ここに来た目的が目的だから、私は後ろめたくなってきた。

「あの場では、誰でも同じことをしたと思います。どうぞお顔をあげてください」

中村店長は、地鶏の卵や新鮮な鶏肉、片手では持ちきれないほど見事な房の巨峰、みずみずしい梨、有機栽培の高リコピントマトなどをどっさり持たせてくれた。

「まず、これをしまいましょう。お手伝いします」

片付けを終え、絣《かすり》の座布団を載せた木の椅子に落ち着く。テーブルの上には冷えた麦茶のグラスがある。

「実は――」

うち沈んだ表情のまま、〈まきた〉の巻田夫人は切り出した。

「娘は、先週の水曜日から入院しております。その方がいいと、担当のお医者様に勧めていただきまして」

「やはり、お加減が悪いのですか」

「はい。悪阻《つわり》はないのですが、まだ気持ちが立ち直らないようで、まったく食欲がありませんで――」

私は絶句した。

つ、わ、り？

「おなかの子供の成長に障りますから、主人もわたしも心配しておりました。入院できて、とりあえずほっとしているんです」

私の背中を冷汗が一筋流れ落ちた。

「――おめでたなんですね」

「五ヵ月目に入ったところです。普通ならもう安定期でひと安心なんですが、娘の場合は事情が事情ですから」

巻田夫人は身を縮め、私に頭を下げた。

「今朝、本人にも電話してみたのですが、面会は無理なようです。本当に申し訳ございません」

「とんでもありません。どうぞお大事にして差し上げてください」

気がつくと、私は顔いっぱいに汗をかいていた。慌ててハンカチで拭った。

巻田夫人はぽつぽつと語ってくれた。

「娘夫婦は、自分たちの店が軌道に乗って、しっかりやっていける自信がつくまでは子供をつくらないと申していました」

――ごめんね、孫は待っててね。

「ですが、もうそろそろいいんじゃないかと、主人もわたしも最近は期待していたんです」

「〈伊織〉は繁盛していましたよね」

「皆様のお力添えのおかげです」と、巻田夫人は言った。「それで――妊娠したと、娘がわたしどもに電話してきたのは、五月の末のことでした」

――お待たせしました。やっと孫の顔を見せてあげられるわよ！

「大喜びしていましてね。本人もわたしどもも里帰り出産のつもりでしたから、すぐこちらの産婦人科にかかる手配をしたんです」

「そう――でしたか」

典子さんが〈なつめ市場〉へ立ち寄ったときや、〈伊織〉で立ち働く様子には、普段と変わったところはなかったように思う。

「まったくお祭ししていませんでした」

「悪阻がありませんでしたからね。わたしもそうでしたから、娘は笑っていました」

――わたし、お母さんのいいところに似たのね。

「婿も――広樹も喜んでいるとばかり思っていました」

巻田夫人は肩を落とす。うつむいて顔に陰ができると、頬がこけているのがいっそう目立った。

「それがどうしてこんな羽目になったのか、わたしには見当もつきません。娘に訊いても泣くばかりですし」

私も下を向いた。典子さんの母親に、今のこの表情を見られたくない。

私は――蛎殻さんの坊ちゃんと私が立てている仮説が正しいならば――広樹が典子の妊娠を喜んでいたからこそ、姿を消さねばならなかったのだと思うからだ。

新しい命が産まれてくる。その赤子のためにこそ、父親の暗い過去の疑惑を封印しておかねばならない。その封印をたてにおねだりしてくる井上喬美は、〈伊織〉の巻田夫妻にとっては脅威だった。

私はまた思った。これは恐怖の問題だ。

「今はただ、娘に無事に赤ちゃんを産んでもらいたいと思うだけです」

細くかすれた声で、巻田夫人は言う。

「もしかしたら、広樹が目を覚まして帰ってくることだってあるかもしれない。娘が許すというのなら、よりを戻して二人で子供を育ててほしいとも思います」

お察ししますと、私は言った。

「でも、夫はもうかんかんで」

痛ましいことに、この母親は笑おうとするのだった。

「広樹がのこのこ帰ってきよったら、麺棒でぶちのめしてやると申しています」

今日、典子さんの父親がこの場にいないのは、用事があって出かけたからではなく、こんな不愉快な話題にはもう触れたくないので、わざと席を外したのだろう。

巻田夫人は椅子から立ち上がると、帳場の方へ行って、すぐ戻って来た。一通の封書を手にしている。

「ご覧になってください」

宛名は〈巻田良文《よしふみ》様　明子様〉だ。

「典子がこっちへ帰ってきたあと、主人とわたし宛に、広樹が送ってきたものです」

「拝見してよろしいんでしょうか」

「はい、どうぞ」

汗ばんだ掌《てのひら》をハンカチで拭いてから、私は封書を手に取った。ありふれた白い封筒に、ボールペンで手書きの文字だ。

中身は便せんが二枚。こちらも手書きで、文章は短い。

〈お義父さん　お義母さん
このようなことをしでかして、お詫びの言葉もありません。

典子にも、心から申し訳なく思っています。

でも、自分に嘘をつくことはできません。

僕のような人間に出会ってしまったことを災難と考えて、どうか忘れてください。

生まれてくる子供にも、僕のような父親はいない方がいいのです。

どうぞお元気で。これまで、ありがとうございました〉

日付はない。末尾には〈広樹〉と記してあるだけだ。

二枚目の便せんは白紙だった。封筒の消印は東京都内で、今月六日のものだ。井上喬美の母親に、新宿のネットカフェから三番目のメールが送信されたのと同じ日である。

「これは広樹さんの字に間違いないんでしょうか」

私が文面に目を落としているうちに、巻田夫人は涙ぐんでいた。指先で目元を拭いながら、うなずいた。

「はい。娘夫婦がここに同居しているころには、よく広樹が品書きを書いてくれました。ちょっと独特な、角張った面白い字なんです。これもそうでしょう?」

夫人の言うとおりだった。そういえば、〈伊織〉の品書きも手書きだった。あの文字とも似ているような気がする。

「その封筒に、署名捺印《なついん》した離婚届が同封されておりました」

夫人は赤い目をしばたたいている。

「少々立ち入ったことを伺いますが、広樹さんは、ご両親と養子縁組はしていなかったんですか」

「はい。うちの姓を名乗っていただけです」

「それは彼の申し出で？」

「典子が、自分は跡取り娘だからと。広樹もそれでいいと」

私はうなずいて、麦茶で口を湿した。

「これまで、広樹さんの親族に紹介されたことはおありですか」

巻田夫人の顔に、そのとき初めて、悲しみと怒り以外の表情がかすめた。

「一度もないんです。だから、こんなことになっても捜しようがないんですよ」

その表情がいっそう濃くなる。働き者らしい荒れた手を、ぐいと握りしめた。

「広樹は、高校を出てすぐに家が火事になって、家族はみんな亡くなったんだと言っていました」

実際の香川広樹の身の上とは、少し違う。粉飾されている。

「残った預金や保険金のことで親戚と揉めて、嫌になったから縁を切ってしまったので、自分は一人ぼっちなんです、と」

だから結婚式も挙げなかったのだという。

「広樹の方の香川家には、招く人がいませんものね」

「典子さんも納得しておられましたか」

「気楽でいいと申してました」

——お姑《しゅうとめ》さんで苦労しなくていいもの。

巻田夫人のさっきの表情の意味を、私は理解した。後悔だ。そんな話、鵜呑《うの》みにするべきではなかった。娘が東京から連れ帰ってきたのは、家族を失い寄る辺なく寂しい身の上の青年ではなく、もっと得体の知れない男だったのではないか。なぜ疑ってみなかったのだろう、と。

「本人の言うとおり、あの人、お金は持っていたんです。典子が調理師免許を取るための費用を出していましたから。自分も教習所へ通ってたのに」

「教習所？」

「広樹はこっちで運転免許を取ったんです。東京じゃ必要なかったから、と。でも、こっちでは車がないと困りますからね」

地方都市で暮らすには、マイカーが足代わりだ。私も東京にいたころはペーパードライバーだったが、帰郷したらコンビニに行くのでさえ車を使うようになった。

「免許を取ると、車も自分で買いました」

それが、〈伊織〉で使っていた六人乗りのヴァンだろう。

「主人とわたしが援助したのは、〈伊織〉を借りるときの保証金ぐらいです」

私はしばらく黙っていた。頭のなかには様々な思考が渦巻いていた。

「――だから、お金のことでは迷惑していませんけれども」

巻田夫人の声が細った。

「娘があんなに傷つくくらいなら、結婚詐欺にでも遭った方が、まだましでした」

手で顔を押さえて、呻《うめ》くように言う。

「働き者で優しくて、いい婿でした。典子ともうまくいっているとばかり思ってて――まさか女がいるなんて――」

そして引き攣《つ》るように泣き出した。

慰める言葉もなかった。

「広樹さんはバカだね」

私の報告に、中村店長は嘆いた。

「赤ん坊は天からの授かりものなのに。バカ、バカ、バカの三乗の、筋金入りの大バカ野郎だ」

斜陽荘にはすぐ行くことができなかったので、蛎殻昴氏には電話で報告した。話を聞き終えると、坊ちゃんは言った。

「そんな状態で入院しているとなると、巻田典子は動きがとれませんね」

今日も淡々としている。

「私もそう思います」

「ただ、香川広樹の方から彼女に会いにくる可能性が出てきました。彼女のことも、赤ん坊のことも心配なはずだ」

我々の仮説が正しいならばの話だが。

「うちはいろいろとツテを持ってますが、それでも限界はあって、警察のNシステムは覗けないんです」

歯がゆそうだった。

「だから、現状ではいちばんの手がかりである巻田広樹の車を探すことができません。まあ、車は乗り換えられたらそれまでだし」

言いにくいことを言おうとして、私はつっかえた。「い、井上喬美の、その、い、遺体は」

「ああいうものは、出てくるときはひょっこり出てくるし、出てこないときは出てきません」

どこにどのように遺棄されたか、もしくは隠されているかによる。それぐらいは私にもわかる。

しかし、〈ああいうもの〉という言い方はいかがなものか。

「当分は事態が動くのを待つしかないので、時間がかかりそうだ。杉村さん、ご苦労様でした。報酬はきちんとお支払いします」

そんなことは考えてもみなかった。

「今後も〈市場〉をごひいきにしてくだされば、それで結構です。でも、蛎殻さん」

ちょっと言い淀むと、先を越された。

「あなたを巻き込んだ以上、何かわかったらお知らせしますよ」

「お願いします」

こうして、私は日常に戻った。

ケンタロウがどこでどうしたのか前脚に四針も縫うほどの怪我をして、動物病院帰りの動画を撮って桃子に送ると彼女が泣くほど心配したので慌てて宥《なだ》めるというハプニングがあった。姉と一緒に訪ねたホスピスの父の個室で、あとから来た兄嫁と姉が喧嘩になり、止めに入った私は両者から文句を言われ、担当のケアマネージャーに叱られてみんなで恥をかくというハプニングもあった。それ以外は平穏な日々が過ぎた。

その平穏さのなかで、私はふと、ある思いつきに気を取られることがあった。その思いつきにせっつかれて、一九九〇年の香川家の火災と、当時その家の〈問題のある〉少年について流布していた情報をパソコンで検索し、目を通してみることもあった。

が、しょせんはただの思いつきだ。深く考えるのはやめておいた。

九月半ばでは、桑田町の残暑はまだまだしぶとい。それでも朝晩はぐっとしのぎやすくなったから、開店準備と駐車場の掃除も楽だ。ゴミをまとめて捨て、箒《ほうき》とちりとりを片付けようとしていたら、尻ポケットに突っ込んだスマホに着信があった。蛎殻昴氏からだった。

おはようの挨拶抜きで、いきなり言った。

「杉村さん、すみませんが今日は休んでもらいます」

「は？」

「中村店長の了解は得てありますので、ご心配なく。東京へ行くので、あなたに運転を頼みたいんです」

どきりとした。「何かあったんですね」

「ええ」

蛎殻さんの坊ちゃんは今朝も落ち着き払っている。

「井上喬美が見つかりました」

今度はどきりではなく、ぞくりとした。

「そ、そ、それ、それは」

慌てないでくださいと、昴氏は言った。

「遺体じゃありません。幽霊でもない。生きていて、ぴんぴんしています」

中央自動車道を東へ走るあいだに、昴氏は何度かスマホで調査員とやりとりした。

「山手線の恵比寿駅近くのウィークリーマンションです。井上喬美は、七月三十日の夜からずっとそこに滞在していました」

今もそこで神妙にしている、と言う。

「うちの調査員も一緒にいます。喬美は、自分の母親が警察へ行ったり調査会社を頼んだりしていると聞かされて、びっくり仰天だったようですよ」

私も動転していて、何が何だかよくわからないまま運転を続けていた。

「どうやって見つけたんですか」

「二日前、そのマンションの近くのブティックで、彼女がクレジットカードを使ってくれたんです。そこの店員が、このお客様ならよく近所で見かけると教えてくれたので、それから張り込んでいて」

今朝早く、井上喬美がマンションの前のコンビニへ出かけて行くところをキャッチしたのだという。

「〈オフィス蛎殻〉では、クレジットカードの使用状況を追跡できるんですか？」

「キャッシュカードだと難しいですけどね」

畏《おそ》れ入った。

目的のウィークリーマンションはこぢんまりとした五階建てのビルで、一階にカフェが入っていた。窓際の席で、女性が二人向き合っている。一人は若い女性で、私が写真で見た井上喬美その人だ。すぐわかった。

もう一人は年配の女性。喬美と面差しが似ている。

「彼女の母親です」と、昴氏が言った。「うちの大事な依頼人ですし、娘の口をほぐれやすくするためにも、まず会わせた方がいいと思いました」

蛎殻昴所長の部下は、マンションの前で待機していた。これまで〈調査員〉という一般名詞しか聞いていなかったので、この人が専任だったのか、この件の調査チームの一員に過ぎないのかわからない。が、拍子抜けするほど探偵らしくない人物だった。よれよれのスーツに、いわゆるどた靴。のほほんとした顔つきの中年男性で、髪が薄い。

私に丁寧に挨拶してくれて、昴氏には、

「坊ちゃん、お疲れさまです」

所長とは呼ばないらしい。

「車はここの駐車場に駐《と》められます」

ありがとう、と昴氏は言った。

「では、私はお母さんをオフィスの方にお連れしておきます」

「よろしく」

調査員の男性は先にカフェに入り、すぐに井上喬美の母親を伴って外に出てきた。二人と入れ替わりに、昴氏と私は店内に入った。

〈市場〉に出勤するのに、私はスーツなど着ない。それでも今朝は白いポロシャツにチノパンツでまだよかった。昴氏はノータイで麻のジャケットにジーンズ姿だ。杖はついているが、今日は左膝のサポーターはない。

調査員から話を聞いているのだろう。近づいてゆく我々を見て、井上喬美は椅子から腰を上げかけた。顔が強張っている。

「どうぞ、かけていてください」

昴氏は言って、自分も腰掛けた。〈斜陽荘〉でもそうだったけれど、その程度の日常的な動作には、彼はサポートを必要としない。

店内はがら空きで、他の客はいない。暇そうなウエイトレスにアイスコーヒーを注文し、それが運ばれてくるあいだに、必要な挨拶を手早く済ませた。昴氏は自分のことを「この調査の責任者」と言い、私のことは「スタッフの一人」と紹介した。

井上喬美は、木の葉模様のプリント柄の長袖ブラウスに、ベージュのミニスカートを合わせていた。もう秋の装いだ。

「さて、井上さん」

にこりともしないまま、昴氏は切り出した。

「繰り返しになってご面倒でしょうが、お母さんにお話しになったことを、我々にも説明してください」

蛎殻昴氏は飄々《ひょうひょう》としているが、どことなく人を惹《ひ》きつけるものがある。相手が若い女性ならなおさらだ。井上喬美は緊張しているようには見えたが、怖がってはいなかった。髪の薄い中年のおっさんに代わって、自分よりちょっと年下らしいイケメンが現れたのだから、別の意味でどきどきしているかもしれないが。

「こんな大事《おおごと》になってるなんて、わたし、夢にも思ってなかったんです」

駆け落ちなんて嘘だった、と言う。

「巻田さん——広樹さんに頼まれただけなんですよ。そういうお芝居をするから協力してくれって」

彼とは、七月三十日の午後に新宿駅で落ち合った。

「それで、前から打ち合わせていたとおりにわたしはここに来て——ここの部屋も、彼が契約しておいてくれたんです。まるまる二ヵ月分、料金前払いで」

広樹とはそれで別れた。以来、会っていないという。

多少は恐縮しているが、悪びれてはいない。

「なぜお母さんに連絡しなかったんですか」

「広樹さんが、わたしが作り話をしたってホントらしく聞こえないから、自分がメールを打っておくって」

彼女はここでちらりとベロを出した。

「わたしには、もっともらしい嘘なんかつけないだろうって言ってたわ。それはたぶん、ホントにそう」

確かに、いい意味でも悪い意味でも、込み入った細工はできそうにない感じの女性だ。

「事実、彼はあなたのふりをしてお母さんにメールを打っています」

「ええ、さっき、あの頭の薄いヒトからそう聞きました。でも、うちの母の目はごまかせなかったみたいね」

私はあの有能な調査員が気の毒になってきた。名前ぐらい覚えてやってくれ。

「あなたのスマホは？」

「別れるとき、広樹さんに取り上げられちゃいました」

――悪いけど、これがあると喬美ちゃんはお母さんと連絡がとれちゃうだろ？

「それでも電話ぐらいできたでしょう」

「番号がわからなくて」

昴氏が無表情だからだろう。彼女は助けを求めるように私に目を向けた。

「全部登録してあるから、覚えてないんですよ。そんなもんじゃありません？」

昴氏も私を見る。不承不承、私は同意した。「ええ、たぶん」

井上喬美は場違いなほど上っ調子な声を出して、くねくねした。

「ね、みんなそうですよね〜」

昴氏は苦り切る。「僕はメモぐらいとっておきますが」

私は咳払《せきばら》いをして割り込んだ。「お母さんの勤め先の病院は？　その番号なら調べられたでしょう」

「小さい病院なんですよ。おまけに、噂話が大好きな人がいるの。うっかり連絡して、母が電口で取り乱したりしたら、たちまち変なふうに言いふらされちゃうわ」

口を尖《とが》らせてそう言ってから、喬美は急に殊勝そうな顔つきになった。

「それより何より、わたし、広樹さんと約束しましたから。ちゃんと駆け落ちに見えるように家出する。ノンちゃんが広樹さんを捜しに来るかもしれないから、二ヵ月はわたしもうちに帰らない。そのあいだは、けっして母に連絡しないって」

——二ヵ月も経てば、典子も諦めるよ。そしたら喬美ちゃんは家に帰って、悪い男に騙《だま》されたって、お母さんに謝ればいい。

井上喬美はまだ、巻田典子をノンちゃんと呼ぶのだ。

昴氏が言った。「あなたと巻田典子さんは、昔は同じ会社に勤めていて、親しい友人同士だったんですよね」

彼女はこっくりした。「はい」

「巻田典子さんには短大時代から付き合っている恋人がいた。それが香川広樹です」

今度は黙ってこっくりした。

「その香川広樹に、あまり世間には知られたくない少年時代の疑惑があることも、あなたは知っていた。なぜなら、そのことで悩んだ典子さんが、周囲には隠していても、両親にも言えなくても、親友のあなたにだけは打ち明けたからだ」

蛎殻さんの坊ちゃんの口調に嫌味のスパイスが混じってきた。それを井上喬美も感じとったのだろう。少し首を縮めた。

「——わたし、ノンちゃんと広樹さんの味方ですから」

「味方でした、ですね」と、昴氏は言った。「過去形です」

「でも——」

「今年の三月にリストラにあって、そのあと初めて巻田夫妻を訪ねたのはいつのことですか？ちなみに、七月中旬に、あなたと巻田広樹が甲府駅の近くで腕を組んで歩いているのを、彼の知人が目撃しています」

喬美の頬がうっすらと紅潮した。

「広樹さんは、わたしにとっても懐かしい友達ですから」

そして、また私にＳＯＳを出してきた。

「それって悪いことですか？　友達の頼みを聞いてあげるのは、そんなにいけないことでした？」

私が何か言う前に、昴氏が言った。「問題はそれ以前にあります。あなたが九年ぶりに巻田夫妻に再会したのは、彼らから金をせびり取るためだったんだから」

いきなり急所を突かれたからだろう。喬美は飛び上がらんばかりに驚いた。前置きは抜きに、大声で言い返した。

「お金を借りようと思っただけです！」

店内はがらがら、ウエイトレスも奥に行ってしまって姿が見えない。が、彼女は慌てて自分で自分の口元を押さえ、声を落とした。

「サイトを見たら、〈伊織〉って素敵なお店だったし、お客さんたちの評判もよくて。儲かってるんだなあって。だから——ちょっとぐらいなら融通してもらえると思ったのよ」

インターネットが存在する以前の方が、社会は平和だったのではないか。こういう台詞を聞くと、そう思わざるを得ない。

「融通ですか。ものは言いようですね」

昴氏の口調は、液体窒素並みに冷たい。井上喬美は完全に下を向いてしまった。

「それがいつのことですか」と、私は訊いた。「——六月の初めぐらいだったと思います。お店に電話したら、家の方に来てくれって」

夫妻の側にも、喬美の用件が何か察するものがあったのだろう。

「二人で甲府駅まで迎えに来てくれて、家にお邪魔したんですけど」

びっくりしちゃった、と言う。

「きれいにしてたけど、古い家だったから」

「で、巻田夫妻は、あなたの相談に乗ってくれたんですか」

その言葉の選び方がよかったのか、彼女は顔を上げて私を見た。

「すぐには返事ができないって。うちも見かけほど楽じゃないんだって。だからこんな古い借家で——」

喬美は横目でちらりと昴氏の表情を窺《うかが》い、急いでまたうなだれた。

「それで、帰りはまた甲府駅まで送ってくれたんです。今度は広樹さん一人でした」

その車中で、彼は言ったそうだ。

——これから先は、僕と二人で相談しよう。典子には内緒にしておいた方がいい。

「で、そうしたんですか」

「ええ。わたしも、その方が話が早そうだと思ったから」

「だから、彼とたびたび会うようになったんですね」

意外なことに、井上喬美は強くかぶりを振った。

「違いますよ。うちの母も、さっきの調査員の人もそんなようなこと言ってましたけど、わたしが広樹さんと二人だけで会ったのは、七月のときだけです」

目撃されたときである。

「話がまとまってきたから、細かいことを打ち合わせるために、一度は顔を合わせなくちゃならなくて」

ついでに腕も組んだ。話がまとまったから、懐かしい友人とフレンドリーな気分になったわけか。

「ほかは電話のやりとりだけでした。彼は一人で遠くへ出歩けないし、メールだとノンちゃんに見られるかもしれないでしょ」

「でも、あなたは頻繁に外出していましたよね？」

喬美は子供のように頬をふくらませた。

「看護学校のころの友達に会って、これから勉強し直して資格を取るにはどうしたらいいか、わたしみたいな社会人の場合は学資ローンを組めるのかとか、いろいろ相談したり、調べたりしてたんですよ。学校見学にもちゃんと行ってたのに」

イヤになっちゃう——と、むくれる。

「母も困ったもんだわ。わたし、そんなに信用がなかったのかしら」

彼女がこんな芝居に荷担しなければ、母親だって気を回さなかったろう。この女性にはそれがわからないのだ。

子供っぽい、と思った。二十九歳というより十九歳のようだ。だが、よくも悪くもあまり物事を深く考えないこの気質が、九年前にはノンちゃんと広樹の秘密を守り、九年後には二人を強請《ゆす》ろうと思いつかせた。

「話がまとまってきたから、彼と会って打ち合わせをした――」

蛎殻昴氏が、ゆっくりと確認するように言った。

「どんな話がまとまったんですか」

「だから、駆け落ちの芝居をするって」

「それは要するに、彼が典子さんと別れるということですよね。なぜ別れたかったんだろうか」

話が自分の心理に関わることから逸《そ》れたせいか、喬美はため息をひとつ吐《つ》くと、ストローでアイスコーヒーをかき回して、言った。

「典子と結婚したことを後悔してるんだって言ってました」

――自分にはこんな暮らしは合わない。

「地方のちっちゃい蕎麦屋で一生を終えるなんて嫌になったんですって。東京に戻りたい。でも、ノンちゃんは今の暮らしを気に入ってるし、絶対に離婚してくれないから、家出するしかないんだって」

「だったら、彼一人でさっさと出ていけばいい。手の込んだ芝居なんか必要ないはずだ」

すると、嘲《あざけ》るような目つきになって、井上喬美は昴氏を睨んだ。

「ああいう地方の小さい町の人たちが、他所《よそ》の夫婦が離婚なんかしようもんなら、どれだけ口汚く噂するもんか知らないでしょう」

私は知っている。聞こえないふりをしていたけれど、経験しているから。が、井上喬美はどうだろう。知っているかのような口ぶりだが、おそらくは巻田広樹に吹き込まれただけの受け売りだ。

「夫が愛人をつくって逃げたなら、もっと噂のタネにするんじゃありませんか」

昴氏のもっともな反問にも、彼女は素早く言い返してきた。

「でも、それならノンちゃんのせいにはならないでしょ。広樹さんはバカだ、ひどい男だって、同情されますよ。でも、広樹さんがただ出て行っちゃっただけじゃ、ノンちゃんは旦那に逃げられたことになっちゃう。彼はお婿さんだったから、やっぱり肩身が狭かったのかねえ、嫁さんの尻に敷かれてたのかねえ、とか」

巻田広樹は、典子をそんな目に遭わせたくないと言ったのだという。

「百パーセント、自分に非があるように見せたいんだって」

——だから喬美ちゃん、協力してくれ。

「それで、わたしが広樹さんの言うとおりにしたら百万円くれるって」

もちろん、駆け落ちに見せかけて姿を消している二ヵ月間の生活費や、ウィークリーマンションの家賃は別勘定だ。

昴氏は腕組みをして椅子の背にもたれた。考え込んでいるようにも、ただ呆《あき》れているだけのようにも見える。

私は訊いた。「それにしたって、七月の末から今まで、あなたはここで何をしてたんですか」

彼女は今までいちばん無邪気な顔をした。

「学校に通ってました」

「はあ？」

「わたし自身の今後のこと、広樹さんに相談したんですよ。そしたら、今さら看護学校に入るのは無理だからやめろって言われて」

――それより、医療事務はどうだい？

「国家資格じゃない分、看護師よりは楽だから。病院で働けることは同じだし」

喬美が、母親の仕事にある程度の憧れを抱いていたという推測はあたっていたようだ。

「でも、医療事務の講座っていろいろあるんですけど、ちゃんとしたところは、やっぱり高いんです。五十万円ぐらいかかるのよ。教科書も買わなきゃならないし」

そこで報酬の半金を前払いしてもらい、その費用にあてて、八月初めから通っているのだという。

「週に四日。短期集中講座だし、テストも多いから、勉強だけで忙しかったわ」

昴氏が腕組みを解き、尋ねた。

「その前払いの五十万円では足りなくなったので、クレジットカードを使ったんですか」

「――え？」

「ずっと使っていなかったのに、どうしてまた急に？」

「そんなことまで調べてたの」

井上喬美は、目の前のイケメンにちっとも好感を覚えなくなったらしい。嫌らしいわね、と小声で吐き捨てた。

「広樹さんに、うちに帰るまではキャッシュカードもクレジットカードも使わない方がいいって言われてたんです。それを手がかりに、捜されるかもしれないから」

さすがに、本人のスマホを封印してネットカフェからメールを打つだけのことはある。「でも、そろそろいいかなって思って」

自宅から持ち出してきた衣類では、とうてい足りなかった。それにもう秋物がほしい。彼女はぶつぶつと言い並べた。

「広樹さんは大げさだと思ったし」

いや、慎重だったのだ。メールの件では、それがかえって裏目に出た。が、この共犯者の脇の甘さは、彼も計算外だったろう。

お気楽な調子の話を聞いていて、どんどん気になってきたから、私は質問した。

「今度のことに関わっているあいだに、怖いと思ったことはないんですか」

井上喬美はきょとんとした。

「怖い？」

「あなたは巻田夫妻と——ある時点からは広樹さんを相手に、褒められた形ではない金のやりとりをする交渉をしていたんです。しかも彼にはああいう疑惑があった。怖いとは思いませんでしたか」

「ああ、そういう意味ね」

今までていちばん、真面目に考え込むような表情になった。

「言われてみれば、わたし、怖がらなくちゃいけなかったんでしょうね。でも、広樹さんって優しい人だから」

昔もそうだった、と言う。

「過去の話を聞くまでは、ノンちゃんから奪《と》っちゃおうかなって思ったこともあったくらいよ」

この女性らしい台詞である。

「今回の件では、広樹さん、やっぱりそうとう思い詰めている感じはあったし、今の暮らしから逃げ出したいっていうのは本気なんだなって思いました。でも、だから怖いってことはなかったなあ」

ちょっと肩をすくめて、

「彼のおうちの火事のことは、ただの火事だったんでしょ。広樹さん、要するに不運な人なんですよ。結婚にも失敗しちゃったし」

小憎らしいほどシラッとしている。が、だからこそ正直な感想だとも思える。

昴氏が訊いた。「あなた方に、男女の関係は？」

喬美は吹き出した。「ありませんよ」

そしてすぐ笑いを消すと、呟いた。

「広樹さんは、ノンちゃんが嫌いになったわけじゃないんだと思いますよ。典子には悪いと思ってるって言ってたし。そんなときは、泣きべそかきそうな顔をしてたわ」

それは確かに、怖い男のすることではなさそうだ。

「あなたの方は、二ヵ月経ったら、どんな顔をしてお母さんのもとに帰るつもりだったんですか」

棘《とげ》のあるその問いかけに、井上喬美も戦闘態勢に戻った。

「そんなの、わたしと母のあいだの問題です」

プライバシーだわ、と言った。

「巻田広樹が今どこにいるか、知りませんか」

「知りません」

言葉を強めて、彼女は答えた。

「七月三十日にここに落ち着いて、それっきり会ってないし連絡もとってないんだから」

「嘘をついても、すぐばれますよ」

昴氏は淡々とした口調で脅しをかける。

「ここには防犯カメラがあります。従業員もいます」

「わたしは嘘なんかついてない。広樹さんの居所は知りません。もう会うことはないと思ってたし、彼もそう言ってた」

「でも、報酬の残り半分がまだですよ」と、私は言った。「あと五十万円、どうやって受け取るつもりですか」

「この世には郵便ってものがあるんですよ」

喬美は私のことも嫌いになってきたようだ。歯を剝き出して言った。

「ご存じありません？　ちなみに宅配便ってものもあるんですよ。きっちり十月一日に着くように、うちに、わたし宛に送るって、広樹さんは約束してくれました」

「それを信じるんですか？」

「信じちゃいけない？」

気が立ってきたのか、また声が高くなった。

「わたしは彼の計画に従って、何のトラブルもなくここにいられたんです。学校にも通ってる。だから信じるわ」

意地になっている。彼女の心にも一抹の不安はあるのだ。あるいは後悔が。その証拠に、目が泳いでいる。

「もしかしたら、わたしは煙幕にされただけで、広樹さんにはホントに、どこか他所に愛人がいるのかもしれません。逆に、今ごろすごく後悔して、ノンちゃんのところに帰ってるのかもしれない。でも、そんなのどうでもいい。どっちだって、わたしには関係ないことだもの」

昴氏が口を開き、冷徹に言った。

「巻田広樹は妻のもとに帰ってはいません。そして、あなたの親友だったノンちゃんは妊娠しています」

井上喬美の表情が、止まった。

「――嘘でしょ」

昴氏は答えない。代わりに、私は言った。

「本当です。もう五ヵ月目ですが、体調がよくなくて入院しています」

喬美は両手で口元を押さえた。指先が震えている。

「うそ、ウソ、嘘よ」

小刻みに首を振り始めた。

「そんなこと、広樹さんはひと言も言ってなかった――」

顔から血の気が引いていく。

「わたし、知らなかった。知ってたら絶対に――わたし、知らなかったから――」

昴氏は傍らに立てかけた杖に手を伸ばす。

「正直に話してくださって助かりました。そのお礼に忠告しておきます」

杖にすがって立ち上がり、井上喬美を見おろした。

「すぐここを引き払って、お母さんのもとにお帰りなさい。そしてもう二度と、友人から金をたかり取ろうなどという気は起こさないことです」

彼女をカフェに残して、我々はウィークリーマンションから外に出た。あの有能な（髪の薄い）調査員が、手回しよく昴氏の車を正面に回して待っていた。

「杉村さん」

正面を向いたまま、昴氏は低く言った。

「僕はああいう人間が嫌いです」

それは調査事務所の所長にはふさわしくなく、坊ちゃんにこそぴったりな台詞だった。

6

〈オフィス蛎殻〉が引き受けた案件は、これで終了した。私のお手伝いも終わった。

だが、私の心にはまだ、件《くだん》の思いつきがわだかまっていた。仕事の休憩時間や、姉の家で風呂に浸かっているときや、ホスピスの個室で眠る父の枕頭で一緒にうとうとしかけているときや、ケンタロウの散歩の途中で、それがすうっと動くのを感じた。

どうしたものかと迷いながら、九月の残りを過ごしていった。幸い、十九日の土曜日から二十三日までは秋の連休で、また〈市場〉の稼ぎ時だ。忙しさにまぎれて、考え事からは遠ざかっていられた。

そういえば、〈伊織〉はやはり居抜きで貸しに出されており、新しい借り手は、評判のよかった店名を変えずに、そのまま蕎麦屋を始めた。この連休中にオープンしたのだが、評判はさんざんだった。

翌週の月曜日、二十八日の午後五時過ぎのことだ。坂井副店長からお呼びがかかった。

「蛎殻さんが、杉村さんに配達に来てもらいたいということです」

斜陽荘は彼の担当なのに、気を悪くしてないかなと思ったら、

「店長に聞きました。杉村さん、蛎殻さんのお手伝いをしているそうですね」

私はへどもどし、副店長はニコニコした。

「僕もまたテニスを教えてもらいに伺いますとお伝えください。よろしく」

「はい、わかりました」

「今日はそのまま直帰でかまいませんよ」

これは別段、私が特別扱いしてもらっているのではなく、〈なつめ市場〉にとって蛎殻家が特別なのだろう。

斜陽荘では、昴氏はジャージ姿でリビングにいて、大音量で荘厳なクラシック音楽を聴いていた。

「ロックンロールのルーツはモーツァルトだそうですよ」

私の顔を見ると、そう言った。

「配達ご苦労さまです。また片付けてもらえますか。僕は夕飯《ゆうめし》の支度にかかります」

――は？　いえ、あの」

「今夜七時に、巻田典子から電話がかかってきます」

私は、抱えていた配達用の段ボール箱を落としそうになった。

「本当は会って話したいそうなんですが、彼女はまだ入院中で、外出できません。僕らが雁首《がんくび》を揃えて見舞いに行っても、まず面会できないと思うし」

「典子さんの容態は、そんなによくないんですか」

「だいぶ落ち着いてきたそうです。お腹の赤ちゃんの発育も順調。安心していい」

「それはよかった」

私は缶詰を棚に並べ、パスタの袋を引き出しにしまった。

「ただ、先週の連休中に、井上喬美が母親と二人で来て、病室で大泣きするわ土下座するわの騒ぎを起こしたもんで、主治医と看護師が激怒しましてね。現在、家族以外は面会謝絶なんですよ」

私が取り落としかけたオリーブオイルの小瓶を、昴氏は片手で器用にキャッチした。

「という次第で、電話しか手段がありません。杉村さん、夕飯より先に気付けのコーヒーが要りそうですね」


井上喬美は自宅に帰り、母親と相談して、典子さんに謝りに行ったのだという。

「本当はもっと早く来たかったんだけど、連休にならないと母親が仕事を休めないからと、言い訳していたそうです。本人も気に病んでいたんでしょう。萎《しお》れていたそうだから」

「だったら一人で行けばいいのに」

「怖かったんじゃないですか。あの女性は、中身はまだティーンエイジャーですね」

私も同じように思っていた。

「その騒動が一段落した後、典子さんがうちのオフィスに電話をくれたんです」

――このあいだ、井上喬美さんとお会いしたという調査員の方とお話ししたいんです。

「で、うちのスタッフが僕に連絡してきました。彼女の携帯電話の番号を教えてくれたので、すぐかけ直してみたんですが、詳しいことは杉村さんも一緒に聞くべきだと思ったので、日をあらためさせてもらいました」

「ありがとうございます」

「いいんです。典子さんには少し休んでもらった方がよかったし、僕もまだあなたに付き合ってもらいたいし」

巻き込んだ以上、その行き着くところを知らせるという約束だった。

昴氏は続けた。「典子さんは、井上喬美の言い訳と謝罪を黙って聞いていて」

責めもせず、反論も質問もしなかった。

「喬美ちゃんは悪くない。みんな夫の責任だから、もう気にしないでいい。お金ももらってください、お元気で。それで終わりにしたそうです」

が、それは本当の終わりではない。だから調査員と話したがっているのだろう。

「蛎殻さん」私は言った。「〈巻田典子〉じゃなくて、〈典子さん〉と呼んでますね」

彼の片方の眉毛がぴくりとした。

「〈巻田さん〉じゃ、誰のことかわかりにくいでしょう」

「ん。そうですね」

今夜は和食だった。舞茸と山菜をたっぷり入れた炊き込み飯は、私がレンジのそばにくっついていて、土鍋の火加減をした。

今回も、食事のあいだは事件の話はナシだった。昴氏は、児童書の〈あおぞら書房〉にも、社内報の〈あおぞら〉にも、編集者という仕事にも興味を示し、いろいろ質問してきた。私もかつての仕事のことを思い起こして語るのは楽しかった。

食洗機に食器を入れ、テーブルを拭いた。昴氏が壁の時計に目をやった。午後七時だ。

彼のスマートフォンに着信があった。

「蛎殻です」

昴氏は電話に応じると、こんばんはと挨拶した。

「お電話ありがとうございます。多少、時間がかかるお話になりそうでしたら、いったん切っていただけば、すぐこちらからおかけ直ししますが――」

その必要はないと、相手は言ったらしい。

「そうですか。ではスピーカーにしますので、このままお話しください」

スマホをテーブルの端に立てかけた。我々は向き合って腰掛けた。

か細い女性の声が聞こえてきた。

「――巻田典子です」

昴氏が私にうなずきかける。私は心持ち身を乗り出し、スマホに語りかけた。

「巻田さん、〈なつめ市場〉の杉村です」

え？　という小声が聞こえた。

「すみません。こちらの蛎殻さんと一緒に、恵比寿のウィークリーマンションで井上喬美さんにお会いしたのは私なんです。私はその——多少、東京に土地鑑がありますから」

「手伝ってもらったんです」と、昴氏が言う。「杉村さんは、あなたのこともご主人のことも大変心配していましたし、僕も助かりました」

そうでしたか——と、囁《ささや》くような声。

「杉村さんには、お見舞いにも来ていただきましたよね。母から聞きました」

梨も巨峰もおいしかった、と言った。

「皆さんにご心配とお手間をおかけして、本当に申し訳ありません」

「謝罪していただく必要はありません」

いつものように淡々と、だがいつもより少し柔らかい声音で、昴氏は言った。

「今、ご気分は大丈夫ですか」

「はい。消灯までのんびりしています」

「途中で体調が悪くなったら、かまいませんからすぐナースコールしてください」

「はい」

〈斜陽荘〉のリビングは快適な室温に保たれているのに、私はもう汗を掻《か》いていた。

「あの……それで……」

典子さんの声が、かすかな震えを帯びた。

「喬美ちゃんから調査のことを聞いて……お話ししたいと思いましたのは」

お願いがあるからです、と言った。

「もう夫を捜さないでください。十月一日には、きっと喬美ちゃん宛に五十万円送られてくると思います。夫は、そういう約束を守る人ですから」

でも、もう捜さないでください――

「なぜですか」と、昴氏が穏やかに問うた。

「今度のことは……駆け落ちのお芝居のことですけれど」

「ええ」

「わたしもすべて知っていました。夫とわたしと、二人で考えた筋書きだったんです。喬美ちゃんを利用しようというのは夫の考えでしたけれど、わたしも、それでお金になるなら彼女にとっても悪い話じゃないと思ったんだから、同罪です」

私は昴氏の顔を見た。彼はスマホを見つめている。

「夫とわたしは、離婚を考えていました。でも、そのことでまわりに――特にわたしの両親に心配を――いえ、心配かけてしまうのはわかっていましたけれど」

息が乱れ、少し間が空いた。

「わたしたちが離婚しようって決めた、本当の理由を知られたくなかったんです。だから、にせものの理由をでっち上げる必要がありました」

昴氏が黙っているから、私は訊いた。

「なぜ、離婚を決めたんですか。僕ら、まわりの人間の目には、お二人は本当に仲睦《なかむつ》まじいご夫婦に見えました」

典子さんはかすかに笑った。「それならよかった。皆さんに悟られないように、夫もわたしも苦労しましたから」

私は顔に水をかけられたような気がした。

「――夫は子供をほしがらなかったんです」

言って、すぐ言い直した。

「いいえ、ほしがってはいたんです。店が軌道に乗ったら子供をつくろうって、結婚したばかりのころから話し合っていましたから。でも、いざわたしが妊娠したら、あの人──何だかひどく取り乱してしまって」

怖がるようになりました。

「自分は親になれない、そんな資格はないって言い出したんです」

昴氏がスマホに向かって問いかけた。

「ご主人には、過去に恐ろしい疑惑があるからでしょうか」

答えは一拍遅れた。「はい」

「それはつまり、ご主人がお母さんと妹さんを亡くした火事は、ご主人の責任だったという意味でしょうか。それとも、無実ではあってもそういう疑いをかけられた人間だからだという意味でしょうか」

ゆっくりと、噛《か》んで含めるようにしゃべってはいるが、内容はストレートだ。

私の額から汗が流れ落ちた。昴氏の様子には、まるで変化がない。

「──そういうふうに、筋道立てて説明してはくれませんでした」

そんなことは、おおかたの人間には無理だ。できるのは蛎殻昴ぐらいのものだ。

「でも、そのことで何度も言い合いしているうちに、あの人、真っ青になって叫んだんです」

──俺は人殺しなんだよ！

──人殺しが自分の赤ん坊を抱いちゃいけないだろう？　人殺しに子育てなんかできるもんか。

「わたし……言葉もなくって」

典子さんの声がいったん途切れた。呼吸を整えているような気配がする。

「そのときはもう夜中だったんですけど、夫は家を飛び出していってしまいました。外は真っ暗で」

翌朝、彼女が捜しに行ってみると、

「夫は家の裏の墓地にいて、パジャマ姿のまま膝を抱いて座り込んでいました」

幽霊のように見えました、と言う。

「そのとき、初めて思ったんです。ああ、昨夜《ゆうべ》この人が叫んだことは真実なんだって」

香川広樹は殺人者だったのだ。十四歳のとき、家に火を点けて母親と妹を死なせた。彼が殺したのだ、と。

「赤ん坊は諦めてくれ、中絶してくれと、はっきり言われたこともあります」

典子さんは嫌だと突っぱねた。すると、彼はこう言ったそうだ。

——だったら、俺はもう典子とは一緒にいられない。きっと変になっちゃうから。

——本音を言うと、俺、ずいぶん前から疲れてたんだ。まともな人間じゃないのに、まともなふりをしてなきゃならないのが辛くて、辛くて、たまらなかったんだ。

「わたしは赤ちゃんを産もうと決心していましたし、時間をかけて説得すれば彼の気持ちも変わるんじゃないかと思うときもありましたけれど、正直、怖くなってきて」

——きっと変になっちゃうから。

「夫が怖いなんて、ああ、わたしももう駄目なんだって」

実家に逃げ帰ろうかと思うこともあった、と言う。

「でも、今さらうちの両親に、夫の過去のことは打ち明けられません。ずっと秘密にしてきましたし」

典子さんは声を詰まらせた。

「うちの両親は、夫を気に入っていたんです。実の息子のように思っていました。だって、あの人――本当にいい人だったから」

巻田典子は、固く口を閉じてきたが故に、自ら真実を打ち明けることができなくなっていたのだ。夫と自分を囲い込む高い堰《せき》を築き、それで二人を守っているつもりだったのに、気がつけばその堰はあまりにも頑丈で、内側から壊すことができなくなっていた。

外側から、井上喬美という思わぬ来訪者があるまでは。

「あなたが妊娠していることがわかったのが五月の末、井上喬美さんがあなた方に連絡してきたのが六月の初め」

昴氏はてきぱきと言う。

「となると、あなた方ご夫婦は、人知れず二つの問題を抱えていたことになりますね」

「はい」

「お二人の間では、何度も激しい口論があったでしょうし、眠れない夜もあったはずだ」

ひと呼吸おいて、続けた。

「よく頑張れましたね」

労《いたわ》るように優しい声音だった。

それが通じたのだろう。典子さんの声がまた乱れた。

「――さ、最初のうちは、夫が」

涙声になり、気丈に堪《こら》えようとしている。

「喬美ちゃんのことは自分に任せておけって言ってたんです。適当に、ごまかして、ええと――」

「丸め込む。懐柔する」

「はい、そんなようなことです。それで追っ払うからって。わたしは、赤ちゃんとわたしたちのことで頭がいっぱいでしたし」

「当然ですよ」

「でも、あの、何て言えばいいのかしら」

そして典子さんは急に呼びかけてきた。

「杉村さん、ごめんなさい」

「え?」

「夫もわたしも、お店にいるときは別人格っていうか――平気だったんです。結婚してからずっと、わたしたち、二人だけの秘密を持ってて、まわりの人たちには、いつもどこかしらお芝居をしてました。それが夫婦の絆《きずな》になっていたようなところもあって」

私は黙ってうなずいてしまい、慌てて、

「そうですか」と間抜けな発言をした。

彼女は小さく笑った。

「赤ちゃんのことも、喬美ちゃんのことも、お店にいるあいだは棚上げで、今までと何も変わってないって思えました。お客様はみんなうちの店を好いてくださっていたし、〈市場〉の皆さんも優しかった」

だったら、そのうちの誰かに助けを求めたってよかったじゃないか。

「お店にいるあいだは明るくふるまってることで、わたし、救われていました。夫もきっと、そうだったんだろうと思います。でも、皆さんを騙していて、ごめんなさい」

「謝ることなんかありません」

私の声も震えてしまった。

「秘密を保つというのは、そういうことですからね」と、昴氏が言った。「意図的に他人を騙すのとは違います」

そうでしょうかと、彼女は小声で言った。

キッチンの冷蔵庫から音がした。自動製氷装置が氷を吐き出したのだ。

「わたしは赤ちゃんを産む。夫はわたしと別れて一人になる」

囁くように、典子さんは続ける。

「そう結論を出して、そこからいろいろ計画を始めました。あなたが浮気していて、その相手と逃げちゃったというのなら、みんな納得しやすいんじゃないかって言い出したのはわたしです」

――そうだな。それなら、みんな典子を気の毒がって、大事にしてくれるよな。

「それで、喬美ちゃんを利用しようって。だから彼女は、むしろいいタイミングで来てくれたんです」

恨んでなんかいません、と言った。

「でもあなたは、あんなに憔悴していたじゃないですか」

私はそう言わずにいられなかった。

「広樹さんが家を出て行ったのは、あの前夜のことですか？」

「はい」

「二人で計画したとおりに」

「はい、そうです」

「それから一晩、あなたは一人で泣き明かしていたんでしょう?」

彼女はすぐには答えなかった。また泣いているかもしれない。

「――泣いてばかりはいませんでした」

掃除してたんです、と言った。

「夜中なのに、家じゅう、バカみたいに隅から隅まで掃除していました。洗剤とカビ取り剤をじゃんじゃん使って、あの人の気配を全部消してしまおうと思って」

私が感じた塩素の匂いは、そのせいだったのだ。

「巻田さん」と、昴氏が呼びかけた。

「――はい」

「お話はよくわかりました。今後、我々が巻田広樹さんを捜すことはありません。ご安心ください」

典子さんは黙っている。

「もともと、井上喬美さんを捜すという依頼は終了しているので、もう我々の出番はないんです。ただ、参考のために、あと二、三お尋ねしたいことがあるのですが、ご気分は大丈夫でしょうか」

「大丈夫です」

昴氏はこのうえ何を訊こうというのだろう。

「あなたと広樹さんは、あなたが短大生時代に知り合った。同じアパートの部屋違いに住んでいたんですよね?」

「はい。よくご存じですね」

「当時、彼はどんな仕事をしてましたか」

彼女はちょっと考えた。

「いろいろです。近くのコンビニで働いていましたし、外食チェーン店とか、パチンコ屋さんの店員もしていました」

「そういうタイプの、バイトみたいな仕事を掛け持ちしていたわけですか」

「はい。やっぱり、彼は高校に行ってませんでしたから」

「でも、過去のことを打ち明けられるまでは、不思議に思いませんでしたか」

「さあ……。あのころ、就職がうまくいかない人がけっこういましたからね。わたし自身、短大卒じゃ就職できないかもしれないと思っていましたし」

確かに、若者の就職難は、多少の波はあったにせよ、その当時から始まっていた。

「彼から、十四歳のときの事件を打ち明けられたのは、いつですか」

彼女はすぐ答えた。「会社を辞める前の年です。九月ごろだったと思います。そのころからわたし、二人の将来のことを、何となく話題にするようになってたから」

――俺、典子に話しておかないといけないことがあるんだ。

「だけど自分は無実だって。家に火を点けたりしていない。お母さんと妹を失って、辛くて悲しくて自分も死にたかったって」

彼の言葉を再現する声がかすれる。

「嘘をつくことだってできたでしょうに、隠さずに打ち明けてくれたんです」

「でも、あなたは、やっぱりその話がショックだったんでしょう？　二週間も会社を休んでますよね」

「はい……そうでしたけど」

彼女が驚いている顔が目に浮かぶ。

「調査事務所って、凄《すご》いんですね」

昴氏はマイペースを守る。

「でも結局、あなたは彼と別れなかった。むしろ彼と結婚し、あなたの故郷で、二人で新しい人生を始めようと決断した。そのいちばん大きな理由は何ですか」

一度結婚した経験のある者ならわかるが、これはそう簡単に答えられる質問ではない。

「——広樹さんが好きでしたから」

巻田典子はそう言った。

「好きでしたし、信頼していました。それまでの交際で、この人はいい人だと思えたから、自分は無実だという言葉を信じました。お母さんと妹さんが亡くなった火災は、失火だったんだって。なのに広樹さんは疑われて、ずっと苦しんで、実のお父さんにさえも見捨てられて、一人ぼっちでした」

孤独で寄る辺なく、誰にもその存在を認めてもらえずに生きていた。

「——わたし、心からそう信じていたんです。ずっと信じて暮らしてきました」

つい数ヵ月前に、夫の叫びを聞くまでは。

——俺は人殺しなんだよ！

わかりましたと、昴氏は言った。

「当時、井上喬美さんには、結婚を止められませんでしたか？」

「彼女はそういう人じゃありません」

典子さんは小さく笑った。笑ったように聞こえただけだろう。

「相談したら、ただただビックリしていました。大変だたいへんだって。だからこそ、誰にも言わずに黙っててくれたんです」

九年後に、その秘密を金に換えようと思いつくまでは、だ。

「お伺いしたいことは以上です。長時間ありがとうございました」

目顔で促されたので、私はスマホに顔を近づけた。

「典子さん」

「はい」

「お身体を大事にしてください」

「はい、ありがとうございます」

「お元気になって、もしも気が向いたら、赤ちゃんを抱いて、また〈なつめ市場〉に顔を見せに来てください。みんな喜びます」

「はい、そうさせていただきます」

だが、通話を終えるときにはこう言った。

「いろいろありがとうございました。さようなら」

待機画面に戻ったスマホを見つめて、かなり長いこと、私も昴氏も黙りこくっていた。

「――杉村さん」

私は顔を上げた。

「僕は、彼女に頼まれなくても、巻田広樹を捜すつもりはありませんでした」

眼差しが暗い。〈斜陽荘〉を包む夜の闇のように暗い。

「なぜなら、そんな男は最初《はな》から存在していないからです」

　私の胸の奥でわだかまっていた思いつきが、うごめいて頭をもたげる。

「これを見てください」

　昴氏はスマホを取り上げ、操作した。

「うちの調査員に探させていたんです。これも本当に手間がかかりました」

　また、あの有能な（髪の薄い）調査員が辛抱強く働いたのだろう。

「香川広樹は中学校でも問題児で、探しても友達らしい友達が見つからなかった。彼は学校行事にもほとんど参加していません。修学旅行に行かなかったし、卒業アルバムにも顔写真が載っていない」

　だからこれは入学式の写真だ、と言う。

「十二歳の香川広樹です」

　スマホの画面を、私は見た。

「この顔立ちの少年が、二十年後に、あなたがご存じの〈伊織〉の店主になったように見えますか」

　画面を見つめて、私は首を横に振った。

「そうですよね」と、昴氏は言った。

「その二人は、まったくの別人です」

7

いちにのさんでカードを開けてみれば、昴氏も私も同じことを考えていたのだった。

斜陽荘で、初めて〈伊織〉の広樹さんの過去について聞かされたとき、私はこう思った。父親に絶縁され、一人になった香川広樹は、過去の疑惑からも自由になった。そして巻田典子という女性に出会い、彼女と恋に落ちて生まれ変わった。そう考えないことには、昴氏の調査員が調べあげた〈香川広樹〉と、私が知っている〈巻田広樹〉の肖像は、どうやっても重なり合わない
――と。

そのときは本心からそう思った。それ以外のことはあり得ないと思った。だから、その段階での我々の物騒な推測が外れていてくれるといいと思った。

その後、典子さんが妊娠し、入院していることを知った。彼女の母親の悲嘆を知り、広樹さんが〈まきた〉に送った手紙を見た。自身の身勝手を詫《わ》びる、簡潔だが心のこもった文章を読んだ。

そのころから、少しずつ心が揺れ始めた。

香川家の火災が失火か放火だったかという問題を抜きにしても、当時十四歳だった香川広樹は、母親を悩ませていた。何でも自分の思うとおりにならないと気にいらない。癇癪《かんしゃく》持ちだ。妹を可愛がるどころか、ヤキモチを焼いていじめる――

子供のころにそういうパーソナリティの傾向を持っていた大人を、私はもう一人知っていた。そちらは女性だ。三年前、〈あおぞら〉編集部を混乱させ、私の妻子を刃物で脅す事件を起こした女性である。

当時、その女性の父親から、彼女の少女時代の逸話を聞く機会があった。やはり彼女も癇癪持ちで、いつも怒っていたという。どうやってもその怒りを鎮めることはできなかったという。彼女には兄がいて、仲がよかったが、彼が結婚することになると、兄をとられたくないという嫉妬心から、その披露宴の席上でこれ以上ないほど残酷なやり方でそれをぶち壊し、その結果、兄の花嫁は自殺してしまった。

彼女の両親は誠実だった。親としてありとあらゆる努力をして、問題児の娘と向き合ってきた。だが、それでも彼女は変わらなかった。我々の〈あおぞら〉編集部に来る以前にも数々のトラブルを起こしていたし、最後はとうとう警察沙汰を引き起こしてしまった。

その女性は二十代後半だったが、香川広樹は、巻田典子と出会ったころにはもっと若かったはずだ。しかも彼は、あの女性のようなケアを受けていない。高校進学さえできず、家に引きこもったような状態で、そのまま父親から見捨てられ、一人で世間に放り出されたのだ。

はたして、彼は変われただろうか――

私の心は揺れ続け、この思いつきは胸の奥にわだかまった。そのわだかまりは、井上喬美が発見され、彼女の口から駆け落ちが擬装だったことを聞くと、いっそう濃くなった。

かつて香川広樹だった〈伊織〉の広樹さんは、図々しく金をねだってくる井上喬美を怒りもせず、彼女を利用したにせよ、親切に世話を焼いてやっている。一度も彼女に対して感情を爆発させてはいないし、暴力の片鱗《へんりん》さえ見せていない。

井上喬美は、彼を怖がってなどいなかった。むしろ、彼は優しい人だと言った。昔もそうだった、と。

そこまで変われるものだろうか――

これは、違うベクトルで解釈してみるべき出来事なのではないか。

香川広樹の人が変わったのではなく、〈香川広樹〉という人間が代わっていたのではないのか。東京で巻田典子と出会い、恋に落ちた男は、〈香川広樹〉と名乗っていただけの、別の人物なのではないか。

蛎殻さんの坊ちゃんも、私と同じように考えていた。ただ、彼の出発点は私のような災難の経験ではない。調査員が探して会いにいった香川広樹の父親が、現在の広樹さんの写真を見ようともしなかったことだった。

父親は、今でも彼を恐れているようだった。ならばなおさら、現在の彼がどこでどうやって暮らしていて、どんな顔つきをしているのか、自分の目で確かめたくはならないか。父親が頑なに写真を見ることを拒んだことには、別の理由があるのではないか。

もう、そんな写真など見て確認する必要はないと、父親は知っているのではないか。

そう感じて、頭の隅に引っかかっていたのだという。だから調査員に、少年時代の香川広樹の写真を探させていたのだ。

そして昴氏と私は、巻田典子の告白を聞いた。二人でひっそりと、でも幸せに暮らしてきたのに、彼女が妊娠すると、広樹さんは怖がり始めた。自分には親になる資格はないと、激しく動揺した、と。

――俺は人殺しなんだよ！

――人殺しが自分の赤ん坊を抱いちゃいけないだろう？　人殺しに子育てなんかできるもんか。典子さんはこの叫びを、十四歳のときの彼が自宅に放火して、母親と妹を死なせてしまったことを指しているのだと解釈していた。

しかし、蛎殻昴氏の見解は違った。

私も、違うはずだと思った。


香川広樹の父親、香川直樹《なおき》は、現在は横浜市内に住んでいる。大手の化学薬品製造会社を勤め上げ、定年退職後は子会社の役員に就任している。

彼は容易につかまらなかった。職場に電話しても、ろくに用件を伝えないうちに切られてしまう。こちらとしても、彼の今の家庭をかき乱したくはなかったから、自宅を直撃するのは避けたかった。

チャンスを窺っているうちに、カレンダーがめくれて十月になった。母親と暮らす井上喬美のもとに、残金の五十万円が送られてくることはなかった。それで彼女が腹を立てることも、もちろんなかった。

私は〈市場〉で働き続け、父の見舞いにも行った。そのときは少し話ができた。そして驚かされた。とろとろとした眠りから覚めて、そばにいる私の顔を見ると、父がこう言ったからだ。

「――三郎、何かあったのか」

顔色が冴《さ》えない、と言う。

「父さんは、今日は顔色がいいね」

父は弱々しく笑った。「俺にはもう、心配事がないからなあ」

「俺だってないよ」

そうか、と父は言った。そしてまた眠ってしまった。

どんなに弱っていても、離れて暮らす年月が長かったとしても、親は親だ。子供のことをよく知っている。その想いが身に染みた。

昴氏から電話をもらったのは、月も半ばにさしかかってからだ。

「十七日の土曜日に、香川氏と会えることになりました」

秩父《ちちぶ》のゴルフ場で開催される、親会社主催のコンペに出場するのだという。

「その後に、短時間ならという条件付きです。杉村さん、秩父まで行けますか」

「店長に相談して、半休をもらいます」

中村店長は、また蛎殻さんの坊ちゃんの運転手をすると言ったら、一も二もなく許可してくれた。

当日は、昴氏も私もノータイだがスーツを着た。彼の杖がいつもとは違っていた。

「一応、服装に合わせてるんですよ」

車中で、ここまでの経緯を教えてくれた。

「いつまでたっても埒《らち》が明かないので、写真を添えた手紙を書いて、先方に事情をすべてぶちまけたんです」

だから、これまでの話を繰り返す必要はない、と言った。

香川氏に指定された場所は、ゴルフ場から二キロほど離れたところにある川魚料理の店だった。母屋のほかにいくつか離れがある造りだ。我々はそのひとつで顔を合わせた。香川氏にも初めての店であるらしかったが、物慣れた様子で仲居と話し、三十分ほど商談があるので、料理はその後にしてくれと言いつけた。

香川氏は恰幅《かっぷく》のいい紳士で、クラブハウスで軽く飲んできたのか、うっすらと赤い顔をしていた。彼の方はゴルフウエア姿だった。

「いただいた写真と文書は処分しました」

切り出しに、そう言った。

「失礼を承知で言いますが、お二方とも、上着とシャツを脱いでもらえますか。録音されていないか確かめたい」

二秒間だけ、昴氏も私も固まった。それから、香川氏の望むとおりにしてみせた。

「これでいかがですか」

「ありがとう」

シャツと上着を身につけると、昴氏は、スーツの内ポケットから二枚の写真を取り出し、香川氏の方に向けてテーブルに並べた。一枚は香川広樹の中学校の入学式の写真から、もう一枚は桑田町の夏祭りの集合写真から、それぞれ当人の顔の部分をトリミングして、同じサイズに引き伸ばしたものである。

「こちらがあなたの息子さん、広樹さんですね」

学生服の男子の写真の端に指を置く。それから、広樹さんの写真に指を移した。

「こちらが誰か、ご存じですか」

二枚の写真に目を落とし、香川氏は下唇を嚙みしめた。その面立ちは、目のあたりが香川広樹と似ている。

「――名前は知りません」

ため息を吐き出し、低い声音で言った。

「会ったのも一度だけです。倅《せがれ》と――広樹と絶縁して、一年ほど後のことでした」

昴氏は毅然《きぜん》と顔を上げているが、私は目を伏せた。

「最初は、広樹の友人だと言って、当時の私の勤め先に電話してきたんです。その話だけじゃ事情がよくわからなかったんだが、広樹のことだったから、私も不安でしてね。会ってみることにした」

きちんとした若者でしたよ、と言う。

「身なりはお粗末でしたがね。それに、私以上に不安そうだった。一見して、広樹のようなタイプではなく、広樹に食いものにされる側の人間だとわかりました」

その若者は、まず何度も香川氏に謝罪したそうだ。

「会ってくれて感謝している、と。私のことは広樹から詳しく聞いたと言っていました」

香川氏は、〈伊織〉の広樹さんの写真に指先を置いた。

「この彼は、本当は広樹より三歳上なんです。だから当時で二十一、二歳ですかね」

となると、実は典子さんより五歳上だったことになる。見た目でもそんな感じがした。

「本人は名乗ろうとしたんですが、私が止めました。知りたくないから言わないでくれ。私はもう、倅の引き起こす問題には一切、ほんの少しでも関わりたくないから、と」

香川氏はまた太いため息をついた。

「要点を言うと、この人は広樹に自分の戸籍を売ったんですよ。正確には、戸籍を取り替えたんです。それで広樹から金を得た。百五十万円だと言ってました」

そこでやっと、正面から我々を見た。

「あなた方はそういうことにも詳しいんでしょう？　その金額は相場ですか」

昴氏が即答した。「戸籍の売買は目を剝くほど珍しいことではないですが、ケースバイケースですね。現在ではネットを介して行われることが多い」

「はあ……今時はなんでもネットなんだね」と、香川氏は呻《うな》るような声を出した。

「とはいえ、そう簡単なことでもありません。戸籍を偽造した場合は話が別ですが、売買や交換の場合は、それだけで別人になりきれるわけではない。パスポートや運転免許証には顔写真がついていますから」

「ああ、顔はとっかえがきかない」

「はい。ですから、売買や交換をする双方がパスポートも免許証も持っていない白紙の状態でしたら、値が高くなります。一方、片方や双方が既にそれらを取得している状態で、偽造や細工が必要だと、値が下がる」

だからケースバイケースなのだ。

私は言った。「広樹さんに成り代わっていた男性は、結婚して〈巻田広樹〉になってから、山梨県で教習所に通って運転免許を取っています。つまり、本物の広樹さんは運転免許を取っていなかったと考えられますが」

香川氏はうなずいた。「そうでしょうね。よしんばその気になったとしても、あいつが教習所に通って、おとなしく教官の言うとおりにできたわけはないですから」

実の子を評しているとは思えないほど、毒気のある口調だった。私の母も裸足で逃げ出しそうだ。

「パスポートも持ってたとは思えませんね。広樹が海外旅行なんて……」

「ちなみに、巻田広樹と巻田典子は現在もパスポートを取得していません」

私はもう、〈オフィス蛎殻〉はどうやってそれを確認したんですか、とは思わない。

香川氏は広樹さんの写真を手に取り、すぐテーブルに戻した。そして言った。

「この人は、広樹とパチンコ店で知り合ったと言っていましたよ。彼はそこの店員で、広樹は毎日のように通っては、じゃぶじゃぶ金を使っていたんだそうです」

目立ったでしょうね、と言った。

「彼にしてみれば、広樹はいわば得意客だ。歳も近いし、何となく親しくなって、そのうちに、広樹の方から自分のことをしゃべったそうです。相手がどんな反応をするか、面白がっているような顔をしていた、と」

あいつにはそんなところがあった——

「温和《おとな》しそうな人間には強く出るんです。学校でもそうでした。相手が先生であってもね。そういう意味では、広樹は怖いほどよく人を見抜くヤツでした」

——自分は、最初は同情しました。

「彼はそう言っていた。バカですよ。それでもう、広樹の手の内です。あとはあいつのペースに巻き込まれる一方だったはずだ」

「戸籍の売買は、どちらが言い出したことなんでしょうか」

「さあ、詳しくは聞きませんでした。ただ当時、彼の——」

と、また〈伊織〉の広樹さんを指さす。

「彼の父親が重い病気だったそうでね。手術代と治療費にまとまった金が要ったんだと話していました」

ならば、彼にとっての百五十万円は、額面以上の大金だったことだろう。

「広樹の方は金を持っていたし」

「親子の縁を切るとき、あなたが分け与えた金を」と、昴氏が言った。

「そうです」

香川氏に、後ろめたそうな様子はない。

「百五十万円で書類上は別の人間になれるんだから、あいつにとってもいい話だったでしょうよ」

「でも、そこはちょっと解せないんです」と、昴氏が言う。「香川さんのお宅の火災は、確かに悲劇的な大事件でした。当座はマスコミにも騒がれた。でも広樹君は十四歳の少年だったんだし、原因が彼の放火だと判明したわけでもない。その後の彼が、〈香川広樹〉という名前に、戸籍を取り替えたいと思うほど縛られる必要があったとは――」

彼を遮り、香川氏が言った。「本人は縛られていたんですよ。身に覚えがあったから」

一ミリの迷いもない断定だ。

「それに広樹には、他人と戸籍を取り替えるということ自体が面白かったんでしょう。自分の家族は自分の手で殺して、解体してしまった。父親には逃げられた。でも、戸籍を取り替えれば、新しい家族を手に入れることができるんだ」

これには、蛎殻さんの坊ちゃんも返す言葉を失っている。

香川氏は〈伊織〉の広樹さんの写真に指を置いたままだ。

「この人には、病気の父親と、その父親の面倒をみている母親と、妹が二人いたんですよ。よりによって妹だ。広樹は、女の子をいじめるのが大好きだったのに」

無言のままの我々の前で、仲居が置いていったお冷やを一口飲むと、香川氏は続けた。

「実際、だからこの人も困って、怯《おび》えて、どうしたらいいか相談したくて、私を訪ねてきたんです。広樹が彼の妹さんたちにつきまとうから」

私は寒気を覚えた。ワイシャツの袖のなかで、腕に鳥肌が浮くのを感じた。

「あなた方も、中学を出た後の広樹の行状までは調べられなかったんじゃありませんか。私でもすべてはつかみきれなかったし、つかんだ限りについては、奔走してもみ消したからね」

「もみ消した？」

昴氏の眼差しが尖った。

「どういう意味ですか」

「どうもこうも、言葉どおりです。あいつは家の近所で若い女の子を狙っていた。どの程度のことを、何件やったかはわかりません。ただ、そのうちの一件では、その場で被害者の写真を撮っていた」

「なぜそれがわかったんですか」

香川氏の語気が荒くなった。

「広樹の部屋で、私がその写真を見つけたからだ！」

凍りつくような沈黙が落ちた。香川氏の鼻息だけが聞こえる。

「だから――私はね、この人に」

〈伊織〉の広樹さんに。

「逃げろと忠告した。妹さんたちはもちろん、ご両親も逃がせとね。そうしないと妹さんたちを広樹から守ることはできないよ、と」

だが、戸籍上は肉親の一員である男から逃げ切ることは、至難の業だ。

「それが無理なら、君が身体を張って広樹を追っ払うしかない。どっちかしか手はないと言ってやりました。そうでないと私のようになる。広樹に、みすみす妻と娘を殺されてしまった私のようにね。彼は私に会いにきたときより、もっと青ざめて帰っていった」

その後どうしたか、どうなったのかは知らないし、知りたくもなかった——と言う。

落ち着きを取り戻そうとしてか、香川氏はひとつ深く呼吸をした。

「だが、おたくからいただいた文書によると、どうやら彼は後者の選択をしたようだ」

身体を張って、香川広樹を追っ払った。その存在を消し去った。

——俺は人殺しなんだよ！

あの叫びの真意はそれだ。香川広樹と戸籍を取り替えた青年が、香川広樹を殺害した。自分の家族を守るために。

そしてその後の人生を、その秘密を背負って生きてきた。やがて彼が恋に落ち、結婚した女性にも、そこまでは告げることができなかった秘密を。

彼一人で、墓の下まで持っていくつもりだったその秘密は、しかし、彼の心を内側から苛《さいな》み続けていた。彼は蝕《むしば》まれていた。彼が愛し、彼を愛していた巻田典子が、彼を守ろうとして二人のまわりに築き上げた頑丈な堰の内側で、彼はだんだん脆《もろ》くなっていた。

だから、自分の血を分けた赤子がこの世に生まれてくると知ったとき、一気に崩壊してしまったのだ。

まともな人間じゃないのに、まともな人間のふりをしていくことはできない。血に汚れたこの手で、赤ん坊を抱くことはできない。

人は幸福を求め、そのために努力する。だが万人にとっての幸福などない。人は楽園を求め、必死で歩み続ける。だが万人にとっての楽園もまた存在しない。

愛し合う男女のあいだでさえ、求めるものが食い違い、すれ違ってゆく。努力は空《むな》しく、幸福は幻影のように消え、歩んでも歩んでも、楽園はいつも彼方だ。

香川氏は言った。

「父親の私がやっておくべきだったことを、この人が代わりにやってくれた。その意味では済まないと思います」

口調は抑揚を欠いているが、心情は伝わってきた。本気で済まないと思っている。悲しんでいる。

「それにしたって、この人は——うちの広樹を、その、消してしまったならば、ね」

すぐ元の自分に戻ればよかったじゃないか。

「私は倅を捜したりしませんよ。そんな心配がないことは、この彼だってわかっていたはずだ。だったら、〈香川広樹〉として後始末せにゃならんことを片付けたら、さっさと本来の自分に戻れたろうに」

「そう簡単にはいかない」と、昴氏が言った。「戸籍の売買は、戸籍謄本の売買ではありませんからね。間違いなく取引が成立した確証を得なければ、買う方は金を払わない。商取引というものは、何でもそうでしょう」

香川氏は眉をひそめる。「じゃ、どうやるんです？」

「先ほども申し上げましたが、このケースのように双方が白紙のシンプルな売買では、買った側が、買い取った身分でパスポートを取得する方法が一般的です」

「一般的、か」

私は思わず口に出してしまったが、昴氏はいつもながらに淡々と続ける。

「パスポートは、顔写真のついた公的な身分証明書ですから」

顔はとっかえがきかない。

「これ以上の確証はありません。運転免許証と違って、書類さえ揃えればすぐ取得できますし」

香川氏は苦々しい顔をしたまま、鼻先だけで笑った。「だけど、海外旅行に行かなきゃ要らないものなんだ。本人が気をつけてりゃ平気でしょう」

「我が国の政府が発行するIDなんですよ。当人にとっても大事なものですが、政府にとっても最重要の個人識別データです」

昴氏は言って、〈伊織〉の広樹さんの写真に目を向けた。

「この人は、生真面目で気の小さい人だ。普通はこういう人をさして、善良な小市民だと言いますよね」

そんな男が、状況に押し流されて殺人にまで手を染めた。

「彼は、自分の店のサイトに顔写真を載せることさえ控えていた。本来の彼の顔を覚えている人物がいるかどうか、そのサイトを見るかどうかもわからない。見たとしても、名前が違えば他人の空似だと思うだけかもしれない。それでも彼は、怖くて写真を載せられなかった。罪悪感があったからです」

そんな男が、自身の嘘と罪を暴く端緒となる可能性のあるものが、社会のなかに公的なデータとして存在していることを承知の上で、元の自分に戻ることなどできたろうか。もしも万にひとつ、十万にひとつの悪い偶然で事が露見したら、守ろうとした彼の本当の家族まで巻き込んでしまうのに。

昴氏は視線を上げ、香川氏の顔を見た。

「最低限、あなたの息子さんがこの人として取得したパスポートが失効するまでは、彼は香川広樹のままでいるしかなかった。僕はそう思います」

そうこうしているうちに、彼は巻田典子に出会ってしまった――

私はふと思った。彼が典子さんに〈香川広樹〉の過去の疑惑を打ち明けたのは、単に正直だったからではなく、それで彼女が自分と別れてくれたらいいと思ったからではないか。典子さんが怖がり、遠ざかってくれたらいい。それなら諦めがつく、と。

だが典子さんは、窶《やつ》れるほどに悩んでも、彼への愛情を失わなかった。だから彼も、

――まともな人間じゃないのに、まともな人間のふりをする。

その道を選ばざるを得なかった。

「広樹らしいな」

眉間の皺を深くして、香川氏は唾を吐くように言った。

「死んだ後もこの人を苦しめていたんだ」

諫《いさ》めるように、昴氏が低く返す。「広樹君はあなたのお子さんですよ」

香川氏は揺るぎもしなかった。充血した赤い目をかっと見開き、昴氏を睨みつけた。

「いいや、あれは化け物でした」

中学校の入学式で、光が眩しいのか、何が嫌なのか、険しく顔をしかめて集合写真に写っている少年。

どんな親でも、親は親だ。子供のことをよく知っている。

あれは化け物でした。

「私だって何もしなかったわけじゃない。本を読んだり、専門家から話を聞いたりしたんです。広樹みたいなのは、ごくごくわずかな確率で、誰のせいでもなしに、どうしようもなく生まれてくるんだそうじゃないですか。サイコパスっていうんでしょう」

「その呼称は、軽々に使っていいものではありません」

蛎殻さんの坊ちゃんが、初めてはっきりと怒りを顔に出した。

「対象が子供ならなおさらです」

「じゃあ、私はどうすりゃよかったんだ？」

拳を丸め、香川氏はテーブルを打った。お冷やのグラスが揺れた。

怒気で目は赤いのに、顔は蒼白《そうはく》だ。

「私としては、もう祈るしかありません。広樹が——とっくの昔に骨になっているだろうからね、もう永遠に見つからないように。そして、そして——」

香川氏は、〈伊織〉の広樹さんの写真に目をやると、本当に祈るように瞑目《めいもく》した。

「この気の毒な男が、自分の親と妹さんたちのもとへ帰って、これからは平和に暮らせるように、とね」


店には申し訳なかったが、我々は飲まず食わずでそこを離れた。

もうとっぷりと夜だ。秩父から山梨県境へ向かう山道は闇に沈み、助手席の昴氏の顔が、サイドウインドウに映る。

彼もまた幽霊のように見えた。巻田典子が見つけたとき、家の裏の墓所で膝を抱えて座り込んでいた彼女の夫がそうであったように。衰弱し、泣きはらした目で私の腕のなかに倒れ込んできたときの彼女自身がそうであったように。

「蛎殻さん」

大丈夫ですかと、私は訊いた。

「たぶん」と、彼は答えた。

夜と山の闇が、我々を車ごと押し包む。

「彼も、もう死んでますね」

独り言のように、昴氏は言った。

「だから、井上喬美に約束の五十万円が届かなかったんだ」

私は何も言いたくなかった。

「彼は自己評価を間違っていたんだ。まともな人間だったんですよ。まともだったからこそ耐え切れなかった」

〈伊織〉の主人だった男。旨い蕎麦を打ち、妻を愛し、山歩きをして写真を撮るのが好きな、温和で優しかった男。

失礼、と言って、昴氏は車載のオーディオシステムのスイッチを入れた。斜陽荘のときとは違い、重量級のロックミュージックが流れてきた。

私はハンドルを取り、昴氏はシートにもたれかかって目を閉じ、車は夜の底をハイビームで切り開いて進んでゆく。大音量のヘヴィメタルを聴くともなく聴いていると、何曲目かで、歌詞のある部分が耳に引っかかった。

〈サンドマンがやってくる〉

だから眠る前に祈りなさいと、我が子に語りかけている。

サンドマン——砂男というのは、ヨーロッパのおとぎ話のなかに登場する魔物だ。子供の目に魔法の砂をふりかけて眠らせ、きれいな夢を見させてくれるというが、子供を闇の世界へ連れ去る子取り鬼《ブギーマン》の一種だという解釈もある。

幼い我が子よ、眠る前に祈りなさい。砂のようにつかみどころのない、怖い魔物がやってくるから。

本当の名前さえわからない不幸な男は、これから生まれてくる赤子にとって、自分こそがサンドマンだと思ったのかもしれない。

〈わたしはこれから眠ります。

神様、どうぞお守りください。

もしも目覚めずに死んだなら、
この魂をその御手《みて》に〉

私はヘヴィメタルに詳しくない。

「これ、なんていう曲ですか」

「メタリカの、『エンター・サンドマン』」

彼のための葬送曲だ、と思った。

私の父は、その月末に逝った。安らかな最期だった。

通夜と葬儀も滞りなく済ませることができた。アクシデントといえば、麻美が泣きながら眠ったせいで中耳炎になったことぐらいだ。

忌引きが明けて〈市場〉に出ると、みんなが慰めてくれた。中村店長は、

「みんなには内緒の、俺の隠れ家へ行こう。そこでがんがん飲もう」

有り難くお誘いを受けたら、行き先は斜陽荘だった。昴氏が腕によりをかけて料理し、ワインを揃えて待っていてくれた。

三人で飲んで、食べた。そのあいだに、昴氏が店長に今回の出来事を一から十まで話して聞かせた。

「俺は何も聞かなかったことにしますよ、坊ちゃん」と、中村店長は言った。「だから、ワインより強い酒を出してよ」

で、本来はワイングラスで飲むような酒ではないグラッパをぐいぐいやって、夜更けには酔いつぶれてソファで寝てしまった。

「杉村さん、浮かない顔をしていますね」

昴氏が言った。彼はアルコール嫌いなのかと思っていたのだが、逆だった。底なしなのだ。だから普段は飲まないのだという。

「またぞろ事件に巻き込まれてしまったからですか」

私はかぶりを振った。「私は、自分の故郷にまで事件を招き寄せてしまうほど呪われているんだと思っているからです」

半分以上、本気でそう言ったのだ。それで気分が沈んでいたのも本当だ。

蛎殻さんの坊ちゃんは笑わなかった。

「今回のことは、杉村さんのせいじゃありませんよ。でも、そう思ってしまう気持ちはわかります━

そして、にっこりした。

「だったら逃げないで、その呪いとやらに立ち向かってみたらどうですか」

驚いて、私は彼を見た。

「うちで働きませんか、とは言いません」

にっこりしても、昴氏はやっぱり落ち着き払っている。

「杉村さんはうちみたいなオフィスの調査員より、フリーで動く私立探偵の方がいいと思います。生活が成り立つように、毎月うちからある程度の仕事を回しますし、サポートもしますから、独立開業したらいい」

私はそうとう酔っ払っていた。〈オフィス蛎殻〉の若き所長は、興味深そうに私を観察していた。

「以前、事件に巻き込まれたときに」

「ええ」

「二人の可愛い女子高生から、杉村さんは探偵になるといいと言われたことがあります」

「その女の子たちと、僕は話が合いそうだ」

私は笑った。「その事件では、本物の私立探偵にも出会いました。元は警察官だった人で、現役のうちに退職して探偵稼業を始めたんです」

珍しいですね、と彼は言った。「元警官の調査員は、うちにもいるけど」

「そうですか。その人は、事件が起きてから後始末をする仕事が嫌になったんだと話していました。それより先に、少しでも事件を食い止めるような働きをしたい、と」

昴氏が、私のグラスにワインを注《つ》いだ。

「いい言葉ですね」

「はい。尊敬できる人でした。もう故人ですが」

リビングには、古いブルースの名曲が流れている。これは中村店長の好みだ。

「――少し考えさせてもらえますか」

昴氏はうなずいた。「どうぞ。僕は今月いっぱいはここにいます」

東京のオフィスにいる彼の姿が、私にはうまく想像できなかった。だからこそ好奇心を刺激された。

中村店長が軽いいびきをかいている。それを横目に、昴氏は苦笑して、

「杉村さん、あなたの後ろの書棚を見てください。懐かしい社用封筒があるでしょう?」

書棚にはさほど本が多くない。〈あおぞら書房〉の淡いブルーの封筒は、すぐ見つかった。

「なかを見てください」

絵本のような造りの薄い本が出てきた。タイトルは『たのしいおりがみ』だ。〈作・みなみよういちろう〉。

「恵比寿で会った、あの髪の薄い調査員の著作です。彼、折り紙マイスターなんですよ」

所長にまでそんなふうに言われるとは気の毒な限りのあの人は、意外な趣味の持ち主だったのだ。

「子供向けの折り紙の本は、それで二作目です。どっちかっていったら南の本業はそっちで、調査員の方が副業なのかな」

「はあ……」

世間は広く、実に様々な人々がいるものだ。

「杉村さんの身辺調査をしたのも、実は南なんです。普通は、そういう対象とあとで顔を合わせることはありませんから、彼も決まり悪かったんでしょう。お詫びにもなりませんが、よろしかったらお嬢さんに差し上げてください、と言付かっていました」

「ありがとうございます」

最初のページには、可愛いアマガエルの折り紙が載っていた。


一人を除いて、私は誰にも相談しなかった。その〈一人〉は、姪の麻美だ。

彼女のお気に入りの喫茶店で、ピザトーストとジャムトーストを挟み、話し合った。

「いいんじゃない？」と、姪は言った。

「おじさんがまた東京に住んでくれれば、あたし、しょっちゅう遊びに行けるもん」

「自己チュウな理由だなあ」

麻美はころころ笑った。

「そう簡単な話じゃないんだよ。だいいち、半年も働かずに辞めるなんて、中村店長にも、〈なつめ市場〉の人たちにも申し訳が立たないよ」

「たかがバイトでしょ？　あの市場が、おじさんが抜けたからって困るわけないよ」

ぐさりときた。

「傷ついた？」

「ちょっとね」

「そういうとこ、意外とナイーブだよね、おじさん」

君は言葉の選び方がナイーブではない。

「あたしさ――何となくだけど、おじさんはそんなに長くこっちにいないだろうと思ってたんだ。いつもどっか心がお留守っていうか、魂の半分は東京に残してあるみたいな感じだったから」

自分では、まったくそんな意識はなかった。

「桃子ちゃんと離れてるから寂しいんだろうなって思ったけど、それだけでもないような気もした」

「自分じゃわからないよ」

「だったらなおさら、戻って確かめてみれば？」

私の姪は、ピザトーストを頬張りながら、果敢なことを言うのだった。

「人生、前へ進まなきゃ。もしも駄目だったら、また帰ってくればいいだけのことじゃん。おじさんがどこへ行こうと、生まれ故郷は逃げやしないもの」

そのころには、あたしも実家にはいないと思うけどね、と言った。

「外の世界で冒険してるから。おじさんは、もう冒険したくないの？」

私は自分で自分に問いかけてみた。

そして、答えを出した。


それからは本当にめまぐるしかった。〈なつめ市場〉を辞め、こちらと東京を行ったり来たりしつつ、事務所兼自宅を探し、〈オフィス蛎殻〉で基礎的な研修（ちゃんとあるのだ、研修が）を受けた。そのあいだに父の納骨もあった。

母は、私の決断を怒らなかった。相変わらずの毒舌ぶりだった。

「あんた、何をやっても辛抱の足りないところがあるからね。どうせそんな羽目になるだろうと思ってたよ」

兄嫁はわかりやすく喜んでいた。彼女の機嫌がいいので、兄も賛成してくれた。

姉と窪田氏はまず驚いた。次に、窪田氏は私を励ましてくれた。姉はケンタロウのことを気にした。愛犬が寂しがるだろうという意味ではない。

「あんたに散歩を頼めて、楽だったのに」

それぞれに私の家族らしい反応で、実のところ私も、これでいいのだと思った。

「名刺には、〈杉村探偵事務所〉って刷りなよね」

これは麻美のアドバイスではなく、命令だった。

「〈調査事務所〉なんて、思い切りがよくなくてカッコ悪いよ。おじさんは私立探偵になるんだから、探偵と名乗りなさい」

だから、私はそうしている。

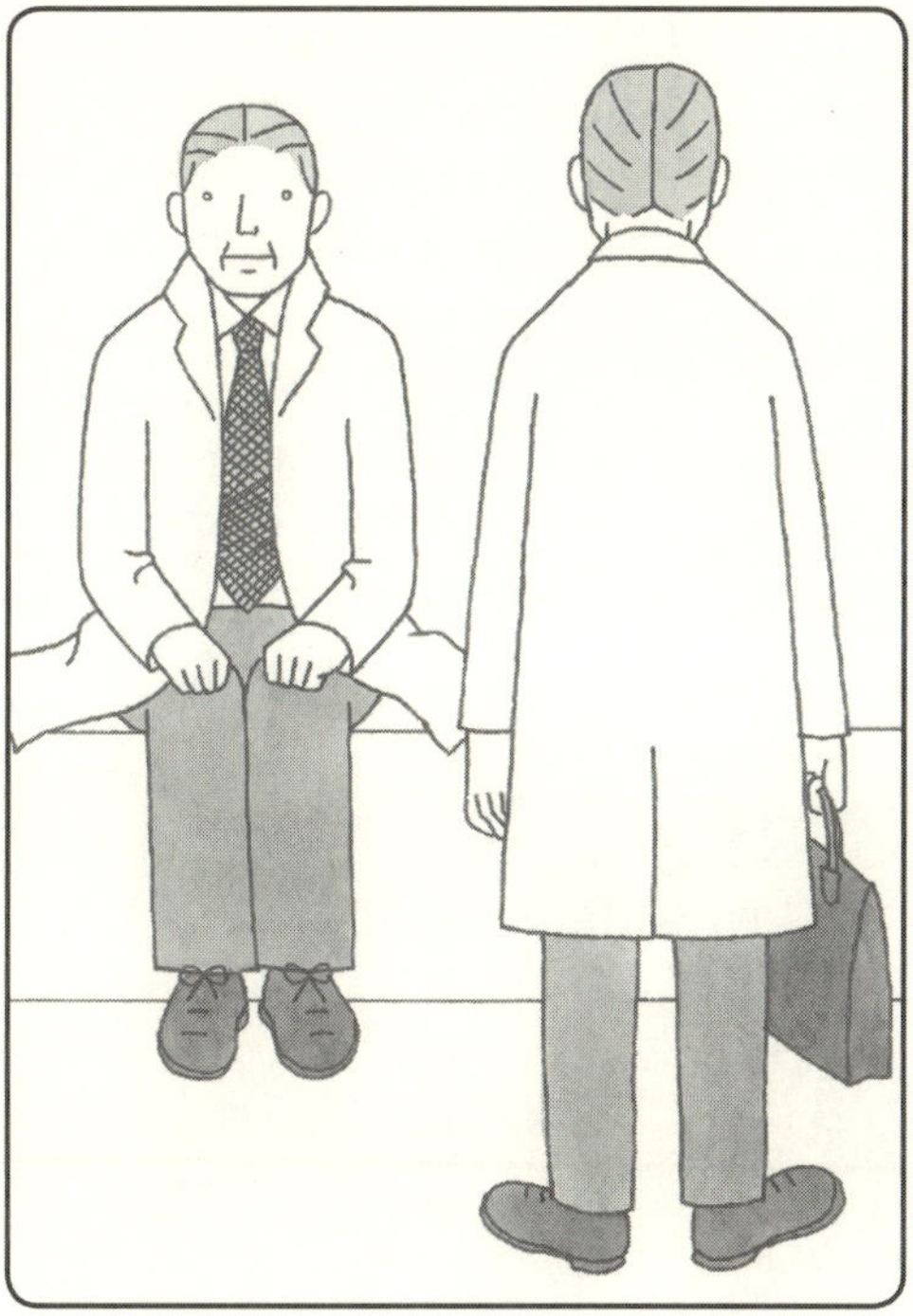

二重身
ドッペルゲンガー

1

「傾いてますよね」と、私は言った。

「うむ、傾いてる」と、諸井社長が言った。

「そうかなあ……」

と呟《つぶや》いた我らが巡回管理人・田上君の引き締まった背中を、竹中夫人が軽く叩《たた》いた。

「あんた、スポーツマンのくせに姿勢が悪いからわからないのよ」

我々四人は、私が竹中家から借り受けて事務所兼自宅にしている古家の前に並んでいた。二〇一一年五月十一日、時刻は午後三時を少し過ぎたところだ。

東日本大震災からちょうど二ヵ月。地震が発生した午後二時四十六分には、ラジオのアナウンスに合わせて、四人で一分間の黙禱《もくとう》を捧《ささ》げた。それから、竹中夫人が言うところの「現状を直視して腹をくくる」協議を始めたのだった。

竹中家は資産家で、多くの不動産を所有している。私が借りている古家は、そのなかでも、木造家屋では最古の物件だ。入居の際には築四十年と言われたが、今回よく確認してみると、正確にはこの四月で築四十三年目に突入するという。賃貸借契約を結んだあと、寛大な大家の許可を得て内装には若干の手を入れさせてもらったが、外観はそのままだったから、誰の目にもそれとわかる古家である。

その古家が傾いている。もちろん、あの日の震度五の揺れが原因だ。

「向かって右側が、全体に手前に引っ張られたような感じで傾いてますよね？」

「家が平行四辺形になっちゃってるのかもしれませんね。けど、それは歪《ゆが》んでるんであって、傾いてるのとは違うと思うなあ」

「どっちだって危ないのは一緒だろうが」

傾斜角度や、三六〇度どの方向に向かって傾いているのか、その傾きが家のどの部分の損壊に由来しているのか、土台よりさらに下の地盤が沈下しているのか、詳しいことは専門の業者に頼んで調査してもらわなくては解《わか》らない。

「大松《だいまつ》設計の先生に頼んでみたんだけどね、今、二十件以上の建物診断の案件を抱えてるんだって。依頼はもっとたくさん来たんだけど、人が集まるところを優先して絞って引き受けて、それでも休日返上でてんてこ舞い。申し訳ないけど、竹中さんのあの古家までは手が回らないって言われちゃったわよ」

竹中夫人は腕組みをすると、ふんと鼻先で息を吐いた。

「だいいち、あの家はもう調べるだけ無駄だって。おまえのような老骨が、あの長い本震と頻発する余震によくぞ耐えてくれた、ありがとうご苦労さんって頭を下げて、取り壊して建て直しなさいってさ。簡単に言ってくれるわよねえ」

「竹中さんのところなら、迷わずに建て替えができるからですよ」と、諸井社長が言う。

「うちだって、家を一軒壊して建て直すのは、けっこうな物入りだわよ」

竹中夫人――竹中松子《まつこ》氏は七十歳。一四三センチの小柄な身体《からだ》に輝くような銀髪を頂き、いつ会ってもきちんと薄化粧をしている。斜向《はすむ》かいのヤナギ薬局の柳夫人の情報に拠《よ》ると、寝間着以外の衣服は全てオーダーメイドであるらしい。

——金持ちだから贅沢《ぜいたく》してるわけじゃないのよ。あの人、吊《つる》しじゃサイズが合わないの。ちっちゃい樽《たる》みたいな体型だから。

言ってから、こう補足した。

——あたしがそう言ったってバラさないでよ。でも、こっちとしては褒めてるつもりなんだけどね。竹中の奥さんはちっちゃくって頑丈な樽よ。中身も上等なものが一杯に詰まってる。何だかわからないけど、上等なものがね。

竹中夫人は、その身長とバランスのとれた小さな足を歩道に踏ん張り、私の顔を仰いだ。「杉村さん、諦めてちょうだい。この家を補修するのは、竹中の家にとってはただの無駄遣いです。かといってこのままであなたに貸しておいて、前途洋々の私立探偵が借家の下敷きになって圧死しちゃいましたってんじゃ、大家は後生が悪くってしょうがない」

金のかかる引っ越しと、一から事務所を構え直さねばならないという現実的な難問に直面して呆然《ぼうぜん》とするより先に、私はついうっかり笑った。前途洋々の私立探偵とは妙だ。

田上君も同じことを思ったらしい。一年じゅう日焼けしている顔をほころばせ、

「はい、杉村さんの未来が、古家に潰されちゃったらもったいないですよね」

「嫌ねえ。二人して何がおかしいのよ」

「そう、笑い事じゃありませんな」

すまし顔の諸井社長も、目は笑っている。

「杉村さんも、もう覚悟はできてるでしょ」

田上君の言葉に、いささか気落ちしながらも、私はうなずいた。

「それしかないね」

震災の以前から、この家が多少の補修では一時しのぎにしかならないほど古びて傷んでいることは感じていた。しばしば根太《ねだ》や柱が軋《きし》む音がしていたし、台所と洗面所の床には、強く踏むとやんわり沈むところが二ヵ所あった。二階の和室の畳は、北側の一枚の角がほんの少しだが浮いていて、平らにならない。階段の蹴込《けこ》みと踏み板のあいだに隙間が空き、手すりは揺さぶるとぐらぐらした。

あの日のあの時刻、私はこの古家の一階の事務所スペースにいて、パソコンに向かっていた。桃子の通っている学校が定期的に発信している保護者向けのメールマガジンを読んでいたのだ。私の娘は別れた妻のもとにいて、妻の父や兄たちの家族とにぎやかに暮らしている。新学期からは小学四年生。六月の誕生日がくれば十歳になる。

最初に揺れを感じたときは、〈新年度の行事〉のスケジュールを見ていた。小学部の児童は四年生になると初めて校外授業でキャンプに行くのか——と思ったところで、揺れがぐん、と大きくなった。

私はまだパソコン椅子に腰掛けていた。五本足の椅子のころが動いて、椅子が左右に滑った。でかいな、と身構えながらも、何か変だと思った。こんなに長々と横揺れする地震なんてあるか。

——まさか、この家が倒壊する？

勘弁してくれよ、と思った次の瞬間、窓ガラスを鳴らし、家全体が胴震いするような大揺れが来た。窓の外を歩いていた背広姿の男性が、おうっと声をあげてしゃがみこむのが見えた。この家の問題じゃない、やっぱり地震だ！　携帯電話をつかみ、私は外へ飛び出した。足にはちゃんとサンダルを突っかけていた。

この古家を借りる話をまとめたとき、諸井社長がけっこう真面目に忠告してくれた。

――私の勘じゃ、この家が確実に耐えられるのは、震度四までだね。それを超えたら外に出なさい。目安は、窓ガラスがばりばり鳴るかどうかだ。

――隣の木工所は小さいけど新しいし、ベタ基礎じゃなくて、摩擦杭《まさつぐい》ってのを打ってから上物を建ててあるから、地震に強いんだ。日ごろから愛想よく付き合っといて、いざというときは避難させてもらうといいよ。

私はその忠告を守っていたので、隣の株式会社尾島《おじま》木工製作所の入口まで行くと、事務机につかまって立っていた尾島社長が手招きしてくれた。

「杉村さん、こっちこっち！」

事務の女性は机の下に隠れており、奥の作業所では作業服を着た男性が頭をかばいながら壁に背中をくっつけていた。

「おたく一人？　お客さんは」

「いません」

私が入ってきた自動ドアは開きっぱなしになっていた（あとで聞いたら、強い地震を感知すると自動的に開固定されるシステムになっているのだそうだ）。電線がゆさゆさ揺れる音にまじって、外から女性の派手な悲鳴が聞こえてきた。斜向かいのヤナギ薬局だ。私がまた外に出ようとすると、尾島社長が肘をつかんで引き止めた。

「収まるまで待ってなさい」

ガラスの鳴動が止み、少しずつ揺れが小さくなってきた。しかし長い。こんなに長い地震を体験したのは生まれて初めてだ。

「まだ揺れてるぞ。何だ、こりゃ」

片手で机につかまり、片手でキャビネットを押さえながら、社長が呻《うな》るように言う。机の下の女性事務員が半分泣き声で言った。

「震源が遠いんですよ。きっと東海大地震ですよう」

社長は奥の作業所に怒鳴った。

「山田《やまだ》、ラジオ点《つ》けろ、ラジオ！」

すぐにNHKのアナウンサーの冷静な声が聞こえてきた。渋谷のスタジオで強い揺れを感じる地震がありました、現在揺れは収まってきていますが、落下物に注意してください、火の元を点検してください――

私は外へ出て通りを渡り、ヤナギ薬局へ飛び込んだ。中は色彩でごったがえしていた。陳列棚の商品が床に落ちて散乱しているのだ。

「柳さん、大丈夫ですか」

「あ、杉村さん！」

カウンターの向こうから、柳夫人と、居合わせた客なのだろう、年配の女性が顔を出した。二人でカウンターの下に入っていたらしい。完全に顔色を失っている。

「これ、関東大地震？」

「わかりません」

違うわよ違うわよと、その年配の女性が柳夫人の袖を引っ張った。

「奥のテレビで、大阪も揺れてるって言ってたから」

薬局の店舗の奥は、すぐ柳家のリビングだ。なるほどテレビが点けてあり、大阪のスタジオから生放送している午後のワイドショーが映っていた。

東京と大阪が同時に揺れる地震。初めて背筋が寒くなった。娘は？　別れた妻は？　かつての義父は？　親兄姉《おやきようだい》たちは？　何とか無事に、今の揺れをやり過ごすことができたろうか。頭のなかがいっぱいになり、膝ががくがくした。

あちこちに連絡を取りながら、ただただ自分を落ち着かせようと、めちゃめちゃになった事務所のなかを土足で歩き回っていたら、尾島社長が防災ヘルメットを貸してくれた。書棚の中身が全てこぼれ落ち、キャビネットの引き出しが開き、台所の食器はほぼ全て割れ、気まぐれに夜店で買ってきたサボテンの鉢も落ちて砕けて、頭上からはときどきパラパラと埃《ほこり》が降ってくる状態だったから、黄色いヘルメットは大いに心強かった。

だが、ほどなくして、私は事務所のなかを片付けることも、室内を歩き回ることもやめた。テレビのニュース画面に釘付けになってしまったからだ。千年に一度と言われる大災害――あの大津波の映像に。

「ああ、潰れちゃいなかったか」

戸口から声がしても、私は振り返りさえしなかった。〈睡蓮〉のマスター、水田大造氏だった。

「よく踏ん張ったね、このボロ家。でも杉村さん、大事なものをかき集めて、あたしンところに避難してきなさいよ。きっと余震もでかいだろうから、ここにいちゃ危ない」

「マスター、余震の心配より、これ、今、大変なことに――」

「なってるね。知ってるよ。だから店から逃げてきたんだ。お客さんはみんなテレビにかじりついてるけど、あたしは見たくない」

見たくない、見られない、絶対に見ないと繰り返しながら、本当に逃げるように、またすぐどこかへ行ってしまった。

マスターは、〈侘助〉のある新築マンションの三階に住まいを借りていた。お言葉に甘えて、私はそこに身を寄せた。以降ずっと、昼間は事務所にいたり、他の場所で活動しても、寝るのはマスターの部屋だった。

私がこの古家に住み続けることができるかどうか。契約を継続できるのか。可及的速やかに、大家の竹中家と、仲介の不動産業者の諸井社長と、賃貸人の私の三者が揃《そろ》って協議しなくてはならないのはわかっていたのだが、三者それぞれに多忙だったり、まわりの状況がそれどころではない時期があったりして、結局、震災から丸二ヵ月が経《た》つ今日まで、こうして集まることができなかった。私が不在のとき、ちょくちょく家の様子を見に来てくれていた田上君は、

「補修するにしろ壊すにしろ、早く手を打ってやらないと、あの家は瀕死《ひんし》の重傷を負ったまんま悲鳴をあげてます」

ひどく気を揉《も》んでいたから、今、竹中夫人がきっぱり引導を渡してくれたことで、いちばん安《あん》堵《ど》しているかもしれない。

「問題は、新しく賃貸物件を建てると、家賃が上がるってことだけども」

諸井社長が、私の方を振り返りながら言う。「杉村さん、頑張れる?」

私は即答した。「無理です」

「正直だわねえ」と、竹中夫人が笑った。

「というか、それ以前に問題がありますよ」田上君が遠慮がちに言い出した。

「社長の前で僕がこんなことを言うのは釈迦《しゃか》に説法ですけど、この古家、バリバリの違法建築ですよね？　このあたりは準工業地域なのに、敷地いっぱいに二階家が建ってる」

一瞬きょとんとしてから、諸井社長は納得した。「おう、そういえばそうだ」

準工業地域に住宅を建てる場合の建坪率《けんぺい》は六〇パーセントである。私もかつて、元妻がマイホームを作るのを傍らで見ていた経験があるので、それくらいは知っている。

「竹中さん、どうやって建築許可申請をとったんですか」

「知らないわよ。うちが建てたんじゃないもの」

これには、社長と田上君が同時に「え？」と驚きの声をあげた。

「竹中さん、この家、まんま買ったものだったんですか」

「そうよ。三十年前にうちが買ったときには、まだきれいだった」

「何でまた？」

「付き合いよ。持ち主に泣いて頼まれちゃったの。ローンで首が回らないって」

ははあ――と、今度は社長も田上君も納得の声をあげた。私も同感だ。竹中夫妻はよろずに面倒見がいい。昔から、この町の（いい意味での）顔役なのだ。

「竹中さんが建てたんじゃないのなら、この傷みようも納得がいくな。ちゃんとした業者が建材を選んでしっかり建てれば、木造住宅だって五十年は保《も》つんだから」

現に法隆寺だって保ってる――と、諸井社長は言った。

「法隆寺は住宅じゃないわよ」

田上君がえへんえへんと咳払《せきばら》いをした。

「ともかく、いったん壊したら同じサイズの住宅は建てられませんよね。いわゆる狭小住宅になっちゃいますよ」

「じゃあ、コインパーキングにするわ。さもなきゃ尾島さんに貸すとか」

隣の尾島木工製作所だ。

「資材置場の賃料が高いって、しょっちゅうぼやいてるからね」

「じゃ、私の方から打診してみましょうか」

「そうね、お願いします」

話がまとまったのは結構だが、私はどうすればいいのだろう。住まいはまだマスターに甘えさせてもらえるとしても、事務所がないのは困る。

諸井社長が、書いたものを読み上げるような口調で言う。「自然災害で物件が損壊してしまった場合は、貸し主も賃借人に対する義務を免じられます」

「わかってます」

立ち退《の》き料や代替物件の提供を期待することはできない。自力で何とかしなくては。

「またうちで仲介するって。場合が場合だから、手数料はちょっと勉強しておくよ」

「でも杉村さん、物入りですねえ」

「だからさ、どうかしら」

竹中夫人が、背伸びして私の顔を覗き込んできた。

「昌子《まさこ》が出ていったから、うちに空き部屋ができたの。田上君はわかるでしょ。いちばん西側の、青木《あおき》さんとこの駐車場に近いところ」

竹中家は、この尾上町内で唯一「お屋敷」と称していいほどの大邸宅だが、凸型の広い敷地のなかに、家族が増えるに連れてどんどん建て増していった家なので、そうとう複雑な構成になっている（この建て増しのたびに必要になる特注の建具の大部分は、尾島木工で作られたものだそうだ）。私も所用があって数回訪ねたことがあるが、ほとんど迷宮のようだった。諸井社長も、行く度に迷うと言っている。

その点、竹中家の所有する物件の巡回管理人であると同時に、竹中家お抱えの便利屋でもある田上君はさすがである。

「ああ、一階西側廊下の先のゾーンですね」

「そうそう」

個人の住宅について話している際、「ゾーン」という言葉を使うのは、普通は不似合いだ。が、竹中家の場合はこれがいちばんわかりやすい。その証拠に、諸井社長もこう言った。

「平屋ゾーンの西側の端の、ミニキッチンがついてるところですね？　六畳と四畳半と、ロフトがありましたっけ」

「あれはロフトじゃないのよ。あそこだけ、西側廊下の上から二階家の方に入り込んでるの。昌子がどうしてもロフトがほしいっていうから、間に合わせに階段をつけて改装したのよ」

田上君が私に言った。「首折れ階段というんですよ。足を滑らせたらアウトです」

「あんたは二度も落っこちたけど、無事だったじゃないの」

「僕は鍛えてますから」

田上君は、スキンヘッドから地続きになっている分厚いうなじを叩いてみせた。確かに、筋肉が盛り上がっている。

「ははあ」と、私は言った。それしか言えなかったからだ。

「どうせ空いてる部屋なんだから、ここと同じ家賃で提供するわよ。独立した住宅として使えるように、狭いけど玄関があるしインタフォンもついてる」

ミニキッチンだけでなく、「棺桶《かんおけ》を立てたみたいなシャワーブースもある」そうである。

「徒歩三分のところに、お湯で洗えるコインランドリー併設の銭湯がありますよ」

と、田上君が重要事項を補足してくれた。「銭湯は午後三時から十一時まで、コインランドリーは二十四時間営業です」

「しかし、部屋を貸しちゃって、昌子さんはいいんですか」

諸井社長の問いかけに、竹中夫人は露骨に怒った顔をした。

「いいのよ。あの娘、今度という今度はルビコン河を渡るって、出て行ったんだから」

竹中家は三世代同居の大所帯だ。夫妻と長男一家、長女一家、次男一家、未婚の三男と次女が同居している。いや、今の話だと、していたという過去形になるか。

昌子さんというのは次女で、私も一度だけ挨拶したことがある。二十代半ばぐらいの、人見知りが強そうな雰囲気の女性だった。長男次男の夫人たちも含めて開放的で人なつっこい竹中家の人びとのなかでは、異色ではあった。

「昌子さん、いつ出たんですか」と、諸井社長が訊《き》く。

「二月の初めだったかしらねえ」

「誰かと一緒に住んでるんですか」

「今さら、〈誰か〉なんて言わないでよ。社長もよく知ってるでしょ。あのろくでなしよ。昌子、どうやったってあいつと切れないの。ぐずぐずくっついてるから、今度という今度は主人も怒って、男をとるか親をとるかだって追い詰めたら——」

「昌子さん、ルビコン河を渡っちゃったんですね」と、田上君が言う。「震災の後も、帰ってこなかったんですか」

竹中夫人は横目でぎろりと田上君を睨《にら》んだ。

「震災が何か関係あるの？」

「いえ、だってほら、あれ以来、家族の絆《きずな》を大事にしようって雰囲気になってるじゃないですか」

「誰が？」

「誰って、国民全体が」

「だったら、うちの昌子は日本国民じゃないのかもね。電話一本寄越しちゃこないから」

田上君は「うへえ」と畏《おそ》れ入り、諸井社長は（何故かわからないが）鼻の下を伸ばし、指でぐりぐり擦《こす》った。

そこへ、穏やかな声がかかった。

「外で立ち話も何だから、入ってコーヒーでもどうですか」

噂《うわさ》をすれば影で、尾島木工の尾島社長だ。自動ドアの前で、こちらに軽く手を上げる。

「さっき、オジマって聞こえたような気がしたもんで」

「そうそう、尾島さん、隣を更地にしたら借りてくれる？　安くしとくわよ」

言いながら、竹中夫人は尾島木工の入口の方へと移動した。諸井社長も続く。

「そっちのお二人もどうぞ。水道水で淹《い》れたコーヒーだけど、気にならなければ」

福島第一原発の事故で飛散した放射性物質で、東京の水道水は汚染されている。それが飲用に適さないほど危険なのか、そうでもないのか。内部被曝《ひばく》を恐れる疑心暗鬼の騒動が始まって、もう一ヵ月以上が過ぎた。当初のパニックは収まったものの、〈自称〉も含めた専門家のあいだでも見解が分かれたせいもあり、疑念は水面下に潜って、未《いま》だに払拭されていない。

「僕は気にしません。いただきます」

そう言って、そばにいる私にだけ聞こえるくらいの小声で、田上君はつけ足した。

「子供には、天然水を買って飲ませてますけど」

「うちもだよ」と、私は言った。


話が決まって三日後には、私は竹中家の西端ゾーンに居を移した。引っ越しには、田上君と諸井社長の部下の男性社員が、軽トラックを転がして手伝いに来てくれた。おかげで、業者を頼まずに節約することができた。

幸い、ファクス兼用の固定電話の番号は変わらない。もともとここには「杉村探偵事務所」という看板を揚げてはいなかったし、今までのところ、受けた依頼も断った依頼も、紹介によるものだった。移転したところで、どうということはない。ただ、大家の屋敷の端っこに間借りしている私立探偵は、古いしもたやに住んでいる私立探偵よりもさらに頼りなく見えるんじゃないかと、私のなけなしの見栄が疼《うず》くだけの問題である。

昼食に〈侘助〉から出前を頼んだら、マスターが直々《じきじき》に岡持を提げてやって来た。我々がローストチキンサンドイッチを頬張っているあいだに、私の新事務所兼自宅をうろうろ検分して、

「ここは全部フローリングだから、もうダニ大発生の心配はないねえ」

「おかげさまで」

「うひゃあ、シャワーブース、更衣室のロッカー並みのサイズじゃないの。杉村さん、万に一つ恋人ができても、いちゃいちゃできないよ」

私を除く二人がにやにやした。彼らが笑ったのは、おそらく「万に一つ」の部分だ。

「おや？　これって杉村さんのだったの」

マスターが驚いているのは、壁掛けタイプのねじ巻き式ぼんぼん時計である。

「いえ、あの古家にあったんです。気に入ったので、竹中さんにお願いして、もらってきました」

「だけどこれ、止まってるよ」

ぼんぼん時計の背面には、「製造　田中時計店　昭和三十年四月吉日」と銘が入っている。あの古家といい勝負の老朽品だ。でも、ずっと律儀に時を刻んでくれていた。止まったのは三月十一日。針は二時四十六分をさしたままだ。

「そうか、あの揺れで止まっちまったんだ」

「はい。とうとう壊れてしまったようです」

「修理しないの？」

「こんなロートル時計を直せる職人は、もうちょっとやそっとじゃ見つからないでしょう。それに、そのままにしておくことに意味があるような気がしまして」

今度は三人が不可解そうな顔をしたので、説明を足した。

「僕の仕事じゃ、今後かなり長いあいだ、あの震災の影響を受けた案件を扱うことになると思うんですよ」

なるほど——と、田上君が呻った。

「世の中が変わりましたもんね」

「うん」

私は簡潔にうなずいたけれど、本当はもう少し複雑だ。私のような探偵は、あの震災で世の中が変わったところ、変わらなかったところ、変わらなければならないのに変わり得なかったところ、変わりたくないのに変えられてしまったところ——それらのせめぎ合いから生じる歪みが案件となって現れたものを扱うことになるだろう、と。

この見解は私のオリジナルではなかった。〈オフィス蛎殻〉の蛎殻所長が、震災後五日目に、社員と契約調査員を集めて訓示した言葉からの引用だ。

その訓示が終わると、蛎殻所長は、被災地への支援活動に参加する有志を募った。私も手を上げたが、現地入りするボランティアではなく、東京に残って、首都圏全域から寄せられる支援物資の仕分けと発送作業を担当するよう命じられた。

「原発事故がどうなるかわからない現状では、僕の責任で、小さい子供のいる杉村さんを現地に送り込むことはできない。それにあなたは大型車の免許を持ってないから、物資運搬の戦力にはならない」

きっぱりと明晰《めいせき》な命令だった。

派遣された先は湾岸にある倉庫で、蛎殻所長と旧知の人物が代表者を務めるNPOが、作業全体の指揮をとっていた。

寄せられる支援物資は、喫緊に役立つものから、送り主が支援を口実にゴミ処理をしようとしているのではないかと疑いたくなるものまで、実に様々だった。人の善意の温《ぬく》もりが染みるときもあれば、人の愚かさを呪いたくなることもあった。

通信手段が確保できるようになると、被災地からの要請に応じて必要物資を調達する業務も発生した。このNPOは現地で支援活動をするボランティアの窓口役もしていたので、状況が落ち着いてくると、その登録や、先方の自治体の担当者とのやりとりなど、事務的な仕事も急増した。私はそちらも手伝うようになって、結果的にはこの二ヵ月、自分の事務所は開店休業の状態だった。震災直後に、尾上町の町内会防犯担当役員として町内を見回り、独居老人や高齢者世帯の片付けや買い物を手伝った以外は、地元のこともほったらかしに近かった（このために、柳夫人からはちょっとお小言をくらった）。

私が身軽な単身者で、桃子の顔を思い出すことがなかったら、もっと違う活動をしていたかもしれない。あるいは私が今も家庭を持っていたなら、支援活動よりも妻子のそばにいることの方を優先したかもしれない。

「こういうとき、かもしれないに意味はない。できることをやればいいんです」

と、蛎殻所長は言う。

〈オフィス蛎殻〉では、震災後すぐに専用ホームページを特設して、被災地に親族がいる人たちのために、安否確認の依頼を受け付けている。こちらは（格安の料金設定ではあるが）業務であり、専従調査員が担当していて、指揮をとるのはネットの鬼の木田ちゃんだ。ただ、ネット上のやりとりでは要領を得ず、依頼者との面会が必要になるときもあり、私も何件か応援に入った。その範囲内では当該の親族はみんな無事で、こちらの方が救われた気がしたものだった。

昼食の休憩を挟み、午後四時ごろには、私の新しい巣はすっかり片付いた。

「杉村さん、どこで寝るの？」

「六畳間のソファベッドを使うよ」

ロフトで寝ることも考えたのだが、寝ぼけ眼《まなこ》で首折れ階段を上り下りする自信がない。幸い、六畳間には広い押入がついているので、日用品がしまい込める。普段は事務所として使い、営業時間が終わったら私宅にするという使い方ができそうだ。

「ロフトは物置がわりにするよ」

「くれぐれも階段に注意してくださいよ」

田上君ばかりか、諸井社長の部下にもそう念を押された。

その夜は〈侘助〉ではなく、マスターの住まいの方で、マスター自慢の寄せ鍋をご馳走《ちそう》になった。

「銭湯が休みで、棺桶シャワーが辛《つら》いときは、うちに来るといいよ」

「ありがとうございます」

「杉村探偵事務所、新装開店だね。あとは、一日も早く依頼人が来てくれるといいねえ。杉村さんが干上がっちゃう前に」

ワインを飲みつつ薄ら笑いしながらそう言ったマスターだが、意外と本気で願ってくれたのかもしれない。その願いを、天がお聞き届けくださったのかもしれない。

かもしれないに意味はない。だが、新装開店の我が事務所に最初の依頼人が訪れたのは、その二日後のことだった。

2

その少女のファッションは黒ずくめだった。

ニット帽、パーカ、その下に着ているカットソー、ジーンズ、スニーカー、左肩に引っかけた重そうなリュック。ニット帽の下からはみ出し、顎のあたりまでかかっている髪も真っ黒だ。

さらに、共通する要素がもう一つあった。くたびれている。パーカの襟のあたりは白っちゃけており、スニーカーは履き古して潰れ、紐《ひも》もよれよれだった。

彼女自身も疲れているように見えた。普通サイズのパーカがだぶついているほど痩せており、顔色が悪い。化粧っけはなく、眉が薄く、くちびるには色がなくて乾ききっている。

インタフォンに応じてドアを開け、彼女が立っているのを見たときには、新聞購読から新々宗教まで様々な勧誘の可能性を考えたが、依頼人だとは夢にも思わなかった。段ボール箱を開け、中身を片付ける作業をしているところだったので、手が汚れていたし、ジャージ姿で首にはタオルを巻いていた。

彼女は、そんな私にぺこりと一礼した。

「杉村さんですか」

夏の終わりの死にかけた蚊が鳴くような声で問いかけてきた。午後三時を過ぎ、東向きのここの玄関は日陰になっているし、空気が冷たい季節でもないのに、陽光か冷気が染みて辛いとでもいうように、目を細めていた。

私は慌ててタオルで顔を拭いた。

「はい、僕が杉村ですが」

彼女はいっそう目を細くした。

「相沢幹生君が、私立探偵ならいい人を知ってるって教えてくれたから来たんですけど」

荒れたくちびると同じように、声音にも水分が乏しい。

「相談ていうか、聞いてもらえますか」

二秒間ほど、私は止まっていたと思う。

「そうですか。どうぞお入りください」

彼女はスニーカーを脱ぎ、私が揃えて出したスリッパに足を突っ込んだ。裸足《はだし》だ。足の爪が伸びている。

「そこにかけて、楽にしていいですよ」

来客用のソファは仮置きの状態で、本当にその位置でいいのか、私にはまだしっくりこない。その後ろには、未開封の段ボール箱も積んである。

「片付いてなくてごめんね。引っ越してきたばっかりなんだ」

少女はソファに腰掛け、ニット帽をとった。髪型は無造作なボブカットだ。艶のない髪は傷んでおり、耳の後ろや後頭部、うなじのあたりで気まぐれにはねていた。

膝の上にリュックを載せ、ファスナーを開けてニット帽を突っ込む。ファスナーを閉め、くたびれたリュックの型崩れが気になるのか、正面についている箱型の外ポケットのところを軽く引っ張って形を整え、膝の上で位置を決める。それから大事そうに腕を回してリュックを抱えた。

そんな一連の動作を、私はつい観察してしまった。妙に厳密なところがあったからだ。

少女が顔を上げ、目が合った。私は愛想笑いをして、彼女の向かいに腰をおろした。

「相沢幹生君とは友達なのかな」

その問いかけをパスして、彼女はぼそぼそと言った。「教えてもらった住所は、前の事務所の方でした」

「ああ、そりゃそうでしょう。彼は、僕が引っ越したことを知らないから」

「そしたらすごいボロ家で、ドアに〈立入禁止〉の張り紙があって」

「びっくりさせちゃったね」

「そしたら斜向かいの薬局のおばさんが出て来て、杉村さんなら引っ越したよって、ここの場所を教えてくれたんです」

薬局の柳夫人が世話好きな人で助かった。

「そしたら、相沢君に訊いてみますか」

この娘《こ》は、「そしたら」が口癖であるようだ。

「何を?」

「あたしの身元っていうか」

「あなたは彼の同級生?」

「あたしは、あんなお金のかかる高校には行かれません」

少女は言って、リュックのファスナーを開け、なかを探り始めた。

「けど、相沢君はすごいしっかりしてて、いい人です。仲間うちでもいちばん人気があって」

相沢幹生という少年は、私が震災直前に扱った調査仕事の関係者である。依頼人の男性の次男坊で、あのときは高校一年生だったが、新学期を迎えて二年生になっているはずだ。

調査を通し、我々は少し親しくなった。少なくとも、私は彼の小さな信頼を勝ち得たと思っていたが、それは思い違いではなかったらしい。こうして、彼の「仲間内」の少女が紹介されてきたのだから。

「そしたら、これ」

少女は濃紺色の表紙の小さな手帳を差し出した。その視線は虚《うつ》ろで、私に向かって手を突き出した姿勢は、一生懸命とか必死とか緊張しているとかではなく、ただ不躾《ぶしつけ》で頑《かたく》なだ。

「生徒手帳？」

「あたし、ほかに身元を証明できるものを持ってないから」

「それじゃ拝見します」

受け取るとき、彼女の指に触れないように注意した。

手帳の濃紺の表紙に、細い金文字が入っている。〈東京都立朝川《あさかわ》高等学校生徒手帳・校則集〉

「最初のページに名前と顔写真があります」

めくってみると、少女の言うとおりだった。顔写真の下の〈所属・学年〉のところは、シールを貼ってある。

〈文系単位制　二学年　伊知明日菜《いちあすな》〉

「あなたのお名前は伊知明日菜さんですね」

「はい」

「僕は今の高校の制度をよく知らないんだけど、この文系単位制というのは？」

「履修したい授業を自分で選んで、単位が足りれば卒業できるんです」

「大学みたいだね」

「そうです」

「文系というのも、大学の専攻と同じような意味なのかな」

「そこまではっきり分かれてはいません。理系には、成績がよくないといかれないし」

所属と学年はシールで更新しても、顔写真は入学時に撮ったもののままなのだろう。目の前にいる伊知明日菜より、顔写真の方が髪が長く、表情が明るい。頬も若干ふっくらしているようだ。

「どうもありがとう」

生徒手帳を彼女に返した。

「伊知さんも、相沢君と同じぐらいしっかりしているね」

明日菜は返事をしない。生徒手帳がリュックのなかに消える。ふくらんだリュックには、彼女の大事なものが全て詰め込まれているのだろうか。

私は言った。「だからちゃんと理解してもらえると思うので、率直に言います。申し訳ないけれど、僕は未成年者からの調査依頼をお引き受けすることはできない。これは僕に限らず、たいていの調査事務所や探偵社がそうだろうと思うよ」

囁《ささや》くように小さく、明日菜は言った。「お金なら払えます」

「お金の問題じゃないんだ。僕らの側の職業倫理の問題」

明日菜の虚ろな視線のなかに、かすかだが苛《いら》立《だ》ちの色が浮かんだ。

「ただ、引き受けられないからハイさようなら、と言うつもりはありません。伊知さんが何かで困っているのなら、話を聞くことはできます。その上で、どうするか一緒に考えることもできます。伊知さんを困らせている問題が、学校やご家族に相談した方がいい問題ならば――」

「お母さんには、言っても無駄だから」

明日菜は突き放すように言った。声音が強くなり、水気の乏しい声がかすれた。

五秒ほど、私はわざと黙って、身じろぎもせずにいた。

ちょっと鼻を鳴らし、明日菜は目を上げた。乾ききったくちびるが痛そうだ。

「うちのお母さんはシングルマザーです。あたしが小さいときにお父さんと別れて、ずっと一人であたしを育ててくれました」

しゃべるにつれて、声音のレベルはまた蚊が鳴くほどにまで下がってしまったが、口調ははきはきしている。

「再婚とか、ぜんぜん話もなかった。だけど去年の秋ごろから、付き合ってる人ができたんです。あたしには隠してたけど」

私は言った。「でも、伊知さんは気がついたんだね」

「はい。何でわかったかっていうと、いろいろあるんだけど」

「じゃあ、後で伺います。それで?」

明日菜は息継ぎをし、一拍おいてから、説明口調で言った。

「その人――お母さんが付き合ってた人が、震災のあと、行方がわからないんです。前の日に、東北の方へ行くって言ってたみたいだから、もしかしたら震災に遭って死んじゃったのかもしれない。だけどお母さん、何《なん》にもしなくって。だからあたしが捜そうと思って」

「ちょっと待った」

私は立ち上がり、事務机から用箋とボールペンを持って戻ってきた。明日菜はじっと同じ姿勢、同じ表情で固まっている。

用箋をめくり、日付と、〈相談者　伊知明日菜　都立朝川高校二年生〉と記した。

「メモをとるけれど、いいかな？」

明日菜は、私が用箋に記した彼女の名前を確認してから、うなずいた。

「あなたの依頼を引き受けると決めたわけではないんだ。被災地にいるかもしれない人の安否を確認したいというのなら、僕を雇うより、もっと適切な方法があるから」

私の頭には、〈オフィス蛎殻〉の特設ホームページのことがあった。被災地へ行き来しているNGOのメンバーの顔もいくつか浮かんだ。

「そういう照会や調査をしてくれるところへ、話を繋《つな》いであげられると思う。そのために、ざっと事実関係を聞かせてください。その方がスムーズに運ぶと思うから」

「わかりました」

膝頭を揃え、いっそう強くリュックを抱きしめて、明日菜は私の方へ身を乗り出した。

「まず、行方がわからなくなっている人のお名前は？」

「アキミユタカ」

姓は〈昭見〉と書くという。名前は〈豊〉。

「この人の住所か、勤め先は知ってる？」

「市ケ谷の駅の近くでお店をやってます。雑貨屋さん」

言って、明日菜はまたリュックを開け、今度はパスケースを出した。

「ここです」

定期券の後ろから名刺を一枚引っ張り出す。カラー印刷のきれいな名刺で、もらったばかりなのか、大事にしてあったのか、ぱりっとしている。

〈カジュアルアンティークＡＫＩＭＩ　昭見豊〉

「アンティークショップか」

明日菜はかぶりを振った。「でも、高い骨董品《こっとうひん》を売ってるんじゃないです。もっと安っぽいの。映画のポスターとか古い玩具《おもちゃ》とか、缶バッジとか」

「なるほど、アンティーク的な古い雑貨を扱うショップなんだね」

だから〈カジュアル〉なのだ。

「しょっちゅう、いろんなところに買い付けに行ってます。国内も、外国も」

「じゃ、震災の前日に東北の方へ行ったらしいっていうのも」

「はい、たぶん買い付けだと思う」

名刺を裏返すと、「〈ＡＫＩＭＩ通信〉はこちら」という一文と、ＵＲＬが載せてある。

「それがお店のブログです」

「見てみようか」

ノートパソコンをテーブルに載せ、アクセスしてみると、〈ＡＫＩＭＩ通信〉のタイトルの下に、色柄も形もサイズもとりどりな缶の写真が大きく表示された。缶詰ではなく、クッキーやせんべい類を入れる方のタイプの缶だ。

〈ＡＫＩＭＩ通信　今月のイチ押し　空き缶パラダイス〉

スクロールすると、すぐ次の写真が出てきた。髪を栗色《くりいろ》に染め、ボストンタイプの眼鏡をかけた中年男性が、色鮮やかな柄のついた四角い平缶を両手で捧げ持ち、笑っている。キャプションにはこうあった。

〈英国ハントリー&パーマー社のビスケットの缶。これは一八七〇年製。一昨年、ロンドンのアンティークショップで見つけました。同社の配達車をモチーフにしたリトグラフの柄がきれいでしょう?〉

前後の文章を斜め読みしてみると、どうやらクッキーやビスケットの空き缶にもアンティークとしての価値があるらしく、昭見氏は〈誰でも手軽に始められるコレクション〉として推奨しているらしい。

「毎月、なんかイチ押しがあるんです」と、明日菜が言った。「前にあたしが見たときには、ペプシのキャップでした」

「そんなのもコレクションになるの?」

「デザインの違うやつが、期間限定で出ることがあるから」

〈AKIMI通信〉は二〇〇九年四月に始まり、毎月一度、月初めにアップされている。過去の通信はすべて閲覧できる状態になっていた。〈空き缶パラダイス〉はその最新号だ。更新の日付は三月三日、午前十一時三十分。

そこで止まっている。四月分と五月分の通信はない。

「この眼鏡の男性が昭見さんだね?」

「はい」

「名刺に肩書きがないけど——」

「お店は昭見さんのものです。だから店長っていうか社長っていうか」

店舗は市ケ谷の「足立《あだち》ビル1F」のみで、支店はない。ブログ上に、商品として扱っているカジュアルアンティークの品物がいくつか紹介されているが、ネット販売は行っていないらしい。

昭見氏自身の行動録や日記は、このブログ上にはない。〈AKIMI来客簿〉という、顧客やブログの読者がメッセージを書き込むことができる欄があるが、そこは現在閉じられており、新たな書き込みも、過去の書き込みを閲覧することもできないようになっていた。

「お店は今どうなってるか知ってる?」

「閉めてあるけど、バイトの人がいます。社長が帰ってくるまで待ってるって」

「若い人?」

「大学生みたい」

震災以来消息不明であるならば、既に二ヵ月経っている。自分の生活もあるだろうに、無給で留守番役を務めているのなら、よほど忠義なバイト君なのか。

「昭見さんに、ご家族は」

「松永《まつなが》さんが、お兄さんがいるって言ってた。あ、松永さんていうのがバイトの人」

「昭見さん、奥さんや子供さんはいないのかな」

「いません。ていうか、いないって言ってたみたいだけど」

慎重な言い方をした。

「本当はどうかわからない。うちのお母さん、そういうとこバカだから」

私は少し考えて、この発言を、「うちのお母さんは、所帯持ちであるかどうかはっきりしない(させない)男性と付き合ってしまうような軽率なところがある」と解釈した。明日菜の口調はかなり辛辣だったので、たぶん、この解釈で外れてはいないと思う。

「あなたは昭見さんに会ったことがあるのかな」

明日菜は黙ってこっくりした。

「親しくしてた？　たとえばお母さんと三人で会うことがあったとか」

「まさか」

千切って投げるような即答だった。

「そうすると、あなた自身は、昭見さんと仲が良かったわけじゃないんだね」

また、無言でこっくりする。

「なのに、僕みたいな人間を雇ってまで、昭見さんの安否を確かめようと思った。それはやっぱり、お母さんが気の毒だからかな」

明日菜はパソコンの画面を見ている。

「――毎日泣いてる」

その眼差《まなざ》しが尖《とが》っている。

「めそめそメソメソ、うんざりだから」

不審なことではない。湾岸の倉庫で一緒に働いたメンバーのなかにも、作業中に思い出したように泣いてしまう女性がいた。私は詳しく尋ねなかったが、何かを見たり、誰かと言葉を交わしたり、物音が耳に入ったり、ちょっとしたきっかけで胸が詰まってしまうのだろうと思った。

「十一日なんか朝から晩まで泣いてて、仕事も休んじゃった」

五月十一日は、テレビも新聞も、震災と津波の話題と映像で埋め尽くされていた。

「昭見さんがどこでどうしているのかわからなくて心配だから、お母さんは泣いてるんだね？」

「わからないもなんもないよ。死んじゃったんでしょ。松永さんだって、もう諦めてるって言ってた」

吐き出すように言い、明日菜はきっと顔を上げた。

「だって、生きてたらお店をほったらかしにするわけないじゃない。だけどうちのお母さんはバカだから、諦めきれないんだよ」

　タメロになったのは、私に打ち解けてくれたからではない。言いにくいこと、言いたくないことを口にするには、丁寧語なんか使っていられない年頃なのだ。

「それじゃ、あなたから松永さんに頼んでみたらどうだろうか」

「何を？」

「昭見さんのことが心配だから、昭見さんのお兄さんと連絡をとらせてください、と。肉親なら、詳しい事情をご存じかもしれない」

　明日菜はむっつりしている。

「松永さんとは知り合いなんだろ？　君のお母さんが昭見さんと親しくしていたことを話せば、心配するのも当然だって、わかってくれると思うよ」

　明日菜は下くちびるを突き出した。口元がへの字に曲がった。

「――アタマ悪すぎ」

「ん？」

　はっきり非難し、軽蔑する眼差しで、彼女は私を睨みつけた。

「それで済むんなら、とっくにそうしてる」

　言って、急にどこかが痛み出したかのように顔を歪めた。

「ごめんなさい。あたし、口が悪くて」

　ぎりぎりと歯嚙《はが》みしている。

「別に気にしないよ。確かに僕のリアクションはとろいと思うし。ただ、うちみたいな事務所に来る人は、焦ってるか怒ってるか怖がってるか、ともかく感情が高ぶってることが多いからね。わざととろくしているところもあるんだ」

明日菜は顔を歪めたまま黙っていた。ノートパソコンのモニターが薄暗くなった。

「コーヒーでも飲もうか」

私は立ち上がり、ミニキッチンに行った。〈侘助〉のマスターが、新事務所の開設祝いだといって、「あっという間にお湯が沸く電気ポット」をプレゼントしてくれたおかげで、手早くインスタントコーヒーを淹れることができるようになった。

湯気の立つカップをテーブルに置く。明日菜は手をつけようとしない。私は勝手に飲んだ。正直、熱いコーヒーが欲しくなる話題だ。

「バイトの松永さんは、あなたがこの話をしても、相手にしてくれないのかな」

明日菜はうなずき、痛みのあまりべそをかきそうな顔になった。

「──うちのお母さんは、よく思われてないから」

「そうか」

「店員だから、愛想よくしてくれる。けど、そんなの上辺《うわべ》だけだから」

私はカップを置き、用箋に〈店員・松永〉と書いて丸で囲んだ。

「松永さんは、あなたのお母さんが昭見さんと交際していることを知ってた？」

「はい」

「で、歓迎していなかったわけだ」

「そう。何か意味ありげな顔して、実家がお金持ちだから、社長はぼんぼんなんだよ、ホントはオレたちなんかとは違う世界の人だよって言ってたことがある」

そして明日菜は、この事務所を訪れて初めて、小さなため息をついた。

「震災から二日ぐらいして、昭見さんのスマホがぜんぜんつながらないからって、お母さん、お店に行ったんです」

「あなたも一緒に？」

「お母さん一人だけ。でも、〈ＡＫＩＭＩ〉に行くって聞いてたから」

「そうか。で？」

「うちに帰ってきて、また泣いてて。昭見さんのこと何かわかったのって訊いたら」

――もう、どうしようもない。

「そんで泣いてるだけ。だからあたしも翌日すぐお店に行って、そしたら松永さん、テレビにかじりついてた」

福島第一原発の事故の報道だ。私も、時間があるときは同じことをしていた。

「明日菜ちゃん、西日本に親戚とかいたら避難した方がいいよって」

――オレは、社長が帰ってくるまでここを動けないから。社長のお兄さんと、店はオレが守るって約束したんだ。

「それよかあたしもお母さんも昭見さんが心配なんだって言ったら」

――社長どころかオレたちだって危ねえよ。東京、吹っ飛んじゃうぞ。

「話になンなかった。だけどそのときは、あたしも、もしかするとホントに東京も核爆発で吹っ飛んじゃうのかもしれないって、なんかアタマぐちゃぐちゃになっちゃって」

だが十日ほど経ち、春分の日を挟んだ週末の連休が明けるころになると、原発事故の状況が深刻であることは変わらなかったが、とりあえず「東京が吹っ飛ぶ」ことはなさそうだと思えてきたので、明日菜はもう一度〈ＡＫＩＭＩ〉を訪ねた。

「そしたら松永さんもケロッとしてた」

――自衛隊が頑張ってくれて、助かったよなあ。

「昭見さんのことは？」

「お兄さんが捜してるけど、ぜんぜんわからないって」

――もう駄目かもなあ。

「うちのお母さんも心配して泣いてるし、もう少し詳しいことが知りたい、昭見さんのお兄さんと話がしたいって言ったら、すごく嫌そうな顔をしたんだ」

――そういうの、向こうには迷惑だよ。

「だからお兄さんの連絡先は教えられないし、あたしたちはもう昭見さんと関係ないって」

息を荒らげ、そこまでつんのめるようにしゃべると、喉をごくりとさせて、明日菜はこう言い足した。

「お母さんが社長からもらったお金のことは、社長のお兄さんには黙っててあげるから、もうしつこくするなって言われました」

もう一度喉をごくりとさせても、明日菜の息は荒いままだった。

「あなたのお母さんは、昭見さんからお金を融通してもらったことがあるのかな」

「あたしは知らないけど、松永さんがそう言うなら、そうなんだと思う。もらったのか、借りたのかはわかんない」

いずれにしろ、「もうしつこくするな」とは失礼な言い方だ。昭見豊の安否を案じる伊知母娘《おやこ》を、たかり屋のように扱っている。明日菜が息を荒らげるのも無理はない。

事情が見えてきた。

「よし、わかった」と、私は言った。「昭見豊さんの安否を調べてみるよ」

明日菜はきょとんとした。今までいちばん自然な表情で、こんな顔をすると可愛《かわい》い。

「だって、未成年者の依頼は引き受けないんでしょう」

「あなたの依頼を引き受けたわけじゃない。面白そうなカジュアルアンティークの店の経営者の安否が気になるから調べてみるんだ。仕事じゃないから期限は切れないし、必ず結果を出せるかどうか確約もできない。だから手数料も発生しない。これでどうだろう」

明日菜の目つきが、みるみるうちに尖った。

「そういうの、いちばん嫌だ」

毒を吐くような口調だ。

「親切ごかしで、バカにしてる」

「伊知さんは本当に口が悪いね」

顔に水をかけられたかのように、彼女はひるんだ。

「僕はまだあなたのことをよく知らないから、バカにするも何もないよ。ただ、あなたに僕のことを教えてくれた相沢幹生君のことは、それなりに知っている。彼の顔を潰したくないし、自分の職業倫理に背くこともできない。だから、これは妥協案だ。それ以上でも以下でもない」

胸に抱えたリュックを、さらに強く抱きしめる。目の前の少女は、救命具にしがみつく漂流者のような顔をしている。漂流なんかしてしまった自分自身を呪い、怒っていた。

私は穏やかに言った。「さっきは聞き損ねたけど、幹生君とはどこで知り合ったのかな。高校じゃないなら、小学校か中学が一緒だったとか?」

「友達の友達です」

最初のころの、死にかけの蚊が鳴くような声に戻ってしまって、明日菜は答えた。

「ライン仲間です」

「会ったことはあるの？」

この案件は、ラインにしろメールにしろ、友達の友達にスマホや携帯電話で気楽に打ち明けられる内容ではない。

「――友達と一緒に」

明日菜の声は消え入りそうになった。深く詮索しないでくれと、身体全体で訴えている。

「そう。ともかく、僕は幹生君の信頼を裏切るわけにはいかない。というか、いいとこ見せないといけない」

私は笑ってみせた。

「手を尽くしてみるからね。伊知さんは、もう動き回らずに待っててください。まず第一に、あなたは学生だ。今日は学校が終わってから来たんだよね」

「はい。これからバイトです」

新宿駅南口にあるファーストフードの店だという。

「バイトは毎日？」

「五時から九時まで。土曜日と日曜日は、シフトで時間帯が変わるけど、八時間」

この娘には、女子高生ライフを楽しむ時間などないのではないか。

私は彼女に名刺を渡し、スマホのアドレスを交換した。

「伊知さんの住所も教えてほしいんだけど」

「どうして？」

これが仕事であるならば、スマホでいつでも連絡がとれるから住所なんかいいや——というわけにはいかないのが社会というものなのだよと説教することもできるのだが。

「自宅を教えてもらっておかないと、たとえばあなたが何らかの理由で僕からの連絡に応えない場合、そして僕が連絡をとりたい場合には、学校に問い合わせるしかなくなるよ」

私が差し出した用箋に、明日菜は渋々と住所を書き記した。小田急線沿線の住宅地だ。

「便利なところだね」

「各駅しか停《と》まらないから、不便ですよ。古いアパートだし」

「僕も、前の事務所は築四十年以上の古家だったんだよ。地震で傾いちゃったんで、引っ越すことになったんだ」

ごく素直に、明日菜は目を丸くした。

「うちの近所にもめちゃめちゃ古いボロ家があるけど、平気でしたよ」

「じゃ、僕は運が悪かったんだな」

昨夜、銭湯に行くのが面倒になり、棺桶シャワーを使ってみて、そう実感したばかりだ。

用箋を前に、明日菜は思い出したように険しい顔になった。

「あの……この調査のこと、ほかの人には」

「伊知さんに頼まれたってことは、しゃべらない。うまく伏せておくよ」

その方が何かと動きやすいだろう。

「だけど、あなたのお母さんや松永さんには会う必要があるから、あなたの方も上手に知らん顔をしておいてね」

「わかりました」

「で、お母さんのお名前は？」

ボールペンを握り直して〈伊知千鶴子《ちづこ》〉と書き、

「イチチヅコなんて、呼びにくいでしょ。うちのお母さんの親は何考えてたんだって、いつも思う」

うちのお母さんの親。〈うちのお祖父《じい》ちゃんとお祖母《ばあ》ちゃん〉ではない。そこに、この女子高生を包んでいる環境がうっすらと透けて見えるように思った。

ニット帽をかぶり、リュックを背負った明日菜と一緒に、表通りまで出た。

「ここ、すごいおうちですね」

竹中家の屋敷は、広いという意味でも、金がかかっていそうだという意味でも、つぎはぎの建て増しが奇観だという意味でも凄《すご》い。

「僕は端っこを間借りしているだけです。奥は迷路みたいになってるらしいよ」

明日菜の歩き方がぎくしゃくしている。

「あたし、口が悪くてごめんなさい」

深々と頭を下げ、遠ざかってゆく後ろ姿を見送って、その理由《わけ》がわかった。彼女のスニーカーだ。左右どちらも外側ばかりが片減りして、底が斜めになっている。

――もらったのか、借りたのかはわかんない。

明日菜の母親は、その金で、通学しバイトしている娘に新しいスニーカーを買ってやれなかったのだろうか、と思った。

3

足立ビルは、JR市ケ谷駅から四谷駅の方へ五分ほど歩いたところにあった。

古びた三階建て、奥行きの長い雑居ビルだ。〈AKIMI〉の店舗はビルの正面にあり、巻き上げ式のシャッターが降りている。看板や表示の類いはないのだが、そこが〈AKIMI〉だとわかるのは、このシャッターにペイントがほどこされているからだった。

〈今日からあなたもコレクター　世界のバラエティアンティークの店　AKIMI　営業時間午前十時～午後八時　木曜定休〉

一夜明けて、五月十七日火曜日。午前十時過ぎである。

昨日は伊知明日菜を帰したあと、〈AKIMI通信〉のバックナンバーを読んでいるうちに陽《ひ》が暮れてしまった。思いがけず面白かったし、発見が二つあった。一つは、昭見豊氏が推奨するカジュアルアンティークの収集は、気軽に始められる上に、なかなか楽しい趣味になりそうだということだ。

カジュアルアンティークの対象になる物品は、身近なところに転がっているものばかりだった。そして昭見氏の提案が独特なのは、その物品の金銭的価値はもちろん、希少性さえも問題にしないところだ。自分の好みで、ともかく何か集めたいものを決め、それを網羅することを目標にして暮らせば、がぜん毎日が愉快になると主張している。〈紙もの〉だったら、書店で新刊を購入するとサービスでくれる栞《しおり》、飲食店の店名入りのコースターや箸袋、銭湯や温泉施設の入浴券の半券。〈フタもの〉だったらドリンク剤のキャップ、カップ麺のフタ。〈箱もの〉だったら、「漫然と紙箱とか木箱じゃなくて、カステラの箱と決めて集める」。確かにこれなら手軽だし、さして元手もかからない。

「カジュアルアンティークでは、このコレクションでゆくゆく一儲《ひともう》けしようなんて考えては駄目です。他人と競ってあくせくするのも野暮だよ」

そんな一文を読み、久しぶりに「野暮」という表現を見かけたなあ、と思った。

発見の二つめは、昭見氏がかつて雑誌のライターのような仕事をしていた時期があるらしいということだ。〈通信〉のなかに、「僕がコラムを書いていたころに」とか、「昔、雑誌の取材で行った先で見つけたんだけど」などの記述が出てくる。文章も全体に書き慣れていて、読みやすい。昭見はかなり珍しい姓だが、氏がライター経験者なら、これは筆名の可能性もある。そう思って検索をかけてみたが、少なくとも書籍では〈著者・昭見豊〉はヒットしなかった。雑誌に掲載された文章を捜すとなると、時期とジャンルを絞らないと難しい。私の手には余りそうなので、その必要が生じたら木田ちゃんに頼もうと決めて、あとは〈通信〉にアップされているカジュアルアンティークの品々の写真を眺めて楽しんだ。おかげで片付け作業が残ってしまった上に、昨夜はしまい湯ぎりぎりに銭湯へ駆け込む羽目になった。

カジュアルアンティークでは、儲けようと思ってはいけない。だから、それを推奨していた人物の店も、〈世界の〉と謳《うた》ってはいても、ささやかなものだ。足立ビルは古くて壁が煤《すす》けているし、巻き上げ式のシャッターは、この奥が車庫なら、軽乗用車がかろうじて二台収まるぐらいの幅しかない。

ごめんくださいと声をかけ、シャッターをノックしても、反応はなかった。

シャッターの右側の壁に、ブリキのバケツを半分に切ったような物体が取り付けられている。横っ腹に、〈ＡＫＩＭＩ〉と油性マジックで手書きしてある。半円形の蓋を指で持ち上げてみると、簡単に開く。これが郵便受けだとすると、いささか不用心ではないか。

私は周囲を見回した。近隣もビルと店舗ばかりだ。向かいはチェーン店のプリントショップ。両隣はどちらもオフィスビルらしいが、今は目立った人の出入りがない。

どうしたものかと思いながら佇《たたず》んでいると、

「あ、すみません」

ひょろっと背の高い青年が、小走りで近づいてくる。ジーンズにＴシャツ、足元は樹脂製のサンダル。背中には、伊知明日菜の黒いリュックといい勝負の、くたびれた迷彩柄のリュックを背負っている。

「アキミにご用ですか」

私は会釈して、言った。「今日はお休みですか？」

「はい。今はちょっと、その」

青年は私から距離をとり、小腰を屈《かが》めて、様子を窺《うかが》うような目つきになった。

「えっと、どちらさまでしょうか」

今朝の私はジャージ姿ではない。サラリーマンらしい格好をしてきた。

「客ですって言うのは図々しいな。何にも買ってないから」

言って、にっこりしてみせた。

「一昨年《おととし》の暮れに、このへんを通りかかって、面白そうな店だから覗いてみたんですよ。娘のクリスマスプレゼントになりそうなものがないかなって思って」

「ああ、そうでしたか」

「それで昭見さんにお会いして、ちょっと話をしてね。楽しかった。あなたは――店員さんだよね？」

青年はうなずく。「バイトですけど、去年の四月から働いてます」

「じゃあ、あのときは会ってないよね。僕、あれからずっとブログを見てたんですよ。〈AKIMI通信〉。でも、このごろ更新されていないでしょう？」

「はい」

「どうしたのかなって、気になってね。今日はこっちの方についでがあったから、寄らせてもらったんです」

そうですかと言って、バイト君は視線を足元に落とし、わかりやすくへどもどした。

「ちょっと、あの、店は無理で」

「閉店なの」

「はい。ていうか、その」

私は声をひそめた。「もしかして、昭見さん、ご病気だとか。それでブログも書けないのかな」

バイト君は顔を上げると、申し訳なさそうに首を縮めて、言った。

「実は、ずっと行方不明なんです」

私は少しオーバーアクトに、「ええ？」と声をあげた。「どういうことさ」

「震災で――

私はじっとバイト君を見つめた。彼も私の顔を見ている。

「まさか。昭見さん、向こうに行ってたの」

「はい」

「買い付け?」

「そうですけど、昭見さん、特に目的がなくても、よくフラッとあちこち旅行に出かけてましたから。もちろん、行った先で何か見つけて仕入れてくることもあったけど」

バイト君も、〈社長〉や〈店長〉ではなく、昭見さんと呼んでいる。

「じゃ、今回もたまたま?」

「そうです」

私は手で額を押さえ、しばらくのあいだそのまま固まっていた。

「——間が悪かったねえ」

「はい」

「いつ出かけたの?」

「ちょっとはっきりしないんです。十日は木曜日で定休だから、オレ会ってなくて」

言って、バイト君は鼻の下を擦《こす》った。

「ただ電話があって、ぶらっと旅行してくるから、二、三日店番を頼むぞって」

「そのときはどこにいたんだろう」

バイト君はさらに鼻の下を擦り、指をそこにあてたままにする。声がくぐもる。

「訊かなかったから……」

「まあ、よくあることだったなら、そんなもんだよなあ。で、昭見さん、東北の方へ行くって言ってたの？」

「何となく、そっちの方角にいいものが待ってるような気がするって。そういうことも、よくあったんです」

「いいものも何も……」私は唸《うな》り、顔をしかめた。

「でもさ、行方不明ってことは、まだ連絡がとれてないってだけで、もしかしたら無事かもしれないわけだよね」

私はバイト君の肩をぽんぽんと叩いた。

「希望を捨てずに、元気出してください」

背中を丸めたまま、彼は頭を下げた。「ありがとうございます」

「店は当面、このままにしておくの？」

「そうしてたんですけど、家賃がかかりますから」

「あ、ここは借りてたんだ」

「はい。それで、片付けてるんです」

バイト君は背中のリュックを引っ張り寄せ、脇のポケットから鍵束を取り出した。リングタイプのキーホルダーに、じゃらじゃらと雑多な鍵がぶら下がっている。そのうちの一つでシャッターの鍵を開け、ぐいっと巻き上げた。シャッターの奥はガラス張りになっており、片開きのドアを開けなくても、店内の様子がよく見えた。

商品の陳列棚は、ほとんど空っぽになっていた。三坪ほどの狭い店内に、ところ狭しと段ボール箱や紙箱が積み上げてある。梱包《こんぽう》用の半透明の緩衝シート、いわゆる〈ぷちぷち〉のロールが、手前のショーウインドウに立てかけてあった。

「君が一人で作業してるの？」

「はい。重い物はありませんから」

「これ、どこで保管するの？」

「トランクルームに移すんです。あのぉ……何か気になるものがあれば、お見せしましょうか」

私は両手で彼の提案を押し戻す仕草をした。

「とんでもない。そんなことは気にしないで。君が勝手に売るわけにはいかないだろうし、僕なんか、ホントにちょっと寄ってみただけなんだから」

バイト君は、別の鍵で店のドアの入口も開けた。〈引〉と表示のあるドアだが、彼は押した。段ボールにつっかえて、半分しか開かない。

店舗スペースの奥に、靴を脱いで上がれる場所があるようだった。ドアや戸はないが、アーチ型の出入口が開いている。そこは床から三十センチほど上がっていて、手前にスリッパが何足か散らばっていた。休憩スペースか、昭見氏の住まいの可能性もある。

バイト君がこちらを振り向いたので、私はするりと視線を手前に移した。ぷちぷちのロールのすぐ脇の段ボール箱には、黒字で〈絵はがき〉と書いてある。昭見氏は〈通信〉で、「東京タワーが写っている絵はがきが、僕の手元に五千枚ぐらいある」と書いていた。つまり、東京タワーの絵はがきだけでも五千種類は出ているということだ。

「昭見さんのご家族も、心配だろうね」

「はい」

「奥さんやお子さんは……」

「独り者ですから」

「じゃ、お身内は？」

「名古屋にお兄さんがいるんです。オレも今は、その人に指示されていろいろやってて」

「お兄さんも昭見さんっていうの？」

「そうですけど」

「珍しい名字だから、ペンネームかと思ってたんだ。じゃあ頑張って。お邪魔しました」

私はその場を離れかけた。そしてくるりと引き返した。

バイト君はリュックを手に、店の奥へ上がろうとしているところだった。私はドアを引いて開け、声をかけた。

「ちょっと、すみません」

予想していた以上に、バイト君は驚いた顔をした。

「余計なお世話だと思うんだけど、あのブログ、活用しない手はないんじゃないかなあ」

「はあ？」

「僕と同じように、昭見さんの〈通信〉を楽しみにしてた人は大勢いると思うんだ。〈来客簿〉をまた使えるようにして、そういう人たちに現状を報《しら》せて、情報を集めてみたら？　震災の夜も、ツイッターがめちゃめちゃ役に立ったからさ。こういう場合は、ネットの力って大きいよ」

バイト君は、顎の先を突き出すようにしてうなずいた。

「ずっと、そうやってたんです」

「え？」

「お客さんたちが心配してくれるのはいいんですけど、いろんな書き込みが多すぎてぐちゃぐちゃで、いい加減な情報を寄越すヤツもいるし、かえってわけわかんないから、半月ぐらい前に閉めちゃったんですよ」

なるほど。

「そっか。まさに余計なお世話だったね。申し訳ない」

軽く手を上げ、私は〈ＡＫＩＭＩ〉を後にした。


「別に、杉村さんが勘ぐるほど怪しいことじゃないと思うけど」

ＪＲ市ケ谷駅のホームから直通電話にかけると、木田ちゃんは一発で出た。そして私の説明を聞き、そう宣《のたま》った。

「普通にパソコン使ってる程度の人が、個人で安否情報を集めるなんて無理だよ。ともかく錯綜《さくそう》しちゃうし、そのバイトのあんちゃんが言ってたとおりで、あやふやな情報のせいで、必死に家族や友達を捜している人たちが振り回されちゃうこともあるしね。わけわかんなくなっちゃうさ」

なるほど。

「僕も、バイト君を怪しんでるつもりはないんだ。ただ、なぜ〈来客簿〉を使わないのかなと、ちょっと思っただけ」

「言っとくけど、杉村さんも勝手なことをしない方がいいよ。収拾つかなくなるのがオチだから、うちのホームページから依頼を通しなさい」

「それは、昭見さんの親族に会って相談してからにするよ。そこで木田ちゃんにリクエスト」

名古屋で〈昭見〉なら、検索も絞りやすい。

「僕は今、人生でいちばん忙しいの」

「木田ちゃんの腹心の部下に任せてもいいから、できるだけ手早くお願いします」

私も手早く通話を終え、ホームに入ってきた電車に乗り込んだ。ひとまず事務所に帰り、片付けも終わらせよう。本日このまま運がよければ、木田ちゃんを一発でつかまえられたように、夕方、伊知明日菜の母親が仕事から帰ったところをつかまえられるかもしれない。


運はよかった。

〈コーポ田中《たなか》〉。断熱材とサイディングボードを組み合わせて一丁あがりというくらいの簡素な建物で、かなり老朽化している。明日菜はアパートだと言っていたが、テラスハウス風（あるいは棟割り長屋風）の二階建てで、1号室から5号室まである。伊知家は3号室。最寄り駅から、住居表示を頼りに住宅街を通り抜けてたどり着いてみると、ちょうどその3号室の前で、重たそうなスーパーの袋を提げた女性が、ドアを開けようとしているところだった。

「ごめんください、伊知千鶴子さんでいらっしゃいますか」

女性は振り向いた。ひっつめて丸めただけの髪に白髪が目立ち、化粧っけがない。地味なジャケットに黒のパンツ姿。これが通勤着なのだろう。

眠そうな、疲れた顔だ。頰がこけて、丸襟から覗く鎖骨が飛び出している。高校二年生の娘の母親なら、そうとう年配に見積もってもまだ五十代だろうに、七十代の竹中夫人より老けて見えた。生気がないのだ。

「不躾に失礼しました。私はこういう者です」

作り直したばかりの事務所名刺を差し出し、私は頭を下げた。

「昭見豊さんのことで、ちょっとお話を伺いに参りました。夕食どきに申し訳ありません」

昭見豊の名前が利いたのだろう。伊知千鶴子の顔から訝《いぶか》しげな色が吹き飛んだ。

「見つかったんですか？」

別れた妻を別にすると、私は女性にすがりつかれた経験がない。が、今はその一歩手前という感じだった。

「昭見さん、無事なんですか？」

胸が痛んだ。震災以来、被災地を中心に、日本中のいたるところで無数のこうしたやりとりが交わされてきたし、今この瞬間にも交わされているのだろう。見つかったのか？ 無事なのか？

「残念ながら、まだはっきりしないんです」

彼女の表情がすうっとしぼんだ。みるみるうちに影が薄くなっていくかのようだった。

「――そうですか」

「私は杉村と申します。その名刺にありますように、探偵事務所の者です。ご家族の依頼を受けて、昭見豊さんの消息を調べているところなんですが」

伊知千鶴子は、あらためて私の名刺を検分した。食料品やペットボトルがいっぱいに入ったスーパーの袋を足元に置く。

「探偵事務所」

「はい」

「だけど、あの人を捜すなら、東京にいたってしょうがないんじゃありませんか」

「おっしゃるとおりですが、被災地は広いですから、手がかりもなしに捜し回っても時間が無駄になるだけでした。それで、一度リセットしてですね、昭見さんのお知り合いやご友人からお話を伺い、彼が行きそうな場所を絞り込んでから、また捜し直そうという段取りになったんです」

ああ——というふうに、彼女はゆっくりとうなずいた。間近に見ると、明日菜と目鼻立ちがよく似ている。生気のない雰囲気もそっくりだが、これは遺伝子ではなく生活環境のせいではないか。

「伊知さんは、昭見さんのご友人ですよね」

「わたしのことは、どなたから——」

問いかけて、私が何か言うより前に、

「松永さんですか」

「〈AKIMI〉の店員ですよね。彼ではなく、昭見さんのご家族から伺いました」

かなり博打《ばくち》的な嘘《うそ》だが、望んでいたとおりのリアクションがきた。

「名古屋のお兄さんですか」

私は薄い愛想笑いをして、その問いかけをそらした。

「松永さんには、伊知さんのお嬢さんのことを伺いました」

今度は、ベクトルは予想の範囲内だが、予想外の強さの反応があった。

「松永さんが？　娘のこと、何て言いました？　どう言ってたんですか」

この女性にもう少し生気があれば、「色をなした」と表現したいほどの勢いだ。自分でもそれに気づいたのか、ふっと身じろぎした。

「ここでは何ですから、どうぞ」

ドアを開けてくれたので、私はその内側に入った。狭い三和土《たたき》には、明日菜のものだろう夏物のサンダル——ミュールと呼ぶべきかもしれないが、それが一足転がっていた。このミュールもヒールの底が片減りしており、そのために全体が不格好によじれたようになっている。

「散らかってて……」

詫《わ》びながら、伊知千鶴子はミュールを揃えて脇に寄せた。自分の履いていた黒いスリッポンを脱ぎ、その横に置く。そして、小さな靴入れの戸を開けてスリッパを出した。

私は言った。「短時間で済みますので、ここで結構です」

「そうですか。すみません」

「とんでもない。こちらがいきなりお邪魔しているんです。よろしかったら、どうぞ先にお買い物を片付けてください」

実際、室内に上がるまでもなかった。ドアの内側はすぐ狭いダイニングキッチンだ。壁もないし、暖簾《のれん》などの目隠しを下げられるような場所もない。食事用のテーブルの脚が一本がたついているのか、先端に布を巻いてあることまで丸見えだ。

伊知千鶴子は慌ただしくスーパーの袋の中身を片付けた。私は壁の方を向き、それを横目で見ていた。冷蔵庫には、大小様々なタッパーが重ねてしまってあった。母娘のつましい暮らしが詰まっていそうな冷蔵庫だった。

つましいと言えば、こんなコンパクトな靴入れに客用のスリッパをしまうことができるのは、母娘の持っている靴が少ないからだろう。明日菜は、通学やバイトにはあの黒いスニーカーを履き、近所に出かけるぐらいなら、このミュールを履くのだろう。

片付けを終えると、伊知千鶴子は小さなテレビ台の方に行き、その下の引き出しを開けて何か取り出してきた。

「これ、去年の暮れにもらったものですから、参考にならないでしょうが……」

秋田の竿燈《かんとう》まつりの写真を使った絵はがきである。

「拝見します」

裏返すと、達筆ではないが几帳面《きちょうめん》な手跡だ。ブルーブラックのインクで書いてある。消印は去年の十二月十八日。

〈伊知千鶴子様　こちらで出物を見つけました。一枚お目にかけます。昭和四十五年夏の竿燈まつりの写真です。　昭見〉

「泊まった旅館に、売店で売れ残った古い絵はがきがとってあったそうなんです」

だから、ざっと五ヵ月前に郵送された絵はがきにしては紙が古びているのだ。

「絵はがきは、未使用でなくてもコレクションになるんだって教えてくれました」

「使われることで、歴史がつくからでしょうね」

伊知千鶴子は小さくうなずいた。

「このときも、思い立ってふらっと秋田へ行ったんだと話していました。旅館のおかみさんがすごく年配の方で、年末で世の中は忙しいのに、お客さんは何をして暮らしてる人なんだって訝られたとかで」

はがきの文面は、あくまでもカジュアルアンティーク店の経営者が顧客に送ったような内容である。が、懐かしむように優しい口調の解説がつくと、文字の並びのあいだに親近感が滲《にじ》んでいるように見える。

「昭見さんは、いつもそういうご旅行をしていたんでしょうか」

「そのようですね」

言って、なぜか伊知千鶴子は気まずそうに目を落とした。

「わたしは、この一年ぐらいのことしかわかりませんので……。松永さんや、昭見さんのお兄さんなら、もっといろいろ聞いておられるんじゃないでしょうか」

私は彼女にはがきを返した。

「いきなり立ち入ったことを伺いますが、昭見さんとは、どんなきっかけでお知り合いになったんですか」

伊知千鶴子は下を向いたままだ。視線の先には、踵《かかと》の擦り切れたスリッポンと、ねじれたミュールがある。

「――昭見さんのお身内は、わたしのことをどの程度ご存じなんでしょう。お兄さんとは仲がいいって聞きましたが」

そこでいったん口を閉じ、ちょっと躊躇《ためら》ってから、続けた。

「やっぱり、松永さんが言いつけたんでしょうかね」

私は肯定も否定もしなかった。言いつけたという表現が気になる。

「そもそも娘がああいうことをしたのは、母親のわたしの責任でもあります。あんまり昭見さんに頼りすぎてご迷惑になってはいけないと、それは本当にそう思っていました。震災のあとでお店へ行ったのも、ただただ心配だったからで」

声がだんだん小さくなる。こんなところもよく似た母娘だ。

「申し訳ありませんが、おっしゃっていることがよくわからないんですが」

穏やかに言って、私は首をかしげてみせた。

「ご家族からは、豊さんの親しいご友人の一人として、伊知さんのお名前を教えていただいただけです。失礼ですが、何かトラブルのようなことがあったんですか」

伊知千鶴子は顔を上げた。驚いている。私は、何だかわからないがあなたがほのめかしている何かを聞かない限りは引き下がらないぞ、という表情をした——つもりだ。

それには効き目があった。

「去年の夏休みに、娘が——高校生ですけど、昭見さんのお店で万引きをしたんです」

おっと。明日菜は私に隠し事をしていたらしい。

「アクセサリーをいくつか盗もうとして、昭見さんに見つかって」

「それであなたに連絡が来たんですね」

「ええ。わたしは仕事があって、すぐには行かれませんでした。警察に通報されても仕方なかったんですが、昭見さんはそうせずに、娘をお店に引き止めて、雑用を手伝わせながら待っていてくれたんです」

それが出会いだったというわけだ。

「ご存じかどうかわかりませんが、うちは母子家庭です。経済的にはホントにかつかつですけれど、娘は他人様《ひとさま》のものに手を出すような子じゃありません。万引きなんて、信じられませんでした。だけど……難しい年頃ですから、わたしも自信がなくって」

伊知千鶴子は、その日は平謝りに謝って、娘を連れて帰った。

「娘はぜんぜん謝らないし、言い訳もしないんです。むすっとしてるばっかりで。でも、何か様子がおかしいと思って」

もやもやした疑念が消えないので、もう少し詳しい状況を教えてもらおうと、数日後、彼女は〈AKIMI〉を再訪した。

「そしたら昭見さんが」

この母親も「そしたら」と言う。

「娘は自分の意思で万引きしたんじゃなくて、友達にやらされたんじゃないかって言うもんですから、もう驚いてしまって」

「お嬢さんが、昭見さんにはそう打ち明けたんでしょうか」

「いえ、はっきり言ったわけじゃないんです。ただ、娘が店内でうろうろ——物色っていうんでしょうか、そういう態度をしているとき、外から様子を窺っている若い子たちがいたそうで」

それは怪しい。

「娘の態度も、何ですか、バレバレっていうんですか。あからさまに不審だし。それで、いざ捕まえてみたら、押し黙っているけど反抗しないし、逃げようともしない」

——で、ピンときたんですよ。実はこの子は万引きなんかしたくなかったんだな、と。

失敗してほっとしている。昭見豊はそう言ったという。

——娘さん、悪い仲間に唆《そそのか》されているか、いじめられてるんじゃありませんか。

「その若い子たちは、お嬢さんが捕まったらどうしました？」

「パッといなくなってしまったそうです」

ますます怪しい。

「昭見さん、もしも娘がまたうちの店に来たら、できるだけ事情を聞いてみるって言ってくださいました。親切な店主さんでよかったって、わたしも心強いような気持ちになりまして」

思い切って娘を問い詰めてみると、半泣きになりながら白状したそうだ。

「友達の名前は言いませんでしたけど、しばらく前から、そういう——いじめというか強要というか」

「あまり素行のよろしくない仲間たちのぱしりにされていたんですね」

伊知千鶴子はうなずいた。「もう二度としないし、ああいう友達とは絶交すると約束してくれました。ちょうど夏休みですから、学校で顔を合わせることもありませんしね」

表面上はそうだが、その手のグループというのは、学校から外に出ても影響力を持っている。年長者が関与してくることもあるから、油断は禁物だ。

「その後、お嬢さんは？」

「あんなことは一度っきりです。もう大丈夫だと、本人も言ってます」

強く言い切ったが、その割には不安げな眉間の皺《しわ》が消えない。事務所に来たときの明日菜の暗い表情を思い出すと、私の胸の底にも不安が生じてきた。こっちはこっちで、解明か解決か、解毒《げどく》の必要がある案件なのではなかろうか。

「あの子、今はバイトも一生懸命していますし」と、伊知千鶴子は続けた。「〈ＡＫＩＭＩ〉にも何度か顔を出して、昭見さんと親しくなった様子でした」

「それで、母親のあなたも」

当の母親は、また身じろいだ。「お恥ずかしいですけど、それは、あの、娘のこととは別ですから」

私も、彼女を責めて恥じ入らせるのが目的で訪れたわけではない。

「不愉快なことをお伺いしてしまって、お詫びします。そうしますと、伊知さんと昭見さんのお付き合いは、昨年の夏以降ということになるわけですね」

「はい。娘の……そんな騒動があったのが、八月の初めですから」

「昭見さんのご旅行に、あなたも同行されたことはありますか」

「とんでもない！」

恥じ入るのをやめ、はにかんだ。この二つの差異は微妙だが、その違いは誰が見たってわかる。

「この絵はがきのほかに、たとえば、今旅先にいるんだという感じで、メールや電話のやりとりをしたことはありますか」

彼女はあまり考えず、すぐに答えた。「何度かありましたねえ。こっちで食べたものが美味《おい》しかったから、宅配便で送ったよとか」

中年男女の微笑《ほほえ》ましい交際だ。

「どこだったか覚えておられますか」

「さあ……」と、今度は考える。「博多《はかた》は、一度ありました。博多人形って、昔はとても高価ないいものでしたけれど、今はあまり人気がないんだそうですね。でも素晴らしい工芸品だから、もったいなくていくつか買い込んじゃったって」

それらは今、バイトの松永君が片付けている在庫のなかに埋もれているのだろう。

「あと京都と、大阪と……」

呟いて、伊知千鶴子はかぶりを振った。

「とにかく、あっちこっち出かけているみたいでした。駅弁の包み紙が面白いコレクションになるから、そのために特急や新幹線に乗ることもあるんだとか」

「定休日になると出かける、という感じですかね」

「そこまでは、わたしにはわかりません。わたしも仕事がありますし」

急に現実に戻ったかのように、厳しい眼差しになった。

「若い人たちみたいに、しょっちゅう連絡を取り合ったりなんかしてられません」

交際を始めてまだ一年も経たず、女性の方には多感な年頃の娘がいるのだ。

「震災の前も、最後に会ったのは二月のうちでしたし、三月に入ってからだって、メールぐらいしたかしら……」

都内で暮らしていても、震災を境に日常が分断されてしまい、三・一一以前の出来事の記憶が実際以上に遠くなって、リアルに思い出せないという人は多い。これは仕方がない。

「わたしは衣料品の量販店に勤めているので、季節の変わり目は忙しいんです。残業も多いし休日出勤もありますから、正直言って、昭見さんのことは頭に浮かびませんでした」

今となっては、それが悔やまれてならないのだろう。彼女はくちびるを噛んだ。

「ちょっとでも連絡をとって、どこか出かける予定があるのなら、聞いておけばよかった。そしたら手がかりになったでしょうに」

「思い詰めないでください」と、私は言った。「誰にとっても思いがけない災害でした」

短く挨拶を交わして、外へ出た。一人になった伊知千鶴子が、脚が一本がたついたテーブルに向かって座り、天板に肘をつき、やがて両手で顔を覆ってしまう様が目に見えるような気がした。

4

次の段階としては、ともかく昭見氏の兄さんに会いたい。

明日菜からの依頼であることは伏せておく約束だから、今度は率直に事情を話してバイトの松永君から連絡先を聞き出す――というストレートな手は使いにくい。もう一度適当な話をでっちあげて尋ねたところで、なかなかしっかりと〈ＡＫＩＭＩ〉の殿軍《しんがり》役を務めているあの青年に怪しまれるだけだろう。

結局、その週は、「今、人生でいちばん忙しい」木田ちゃんが情報をつかんでくれるのを待って過ごすことにした。被災地の現状に詳しいＮＧＯの知人にも相談してみたが、昭見豊氏がどこで被災したのか、少なくとも県のレベルまではっきりしていないと難しいということだった。

「避難所か病院にいるのだとしたら、本人からご家族に連絡がありそうなものですよ。大怪我《おおけが》をして動けなくても、意識さえあれば、誰かが代わりに音信をつけてあげることができますからね」

だから昭見氏の場合、本人を捜し当てることとすなわち遺体の確認となる可能性が高いが、遺体そのものがまだ見つかっていない場合も大いにあり得る。現地でも、津波のあとの瓦礫《がれき》のなかで家族の亡骸《なきがら》を探し続けている人びとが大勢いるのだ。

ただぼうっと待っているのも芸がないし、新しい事務所兼自宅の片付けは済んだので、タイミングよく舞い込んだ〈オフィス蛎殻〉の仕事を一つ受けた。潰れた保険代理店の、ざっと二十年分ほど溜《た》まった古い書類を精査して整理するという根仕事である。段ボール箱は十数個もあるというから、私がオフィスに行くことにした。ついでに木田ちゃんの様子を窺い、彼の機嫌がよさそうだったら催促することもできるから都合がいい。

〈オフィス蛎殻〉とは、小鹿《こじか》さんという事務の女性を通して仕事のやりとりをする。小柄でぽっちゃりした感じのいい人だが、初対面のとき、

「事務の小鹿です。業務の窓口役をします。どうぞよろしく」

簡にして要を得た挨拶があっただけで、名前も年齢も経歴も謎である。外見の印象からして、たぶん私と同年代であろう。左手の薬指に金の指輪をしているから既婚者であろう。それ以上のことを詮索する隙のないてきぱきした職員だ。

西新橋の小さいが真新しいインテリジェントビルの三階フロアを占領している〈オフィス蛎殻〉は、来訪者と職員とがごたごた入り交じることがないよう巧みにパーティションされており、私のような下請け調査員の立ち入る場所も限られている。小鹿さんに連れられて入った個室には、見るからに古色のついたものから新しそうなものまで、様々な形と種類の段ボール箱が積み上げられていた。

「特に期限はありませんが、一週間を目処《めど》に片付けてください」

「この代理店では、特定の書類保管箱を使ってなかったんですね」

「そのようです」

小鹿さんは傍らの〈マルケイのチーズスナック〉の段ボール箱の蓋に触れ、その指先をふっと吹いた。

「埃だらけです。マスクが要りますか」

「お願いします」

まずはべったりと張りついたガムテープを剝がすのに奮闘していたら、

「こんにちは」

折り紙マイスターの調査員、南さんが顔を覗かせた。久しぶりだ。私が自前の事務所を開いてからは、初めて会う。

「杉村さんが来ていると、小鹿さんに聞きましたので」

これどうぞと、袋入りの使い捨てマスクをくれた。

「ありがとうございます。おかげさまで何とかやってます」

「――今は、お手伝いが要りそうですが。こりゃ大変だ」

古い箱だと、蓋を開けた途端に黴《かび》と埃の臭いがぷんとする。親会社はそっくり焼却か溶解処分にしようとしたのを、蜥殻所長が情報を整理しデータ化して返すことを条件に買い取ったのだそうだ。もちろん、内容については守秘義務を負う。

南さんが、妙に納得顔で言う。

「そうか、データは木田ちゃんの領分だけど、文書は杉村さんが専門ですよねえ」

いつからそういう話になったんだ?

「僕は文書の専門家じゃありませんよ」

「編集者をしてたんだから、私らよりは通でしょう。坊ちゃん――じゃなくて所長も、杉村さんが戦力に加わったから、こういうのにも手を伸ばすようになったのかなあ」

だとすると恐ろしい。私は埃に弱く、アレルギー性鼻炎になりやすいのだ。

「南さん、今は?」

「行動確認の交代待ちです」

複数の調査員で誰かを見張っているのだ。〈オフィス蜥殻〉では、行動確認には五時間交代で張りつく。一人の人間の集中力持続時間は五時間が限界だという所長のお達しがあるからだ。

「呼び出しがあるまでは暇です」

書類の束を取り出し、機械的に年度ごとに分けて積み上げるところまで、南さんは付き合ってくれた。

「内容的には、おおまかに四種類に分けられるはずです。契約書、入出金の帳簿、外務員の日報や月報、あと、トラブった場合の調査報告書」

「探偵としては、調査報告書に興味を抱くべきでしょうね」

「所長もそうなんでしょう。ケーススタディになりますから」

だからって、丸ごと買い取ってしまうのも大胆ではあるが。

「どんな代理店にも、一人や二人は〈困ったちゃん〉な契約者がいるはずです。医療保険や傷害保険で繰り返し調査対象になっている人物が見つかったら、その人の案件を取り出して時系列に並べていくと、面白くなりそうですね」

南さんの方が、私より手慣れているじゃないか。

「杉村探偵事務所の方はいいんですか」

「それが、僕も情報待ちの状態でして」

震災後、行方不明になっている人物を捜しているのだということだけ説明すると、彼は顔を曇らせた。

「気の毒ですね……。しかし、それは現地に入らないと難しいでしょう」

「そうなんですが、本人がどこにいたのかわからないんです。震災の前日に、東北の方へ行ってくると言い残していただけなので」

すると、南さんは目をしばたたいた。

「ははあ」

髪が薄くなった丸い頭をつるりと撫《な》でる。

「杉村さん、余計なお世話を申しますが、その案件の場合、震災がらみの――こう、何と申しますかね、感情的に揺さぶられる部分は脇に置いて、単なる行方不明の案件としてとらえることを忘れない方がいいと思います」

そして急に照れくさそうになり、じゃ、まあこれでなどとごにょごにょ言って部屋を出ていった。

未曾有の大災害による悲劇に、感情的に揺さぶられる部分を脇に置く。

具体的にどうすべきかはわからないが、私はその一文を胸に書き留めた。


二十一日の土曜日の朝、私が新橋のオフィスに出勤するのを待っていたかのように、スマホにメールが着信した。木田ちゃんからだ。

〈昭見電工株式会社　冷凍食品やレトルト食品製造用大型機械の製造とメンテナンスの専門企業代表取締役・昭見寿《ひさし》氏〉

参照先として、昭見電工のURLも添えてあった。さっそくアクセスしてみると、企業のPR用らしいスクエアな印象のホームページの冒頭に、昭見社長の顔写真がアップしてある。茶髪を黒髪に変えて眼鏡をとったら、昭見豊氏によく似ていた。

さらに、〈社長室から〉というコラム欄には昭見社長の文章が載せられていて、遡って読んでゆくと、三月末の更新分にこんな一文が見つかった。

「東京で雑貨店を営んでいた小生の弟も東北旅行中に被災し、現在も安否がわからないままです」

これはもう間違いなかろう。さすがは木田ちゃんだ。

昭見電工の顧客は中部・近畿地方の企業が七割以上を占めているのだが、津波で汚損してしまった被災地の缶詰工場や魚加工工場の修繕と復旧に、人手と技術を提供しているという。

「復旧のお手伝いに携わることは製造業界に身を置く企業人の一人として当然の役務であると心得ておりますが、同時に、東北の地をこよなく愛し、たびたび彼《か》の地を訪れていた小生の弟も喜んでくれるだろうという、兄としての想《おも》いもあります」

昭見兄弟の関係は良好だったのだ。〈ＡＫＩＭＩ〉の店じまいに、バイトの松永君が、「お兄さんから指示されていろいろやってて」と話していたのも、納得がいく。

昭見電工の代表電話には、土日は休日である旨の録音メッセージが応答した。メンテナンス業務もしている会社だから、顧客用には、いつでも繋がる直通番号があるのだろうが、それはホームページには載っていない。

ジタバタするより、週明けまでに書類整理の仕事を済ませておこう。巧妙な保険金詐欺事件を発掘するというハプニングもなく、八割方は片付いて、あとひと息だった。

その日はまる一日、翌日の日曜日も、〈オフィス蛎殻〉は基本的に年中無休で誰かしらいるので、私も出勤して頑張り、昼過ぎにはすっかり作業を終えた。

ビルの外は日曜日のオフィス街だ。駅のそばのコーヒーショップで昼食をとるうちに、〈ＡＫＩＭＩ〉へ行ってみるかと思いついた。あの店も商品の整理が進んでいる様子だった。中身はもうトランクルームに移り、店舗は空《から》になっているかもしれない。

それなら、バイト君の目を気にせず、近隣に聞き込みができる。ご近所の知り合いが、三月十一日以前にひょっこり昭見豊氏と話をして、「近々〇〇へ行くんだよ」などと聞いている可能性はほとんどゼロだろうが、まったくゼロだとも限らない。

私は特に勘のいい人間ではないし、もちろん千里眼でもない。ただ、この日は幸運の女神がこちらを向いていた。

行ってみると、〈ＡＫＩＭＩ〉のシャッターを巻き上げて、店内から人が出てくるところだった。背広姿の男性が二人。そのうちの一人は、昨日、ホームページ上で見かけたばかりの顔のように見えた。

二人の男性はビルの前で挨拶を交わし、一方の男性だけが私の方に向かって歩いてきた。私は、片割れの男性が店の中に引っ込むのを待ち、通り過ぎてゆく男性をいったんやり過ごして顔を確認した。

間違いない。

「失礼します」と、その背中に声をかけた。「昭見豊さんのお兄様の、昭見寿さんでいらっしゃいますか」

仕立てのいいスーツに革靴、ネクタイはなし。いい具合に古色のついた革鞄《かばん》を提げた男性は、振り返ると、さして驚いたふうもなく、

「はい、そうですが」と応じた。低音のいい声だった。

「不躾にお呼び止めして申し訳ありません」

私は丁寧に一礼し、名刺を出した。

「杉村と申します。つい最近、豊さんの知人の方から、豊さんを捜してほしいという依頼を受けたばかりでして、お兄様の昭見さんにもご連絡しようと思っているところでした」

この兄弟はよく似ているが、歳はやや離れているのだろう。昭見社長は髪に白髪が多く、目元や口元に皺が目立つ。全体に老けて、疲れているように見えるのは、心労のせいもあるのかもしれないが。

「探偵事務所？」

名刺と私の顔を見比べた。

「その知人というのは、松永君ではないんでしょうね」

「松永さんは、豊さんが雇っていた店員ですね。ええ、彼からの依頼ではありません」

「そうすると――」

昭見社長はちょっと目を細めた。

「豊が交際していた女性でしょうか。伊知さん、でしたかね」

伊知千鶴子のことを知っているのか。

「伊知千鶴子さんも、非常に心配している様子です」

「そう。私は面識がないんですが」

呟いて、思案げな顔をした。

「今さら会ってもしょうがないですしね。捜索願いはこちらの警察署に出してありますが、豊の安否は、まだまったくわかりません。よろしければ、あなたからそう伝えてあげてくれませんか」

そして名刺を返して寄越した。こういうときは逆らわない方がいい。私は名刺を受け取った。

「今日は、店舗の契約解除のためにいらしたんでしょうか」

「ええ、引き渡しの立ち会いでね。私が連帯保証人になっていたものだから」

まだ店舗のなかに残っているであろうもう一人の男性は、不動産屋かビル管理会社の担当者だろう。

「昭見社長がご自身でいらっしゃるとは」

「弟のことですから」

ちらりと腕時計に目を落とし、

「申し訳ないが、もう行きませんと」

「名古屋にお帰りになるんですね。それでしたら、タクシーで東京駅へお送りします。そのあいだだけでかまいませんので、もう少しお話を聞かせていただけませんか」

そこで初めて、昭見社長は真《ま》っ直《す》ぐに私の顔を見た。企業のトップに検分されることになら、私は経験値を積んでいる。力まず、へりくだらず、テレビのニュース番組を見ているような顔をしているのが一番だ。

それでよかったらしい。けっしてにこやかな表情ではなかったが、口調は丁寧に、昭見社長は言った。

「この近くに、古い喫茶店があるんです。この前来たのはもう二年も前ですから、つぶれているかもしれませんが、行ってみますか」


その店はちゃんと営業していた。BGMにクラシック音楽が流れる、ゆかしい珈琲《コーヒー》専門店だ。

「私も、弟のためなら藁《わら》にもすがりたいんですよ」

昭見社長はそう切り出した。

「〈AKIMI〉の顧客リストがすぐ見つかりましたのでね。豊がこれまで買い入れをした先で、被災地にお住まいの方には、片っ端から連絡をとってみました」

通信網が（部分的にであれ）復旧し、連絡が通じるようになるまでは時間がかかった。やっと連絡がとれても、当人が亡くなっている場合もあった。

「残念ながら、収穫はありません。少なくとも連絡がついた限りでは、弟はどちらの方《かた》のところも訪ねていなかった」

「現地にいらしたことは？」

「四月も末になってから。ただこれは弟の捜索のためというより、仙台に仮事務所を設けましたので――」

「被災地の工場の復旧をサポートするためですね。ホームページを拝見しました」

「まだまだ、道路も鉄道も分断されたままですからね。思うに任せませんが、できることから少しずつお手伝いしたいと思いまして」

コーヒーには手をつけず、苦いものを噛むような顔をして、窓の外へ目をやっている。

「豊はああいう気ままな商売をして、幸せにやっていたんですから、身内としてはもう諦めるしかありません」

ただ、何とか見つけてやりたい。ぽつりとそう呟いた。

「恐縮ですが、少し伺わせてください。豊さんが東北へ行っていて被災したらしいと知ったのは、震災当日のうちですか」

「ええ。震源地は三陸沖だが、東京もえらいことになっているらしい。家内がニュースを見て知らせてくれたので、すぐ〈ＡＫＩＭＩ〉に電話してみました。それで――店番のアルバイトの子と話しまして」

「松永君ですね」

豊氏の携帯電話は繋がった。が、〈電源が入っていないか電波が届かない場所にあります〉というメッセージが聞こえるだけで、

「それも、数日経ったらまったく無反応になってしまいました」

「震災後、最初にこちらにいらしたのはいつですか」

「十六日の午後です。もっと早く来たかったのですが、十二日の未明に、長野で震度6の地震があったでしょう？　そのあと、静岡の方でも」

そういえばそうだ。すっかり忘れていた。

「あれで家内が怖がってしまいましてね。次はいつどこで大きな揺れが来るかわからない、と。福島第一原発の事故も深刻化する一方でしたし、家から離れないでくれと頼まれまして」

夫人の心情としては、無理もない。

「十六日も、新幹線に乗る間際まで夫婦喧嘩していました。しかし私は、ともかく一度は〈AKIMI〉に行きたかったので、家内を振り切って出てきたんです」

松永君とは、そのときが初対面だったのだそうだ。

「しっかりしたいい若者だと思いました。本人も不安だろうに、私を励ましてくれた」

——社長は運の強い人ですから、きっと無事だと思います。

「店のことはいい加減にしておけないからと、てきぱきしていました。まず売り上げを確認してくれと」

帳簿のデータと現金、店舗名義の通帳の残高は、端数までぴたりと合っていた。

「豊も松永君を信頼していたんでしょう。出入口やレジの鍵だけでなく、金庫の鍵も預けていた。まあ、金庫といっても小さくてちゃちなもので、店舗の賃貸借契約書や保険関係の書類が入っているだけでしたが」

もともと豊氏は手元に多額の現金を置く習慣がなく、買い付けなどの必要に応じて、その都度こまめに口座から出していたらしい。

「弟は気ままな男でしたが、そういう点では几帳面だったんです。在庫品のリストもパソコンで整然と管理されていました」

「そうした事柄は、すべて松永君から聞かれたんですね」

「はい。ちゃんと筋を通したふるまいで、感心しました」

頼むに足る店番だ、と。

「それで、当面は店を預けることにしたんです。何よりも、誰かがいて、連絡をとれるようにしておいてほしかった」

営業するかどうかの判断は松永君に任せたが、

「ほとんど開店休業だというので……。だってねえ、世の中はまだ騒然としていて、映画館はガラガラ、プロ野球も開幕できるかどうかあやしかったくらいでしょう」

「電力不足でしたしね」

東日本全域はまだ非常事態下にあった。

「〈ＡＫＩＭＩ〉のような趣味の店で買い物する人がいるわけがありません。それで、三月いっぱいで閉めることにしました。私も、そのころにはもう、弟がひょっこり帰ってくるなんてことはありそうもないと」

そこで言葉を切り、昭見社長はいったん口をへの字に曲げてから、続けた。

「――覚悟しましたので」

私は無言でうなずいた。社長はお冷やのグラスを手に取り、ゆっくりと一口飲んだ。

「松永君の話では、馴染みのお客がときどき来ては、豊の消息を聞いてくれたそうです。有り難いことだと思っています」

「〈ＡＫＩＭＩ〉にはブログがあるようですが」

「あれも松永君に頼んでありました。豊が被災したらしいという情報を流すと、いろいろ書き込みがあって、なかには悪質なガセネタもあると怒っていましたよ」

「今は閉鎖されていますね」

「そういうことなら閉めてくれと、私が指示したんです」

私が松永君から聞いた話と、だいたい符合している。

「豊さんは店の奥にお住まいだったんですよね」

「そうです。その方が面倒がないからと」

やはり、奥が居住スペースになっていたのだ。

「ですから私も、まあ二年か三年に一度ぐらいですかね、弟の顔を見に来たときは、奥に泊めてもらっていました。居住用ではない物件ですから、狭くて不自由でしたが」

「豊さんがふらっと旅行に出ることは、よくあったんでしょうか」

「ええ。実家にもまめに帰ってきましたが、たいてい、どこかへ出かけたついでに寄ったと言っていましたから」

「特に定休日に限らず、思い立つと出かけていた？」

「店番がいたから、気にすることもなかったんでしょう。松永君の前にも、司法試験を目指している若者を雇っていた。若者ったって、彼はもう三十を過ぎていたかなあ。結局は諦めて、どこかへ就職したんです。松永君はその後釜ですよ」

〈ＡＫＩＭＩ〉のことをよく知っている。

「こんなことになってしまうと、豊が気楽な独り身でいてよかった。アルバイトの店員なら、よく働いてくれても、給料を精算するだけで済みますからね。妻子がいたら、そうはいかない」

まだそう言い切るのは早い、弟さんは生きているかもしれません――と、私は言わなかった。昭見社長の険しい横顔には、そんな空想的な楽観を寄せ付けないものがあった。この兄さんは、既に何度も失望を繰り返し、諦めることで気持ちにきりをつけようとしているのだ。

「伊知さんには気の毒ですが、昭見家としては、豊がいなくなってしまった以上、もうどのように処遇することもできません。ご納得いただけるよう、お伝え願えませんか」

昭見社長は、私の依頼者が伊知千鶴子だと思い込んでいる。しかも、これは興味深い発言だ。

「処遇とおっしゃいますと」

彼は私の方に向き直った。「豊は伊知さんと結婚するつもりでいたんです。先方からもそう聞かされているんでしょう？」

私の返答を待たずに続けた。

「私どもは反対していました。同棲でも事実婚でも好きなようにすればいいが、籍を入れることだけは駄目だと。豊はあの歳で初婚ですが、相手は再婚で連れ子もいる。いろいろややこしいことになります。最初《はな》から無理な話でした」

短兵急に言い捨てたことが後ろめたくなったかのように、急いで言い添えた。

「私どもは、いわゆる同族会社です。豊も株主の一人ですし――」

そういう事情なら、私は身に染みて知っている。資産家の一族が、その構成メンバーの一人が〈恋愛〉というタグを付けて拾ってきたどこの馬の骨かもわからない他所者《よそもの》を、どのように思うものなのかということも。

「お察しします。ただ、伊知千鶴子さんは、豊さんと交際していたことは事実ですが、結婚まで考えてはいなかったようです」

昭見社長の目が広がった。「豊はすっかりその気でいましたよ。娘さんのことまで話していたくらいだ。通っている高校がよくないので、いずれは転校させたいとか」

豊氏は、明日菜の万引きの一件までは打ち明けていないらしい。私も伏せておくことにしよう。

「伊知さんの側には、そこまでの認識はありません。豊さんのご親族の皆さんがいろいろ懸念されるのはごもっともですが、伊知千鶴子さんは、娘さんと二人でつましく暮らしている女性です。今、豊さんの身を案じているのも、親しくしていた相手のことだからであって、何ら魂胆があるわけではありません。そこはご理解のほどをお願いいたします」

昭見社長の目が、頼りなく泳いだ。

「そうですか」

冷めかけたコーヒーを飲み、一緒に何か、錠剤よりは大きなものを呑《の》み下したような顔をした。

「弟は……あんな趣味みたいな商売をするくらいですから、いくつになっても子供っぽいところがありましてね」

そういう男を評する褒め言葉がある。永遠の少年。

「中年の恋に舞い上がって、相手の女性の気持ちや立場を考えず、一人で先走っていたんですかね。我々が反対するから、ムキになっていたのかもしれない」

そしてふっと苦笑した。

「自分は事業家になんかならない、次男なんだから好きにさせてくれと、東京の大学に行ったらそれっきりで、まあフラフラといろいろな仕事をしてましたよ。両親からまとまった資産を相続しましたから、生活に困ったことはないと思いますが」

昔は、そういう人を〈高等遊民〉と称した。がらくたみたいな〈カジュアル〉であれ、アンティークを愛《め》でるにはふさわしい階層だ。

「私は事情をよく知らないまま、伊知さんに対して失礼な印象を抱いていたようです。申し訳ない」

昭見社長のような立場の人物が、些細《ささい》なことであれ、すぐ謝罪するのは珍しい。

「失礼のついでに、先ほどお返しした貴方《あなた》の名刺も、やはり頂戴できませんか。何かわかったらご連絡します。貴方の方から、伊知さんに伝えてくださると有り難い」

私が差し出した名刺に目を落とし、

「こういう調査料は、安くないのでしょう。伊知さんには負担でしょうね」

「この件は特別です」と、私は言った。「震災関連のマターですから、僕のような商売の者でも、ボランティアで動いています」

昭見社長はちょっと瞬きをした。その一瞬で私を検分し直したのかもしれないが、どんな数値が出たのかはわからない。

「たった一人の弟のことですから、全て自分でやりたいのですが、悲しいかなそうもいきません。今後、ご連絡するのはうちの社の者になるでしょうが、あしからず」

「承知しました。すみません、あと一つだけ。松永君は、もう辞めているんですよね？」

「ええ。先ほど、不動産屋に鍵を引き渡すときまでは立ち会っていましたが」

私は、すれ違いになったらしい。

「恐縮ですが、彼の住所か連絡先をご存じでしたら、教えていただけませんか。僕の方は聞き損ねてしまいまして」

怪訝《けげん》そうな顔をされたので、私は苦笑してみせた。

「伊知さんと娘さんは、どうも松永君のウケがよくないんです。特に娘さんの方は、豊さんの安否のことで何度か松永君と話しているんですが、まあ、けんもほろろと言いましょうか。ですから僕も接触が難しくて」

「ほう」と、昭見社長は声を出した。「それは初耳です。私は、松永君とは伊知さんの話をしたことがないので……」

となると、松永君の明日菜に対する態度は、昭見社長（とその一族）の意を汲《く》んだものではないのだ。

「ただ、豊から聞いていた限りでは、松永君は伊知さんの娘さんに」

そこでいったん言葉を切ると、昭見社長は小首をかしげた。

「むしろ、好意を抱いていたのじゃないのかなあ」

それはまた面白い情報だ。

「豊さんはどうおっしゃっていたんですか」

「いや……どうというほどではありません。正月に実家で会ったとき、うちのバイト君は伊知さんの娘さんに気があるんだとか、その程度のことですよ」

あり得ないことではない。

「豊が初めて伊知さんとの結婚話を持ち出したのが、そのときだったんです」

年の初め、家族と親族が集まっているところで爆弾発言だ。

「うちの父親も母親も、命日が四月なんですよ。父は十三回忌、母は七回忌になります。その法事の場に伊知さんを連れてきて紹介するとか、いきなり言い出したものだから、大騒ぎになりました」

「じゃあ、松永君と娘さんの話も、そのついでみたいなもんだったんですね」

「ええ。内気だけど可愛い娘さんだとか、まあ、そんな流れでしたかねえ」

確かに、伊知明日菜は内気というか陰気である。そのくせ（本人は「口が悪い」と自認しているが）思ったことをズケズケロに出す癖がある。だから、陰険だと思う向きもあるだろう。私の印象は、

——損な子だな。

その一言に尽きた。

「私も松永君の連絡先は知りません」

よく働いてくれても、ただのバイトだ。しかも昭見社長の部下ではなく、弟が雇っていただけの青年だ。

「この件で、私に代わって動いてくれたうちの者が、携帯電話の番号ぐらい聞いているかもしれないが……勝手にお教えするのはどうですかねえ」

もうそんな必要もないだろう、と言う。

「そうですね。ご放念ください」

伊知母娘は松永君にウケが悪かったと言ったら、どんな反応があるか。それを知りたかっただけだから、用は足りた。

私は伝票に手を伸ばした。と、それを遮るようにちょっと手をかざして、昭見社長は言った。

「——先ほど、ボランティアだと言っていましたが」

「はい」

「それは何か個人的な理由があってのことですか。貴方も被災地に親族がいるとか」

「そういうことではありません。僕がこの件でその表現を使うのは不謹慎でした」

「いや、咎《とが》めるつもりでお尋ねしたのではないんです」

昭見社長はかぶりを振る。

「今後当分のあいだ、この国は舵《かじ》を喪《うしな》って迷走しますよ。羅針盤が壊れ、船体に穴が空き、機関室では原発事故という火災が起きている。その状態で、大海を漂うしかない」

我々は皆、その船に乗っている。

「今はこうして生きている私どもも、明日はどうなるか知れません。それでも私は社を守り、家族と社員たちを守っていかねばならない。その立場を忘れ、弟一人のことにかまけるのは、今日を限りだと決めて上京してきました」

私は黙ってうなずいた。

昭見社長はお冷やを飲み、つと目を上げた。

「いきなり突飛なことを訊きますが、杉村さんは〈ドッペルゲンガー〉というものを知っていますか」

「は?」

「ドイツ語です。日本語では〈二重身〉という漢字をあてるそうですよ。自分にそっくりなもう一人の自分が現れるという現象で、不吉なことなのだとか」

ああ、それなら知っている。

「ミステリアスな現象なので、いくつもの文学作品の素材になっています。不吉だというのは、ドッペルゲンガーを見ると間もなく死ぬという謂《い》われがあるからでしょう」

昭見社長は面食らったらしい。

「貴方も詳しいんですね」

「僕はこの稼業に入る前に、編集者をしていたことがあるんです」

「それはまた、畑違いな転職をしたものですな」

「はい、いろいろありまして」

実は——と、指で鼻筋を掻きながら、昭見社長は言い出した。

「私どもの親父《おやじ》が、その経験をしているんです。会社から帰宅したら、玄関先に自分がいて、座って靴を脱いでいたと」

驚いて立ちすくんでいると、その分身は悠々と家の奥へ入っていったそうだ。

「慌てて後を追いかけても、姿は消えていた。親父があんまり騒ぐので、母は救急車を呼びそうになった」

それから三日後、昭見兄弟の父親、当時の昭見電工の社長は、脳出血で急死した。

「葬儀のとき、母からその話を聞いた豊が言い出したんです」

——親父はドッペルゲンガーを見たんだ。

「あいつは本読みで、雑学というか、文学的なことというか、まあそんな類いの話に詳しかったもので」

ライター業をしていた時期もあったというのだから、不思議はない。

「それで、よく言ってたんですよ。こういうのは血筋だから、俺も兄さんも、死ぬ前にはきっとドッペルゲンガーを見るよ、と」

私は鼻で笑っていたけれど、と言う。

「だってねえ、そんなことがあるわけがない。今度のように、突然の大災害で大勢の犠牲者が出ると、なおさらそう思いますよ」

そうですね、と私は言った。「ドッペルゲンガーは何らかの象徴、寓話《ぐうわ》でしょう」

人は死を予知することができない。それは最大の恐怖だ。その恐怖を中和するために、人は説明を欲し、物語をつくる。

「そう、二重身なんていうものは、物理的な現象ではない」

昭見社長は真顔で続けた。

「親父が見た分身は、幻覚だったんでしょう。脳出血の前触れだったのかもしれない」

しかし、ね。

「だったら、豊にはそういう前触れがなかったのかなとも思ってしまうんですよ。ドッペルゲンガーじゃなくたっていいが、何かこう、予兆めいたものが」

北へ行くな、と。

「それとも、本当にあいつの前にドッペルゲンガーが現れたのかもしれない。豊はそれを追っかけて、行ってしまったんです」

いったん目を閉じ、ふう、と息を吐いてから、言った。

「申し訳ない。つまらない話をお聞かせしました」

珈琲店を出て、我々は別れた。昭見社長がタクシーに乗るのを見届けてから足立ビルに戻ってみると、巻き上げ式のシャッターには〈貸物件〉の表示が貼ってあった。

伊知明日菜には、電話ではなく顔を見て報告したかった。月曜日の朝に連絡してみると、また彼女の方から事務所にやって来た。学校が終わり、バイトが始まるまでの時間帯に、最初の来訪の際と同じ黒ずくめのファッションで、くたびれたリュックを大事そうに抱えて座る姿勢も同じだった。

「今後は、何かわかったら昭見さんのお兄さんが僕に報せてくださる。辛いだろうけれど、今までと違って何のあてもなしにただ待つわけじゃないから、辛抱してほしい」

明日菜は黙って下唇を嚙んでいる。

「あなたのお母さんにも、僕の方からこのお話をしておきます」

無言のままの明日菜を見つめているうちに、ファッションの一部が前に会ったときと違っていることに気がついた。黒いパーカだ。前回着ていたものは襟のあたりが白っちゃけていたが、今日着ているものは比較的新しい。サイズも大きく、全体にだぶついていた。

「この件で、ほかにフォローが必要なことはあるかな」

青白い頰。ひそめた眉。顔を歪めたまま、明日菜がぐっと身を折ったので、急に気分が悪くなったのかと思ったら、違った。

「ありがとうございました」

頭を下げたのだった。

「どういたしまして。大したことはできなかったよ」

明日菜は俯《うつむ》いたままだ。ぼさぼさの髪が垂れて顔を隠している。そのまま、くぐもった声で言った。

「そしたら昭見さん、お兄さんに相談してたんだね」

うちのお母さんのこと。

「本気《マジ》で結婚しようと思ってたんだ」

「お兄さんは、豊さんからそう聞いておられたそうだ。相談というレベルじゃなく、結婚する、と」

「うちのお母さんは、杉村さんにどう言ってた？　そういう話をした？」

「いや、結婚のヶの字もなかった。むしろ、豊さんのお身内はどの程度わたしのことを知っているんでしょう――と、僕に訊いたくらいだ」

ちょっと顔を上げて、垂れ下がった前髪のあいだから、明日菜は片目だけで私を見た。

「そしたら、あたしの万引きのことは、杉村さんに言った？」

私は簡潔に応じた。「うん」

ゆっくりと身体を起こし、明日菜はリュックを抱きしめる。

「そういう引け目があるから、お母さんはプロポーズされたって受けないよ。絶対に受けない。けど、昭見さんってそういうのがわかんない人だった」

お金持ちのぼんぼんだから、と吐き捨てた。

「ただ、自分のいいようにしたいだけ。結婚のことだって、まさか断られるなんて夢にも思ってないから、勝手に盛り上がってたんだよ。昭見さんにしてみたら、捨て猫を拾ってやるようなもんだもん」

この娘《こ》は本当に損な気質《たち》だ。私はあらためてそう思った。

「昭見豊さんと君のお母さんの仲については、僕には何とも言えない。でも、昭見さんは君に親切にしてくれた人だ。そのことだけは忘れない方がいいと思うよ」

「別にあたしは、万引きで警察に突き出されたって平気だった」

「昭見さんはそう思わなかった。君のお母さんも、昭見さんのその優しさに感謝しておられた。僕はそう理解している」

私を睨《ね》めつけ、明日菜はリュックをわしづかみにすると、立ち上がった。その拍子に、リュックの四角い外ポケットのなかで、何か小さな赤いものが光っているのが透けて見えた。このリュックもそうとうくたびれているし、もともと素材が薄いものだ。

「お世話さまでした」

言葉とは裏腹の尖った口調だ。

「無料《ただ》でいいんだよね？　あとから請求されたって払わないけど」

「その心配はないよ」

私が喧嘩を買わないものだから、なおさら悔しいのだろう。苛立たしそうに身震いし、ふんと鼻息を一つ残して、伊知明日菜は事務所を出て行った。

悪い仲間がいるという。

万引きを強要されたという。

彼女がどんな友達の輪のなかにいるのか、非常に気になる。私は一瞬、相沢幹生にコンタクトすることを考え、次の一瞬でその案を退けた。この件に関わる未成年者は一人だけで充分だし、幹生君と友達なのかと尋ねたときの明日菜の反応から推しても、彼が私の疑念をきれいに解いてくれる立場にいるとは思えない。

しかし、あれは何だろう？　あの小さな赤い光。スマートフォンではなさそうだ。バッテリー切れの表示であれ、着信サインであれ、あんなふうに光りはしない。ほかに、ティーンエイジャーの女性がリュックの外ポケットに入れておくような品物で、あんなふうに点灯するものがあるだろうか。

そう、点灯だ。そういう種類の光だった。おまけに私は、ああいう赤い光をよく知っているような気がした。しばしば見かけているか、見かけてきたような気がする——

どん、どんとドアを叩く音がして、私は振り返った。

この貸間の玄関のドアではなく、竹中家のつぎはぎ屋敷本体と繋がっている内側のドアを、誰かが叩いている。

賃貸借契約を結んだとき、竹中夫人と、このドアには向こう側から鍵をかけてもらう約束をした。私の方は四十路《よそじ》目前の男寡《おとこやもめ》だから気にしないが、先方もそうだとは限らない。特に、竹中家には長女と長男・次男の夫人と幼い子供たちがいる。赤の他人の男を一つ屋根の下に間借りさせるだけでも気分がよろしくなかろうし、その男が好きなように家のなかを歩き回る可能性があるとなったら、もっと積極的に嫌だろうと思ったからだ。

そのドアを、竹中家の側から誰かが叩いているのだ。あまつさえ、

「お〜い、ごめんください」

何ともお気楽な胴間声まで聞こえてきた。

「すみません、こっち側からは開けられないんですが」

「知ってます。だから、開けていいっスか」

どうぞと応じて、その声の主に見当がついた。竹中家の三男だ。

前の事務所兼自宅の古家を借りた際、竹中夫人に家族一同と引き合わされた。三世代同居の大家族の上に、竹中氏の長男・次男は顔も背格好もよく似ており、それぞれの嫁さんもすらりとし

た美人という同一カテゴリーに属している。長女と次女は、嫁さんたちとは対照的な丸顔でグラマーだが、こちらはこちらでまた似ている。私は顔と名前を覚えきれなかった。

ただ一人の例外で、きわめて印象的だったのがこの三男君だった。竹中氏つまり父親からは「ヒッピー」、竹中夫人つまり母親からは「フーテン」と呼ばれている。実際、『イージー・ライダー』や『ファイブ・イージー・ピーセス』などのアメリカン・ニューシネマから抜け出してきたようなレトロな感じの長髪《ロンげ》の青年で、いつ見かけてもTシャツとよれよれジーンズの着た切り雀《すずめ》だ。都下にキャンパスがある私学の美大に通っていて、既に何年か留年しているらしく、竹中家の端っこにある（賓客ではない）来客用の客間の壁を飾る意味不明な抽象画の作者だから、画家の卵だ。

「どうも、冬馬《とうま》です」

竹中冬馬。所以《ゆえん》は知らないが、家族からは〈トニー〉と呼ばれている。

「すみません、外からぐるっと回ってると、遅くなっちゃうと思ったもんで」

出し抜けで、意味不明だった。

「何が遅くなるんですか」

「今さっき出てってたっしょ、黒ずくめの女子が」

伊知明日菜のことだ。

「ああいうファッションの娘《こ》、美大生にわりといるんスよ。だから何となく見てたら、ここを出た先の角のところで、立ち止まって顔をこう」

トニーは痩せぎすで、一八〇センチ以上ありそうな長身だ。その高いところについている面長の顔を、彼は両手で覆ってみせた。

「泣いてるみたいに見えたもんで、杉村さんに報せた方がいいかなあと思ったんすよ。あの娘《こ》、依頼人でしょ？」

　印象的だったとはいえ、たった一度挨拶したきりのトニーの親切心と、伊知明日菜が泣いていたという意外さと、しかし私の前で泣かないのはいかにも彼女らしいという納得のブレンドに、私はちょっと混乱した。

「まだ角のところにいるかもしれないっスよ。オレ、見てきましょうか」

「ああ、いや、僕が行きます」

　私は急いで表へ出た。トニーが教えてくれた場所に、明日菜はいなかった。遠くを見遣《みや》っても、後ろ姿も見つからない。

「いませんでした」

　戻ってそう告げると、トニーは残念そうに骨張った肩を落とした。

「あちゃ〜。もっと早くご注進すればよかったっスね。依頼人が泣き泣き帰ってくって、探偵ビジネスとしては、まずいっしょ」

「まあ、そうとは限りません。ケースバイケースですよ」

　と言う私の顔に、言外の含みが顕《あらわ》れていたのだろう。トニーは慌てて手をふりふり、

「別にオレ、見張ってたわけじゃないスよ。たまたまぼうっと外を見てただけ。二階のこっち側に部屋があるから」

　それに暇だし、と言う。

「マコ姉《ねえ》がここに住んでたころにも、よく報せてやってて。彼が来るよってね。表通りからこっちに通じてる一本道が、オレの部屋からは丸見えだから」

竹中家の次女・昌子さんは彼の次姉。フーテンのトニーは五人兄弟姉妹《きょうだい》の末っ子だ。竹中家の財力ならば、彼が美大で何年留年しようが痛くも痒《かゆ》くもなかろう。ついでに言うなら次女の昌子さんも、ご近所の事情通・ヤナギ薬局の柳夫人によれば、

――大学も中退しちゃったし、定職に就いたこともない、親がかりのぼんくら娘よ。

漠然とではあるが、昌子と冬馬は竹中家のはみ出し者扱いを受けているような、あるいは進んでそういう立場に身を置いているような印象があった。そんな次姉を、トニーはマコ姉と呼んでいる。二人は仲が良かったのだろう。

昌子さんの名前が出て、私はハッとした。竹中夫人に「あのろくでなし」と呼ばれていた彼女の恋人は、この部屋に出入りしていたのか――ということにではない。

「冬馬さんは、震災の後、昌子さんと会ったことはありますか」

一緒に古家を検分した日、竹中夫人は、「震災の後も昌子は電話一本寄越さない」と怒っていた。あの場では私も聞き流してしまったが、昭見豊氏の件を受けてから、これは実は不穏な事態ではないのかと思い始めていたのだ。竹中昌子は実家に電話一本寄越さないのではなく、寄越せないのではないか、と。

が、トニーは呆気《あっけ》なく「はい」と答えた。

「つい昨日も、大学の近くで昼飯を一緒に食ったばっかです」

ああ、取り越し苦労だったか。

「よかった。実は奥様から、震災後、昌子さんから連絡がないと伺っていたもんだから」

あっはっはと、トニーはまた呑気《のんき》な胴間声で笑った。

「マコ姉は、うちの誰かが死んだって葬式にも来てやらないって言い捨てて出ていったんだから、

震度5ぐらいじゃ連絡なんかしてこないっすよ」

となると、また別の心配が生じる。

「ご家族の皆さんと、そんなに険悪なんですか」

「はい。でも、昨日今日の話じゃないっすからねえ」

まったく気に病んでいない様子である。

「うちの初号とも一号とも二号とも気が合わないし、姉貴とは険悪どころか不倶戴天《ふぐたいてん》の敵同士って感じだし」

「――初号？」

「親父のことッス。一号は上の兄貴で、二号は下の兄貴。嫁さんがホラ、竹中嫁一号と嫁二号って呼ばれてるから、その援用」

ということは長男が結婚して以降の呼称なのだろうが、それにしてもユニークだ。

「ちなみにおふくろは〈ビッグマム〉。オレもマコ姉も『ワンピース』のファンなんで」

ちょっとクラクラしてきた。

「上のお姉さんのことは、普通に〈姉貴〉って呼んでいるんですね」

「ときどきは〈悪魔〉ですけど」

どんなに幸福そうな家庭にも憂いはあるものだ。それに、これだけあっけらかんと表明される憂いなら、さほど案じることもあるまいと思うことにした。

「杉村さんも、オレなんかのこと、さん付けはやめてくださいよ」

トニーでいいっスよ、と笑う。

「それはちょっと照れくさいから、冬馬君でどう？」

「ま、いいっす」

「トニーっていう呼び名の由来を教えてもらってもいいかな」

「オレ、アントニオ・オリベイラっていう画家の信者なんです。チリの現代画家なんすけどね。日本じゃほとんど知られてないし、売れてもいない。なにしろ、この人の描く人物画って屍体《したい》ばっか。要するに変態なんスよ」

変態の信者だとけろりとして言うトニーが、邪気のない笑顔の持ち主でよかった。

「でも、君は屍体の絵を描いてないよね」

「描いてますよ。うちの中では見せてないだけ。杉村さん、興味あります？」

「ん、いずれまた」

「いつでも声かけてください。オレのアトリエはすぐ上ですから」

例の首折れ階段を上がった先は、トニーの部屋に通じているのである。

「でも、マコ姉のことまで心配してくれるなんて、杉村さんっていい人っスね。だからビッグマムが肩入れするんだな」

私は竹中夫人に肩入れしてもらっているのか。いるのだろうな。

「ちらっと、バツイチだって聞きましたけど……」

「うん。子供は女の子が一人。この春で小学校四年生になったんだ。別れた妻と一緒に暮らしてる」

「震災のとき、大丈夫でしたか」

あの日、揺れが収まってから古家に戻ると、私はまっ先に別れた妻に電話をかけた。幸いすぐ繋がって、彼女も娘の桃子も自宅に——妻の父親の屋敷におり、無事だと確認がとれた。

私の元妻の父親・今多嘉親は、今では引退しているが、かつては財界の巨頭の一人だった。世田谷にあるその広く堅牢な造りの屋敷では、物慣れた使用人たちもそばについている。何も心配することはなかった。

「普通なら、娘はまだ学校にいる時間帯だったんだけどね。あの日はたまたま新入学生の保護者向けの説明会があって、授業は午前中だけだったんだ」

あの長く恐ろしい揺れと、その後の大惨事のニュース映像、しばしば鳴り響く緊急地震速報と執拗《しつよう》な余震を、桃子は、考え得る限りもっとも心強い状況で乗り切ったことになる。それは桃子の幸運であったばかりか、私にとっても救いだった。

「そりゃラッキーでしたね。うちの姪《めい》っ子や甥《おい》っ子たちは学校にいて、迎えに行くのにえらい手間かかったって」

「都内は交通機関がダウンしてたもんなあ」

「めちゃめちゃな渋滞だったし」

その後、福島第一原発の事故が深刻化すると、私の元妻と娘は、しばらくのあいだ東京を離れていた。夏休みになるとよく出かける軽井沢のホテルに宿泊し、戻って来たのは三月の末ごろだ。その間、桃子とはスカイプで毎日やりとりしていたが、

——お父さんもこっちに来て。

泣かれると辛かった。お父さんは大丈夫だよと、何の根拠もなしに言うのも辛かった。

「あの日、君はどこにいたの?」

「たまたま大学にいたんス。後輩が制作中の壁画の下絵が倒れちゃって大騒ぎ」

言って、トニーはちょっと首をかしげた。

「オレが被災地にボランティアに行くって言ったら、何でだか初号が怒るんスよ。じゃあ絵を描きに行くって言ったら――」

「もっと怒られただろ」

「こんな大変なときに、バカも休み休み言えって」

長髪をかきむしって、こう続けた。

「オレ、できるだけ早いうちに、福島第一原発の絵を描きに行きたいんスよね。せめて絵に描いて残しといてやんないと、原発も無念だろうから」

「――無念?」

「ええ。こんなふうになんないように、オレら精一杯頑張ったんだけども、壊れちまってすいませんって、あいつらも言いたいんじゃないかなあ」

原発で働いている人びとのことではなく、原発そのものを擬人化したこの台詞《せりふ》は、一部の知識人が、「福島第一原発を供養してやるべきだ」と発言していることと重なるような気がした。

「あれ、何かお邪魔しちゃったっすね。じゃ、どうも」

ひょろりとした長身がドアの向こうに消え、また鍵のかかる音がした。伊知明日菜が残していった暗い気配が、トニーのおかげで中和されたのを、私は感じた。ヒッピーでフーテンで変態画家の信者であっても、竹中冬馬はいい奴だ。そう思った。

そして、こんなふうにトニーとお近づきになったことが意外な形で役に立つときが、その週のうちにやってきた。

「見張られてる?」

「はい」

トニーは大真面目にうなずく。

私は自分の鼻の頭を指さした。「僕が？」

「そうです。正確には、杉村探偵事務所が見張られていると言うべきかもしれないけど」

「誰に」

「複数の若者に」

いっそう表情を引き締めて、

「この〈若者〉は、ＮＨＫのアナウンサーが〈ワールドカップサッカーの日本戦の夜に渋谷で若者たちが騒動を起こす可能性があるので警視庁が警備の準備をしています〉とか言う場合の、〈若者〉です」

彼がけっしてふざけてはいないということは、私にもわかった。

「ま、オレなんかもＮＨＫや警視庁から見ると〈若者〉かもしれないから具体的に言うと、制服は着てないけど、ありゃ高校生っスね」

男女の二人組だそうだ。二人とも茶髪で「とっぽい感じ」。とりわけ女子は「キャバクラ系」。

現状、この事務所に接近してくるティーンエイジャーなら、伊知明日菜か、彼女に杉村探偵事務所のことを教えた相沢幹生か、その双方の「仲間内」である可能性が高い。ただ、この二人組に対するトニーの印象が正しいのなら、明日菜に万引きを強要した「悪い仲間」の臭いが強くなってくる。

「いつから？」

「最初に気がついたのは一昨日《おととい》の夕方。昨日も、五時過ぎだったかな。男子の方が電柱の陰からこっちの様子を窺ってました」

女子の方は前の道を歩いたり、いったん姿を消しては男子のそばに戻ってきたり、要するに近くをうろうろしていたそうだ。

「うちのまわりをぐるっと一周して、ぽかんと口を開けてましたよ。この家の造りが奇っ怪だから、びっくりしてたんでしょうけど」

「君も彼女を観察してたの？」

「うち、窓が多いから、こういうときには便利っすよ」

我々が事務所で向き合っているのは、五月二十七日の金曜日、午後三時過ぎだ。また〈オフィス蛎殻〉から受けた仕事があり、早朝から出かけて、私は戻ってきたばかりだった。

「今日も来るかな」

「来たら、迎え撃ちますか」

トニーは意外と戦闘的である。

「優しく待ち伏せして、温和に話そう」

「つまり、とっ捕まえるわけっすね」

張り切らなくてもよろしい。

「優しくね。ジェントルに。難しいかな？」

「あの二人が現れて見張りを始めたら、オレが電話で合図します。杉村さんは玄関から外へ顔を出してみてください。そしたら、男子はたぶん逃げ出します」

「どうして？」

「昨日、オレが窓から首を出したら逃げたんスよ」

実験済みなのである。

「男子は右の脇道を通って表通りの方へ逃げますから、オレは先回りしてます。杉村さんが追っかけてきて、挟み撃ち」

「女子はどうするかな」

「見捨てて消えるか、駆けつけてくるか、二人の関係性によるっスね」

「わかった。くれぐれもジェントルにね」

という次第で、我々の挟撃作戦はその日の午後五時二十五分に決行され、やすやすと成功を見た。男子と女子がばらける前に、二人がこそこそと電柱の陰に隠れつつ、別にここらに用があるわけじゃねえよという芝居を始めたばかりのところで一緒に捕獲――ではなく、コンタクト。ちなみに、二人を発見したときのトニーの合図は、「鷲《わし》は舞い降りた」だった。笑ってはいけない。

「杉村探偵事務所に何か用かな。僕が杉村だけど」

温和に話しかけると、

「何だよ」

男子の方は、私にそう凄《すご》んでみせた。顔立ちは整っているのに雰囲気は崩れている。今時の若者の四割方はこんな感じだろう。

「ちょっと、乱暴しないでよ!」

女子の方は、私に迫ってきた。

間近に見ると確かにティーンエイジャーで、しかし中学生の幼さはない。二人とも高校生だろう。が、その歳でもこの女子は、「男は若い女には甘いし弱い」という情けない真実を把握しきっている雰囲気を身につけていた。彼女から見ればオッサンである私のような男にも、上限ぎりぎりの若者ではあるがむさくるしいフーテンのトニーにも、「オンナ」という武器は有効だと知り抜いている。というか確信している。その確信に体験の裏付けがありそうな匂いを、彼女の身のこなしから、ふっと感じた。

「別に、君たちに危害を加えようというわけじゃないよ」

私は投降するように両手を軽く挙げてみせた。

「ただ、ここ数日、うちの事務所の様子を窺っているようだから、君らは僕に何か用があるんじゃないかと思って」

男子と女子は顔を見合わせた。その視線のぶつかり方で、主導権は女子の方にあると見当がついたから、私は彼女に問いかけた。

「君たちは、相沢幹生君の友達だね」

ナチュラルメイクに見えるように入念にほどこされたメイクに、付け睫《まつげ》だけがアンバランスに目立つ。その目を瞠《みは》って、女子は私を見つめた。

「何で知ってンの？」

「探偵だから」

答えたのは私ではない。トニーだ。

女子は鬱陶しそうにトニーを一瞥《いちべつ》すると、男子に寄り添い、その手を握った。

「だったらさ、あたしたちのこと丁重に扱ってよね。客なんだから」

この女子の「客」という言葉に、すぐキャバクラの情景が浮かんできてしまう。私はトニーの表現に感化され過ぎだ。

「客って、どういう意味かな」

二人のティーンエイジャーは、この年頃の若者だけが身につけている〈あんたらオヤジどもの魂胆なんかお見通しなんだよ〉的な上から目線になった。

そして、男子の方が言った。

「俺たち、依頼人だ」

5

私の方から相沢幹生の名前を出したのは、ある程度以上の勝算はあったものの、まあ、〈かまをかけた〉のだ。それが当たったおかげで、このティーンエイジャーのカップルは気がほぐれたらしく、多弁だった。

「探偵さん、ミキオからあたしたちのこと聞いてたのね」

「だったら、事務所を引っ越したってこともちゃんと報せとけよな」

今回、彼らに新事務所の場所を教えてくれたのは、尾島木工の女性事務員だったそうだ。

「地図まで描いてくれた親切なおばさん。デブだったけど」

二人は互いを屈託なく「ナオト」「カリナ」と呼び合い、そのくせ、私が名前と身元を確認しようとすると警戒した。

「親や学校に連絡する気?」

「それが心配だから、事務所のそばでぐずぐず様子を窺っていたのかな」

「こっちはしょっぱなから気づいていたんだけどねえ」

得意気に言うトニーを、カリナはあからさまに白い目で見た。

「このヒトは探偵じゃないんでしょ」

「オレは助手だよ。有能な助手」

トニーも調子づいている。

「僕は未成年者の依頼を引き受けない。ただ、何か困っている事があるのなら、相談には乗るよ」

「それって引き受けるってことなんじゃないの?」

で、二人はつるつるとよくしゃべった。

ナオトとカリナは同じ高校の二年生で、その高校には相沢幹生もいる。ナオトは相沢幹生と親しく、カリナはナオトのガールフレンドだ。

「俺とミキオはフットサル同好会にいて、カリナはマネージャーなんだよ」

その同好会を中心に、友達の友達、そのまた友達というふうに繋がりが広がり、他校の生徒も交えたグループができていて、

「俺たち、いつもだいたいその面子《メンツ》と遊んでるんだけど——」

昨今のティーンエイジャーは、携帯電話という便利なツールのおかげで、保護者の目と耳を気にせず自由自在に連絡を取り合えるようになった。コンビニやファミレスやファーストフード店など、たむろする場所にも事欠かない。

「二ヵ月ぐらい前だったかなあ。仲間内で、ストーカーの話が出てさあ」

一人の少女が、大学生の元彼に付きまとわれ、しつこいメールや電話に悩まされていると相談してきたのだという。

「それ、マジでストーカーじゃん？　警察に届けた方がいいよって言ったんだけど」

だが少女は、「警察は頼りにならない」と嫌がった。かえって相手を刺激してしまうかもしれないと不安がる。

「そういう残念な事例が目立つからね」

「でしょ？　そしたらミキオが、じゃあ私立探偵を雇ったらいい、信用できる人を知ってるからって、教えてあげたの」

「そのストーカーの件は解決したのかな」

「うん。何か復活したみたいで」

「その女の子が、元彼とよりを戻したって意味？」

「そう」

やれやれという感じだが、ともあれ、相沢幹生が私の名前を挙げたのは、そういう経緯《いきさつ》だったのだ。おそらくは伊知明日菜も彼らの仲間の一員で、このとき私の事務所のことを知ったのだろう。

ナオトとカリナは、私が明日菜と面識があるなど夢にも思っていないはずだ。しかし私の鼻にはぷんぷん臭った。やはりこの二人が、〈ＡＫＩＭＩ〉で明日菜に万引きを強いた「悪い仲間」に違いない、と。

——いじめというか強要というか。

母親の伊知千鶴子は、確かそういう表現をしていたはずである。

去年の八月初めに起こった〈ＡＫＩＭＩ〉の万引き未遂騒動のあと、明日菜は母親に、ああいう友達とは絶交すると約束したというが、そうはいかなかったらしい。少なくとも、二ヵ月ほど前のストーカー相談を知り得たのだから、明日菜はこのライン仲間との付き合いを切っていない――切れていないのだ。

ナオトとカリナの前で、明日菜のことはおくびにも出してはいけない。私は友好的な〈探偵さん〉の顔を保った。

「なるほど。それで君たちも、相沢君お勧めの杉村探偵事務所を頼ってみようと思い立ったわけだ」

「そう。だからもういっぺんミキオに住所を確かめたのに」

「行ってみたら傾いたボロ家でびっくりしたもんだから、本当にこの探偵で大丈夫なのかと心配になっちゃったんだね」

「先に電話してみりゃよかったんじゃないの？」

トニーが口を挟み、ナオトとカリナはまた彼を睨んだ。

「ま、探偵の顔を見てみたかったんだろう。大事な用件は、電話じゃうまく伝えられないものだし」

にこやかに、私は言った。

「で、君らの相談はどんなこと？」

ナオトがカリナの顔色を窺い、カリナはきゅっと口元をすぼめた。

「――先週の土曜日にね」

「じゃないよ、日曜日」

二十二日だと、ナオトが言う。「アスナのシフトが変わっちゃってて、俺ら一時間も待たされたじゃんか」

彼らの方から明日菜の名前を出してくれた。

カリナは、何度かトニーを睨みつけたときよりも、さらに怖い目つきになった。「余計なこと言わないでよ」

トニーがにやにやしている。

「あたしたち、友達のとこに遊びにいったの。そンで帰りがけに、変な男に声かけられたんだよね」

「場所はどこ」

「新宿。駅の近く」

南口にあるファーストフード店の近くだろう。伊知明日菜のバイト先だ。

「声をかけてきたのは、まったく見ず知らずの男？」

「そう」

うなずいて答える前に、一瞬の間があった。

「で、その男がどうしたの」

「あたしたちに——ナオトも一緒にいたんだけど、どっちかっていうとあたしに、バイトしないかって」

「どんなバイト？」

「ブランドもののアクセを売りたいんだって。そういうのを買い取るショップがあるのよ。知ってる？」

「テレビのCMなら見たことがあるよ」

質屋ではない。広い意味ではリサイクルショップに該当するのだろうが、ブランドものの高額商品を専門に売り買いする店のことだ。チェーン展開している大型店もある。

「自分一人で売りに行くと、何かいろいろ疑われそうだから、あたしに一緒に行ってくれって。ああいうところは、若い女の子だとスルーなんだって」

「カリナがばっちり化粧していけば、女子大生に見えるし」

ナオトが余計な補足をして、また彼女に睨めつけられる。

私は数秒、考えた。

「その男は学生かな、社会人かな」

「学生じゃないと思う。ちゃんとしたサラリーマンでもない。プーな感じ。小汚いジーンズはいてた」

「歳はいくつぐらい？」

「探偵さんよりはずっと若い」

「そっか。それで君はどうしたの？」

カリナは横目でちらりとナオトを見た。ナオトはふてくされて下を向いていて、彼女の視線に応じない。

小さく息を吐き、カリナは言った。「断ったよ。ヘンな話だもん」

「それは賢明な判断だった」

私はわざと仰々しく言った。

「そんなうさんくさい話には乗らないに限る。断ってよかった」

トニーはにやにや笑いを引っ込め、二人のティーンエイジャーと私の顔を見比べている。画家の卵の目には、どの表情がより興味深い観察対象だろうか。

「それだけの話なら、君もナオト君も、何も困らないよね？」

カリナの付け睫がひらひらする。マスカラを濃く、丁寧に引いてある。

「だから、それだけの話じゃないんだな」

カリナは動かないが、ナオトが反応した。スニーカーの爪先がぴくぴくする。隠し切れない動揺が表れていた。

「本当は、その変な男にただ頼まれたんじゃなくて、脅かされたんじゃないか？」

そんな事でもなければ、こういうキャラの二人が私立探偵をあてにしようなどと思いつくまい。

ナオトが顔を上げた。彼もきちんと眉を調えている。若干調えすぎで、女性っぽいラインを描いている。

「何でわかンのさ」

「探偵だからね」

今度は、私が自分で言った。

「本当は、その男も赤の他人じゃなくて、知り合いなんだろう」

髪についた羽虫でも振り払うような勢いで、ナオトはかぶりを振った。「違う、違う。ホント知らない奴だ。顔を見たことがあるだけで、知り合いってレベルじゃない。名前も知らないんだから」

「友達の知り合いなの」と、カリナが言う。彼女が固めている堰《せき》か塀か、あるいは鎧《よろい》かもしれないが、そういう守りの一角にひびが入る音がした。

「あたしたちの友達がね、そいつの店で万引きしたことがあンの。その場は謝って済んだんだけど、そのことをバラすっていうんだ。学校に報せるって」

それじゃ友達が可哀相《かわいそう》だから——と、カリナは声を高くした。

「停学とか、ひょっとしたら退学になっちゃうかもしれないでしょ。だから、庇《かば》ってあげなくちゃ」

私も、伏せていたカードを一枚見せることにした。「その〈友達〉は、さっきナオト君がアスナって呼んだ子かな」

ティーンエイジャーのカップルは顔を見合わせ、目と目で互いの意向を探り合ってから、

「そうよ」

「仲間の一人」

揃って認めた。

「友達の友達って感じだから、仲良しってわけじゃないけど、でも可哀相だから」

じんわりと、この貸間に備え付けの古い電熱器が温まるくらいのスピードで、私は不愉快になってきた。

それは嘘だ。事実の改変だ。万引きは伊知明日菜が彼女の意思でしたことではない。君たちが彼女に強要したことだ。君は話をすり替えて、いい子になっている。

「その変な男は、万引きの犯人であるアスナさんのことを脅さずに、なぜ君たち友達の方を脅すんだろうね」

ナオトもカリナも固まってしまって、返事をしない。二人とも、大人に嘘をつくことには慣れていても、その嘘を不審がられたとき、うまく言い抜けられるほど賢くはないらしい。

「ともあれ、君たちはその変な男を追っ払ってほしくって、私立探偵を雇おうとしたんだね？」

カリナがこっくりした。

「この件、相沢幹生君は詳しい話を知ってるのか」

「ミキオは関係ない」

ナオトが素早く否定した。「探偵事務所のこと確かめたとき、どうかしたのかって訊かれたけど、社会見学だってごまかしたんだ。ミキオはこういうこと、嫌いだから」

「確かに、僕が知っている相沢君は、地味でイケてない女子をいじめるなんてことは嫌いだと思うよ」

カリナの眉が吊《つ》り上がった。

「アスナって生意気なんだよ！　ブスのくせに、いっつも上から目線でさ」

いじめてなんかいない、という抗弁ではない。いじめる理由があるのだという言い訳だ。

トニーが面食らったように目をしばしばさせ、呟いた。

「君こそ、怒るとめちゃくちゃブスだよ」

カリナは顔を歪めた。確かに、この女子はちっとも可愛くない。

「その男を追っ払うだけなら、君たちの親御さんに相談すればいいのに」

ナオトは、私の正気を疑うような顔をした。

「親に叱られるのは嫌か」

「当たり前じゃん」

「それだけかなあ。まだ何かありそうじゃん」トニーが半身を乗り出した。「オレは探偵さんより君たちの方に歳が近いからさあ、ピピッときちゃうっスねえ」

「あんた、ヘンタイ」

カリナは毒づいたが、ナオトは決まり悪そうにもじもじしている。

「ほかにも理由があるんだね？」

「——そいつ、俺らにも分け前をくれるっていうんだ」

ナオトの言葉に、カリナの頬に血が上ってゆく。

「あんた、それしゃべるわけ？」

「だ、だってさ」

あとでこのカップルが別れることになっても私は責任をとらないし、別れた方が双方のためだろう。

「アクセを売って金が入ったら、俺らにも取り分をくれるって」

「それで探偵を雇って、相手の素性を調べてもらおうと思ったわけだね」

「こっちもあいつの尻尾をつかんでおきゃ、安心だろ」

いじましいが、筋は通っている。

「その男は、取り分をくれるかわりに、別の要求を出してこなかったのかい？」

「もうアスナをいじめたり、たかったりするなって」

私は思わず膝を打ちそうになった。

このカップルを脅した人物は、去年の夏休みに起きた〈ＡＫＩＭＩ〉の万引き未遂騒ぎを知っており、伊知明日菜を知っており、彼女の「悪い仲間」であるナオトとカリナの顔も、おそらくは明日菜の周辺を探ることによって突き止めていた。そして、明日菜を守ってやろうとしている。

それは誰だ。可能性のある人物は限られるが、念には念を入れなければ。

「冬馬君」

私の呼びかけに、トニーは目の前で手を叩かれたみたいにびくんとした。

「へえ」

「似顔絵は描けるかい？」

この場合は、正確に言うなら〈目撃者の証言による人相書き〉だ。

「初体験っスけど、たぶん、できます」

実際、小一時間とかけずに、トニーはやってくれた。カリナとナオトからその人物の容貌の特徴を聞き出し、少しずつ描いては二人に確認させ、修正を加えて仕上げてゆく。

その顔に、私は見覚えがあった。似顔絵のその人物と目と目を合わせていると、恐ろしいことを思いついた。

私は訊いた。「この男が売りたがっているブランドもののアクセって、君たちは現物を見たの？」

カリナがうなずく。「ホントにそんな高いもの持ってるように見えなかったから、信用できないって言ってやったら、見せてくれたから」

「ジャンパーのポケットから箱ごと出して、ほらって感じでさ」と、ナオトが言った。

持ち歩いているのか。そうでないと落ち着かないのかもしれない。

それは、ある〈証拠品〉なのだから。

「そのアクセが何だったのか、言わないでくれよ。あててみせるから」

指輪だろう――と、私は言った。

「ダイヤの指輪じゃないか」

「おろろ！」

ティーンエイジャーのカップルばかりか、トニーも感心してくれた。

「そう、大きなダイヤのついた、ピアズリのデザインリング」と、カリナは答えた。

ピアズリはイタリアの高級宝飾品ブランドで、ブルガリやティファニーと同じくらい女性に人気がある。カリナが言うとおりのダイヤのデザインリングなら、軽く数百万円はするだろう。

「箱はピアズリのだったけど、ホントに本物かどうかはわかんない」

「いや、百パーセント本物だよ」

「それもわかるっすか？　杉村さん、千里眼スね」

とんでもない。千里眼どころか、私は大間抜けだった。

昭見社長は言っていた。

——豊は伊知さんと結婚するつもりでいたんです。

四月に法事で昭見家の親族が集まるから、そこで伊知千鶴子を正式に紹介しようと考えていた。

そんなふうに気持ちを固めている男は、一般的に、その前段階で何をするか。

相手の気持ちを確認する。プロポーズして返事をもらう。

そのとき、必須だというわけではないが、あればドラマチックな品物がある。男が、相手の女性が自分の求婚を受けてくれると思い込んでいる場合には、非常な高確率で用意しておく品物がある。それが、指輪だ。

昭見豊は、今年の正月に実家で結婚宣言をした後、伊知千鶴子のために指輪を買った。ピアズリのダイヤの指輪を。彼は裕福な男だったから、経済的には造作ないことだったろう。そして、プロポーズするときまで、手元で密《ひそ》かに保管していたのだ。

だが、浮き立つ心を抑えきれずに、日々身近にいる人物には見せた。あるいは見られてしまったので、事情を打ち明けた。サプライズだから、千鶴子さんにも明日菜にも内緒にしておいてくれと言った。これらは想像に過ぎないが、まったくの空想ではない。そう考えない限り、ピアズリの指輪が今この人物の手中にあることの説明がつかないからだ。

トニーが描いてくれた似顔絵の人物。

バイトの松永君だ。

今後、何かとやりとりする都合があるので挨拶しておきたいのです——と持ちかけると、伊知千鶴子は松永君の名刺をくれた。

「以前、〈AKIMI〉に行ったとき、もらったんです」

松永君が自分で作ったもので、豊氏は「何だよ、大げさだなあ」と笑っていたという。

〈AKIMI〉のロゴが入った多色刷りの名刺には、有り難いことに、彼個人のスマホの番号も添えてあった。遅まきながら松永君のフルネームも判明した。あとは木田ちゃんに頼むだけである。

「この人の身元を洗えばいいわけね」

「通話記録もほしいんだ。できれば三月頭から最近までの」

「GPSの追跡は?」

「遠方に移動する様子があったら教えてもらえると助かる」

「この人ってどんな人? スパイソフトを送り込むには、この人が確実に食いついてくれるメールを作らないといけない」

松永君は、自腹を切って名刺を作った。〈ＡＫＩＭＩ〉で応対した客には配ったろう。

「カジュアルアンティークの店で働いていた若者なんだ。お客からのメールだと思えば、きっと開く。この店のブログはまだ読めるから、参考になると思うよ」

「了解」木田ちゃんは上目遣いで私を見た。「料金、高くなるけどわかってる？」

「覚悟してる」

それでも、解明しないわけにはいかない。高価な指輪は〈結果〉なのか、〈動機〉なのか。昭見豊氏が東北へ旅行し、震災に遭って行方不明になってしまったから、松永君は指輪を盗んだのか。

それとも、指輪を盗むために——あるいは指輪を盗んだことがばれてトラブルになり、豊氏を殺害してしまったので、震災で行方不明になったように擬装しているのか。

今さらのように、私は思い出した。〈オフィス蛎殻〉で、南さんがくれた助言を。

——その案件の場合、震災がらみの感情的に揺さぶられる部分は脇に置いて、単なる行方不明の案件としてとらえることを忘れない方がいいと思います。

もっと早くに、この言葉の意味を嚙みしめるべきだった。

この件から〈震災〉を除き、昭見豊という裕福なショップ経営者が突然姿を消してしまったケースとして考えたら、普通は真っ先に、最後に彼と会った人物を疑うものだ。その人物が、「昭見さんは二、三日旅行してくると言っていた」と証言しており、しかしその証言には裏付けが存在しないのだから、なおさらである。

未曽有の大災害が目隠しになっていた。

もちろん、松永君に有利に働いた、他の要素もある。豊氏は、手元に多額の現金を置く習慣がなかったという。松永君から金庫の鍵や通帳を渡された昭見社長は、松永君の「ちゃんと筋を通す」ふるまいに感心こそすれ、商品や備品、預貯金の紛失や滅失はまったく問題にしていなかった。

何も失《な》くなっていない。盗まれていない。豊氏と松永君のあいだには、感情的なトラブルも見当たらなかった。少なくとも、伊知千鶴子や明日菜のようなまわりの人間が気づくレベルの軋轢《あつれき》はなかった。豊氏の身に何かが起こり、〈ＡＫＩＭＩ〉が閉店してしまえば松永君は職を失うだけで、一文の得もない。

だから、誰も彼を疑わなかった。

私は疑ってみるべきだった。探偵なのだから。まったく情けない話だ。さらに情けないことに、まだ願わずにいられない。どうかこの指輪は〈結果〉であって、〈動機〉ではありませんように、と。

カリナとナオトには、次の土曜日まで話を引っ張っておくように頼んだ。松永君の話には乗るけれど、平日は都合がつかない。六月四日土曜日の午後に、一緒に新宿の買い取りショップへ行こう。落ち合う場所は、直前にこちらから指定する、と。

言葉は悪いが、カリナが男あしらいに長《た》けている（というか自信を持っている）ことが、こんな局面で幸いした。松永君は彼女の申し出を諾々と受け入れた。

脅しているはずの女子高生に主導権を握られてしまう。どうしてそんなに弱気なのか。彼が孤独で、人付き合いの経験値が少ないからだ。木田ちゃんが調べ上げてくれた松永君のスマホの通話記録はがらんどうだった。震災以前のやりとりの相手は、たまにぱらぱらと明日菜が交じるぐらいで、ほぼ豊氏オンリーだ。震災以降はそこに兄の昭見社長（会社の秘書室）が加わり、〈AKIMI〉の客らしい人物もぱらぱらと交じるが、これはブログを見て豊氏の身を案じた顧客が、松永君の名刺の番号にかけてきたのだろう。

そのほかに一件、気になるものがあった。

三月十四日の夜七時過ぎ、松永君は〈AKIMI〉の近くのレンタカーショップに電話している。

昭見社長に確認してみたが、豊氏は自家用車を持っていなかった。都内に住んでいる分には必要ないと言っていたそうだ。買い付けた品を運ぶ際には、近場ではタクシーを使い、遠方の場合は宅配便、特に運搬に注意を要する品物は、美術品などを運ぶ専門業者を頼んでいたという。

「〈AKIMI〉を閉めて梱包した商品を運び出すときも、その業者を呼びました」

三月十四日の夜、松永君はどんな用事ができてレンタカーを借りたのか。

その二日後の十六日には、昭見社長が震災後初めて上京し、〈AKIMI〉を訪れている。夫人が余震や誘発地震を怖がったのでタイミングが遅れたのだが、もっと早く来ていたっておかしくはなかった。

誰かが外部から〈AKIMI〉に、豊氏の生活スペースに足を踏み入れる前に、松永君は何かを運び出したかったのではないか。

悠長にかまえていられなかったので、私は名古屋へ行って昭見社長と会った。これまでの経緯を話すと、氏は顔色を失った。痛ましくて、私は気が咎《とが》めた。

「僕の仕事は、彼に指輪の窃盗を認めさせることです」

そこから先は警察の仕事だし、私が下手に手を出しては、これから発見されるであろう証拠物件の信頼度を減ずる危険がある。

「豊さんが指輪を買ったピアズリのショップを特定したいのですが、お心当たりはありませんか」

ピアズリの店舗数はさして多くないので、しらみつぶしにあたっても何とかなる。だから念のために尋ねてみたのだが、

「あると思います」

何年か前、昭見社長は夫人の誕生日に宝飾品を贈ろうとして、たまたま実家に来ていた豊氏に相談した。すると彼は、ピアズリのものがいいと勧めた。

「私が秘書に頼んで買ってきてもらうと言うと、そんなんじゃ義姉《ねえ》さんに失礼だと」

豊氏が品物を選んでくれた。市内の大手デパートのなかにある、ピアズリの直営店だという。

「あとで訊いてみたら、家内も贔屓《ひいき》にしている店でした」

社長は自宅から夫人を呼び寄せ、我々三人で件《くだん》のショップに駆けつけた。夫人のおかげで話はすぐ通り、今年の一月五日に昭見豊氏が〇・七カラットのロシアダイヤモンドを使ったデザインリングを購入しており、サイズ直しを頼んで、月末の三十日に再度来店し、受け取っていたことがわかった。代金は三百五十万円。その場でカード決済していた。

購入したのは、正月を実家で過ごして帰るときだろう。受け取りに来たのは、

「一月末に、豊さん、うちに寄ったわよ」

昭見社長夫人は覚えていた。

「何かの展示会に来たついでだとかって、日帰りだったけれど」

ピアズリぐらいの高級店で、三百五十万円もするダイヤのデザインリングとなると、アフター

ケアのためにショップの方で記録を残しておくものだ。このロシアダイヤモンドには鑑定書がついており、そのナンバーもわかった。

「私も一緒に行きます。その方が話が早い」

私は昭見社長と二人で新幹線に飛び乗り、社長が豊氏の捜索願いを出した〈AKIMI〉の所轄警察署へ赴いて、指輪の盗難届を出した。高価な指輪が盗まれているという事実が加わったことで、豊氏の失踪にはある〈色〉がついた。それだけでも充分だったかもしれないが、担当の警察官に、社長はこう言い足した。

「こうなった以上、弟が本当に震災に巻き込まれて消息を絶ったのか、わからなくなってきました」

今はそこまでに留《とど》めておいてほしいという、私の提案を呑んだ上での発言だった。

「ありがとうございます」

「いいえ、私も彼は怪しいと思いますから、下手に先走って、逃げられたくない」

社長の表情には、怒りよりも悲痛な色が濃かった。

「よく働くし、信用できる若者だと思ったんですがね。豊だって——彼に恨まれるようなことはなかったはずだ」

弟は気のいい奴でした、と言った。

「根っからの趣味人で、経営の厳しさは知らなかった。だから甘いところもありましたが、その分、人には優しかった」

松永君からも、豊氏にはよくしてもらったと、感謝の言葉ばかり聞いているという。

その松永君について、木田ちゃんがいろいろと洗い出してくれるほどに、私は気が滅入《めい》った。

東京の下町に生まれ、五歳で父親と死別している。その後、母親は二度再婚し、二度離婚し、現在は居所不明だ。確認できる最新の住所はさいたま市内のマンションなのだが、行ってみると別人が住んでいた。その一つ前の住所は都下の町のアパートで、近隣に聞き込んでみると、そこには松永君も住んでいた時期があるとわかった。母親と、彼女のおそらくは一人目の再婚相手と、松永君の三人家族。彼が中学生のころだ。

「親父さんやおふくろさんと、しょっちゅう大声で喧嘩しててねえ。何かっていうと、親父さんが『このろくでなしが、出ていけ！』って怒鳴ってましたよ」

そんな家族のことだから、記憶に残っているのだろう。近所に住んでいる大家さんは、松永君が高校には受かったけれど、すぐ中退してしまったことも覚えていた。

「それでまた大喧嘩してたからね。そのうち、倅《せがれ》さんの姿を見かけなくなっちまって。本当に出ていっちまったんでしょう」

その後どんな生活をして、〈ＡＫＩＭＩ〉にたどり着いたのか。確実にわかるのは、彼が現在二十六歳で、伊知明日菜が思っていたような、（たぶん）彼自身もそう見せかけたがっていたような、大学生でも元大学生でもないということだ。

六月三日の午後、あの保険代理店の書類整理の仕事が認められたのか、〈オフィス蛎殻〉からまた似たような仕事が舞い込んだ。窓口役の小鹿さんの話では、今度はヘアサロンだそうだ。雇われ店長がシャンプーなど消耗品の納入業者からバックマージンをとっていたことが露見してクビになったばっかりなんだけど、この店長が事務能力皆無で帳簿がめちゃめちゃで云々《うんぬん》かんぬん。

「いいですよ、お引き受けします」

そう言って電話を切り、顔を上げたら、伊知明日菜と目が合った。

「ノックしても返事がないから」

お馴染《なじ》みのよれよれ黒ずくめファッションで、擦り切れたリュックを肩にかけている。

「探偵でも、ドアに鍵をかけないと不用心じゃない？」

私は彼女を招き入れ、コーヒーを淹れた。

「君は黒い服が好きなの？」

「面倒がないから」と、明日菜は答えた。

「汚れても傷んでも、目立たないし」

何となくそわそわしている。

「あの……昭見さんのこと、何かわかった？」

「今のところ何も」と、私は答えた。

カリナとナオトには、松永君との一件は誰にも言わないように、アスナという友達にも伏せておくようにと言い聞かせてある。二人にしても、しゃべる利点はない。が、あんまり物事を深く考える習慣がなさそうなカップルだったから、何かしら漏らしてしまったか。

「どうかしたの？」

水を向けると、明日菜はさらにそわついていて、膝の上のリュックを抱いた。

「松永さんが——あ、ほら〈ＡＫＩＭＩ〉のバイトの人」

明日菜に会いたいと、連絡してきたのだという。

「いつ？」

「メールが来たのは、今朝、学校に着いたころ。あたし、もしかして昭見さんが見つかったのかと思って」

休み時間にかけ直してみたら、

「日曜日にデートしようって言うんだ。映画を観《み》に行こうとか、ディズニーランドでもいいとか」

——どこだっていいよ。ＵＳＪにも行けるよ。奢《おご》ってあげるよ。

「こんなときに、何なんだコイツって」

「今まで、そういうことはあったの？」

「ないよ」

にべもない否定である。

「松永さん、あたしが万引きし損なって昭見さんに捕まったことを知ってるんだもん。そんな人と付き合いたくない」

「彼はその場にいたわけじゃないよね？」

「昭見さんから聞いたんでしょ。あれがお母さんとの出会いだったんだからさ」

「どうして急に誘われたんだろうね」

「知らない」

言ってから、明日菜は少し考えた。

「お店がなくなって、もう会う機会がないからね。正面から誘ってきたのかも」

「ってことは、松永君はあたしに気がありそうだなあって、君も気づいてたわけか」

「まあね」

「だからメアドも教えてあげた、と」

「断るのがめんどかったから。あたしみたいなのに気がある男なんて、へたれだってことはわかってるよ」

「僕はそうは思わない」

私は肩をすくめてみせた。

「君が口が悪いのは、自分自身に対して残酷だからじゃないのかな。いつも自分で自分に怒ってるから、誰に対しても、ものの言い方がきつくなるんだ」

さほど強い一撃を繰り出したつもりはないのに、明日菜はすうっと引いてしまった。

「ごめんよ。でも君は、君自身で思っているよりも、ずっといい娘《こ》だ。外見だって捨てたもんじゃない。僕の知り合いが君を見かけて、美大生だろうと言ってた。そのブラックな古着ファッションが、それなりにキマってるからじゃないのかな」

明日菜はしおしおっと笑った。「それ、美大生だっていうだけで美化してる」

私も笑った。明日菜がリュックを抱え直すと、薄べったい黒い布を透かして、またあの赤いランプが点灯しているのが見えた。

そうか——と、わかった。

私は間抜けな探偵だが、編集者としては経験を積んでいる。前の職場で社内報作りをしているころには、大勢の人びとにインタビューした。座談会の記録を採り、あとで文章に起こしたことも数知れず。

どこかで見たことがあるようなあの赤いランプは、そういうときに必需品だったもののランプとそっくりだ。

ＩＣレコーダー。リュックのポケットにも楽々収まるサイズの録音機器。

「あたしが〈ＡＫＩＭＩ〉に行ってたのは、あのお店の品物を見るのが好きだったから。昭見さんもまあ――嫌なヒトじゃなかったし」

懐かしむように、明日菜は呟く。嫌な人ではなかった。母親の交際相手に対する複雑な感情を整理した上での表現ならば、それはかなり好意的な評価だろう。

「でも、松永さんのことは何とも思ってなかった。あの人はちょっと勘違いしてたみたいで、ときどきバイト先に来るから困った」

「ハンバーガーを食べに？」

「うん。一度なんか、あたしがレジにいると何度も並び直して話しかけてきた。そのときは、やめてよってはっきり言った」

松永君が、明日菜にたかるカリナとナオトをはっきり確認したのも、そうやって明日菜のバイト先を訪れていた折ではなかったか。ああ、こいつらが明日菜に万引きをさせようとした悪い仲間だな、と。

松永君は、明日菜をその悪い仲間から守ろうとしている。決行日は明日だ。ピアズリの指輪を売って大金を得たら、カリナとナオトの横っ面を札束で張って追い払う。自分が彼らの弱みを握っているのだから、明日菜はもういじめられない。たかられない。

彼女とデートしよう。楽しく豪華なデートをしよう。ディズニーランドでも、ＵＳＪだっていい。

――奢ってあげるよ。

まだ金を手にしてもいないのに。

「杉村さん、どうしたの？」

明日菜が訝しげに私を見ている。その細面の白い顔。無造作に切った黒髪。美人ではないが、この年頃の女の子に、美人かどうかなんて物差しは、実はあんまり意味がない。肝心なのは好みと個性だからだ。

「伊知明日菜さん、教えてくれないかな」

努めて気軽に、私は問いかけた。

「いつからそんなことをしてるんだい？　人との会話をこっそり録音するなんて」

自信がないからだと、明日菜は打ち明けてくれた。

「あたし、ホントにそんなに口が悪いのかって思って。言うことがきつい、きついって、みんなに嫌われるけど、本当にきついことを言っちゃってるのかって確かめたくて」

日常の他愛《たわい》ない会話など、するそばから忘れてしまうのが普通だ。だが、明日菜はそれが怖かった。いつもいつも、自分が何を言い、相手がどうリアクションし、それに対してまた自分がどんな言葉を投げたのか、いちいち気になって仕方がないのだ。

「最初に、言葉がきついって言われたのはいつ？」

「中学のころには言われたことない。すごい指摘されるようになったのは、高校に入ってから」

「仲のいい友達に？」

「うん、クラスメイトのマリカって子。ていうか、その子の友達が最初かな。あたしたちとは学校が違うんだけど、遊び仲間がいて」

おそらく、それがカリナだろう。

「みんなで集まるときとか、何かもう、口を開くたびにきついとか、今のは上から目線でムカつくね〜とか」

明日菜も、多少は自覚があるという。

「自分でも気が強いとは思うよ。すぐに『バカじゃないの』とか『そんなのおかしい』とか言っちゃうのはよくないって、お母さんにも注意されたことがあるし」

だから気をつけようと思う。意識するとかえって固くなり、余計なことを言わずに短い言葉で表現しようと思うときつくなる。悪循環だ。

「録音して確かめてみようって思いついたのは、そんなに前のことじゃない。バカみたいなんだけど――って、また言っちゃった」

昨年十二月の初め、母親が職場の忘年会で行われたビンゴゲームで二等の賞品をあてた。それがセンサー作動式のＩＣレコーダーだったのだ。

「幹事の人が英会話を習ってて、自分がほしいものを賞品にしたんだって」

「それはバカみたいなんじゃない。本物のバカだ」

幹事として、根本的に間違っている。

「うちのお母さんがＩＣレコーダーなんかもらったって、何の役にも立たないよ。誰かにあげちゃうか、安く売るかすればいいのに、せっかくあたったんだからって持って帰ってきてさ。引き出しにしまったきりで」

で、明日菜がその有効な使い道を見出《みいだ》したわけである。

「録音してみて、気が済んだ？」

私の問いに、明日菜は今まででもっとも恥ずかしそうな、消え入りそうな顔をした。

「再生してみたのは、いっぺんだけ」

それきり、聴いてみる勇気をなくしてしまったと言った。

「言葉がきついっていう以前に、あたし、声がひどいんだもの」

「録音すると、本人の地声より甲高くって、別人の声みたいに聞こえるもんだよ」

センサー作動式だから、音声を感知すると勝手に録音する。ＩＣレコーダーは容量が多く、数百時間分のデータを保存することができる。明日菜は、自宅にいるときと教室では電源を切っているという。バイト先ではリュックごとロッカーのなか。レコーダーが作動するのは、一日のうちでも限られた自由時間だけだ。友達とのぶっちゃけたおしゃべりでのやりとりが問題なのだから、それで用は足りるのだ。

ならば、かなり遡ったデータが残っている可能性がある。

「伊知明日菜さん。もしも僕が、昭見豊さんを捜している探偵として頼んだら、そのレコーダーの中身を聴かせてくれるかな」

「こんなものが役に立つの？」

「かもしれない」

意図している以上に、私の顔つきが真剣だったのだろう。明日菜はリュックのポケットを開けると、スリムでメタリックなＩＣレコーダーを取り出し、「はい」と私の前に差し出した。

「ありがとう。すぐファイルをコピーする」

「いいよ。そのまんま貸す」

そして口元をほころばせた。

「そんなの、もう要らない。持ってたって意味ないのはわかってたんだけど、やめられなかったんだ」

レコーダーの分だけ軽くなったリュックを背負い、明日菜が帰ったあと、私はレコーダーにイャホンを繋いで聴いてみた。

作動して録音するたびにファイルが一つできるシステムで、そのファイルは日付順に並んでいる。雑音ばかりでほとんど聴き取れないものも多い。女の子がきゃあきゃあ騒いでいたり、やたら音楽がうるさかったり、笑い声の合間にぼそぼそと会話がかすんでいたり、かとおもえば妙に鮮明にニュースを読むアナウンサーの声が録音されていたりする。

三月十一日以降の録音には、緊急地震速報の受信を報せる、スマホや携帯電話の呻るような響きも交じっていた。そのとき明日菜と一緒にいたその持ち主たちが、怖がったり嫌がったり、「また誤報に決まってるよ」などと強がったりしている声も聞こえた。

何を見つければ収穫となるのか、自分でもわかっていなかった。だが、見つけたら、それが収穫なのだとわかった。

三月十四日、午後三時四十五分に録音開始されたファイルだ。私は手元のメモを繰り、確認した。

この前日、十三日には伊知千鶴子が〈AKIMI〉を訪ね、帰宅して泣いていた。心配になった明日菜は、翌日つまりこの十四日の放課後に〈AKIMI〉へ行った。

すると、松永君がテレビにかじりついて原発事故の報道を見ていた。その音声は入っていないから、明日菜が来たので消したのか、消音にしたのだろう。

店はまだ営業していた。彼と明日菜の「西日本に避難した方がいいよ」「それよか昭見さんが心配なんだ」などのやりとりのあと、誰か別の客が来たらしい様子がある。

女性客だ。声の感じは若くはないが、老人ではなさそうだ。

——店長のこと、何かわかった？

——いえ、まだ何も。

——心配ねえ。

松永君の口調は丁寧だが打ち解けている。常連客なのだろう。

——お店、どうするの？

——わかりません。近々、名古屋のお兄さんが上京してくるんですけど、まだいつになるか決まってなくて。

——こっちは物騒だもんねえ。わざわざ安全なところから来やしないか。

——タカイ（あるいはナカイか）さんは避難するんですか。

——旦那の仕事があるからねえ。あたしと子供だけでも、どっか行った方がいいかしら。

これらの会話が交わされているあいだ、明日菜はリュックを持った状態で、店内のどこか近くにいたのだろう。ときどき雑音が入るが、録音状態は良好だった。

——松永君も大変だね。ここに泊まってるの？　店長は奥に住んでたんだよね。

——はい。僕は自分ちに帰ってますけど。

——あら、じゃあゴミ出しを忘れてない？

臭いわよ。

その女性客は、明瞭にそう発言している。嫌な臭いを嗅いだとき我々がよくそうするように、顔をしかめ鼻面に皺を寄せている様子が目に浮かんでくる。

——何か腐ってるみたいな臭いよ。生ゴミじゃないの？　それとも、どっかでネズミでも死んでるとか。

ここでざざっと大きな雑音がかぶり、松永君が何と答えたのか聴き取れない。その女性客に声

をかけられ、

——ねえ、変な臭いがするわよね？

明日菜が振り向いたのかもしれない。

いずれにしろ、最初に話を聞いたとき、彼女の口からこの件は出てこなかった。小さな出来事だ。忘れてしまったのだろう。

嗅覚は個体差が大きい。敏感な人もいれば、そうでない人もいる。たとえば私の姉は非常に鼻ざといが、私はまるっきり鈍い。鼻はすぐ慣れてしまうので、ちょっとした異臭では、外から来た人に指摘されないと気づかないこともある。

三月十四日の午後四時前後に、〈ＡＫＩＭＩ〉ではこういう会話があった。

同日の午後七時過ぎ、松永君はレンタカーを借りた。

夜のあいだに、何を運んだのか。

今年の三月は寒かった。だがネズミであれ、それよりもっと大きな生きものであれ、死ねば腐敗が始まる。気温が低いほどその進行は鈍るが、遅かれ早かれ腐敗臭がする。

イヤホンを耳から引き抜き、私は片手で目を覆った。


松永君と会うために、私は慎重にお膳立てをした。彼を取り逃がしてしまうことも心配だが、万に一つでも危険な展開になってはいけない。

蛎殻所長に相談すると、この手の注意を要する会見にぴったりな喫茶店を紹介してもらうことができた。オフィスでも何度か使ったことがあるそうで、店長と所長はツーカーの間柄だ。場所も新宿駅西口に近く、雑居ビルの地下一階にある小さな店で、出入口を固めやすかった。

カリナを通し、落ち合う時間は午後二時ジャストと連絡した。念のため、一時から三時の二時間は店を貸し切りにして、オフィスの調査員が二人、客のふりをして出入口のそばに座る。一人は南さんで、あとの一人は、当日になって所長が自ら御神輿《おみこし》をあげてくれることになった。

「興味があるからね」

約束の三十分前に、カリナから松永君に、確認の電話をかけてもらった。

「ねえ、あの指輪、ちゃんと持ってきてる？　あたしたちのこと騙《だま》そうとかしてない？」

甘ったるい声で、すかすように揺さぶるように、カリナはしゃべった。

「先にお店に入って、写メ撮って送ってよ。それ見てからでないと、あたし行かない」

カリナはいい子ちゃんではないが、けっこうな役者だ。写メはすぐ送られてきた。近くのパーキングに駐《と》めた〈オフィス蛎殻〉の社用車のなかで、私は二人のティーンエイジャーと、その映像を確認した。

「この前見せられた指輪に間違いない？」

「うん」

「じゃ、君たちは帰りなさい」

いったん路上に出てタクシーを停め、二人を乗せて、運転手には四ツ谷駅まで行くように頼んで、チケットを渡した。

「あたしたちがいなくていいの？」

「いない方が君たちのためだ。それとも立ち会うかい？　その場合は一緒に警察まで行って、万引きのことも、君たちが友達から小遣いをたかっていたことも、全部白状する羽目になるよ」

カリナはまたぞろ顔を歪めたけれど、ナオトの方は素直だった。彼にしては毅然《きぜん》とした態度で、カリナの腕をとって言った。

「行こう。これで済んで、俺らラッキーなんだよ」

「いい発言だ。ついでに、今後は少し行いを改めようと思ってくれ」

カリナはむすっと私を無視したが、ナオトは「はい」と返事をした。「うん」ではなく、「はい」と。


私の携帯電話には、二時十五分前に、南さんからメールが来た。

「対象人物が着席しました」

待ち合わせよりは早いが、私も喫茶店のなかに入った。南さんは入口のガラス扉のすぐ脇のテーブル席におり、通用口に近いカウンター席には、足元に杖《つえ》を立てかけて、蛎殻所長が腰掛けていた。鼻筋に銀縁眼鏡を載せ、ノートパソコンを眺めている。

松永君は奥のボックス席にいた。カーキ色のジャンパーにジーンズ。私が〈AKIMI〉で会ったときにはつるりとしていた顎に、しょぼしょぼと髭《ひげ》を生やしている。無精髭ではなく、ファッションのつもりだろう。

彼は私の顔を覚えていなかったらしい。近づいていって向かいの椅子に座ると、怪訝そうに目を細めた。

私は無言で自分の名刺をテーブルに置いた。

「以前、〈AKIMI〉で会ったよね」

相対すると、松永君の薄手のジャンパーの内ポケットがふくらんでいるのがわかった。指輪の箱の角が飛び出している。

「実は、僕はこういう者です。昭見社長の依頼を受けて、豊さんを捜していました」

松永君の顔から表情が消えた。

「君が今内ポケットに入れている、ピアズリのダイヤの指輪を見せてくれないかな」

彼は動かない。口元だけが震えている。

つと視線を上げ、私の背後を仰いで、その目が広がった。カウンター席の奥から、昭見社長が現れたのだ。状況がはっきりするまでは隠れているように打ち合わせておいたのだが、辛抱し切れなかったのだろう。

昭見社長は私のそばに立つと、松永君を見おろした。

「豊がどこにいるのか教えてください」

丁寧な口調だ。頼むというより、諭すような響きがあった。

松永君の口元から、さざ波のように震えが広がってゆく。顎ががくがくし、肩が揺れる。

「——出来心です」

すみません、と頭を下げた。

「お返しします」

ジャンパーのポケットにつっかえて、指輪の箱はなかなか出てこなかった。松永君の指が震えているせいかもしれない。

「一緒に警察へ行こう」と、私は言った。「指輪さえ返せばいいという問題じゃない。それは君もわかっているよね」

やっと箱を引っ張り出し、松永君はそれをテーブルに置いた。ダークブルーに銀の箔《はく》押しの、小ぶりだが豪華な箱だ。

「本当に出来心でした。すみません」

「豊はどこにいる？」

「知りません」

今や全身をわななかせながら、松永君は囁いた。「僕は何にも知りません。昭見さんは東北へ買い付けに行って――」

「三月十四日の夜に、なぜレンタカーを借りたのかな」

人が蒼白《そうはく》になる瞬間というのは、あまり目撃したいものではない。

「この日の夕方、常連のお客さんに、店のなかで異臭がすると言われたからかい」

人が崩壊する瞬間というのは、さらに目撃したいものではない。

瞬間、彼が砂でできた像になったように思えた。端からぽろぽろと崩れ、人としての輪郭を失ってゆく。

「進んで話した方が、罪が軽くなる。それがどんな罪でもね」

「出頭しなさい」と、昭見社長が言った。感情を抑え、見事に自分をコントロールしているが、疲れて落胆していた。

松永君は、まさに昨夜の私がそうしたように、片手を挙げて目を覆った。呼気が乱れる。泣きだしたのだった。

「ごめんなさい」

謝罪の言葉は、どんな罪を詫《わ》びるためのものであれ、決まり切っている。

「――殺すつもりはなかったんです」

嗚咽《おえつ》が漏れた。昭見社長が後ろに下がり、携帯電話を取り出した。

パトカーが来るまで十分足らず、我々は無言で待った。松永君は泣き続け、店内のＢＧＭが、その単調な泣き声にかぶった。いわゆるヒーリング系の、よく耳にするピアノ曲だ。
以来、私はこの曲が嫌いになった。

警察というところは、捜査中の事件の情報を出したがらない。相手が被害者の遺族でもこの傾向は強く、ましてや私立探偵など、まるで相手にしてくれない。私の大きな情報源は、新聞とテレビのニュースだった。

松永君が昭見豊氏を殺害したのは、三月十日の午後のことだった。この日、〈ＡＫＩＭＩ〉は定休日だったが、豊氏が在庫品の整理をするというので、松永君は手伝いに行った。そこで口論になり、手近にあったワインの空きボトルで豊氏の頭を殴ってしまったのだった。

口論の原因は〈ＡＫＩＭＩ〉にあった。豊氏はこのとき初めてはっきりと、遅くとも六月中には伊知千鶴子と結婚し、店を閉めて名古屋の実家の近くへ帰るつもりだと、松永君に告げた。明日菜のためには、夏休みに転居して、二学期からあちらの高校に編入できるようにしてやりたいから、と。

松永君は、それなら〈ＡＫＩＭＩ〉を自分に任せてほしいと頼んだ。よく働いてきたつもりだし、自分と親しいお客もいる。豊氏が名古屋でまたカジュアルアンティークの店を開くなら、こちらは分店という形で残してくれないか、と。

豊氏は、笑ってそれを退けた。彼にしてみれば論外の提案だったのだ。松永君はただのアルバイトに過ぎない。

自分の頼みが一蹴されたこと。しかも笑われたこと。それが動機だと、松永君は供述しているという。瞬間的に逆上して、前後を忘れてしまった。だから、遺体をどうするも考えられず、〈ＡＫＩＭＩ〉の奥の豊氏の居住スペースに運び込んで隠そうとして、彼が上着の内ポケットにピアズリの箱を隠していることに気づいた。豊氏は、ふさわしいタイミングがきたらいつでも伊知千鶴子に渡せるように、大事な指輪を肌身離さず持ち歩いていたのだ。

翌日は店を開けた。お客が来ると、昭見さんは買い付けに出かけたとだけ説明した。その時点では、行き先までは明言していなかったのだ。豊氏が気まぐれに買い付けに出かけることは、常連客にはよく知られていたから、この説明で数日は時間を稼げる。

午後二時四十六分、東日本大震災が発生して、状況は変わった。

このときの松永君の心境を勝手に想像しては、豊氏に失礼だろう。が、彼の不在について、松永君が、ただ「買い付けに出かけています」ではなく、「たまたま東北へ行ってるんです。無事だといいんだけど」と語れるようになったことは間違いない。

二万人もの死者と行方不明者を出したあの悲劇が、松永君にとっては隠れ蓑《みの》になった。

私は、彼の明日菜への想いを想像する。それくらいは、探偵として許されてもいいだろうと思うから。

伊知千鶴子が豊氏と結婚すれば、明日菜の人生は変わる。少なくとも経済的な苦労からは抜け出せる。それは、孤独で貧しい松永君とはまったく違う暮らしの位相へ移ってしまうということだ。

彼はそれが辛かった。だから、自分にも少しは変化がほしかった。〈ＡＫＩＭＩ〉の経営を任せてほしいというのは、彼にしては最大限の高望みだ。だが、まったくの空頼みではない。豊氏とはうまくやってきた。彼は金持ちで、そもそも〈ＡＫＩＭＩ〉は道楽みたいな店だ。頼めば、「いいよ」と承知してくれるかもしれない。くれるだろう。くれたっていい。バイトだけど、俺は一生懸命働いてきたんだ。ずっとツキに恵まれなかった人生だけど、ここで一つぐらい、望みがかなったっていいじゃないか。

だが、豊氏は笑って断った。

松永君は、遺体の遺棄場所については、なかなか供述しなかった。それさえ口に出さなければ、まだ罪を免れることができるとでも思うのか。それとも、遺体という形で自分の罪に直面するのを、ただ先延ばしにしたいだけなのか。

松永君の供述に従い、警察が、青いビニールシートに包まれビニールテープでぐるぐる巻きにされた遺体を掘り出したのは、逮捕から一週間後のことだ。遺棄現場は、彼がかつて暮らした町の郊外の、中途半端に造成が進んだ山林のなかだった。

テレビの中では、記者やレポーターが、〈ＡＫＩＭＩ〉の近隣の人びとや、常連客たちの声を報じるようになった。誰もが一様に驚いていた。松永容疑者はそんなことをするようなタイプには見えなかった、と。

そのなかに一つ、こんな声があった。

「震災のあと、三、四日経ってたかなあ。近所のホームセンターで、松永容疑者とばったり会ったんですよ。ブルーシートを買ってた。どうしたのって訊いたら、地震で配管がどっか緩んじゃったらしくて、水漏れして困ってるんだって」

平時なら、大判のビニールシートを買い込むことに、もう少しもっともらしい理由が必要だったろう。ここでも大震災が松永君を庇ったことになる。

彼は、時々刻々と報じられる原発事故のニュースにかじりついていたという。明日菜に、西日本に避難した方がいいと勧めもした。本気で心配していたからだろう。当時の報道を再見してみると、東日本全域が無人の地になる可能性も指摘されている。

それでも彼は豊氏の遺体を埋め、〈ＡＫＩＭＩ〉の留守を守り、嘘をついて真実を隠し続けていた。

昭見社長の手足となって働いて、まだわずかな望みをつないでいたのかもしれない。昭見社長が、弟の安否がわかるまで、この店は君に任せると言ってくれたらいいな、と。

世界で何が起きていようと、人は自分の人生を生きるしかない。自分の夢をみるしかない。できるだけいい夢をみようと、懸命に足掻《あが》きながら。

――デートしようよ。奢ってあげるよ。

まだ金を手にする前に、彼はそう言って明日菜を誘った。盗んだ指輪を売り、明日菜にたかる悪い仲間を追っ払うという〈面倒〉の前に、楽しい約束の方を先に取り付けておきたかったのだとしたら、いかにも小心だ。そんな小心な若者が人を殺し、遺体を捨て、その後も（傍目《はため》には）涼しい顔をして、被害者の遺族や親しい人々とやりとりをしていた。

昭見豊氏が、突然の横死の前に自身のドッペルゲンガーに遭遇していたのかどうか、今となっては永遠の謎だ。だが、私はドッペルゲンガーはいたと思う。豊氏のではなく、松永君の二重身だ。狡猾《こうかつ》で邪悪で、愛や富や幸福や、彼がそれまで得ることができなかった全てのものに飢《かつ》えている、もう一人の彼だ。生身の彼から離れて罪を犯した忌まわしい幽鬼だ。幽鬼だったから、現実の脅威を憂い怯えることもなく、ただ自分の欲だけのために行動することができた。

それは、私一人の思い込みではなさそうだ。豊氏の遺体が発見されたあと、私の事務所でコーヒーを飲んでいたトニーが、自分で描いた松永君の似顔絵をしみじみと検分して、こう呟いたからだ。

「――生きている人を描いたのに、屍体の絵みたいに見えるのは、オレの気のせいッスかねえ」

トニーはまだ、竹中家の父上から、原発の絵を描きに行く許しをもらえずにいる。

≪初出≫

「聖域」

『STORY BOX』2014年12月号〜2015年3月号

「希望荘」

『STORY BOX』2015年4月号〜11月号

「砂男」

『オール讀物』2015年6月号、8月号に掲載された「彼方の楽園」を改題

「二重身」

『STORY BOX』2015年12月号〜2016年5月号

単行本化にあたり、加筆改稿を行いました。

※本作品はフィクションであり、登場する人物・団体・事件等はすべて架空のものです。

宮部みゆき（みやべ・みゆき）

1960年、東京生まれ。87年、『我らが隣人の犯罪』でオール讀物推理小説新人賞を受賞。89年、『魔術はささやく』で日本推理サスペンス大賞を受賞。92年、『龍は眠る』で日本推理作家協会賞、『本所深川ふしぎ草紙』で吉川英治文学新人賞を受賞。97年、『蒲生邸事件』で日本SF大賞を受賞。99年、『理由』で直木賞を受賞。2001年、『模倣犯』で毎日出版文化賞特別賞、02年には司馬遼太郎賞、芸術選奨文部科学大臣賞（文学部門）を受賞。07年、『名もなき毒』で吉川英治文学賞を受賞した。近著には『悲嘆の門』、『過ぎ去りし王国の城』などがある。

編集　西澤　潤

希望荘

二〇一六年六月二十五日　初版第一刷発行

著者　宮部みゆき

発行者　菅原朝也

発行所　株式会社小学館

〒一〇一－八〇〇一　東京都千代田区一ツ橋二－三－一

編集 〇三－三二三〇－五七六六　販売 〇三－五二八一－三五五五

DTP　株式会社昭和ブライト

印刷所　凸版印刷株式会社

製本所　牧製本印刷株式会社

造本には十分注意しておりますが、印刷、製本など製造上の不備がございましたら「制作局コールセンター」（フリーダイヤル〇一二〇－三三六－三四〇）にご連絡ください。
（電話受付は、土・日・祝休日を除く九時三十分～十七時三十分）

ISBN 978-4-09-386443-5